Oliver Buslau, 1962 geboren, lebt in Bergisch Gladbach und ist seit 1994 freier Autor, Redakteur und Journalist. Er ist Gründer, Chefredakteur und Mitherausgeber der Zeitschrift »TextArt – Magazin für Kreatives Schreiben«. Im Emons Verlag erschienen bisher sechs Kriminalromane um den Privatdetektiv Remigius Rott: »Die Tote vom Johannisberg«, »Flammentod«, »Rott sieht Rot«, »Bergisch Samba«, »Bei Interview Mord« und »Neandermord«. Außerdem die Rheintal-Krimis »Schängels Schatten« und »Das Gift der Engel« sowie der Fantasy-Roman »Der Vampir von Melaten«. Darüber hinaus schrieb Oliver Buslau den Thriller »Die fünfte Passion«, der auch ins Italienische übersetzt wurde.
www.oliverbuslau.de
www.remigiusrott.de

OLIVER BUSLAU

Altenberger Requiem

DER BERGISCHE KRIMI

emons:

Umschlagmotiv: Heribert Stragholz
Umschlaggestaltung: Tobias Doetsch
Druck und Bindung: CPI – Clausen & Bosse, Leck
Printed in Germany 2011
ISBN 978-3-89705-812-5
Der Bergische Krimi
Originalausgabe

Prolog

Der kleine Wagen rollt langsam auf den Parkplatz, der jetzt, am Morgen, noch im Schatten liegt. Sie bremst im letzten Moment, bevor die Stoßstange die herabhängenden Zweige der Büsche berührt.

In der Nacht hat es geregnet. Pfützen haben sich auf dem Platz gebildet. Wenn man nicht vorsichtig ist, trägt man den Dreck ins Auto und am Ende ins Haus ...

Sie folgt der breiten Rampe, die hinauf zur Hauptstraße führt, und wartet, bis eine Lücke im dichten morgendlichen Verkehr entsteht.

Ein Laster zieht dröhnend Dieselabgase hinter sich her. Dahinter drängeln sich mehrere Pkw. Die Kolonne bewegt sich hinauf in Richtung Burscheid. Über die Serpentinen auf die Höhe.

Endlich kann sie hinüber. Ein paar schnelle Schritte, dann erreicht sie die Bushaltestelle abseits des kleinen Kiosks, der noch geschlossen hat. Hier zweigt ein Pfad in den Wald ab.

Sie hätte näher an die Kirche heranfahren und ihr Auto auf dem kostenpflichtigen Parkplatz abstellen können. Der Fußweg wäre kürzer gewesen.

Aber genau das will sie nicht.

Ihre Art, sich dem Dom zu nähern, ist für sie eine Form der Andacht. Es liegt ihr viel daran, durch den Wald zu gehen, dann ein Stück der dahinplätschernden Dhünn zu folgen und schließlich das alte Tor zu durchschreiten, durch das schon vor Jahrhunderten die Pilger den Dom erreichten.

Sie freut sich darauf. Jeden Tag. Seit Jahren.

Zuerst der Weg durch die Natur. Dann tauchen die Klostermauern auf. Und wie eine Krönung des Ganzen erscheint schließlich das herrliche, stolz hochgezogene Kirchenportal. Es ist plötzlich da – wie aus dem Nichts. Vergleichbar mit einem majestätischen Orgelakkord im leeren, weiten Kirchenraum.

Sie braucht nicht auf die Uhr zu sehen, um zu wissen, dass sie pünktlich ist. Sie hat es über die lange Zeit verinnerlicht, kurz nach der Öffnung des Domes morgens zum Gebet zu kommen.

Sie wirft noch einen Blick auf die geschlossenen Fensterläden des Kiosks. Dann betritt sie den Wald.

Jetzt, im Sommer, ist der Pfad fast zugewachsen. Schattige Kühle und der Geruch nach feuchter Erde empfangen sie. Nach wenigen Schritten erkennt sie weiter hinten im Wald den Spielplatz, der, etwas abseits im Wald gelegen, kaum wie ein Ort kindlicher Freude wirkt. Eher wie eine düstere, geheimnisvolle Höhle. Das kleine Holzfort mit der Brücke und den aufragenden Türmen, die Rutschbahn und das Wipptierchen in der Ecke – alles erscheint trostlos, einsam und verlassen.

Ganz in der Nähe murmelt das Wasser der Dhünn. Weiter entfernt rauscht der Verkehr. Dass das Domgelände von Straßen umgeben ist, lässt sich nicht ausblenden.

Sie blickt auf die Wasserfläche, in der sich die Bäume spiegeln, und versucht, spirituelle Einkehr zu finden.

Manchmal gelingt ihr das schon hier. An anderen Tagen erst später, wenn sie ein Stück den schmalen, von Wurzeln überzogenen Pfad entlanggewandert ist. Ihr Sohn fällt ihr ein. Sie wird ihn in das Gebet einschließen.

Sie schließt die Augen. Jetzt sind die Autos weit weg, und die Geräusche der Natur wirken ganz nah. Das leise Gluckern des Wassers. Das Gezeter der Vögel in den Wipfeln.

Im Klang der Welt liegt der Atem Gottes.

Das hat sie vor Kurzem in einem ihrer Bücher gelesen, und ihr ist sofort klar gewesen, dass es stimmt.

Nicht nur im Klang der Welt. Auch im Klang der Musik, die sie manchmal im Dom hört. Im Klang der Konzerte, die sie dort besucht. Im Klang der mächtigen Domorgel.

Sie bleibt eine Weile stehen. Es wird immer stiller um sie. Das ferne Rauschen des Verkehrs, das Vogelgezwitscher – alles hält den Atem an, als hätte eine gewaltige Macht im großen Weltgefüge nur auf sie, Klara Hackenberg, gewartet. Darauf, dass sie ihre Chance bekommt, sich von all der Mühsal und Last, die sie quält, zu befreien.

Nur die Dhünn plätschert leise vor sich hin.

Doch da ist noch etwas anderes.

Ein zartes Klopfen auf dem weichen Waldboden. Ein Tappen. Langsam, aber regelmäßig.

Sie öffnet die Augen.

Es kommt gelegentlich vor, dass sie hier morgens nicht allein ist. Hin und wieder begegnet sie Hundebesitzern. Sie kennt die typischen Geräusche: Schritte, das Hecheln der Tiere, das leise Klirren des Halsbandes.

Doch das hier ist anders.

Sie dreht sich um, ihr Blick durchdringt den Wald in alle Richtungen.

Nichts. Nur die Äste, die den Pfad zur Hauptstraße verdecken, wiegen sich sanft. Hat sie jemand in Bewegung versetzt?

Jemand, der ihr gefolgt ist?

Alles ist noch so wie vorher – in seiner ganzen Trostlosigkeit und Einsamkeit.

Sie muss sich geirrt haben.

Es wird Zeit, dass sie sich auf den Weg macht.

In diesem Moment heult hinter den Bäumen ein Dieselmotor auf; in derselben Sekunde tritt eine Gestalt aus der Deckung neben dem hölzernen Fort und stellt sich an die kleine Hängebrücke.

»Frau Hackenberg?«

Klara zuckt vor Schreck zusammen. Ihr kommen weder Stimme noch Gesicht bekannt vor.

Es ist ihr nicht recht, in ihrer Andacht gestört zu werden. Trotzdem muss sie höflich bleiben. Es kann schließlich niemand wissen, dass das hier schon eine geistliche Handlung ist, die für andere erst im Dom beginnt. Nach dem Kreuzzeichen, nach dem Kniefall.

»Sie sind doch Frau Hackenberg?«

Die Person kommt näher. Jetzt steht sie zwei Schritte entfernt.

Klara nickt. »Ja, das bin ich …« Ihre Stimme ist belegt, sie muss sich räuspern. »Kennen wir uns?«

»Ich glaube nicht. Das heißt – ich kenne Sie.«

Klara glaubt, ein spöttisches Grinsen in dem Gesicht aufblitzen zu sehen.

»Und wie heißen Sie?« Sie versucht, so freundlich wie möglich zu sein.

»Das tut nichts zur Sache.«

Klara hebt die Augenbrauen. Wie ungehörig! Seltsam. Das passt gar nicht zu der eleganten Erscheinung.

»Entschuldigen Sie, aber ...«

Der Satz bleibt unvollendet. Sie hatte etwas Ablehnendes sagen wollen, doch ihr ist klar geworden, dass niemand sie zwingen kann, sich mit dieser unbekannten Person zu unterhalten. Sie hat schon genug Zeit verloren. Der Dom öffnet gerade. Sie muss weiter.

Klara geht auf die Stelle zu, wo der kleine Weg beginnt.

»Bleiben Sie stehen!«, hört sie hinter sich.

Klara lässt sich nichts befehlen.

»Stehen bleiben, habe ich gesagt.«

Jetzt hat sie den Pfad erreicht. Schritte folgen ihr. Plötzlich sind sie ganz nah.

Dann hemmt sie etwas.

Ein schmerzhafter Ruck. Ein Stoß. Irgendwo unterhalb der Schulterblätter. Ein stechender Schmerz nimmt ihr den Atem. Ihr Oberkörper scheint mit einem Mal in Flammen zu stehen.

»Ich habe gesagt, Sie sollen stehen bleiben«, zischt die Stimme, die von einem anschwellenden Rauschen in Klaras Ohren übertönt wird. Sie wirkt, als käme sie aus einem defekten Lautsprecher. Und sie klingt plötzlich bösartig. Teuflisch.

Die Person beugt sich über sie. Das Gesicht schiebt sich zwischen sie und die Baumwipfel.

Erst jetzt realisiert sie, dass sie auf dem Boden liegt.

Klara kämpft um Luft. Da trifft sie der Schmerz ein zweites Mal. Diesmal von vorne.

Eine heiße rote Fontäne schießt von irgendwo hervor.

Klaras Gesichtsfeld zieht sich zusammen, wird eng wie ein Tunnel.

Und erst in diesem Moment wird ihr klar, was hier geschieht.

Sie hebt zu ihrem letzten Gebet an.

Dann ist alles schwarz und still.

1

George Clooney stand am Himmelstor und verhandelte mit Petrus über seine Rückkehr aus dem Tod ins Leben. Als Petrus, verkörpert von John Malkovich, die Kaffeemaschine sah, die Clooney unter dem Arm trug, war der Deal perfekt. Der Womanizer vom Dienst durfte zurück auf die Erde und blieb der Menschheit noch eine Weile erhalten.

Worüber sich deren weibliche Hälfte wahrscheinlich am meisten freute.

Mir war es wurscht.

Lässig griff ich nach der handlichen Fernbedienung und zappte mich weiter durch die geschätzten tausend Programme, die Manni über seinen sauteuren Digitalreceiver empfing – einschließlich einiger Pay-TV-Sender, deren Themenschwerpunkte ein ganz neues Licht auf seine Interessen warfen: Ein History-Kanal war dabei, der rund um die Uhr irgendwelche Soldaten zeigte, die in Schwarz-Weiß über Schlachtfelder rannten. Ein Disney-Kanal, wo ich all die alten Entenhausener wiedertraf, die mich in meiner Jugend erfreut hatten: Massenhaft Variationen über das Thema »Donald und die Backenhörnchen« oder »Donald und die Ameisen«. Und schließlich das Gebiet, das am besten zu Manni passte: gleich drei Erotik-Kanäle, zum Teil mit Klassikern aus den Siebzigern wie »Deep Throat« sowie einer Menge Streifen mit Stars wie John Holmes und Desiree Cousteau.

Manni bewies Geschmack. Immerhin konnte man da noch richtige Frauen sehen, ohne Plastikimplantat und aufgespritzte Lippen. Keine bis zur totalen Sterilität ausgeleuchteten Rammeleien, sondern frivoles Treiben in vielen Spielarten, und das sogar mit Ansätzen von Filmhandlung. Eingebettet in ein Ambiente aus Flokatiteppichen und lila Blumentapeten im Pop-Art-Stil.

Mannis Haus hatte noch viel mehr zu bieten als einen Flachbildfernseher von der Größe einer Plakatwand. Es gab einen Computer, an dem man durch Webseiten so schnell blätterte wie durch die Illustrierte beim Zahnarzt. Eine Bar mit allem Schnick und Schnack für die Herstellung raffinierter Cocktails. Eine Einbauküche, die immerhin gut aussah, von der ich aber nur besagte Kaffeemaschine und die Mikrowelle benutzte – Letztere vor allem, um mir Tiefkühlpizzen aufzutauen. Im Gefrierschrank hatte ich Unmengen davon gehortet.

Draußen erwartete mich ein Garten mit parkähnlicher Rasenfläche, drinnen, am Ende der Wendeltreppe, die vom Wohnzimmer in den ersten Stock hinaufführte, ein Gästezimmer, das ungefähr halb so groß war wie meine ganze Wuppertaler Wohnung.

Was mich betraf, hätte ich in diesem Moment an keinem anderen Ort der Welt sein wollen. Ich war im Paradies, und ich hatte nichts anderes zu tun, als darauf aufzupassen, dass es niemand klaute.

Seit drei Tagen war ich Haushüter statt Detektiv.

Manni, durch irgendein undurchsichtiges geschäftliches Manöver zu Geld gekommen, kajolte irgendwo auf den Malediven herum und hatte fest vor, frühestens in drei Wochen zurückzukommen.

Einundzwanzig Tage. Tausend Sender. Ich rechnete kurz und kam auf knapp fünfzig Sender am Tag. Bei zehn Stunden Fernsehen machte das fünf pro Stunde. Ich brach die Kalkulation ab. Schließlich sollte es ja nicht in Arbeit ausarten.

Ich übersprang ein paar Telefonsexkanäle, streifte Astro-TV, wo eine dicke Dame Karten legte, und verweilte ein wenig bei einer Wiederholung der ZDF-Hitparade, wo ein Schönling mit Plüschfrisur, blauem Samtjackett und einem riesigen Fliegenpropeller an der Gurgel gerade seinen Auftritt hatte. Das Mikro, das er sich vor die Lippen hielt, war ebenfalls von gewaltiger Größe. Ein graues Kabel entsprang ihm. Der Sänger hatte es dekorativ zu einem Kreis geschlungen.

Freddy Breck. Das musste mindestens fünfunddreißig Jahre her sein …

Bei Marianne Rosenberg, Katja Ebstein oder Vicky Leandros hätte ich ja eine Weile zugehört, aber jetzt drückte ich auf »Mute«, und in dem Moment der Stille, in dem der Star der Schlagercharts der Siebziger stumm weitersang, hörte ich, wie sich von der Hauptstraße her ein Fahrzeug näherte.

Mannis Haus stand etwas abseits der schnurgeraden Straße zwischen Mettmann und Wülfrath. Rundherum blickte man weit über Felder und sanfte Höhen, darüber spannte sich der blaue Himmel. Jedenfalls tagsüber, wenn die Sonne schien. Jetzt zeigte die Digitalangabe am Receiver dreiundzwanzig Uhr sechsunddreißig.

Ich ging hinüber in die Küche, deren Fenster zur Auffahrt hinausging. Ein Blick genügte, und ich erkannte, dass zwei Scheinwerfer herankamen.

Das Sträßchen stieß schnurgerade etwa zweihundert Meter von der Landstraße auf das Haus zu. Es war von Büschen gesäumt und endete auf einem kleinen Vorplatz mit weißem Kies direkt vor der Haustür.

Durch das geschlossene Fenster war der Motor des Wagens zu hören – und die Reifen, die auf den Steinen knirschten.

Das Auto kam zum Stehen, aber niemand stieg aus.

Wer konnte das sein?

Manni hatte mir ausdrücklich zu verstehen gegeben, dass niemand wusste, dass er hier wohnte.

Auch ich hatte meinen Aufenthaltsort geheim gehalten. Der Anrufbeantworter in meinem Büro erklärte jedem, der meine Nummer wählte, dass ich für drei Wochen nicht zu erreichen sei. Ich hatte im Moment keine Aufträge nötig. Manni ließ mich in seinem Haus wohnen und zahlte mir zusätzlich einen Hunni täglich. Ich sollte nur verhindern, dass jemand einbrach.

Ob genau das jetzt geschehen würde?

Ohne Licht zu machen, huschte ich ins Gästezimmer. Dort hatte ich im Wäschefach des Schranks meine Neun-Millimeter-Beretta deponiert. Ich tastete mich an der glatten Oberfläche des Fünf-Meter-Ungetüms entlang, zog die Waffe aus dem Fach und steckte sie ein. Dann machte ich mich auf den Weg zum Keller. Als ich an der Diele vorbeikam, nahm ich den Schlüssel der Außentür mit, der hier griffbereit an einem Haken hing.

Ich streckte die Hand zum Lichtschalter aus und zögerte. Es war besser, alles dunkel zu lassen. Vorsichtig tastete ich mich an den Wänden entlang.

Manni hatte mich, als ich den Job antrat, natürlich herumgeführt. Meiner Erinnerung nach war es hier ziemlich aufgeräumt. Ein einziger Raum war verschlossen. Manni hatte mir erklärt, dass dort die Dinge drin waren, die mich nichts angingen.

Es hatte mir einen kleinen Stich versetzt, als er das gesagt hatte; schließlich hielt ich mich für einen Menschen, zu dem man Vertrauen haben konnte. Letztlich war es mir aber egal. Mir war klar, dass Manni es nur mit irgendwelchen krummen Dingern geschafft haben konnte, an das Geld für dieses Haus und seine Reisen zu kommen. Vor drei Jahren war er noch ein armer Schlucker gewesen, der kleine Handreichungen bei meinen Ermittlungen leistete und dafür hin und wieder mal einen Schein zugesteckt bekam. Dann hatte er als Computerfachmann gearbeitet, aber ziemlich schnell entdeckt, dass man mit schwarz heruntergeladener Musik und anderen Dingen ganz gut verdienen konnte.

Wahrscheinlich befanden sich hinter der Tür die Festplatten mit dem digitalen Diebesgut. Oder irgendwelche Server, auf denen das Zeug lag.

Während ich weiter vorsichtig einen Fuß vor den anderen setzte und mir sehnlichst wünschte, endlich die Außentür zu erreichen, lauschte ich angestrengt in die Dunkelheit.

Schritte. Draußen auf dem Kies.

Etwas Helles erschien. An den Kellerfenstern wanderte der Kegel einer Taschenlampe entlang. Mein Herz klopfte bis zum Hals.

Ob ich die Polizei rufen sollte? Aber noch war ja nichts geschehen. Erst mal das Auto checken. Und die ganze Sache von draußen beobachten. Dann die 110 wählen und die Einbrecher, wenn es welche waren, in Ruhe draußen erwarten.

Endlich erreichte ich die Außentür. Einige lange Sekunden wartete ich in völliger Reglosigkeit. Es kam mir vor, als entfernten sich die Schritte. Und so wagte ich es, die Tür zu öffnen.

Sie führte in den Garten hinter dem Haus. Jetzt war er nichts als eine riesige dunkle Fläche, über die der nächtliche Wind strich. Der Himmel war von Sternen übersät, und ich roch den typischen sommerlichen Duft des Bergischen Landes: eine Mischung aus Erde, gemähtem Gras und einer kleinen Note Landwirtschaft.

Ein paar Stufen führten hinauf zu dem weitläufigen Rasen. Zweitausend Quadratmeter, hatte Manni gesagt. Ich hatte nur geantwortet, dass hier unbedingt ein Swimmingpool hinmüsste. Manni hatte genickt und erklärt, das sei alles in Planung. Dafür müsste ich mich noch ein bisschen gedulden. Nächstes Jahr vielleicht.

Aus seinen Worten hatte ich herausgehört, dass er mich dann wieder zum Haushüten engagieren würde. Keine schlechte Aussicht.

Voraussetzung war, dass ich die Sache nicht vermasselte.

Und prompt fiel mir ein, dass ich einen Fehler gemacht hatte.

Erstens: Ich hatte die Taschenlampe vergessen und würde weiter hier im Dunkeln herumstolpern müssen. Wenn ich auf den Einbrecher stieß, würde ich ihm keinen blendenden Lichtkegel ins Gesicht schicken können.

Zweitens: Ich hatte nach meinem Aufbruch in den Garten die Außentür nicht verschlossen.

Wenn ich jetzt ums Haus ging, und der Einbrecher kam aus der anderen Richtung, konnte er die Gelegenheit nutzen und einfach hineingehen.

Ich schlich zurück. Kaum hatte ich die Kellertür erreicht und den Schlüssel aus der Hosentasche genommen, näherten sich wieder die Schritte.

Es war besser, aufs Ganze zu gehen. Noch mal die Stufen vom Keller hinauf, so leise wie möglich. Da sah ich das Licht der Taschenlampe. Der Kerl hatte sie vor sich auf den Boden gerichtet, wahrscheinlich, um nicht über irgendwas zu stolpern. Der Nebeneffekt war, dass er mich nicht bemerkte.

Ohne zu zögern, rannte ich los.

Während ich auf den Typen zustürmte, überlegte ich, ob er wirklich allein war. Und da einem in so kurzer Zeit bekanntlich ziemlich viel durch den Kopf gehen kann, dämmerte mir darüber hinaus, dass es für einen Einbrecher ziemlich dusselig war, sich mit seinem Wagen direkt vors Haus zu stellen. Apropos dusselig: Zusätzlich kam mir in den Sinn, dass es nicht besonders genial war, den Einbrecher direkt anzugreifen. Schließlich war es durchaus möglich, dass er viel kräftiger war als ich. Und sich den Angriff nicht wehrlos gefallen lassen würde.

Zu spät.

Der Einbrecher im Dunkeln gab einen Laut des Erschreckens von sich, als ich gegen ihn prallte, und wir landeten gemeinsam auf dem Rasen. Ich schlug mit der rechten Schulter auf. Der plötzliche Schmerz lenkte mich von der Erkenntnis ab, dass sich die Person merkwürdig klein und zierlich angefühlt hatte. Jetzt stand sie neben mir und hielt mir eine Lampe ins Gesicht.

»Remi!«, schrie sie.

Und ich schrie zurück: »Jutta!«

Mühsam rappelte ich mich auf. »Verdammt noch mal, was machst du hier?« Ich rieb mir die Schulter.

»Ich suche dich, Blödmann. Du bist ja nicht zu erreichen. Mensch, wieso musst du gleich den Rambo spielen?«

»Und warum musst du um fremde Häuser schleichen? Kannst du nicht klingeln, wie jeder normale Mensch?«

Wo war eigentlich meine Pistole? Sie musste runtergefallen sein.

»Ja, wenn es denn eine Klingel gäbe!«

Ich bückte mich und tastete auf dem dunklen Gras herum. »Was soll das heißen – wenn es eine gäbe?«

»Genau das, was ich sage. Es gibt keine.«

Ich richtete mich wieder auf. Es konnte stimmen. Darauf hatte ich gar nicht geachtet. Manni hatte mich bei meinem ersten Besuch gleich vor seinem Anwesen empfangen. Offenbar hatte er es mit dem Ruhe-haben-Wollen tatsächlich ernst gemeint.

»Aber du hättest rufen können.«

»Mitten in der Nacht? Ich habe erst mal am Eingang geschaut, ob da der Name Manfred Hecking steht. Das tut er nicht, also bin ich ums Haus gegangen, weil ich dachte, es gäbe noch eine Einliegerwohnung oder so was. Ich kannte ja noch nicht mal Mannis

Hausnummer. Du hast nur gesagt, an der Straße zwischen Mettmann und Wülfrath ...«

Ja, Jutta war die Einzige, der ich eine Andeutung darüber gemacht hatte, wo ich war.

»Und an dein Handy gehst du auch nicht«, setzte sie nach.

»Es ist ausgeschaltet.«

»Na, jetzt hab ich dich ja gefunden.«

»Genau«, sagte ich – etwas blöde. »Lass uns reingehen«, fügte ich hinzu.

»Wo ist denn nun Mannis Wohnung?«

»Ihm gehört das ganze Haus.«

»Im Ernst?«

»Im Ernst.«

»Und was macht er?«

»Er ist gerade auf den Malediven und sonnt sich. Komm rein. Das heißt – würdest du noch mal hierhin leuchten bitte?«

Endlich fand ich meine Pistole und steckte sie ein.

»Wie kann er sich das alles leisten?«, fragte Jutta, als wir in dem riesigen Wohnzimmer mit Marmorboden saßen.

»Ich weiß es nicht. Irgendwelche Geschäfte. Eigentlich will ich es auch gar nicht wissen.«

Ich hatte die raffinierte indirekte Beleuchtung eingeschaltet, Jutta hatte die Kerzen auf dem Tisch angezündet, und jetzt hielt sie in der einen Hand ein Weinglas, in dem es dunkelrot funkelte, und in der anderen eine brennende Zigarette. Rauchen war im ganzen Haus erlaubt. Noch ein Pluspunkt für Manni.

Ich hatte mir ein Bier geholt, wie gewohnt auf ein Glas verzichtet und rauchte ebenfalls. Ich hatte vor, es mir abzugewöhnen, aber nach mehreren gescheiterten Versuchen wusste ich, dass ich das niemals auf einen Schlag schaffen würde. So wandte ich die Salami-Taktik an. Täglich etwas weniger. Morgens eine, eine weitere am Vormittag. Dann erst nach dreizehn Uhr höchstens zwei bis sechs. Die Vorschriften für den Abend würde ich nach Weihnachten treffen, wenn ich genug Erfahrungen mit dem neuen System gesammelt hatte. Derzeit leerte ich bis zum Schlafengehen manchmal eine ganze Schachtel – fast so viele, wie ich früher über den Tag geraucht hatte. Trotzdem kam ich mir besser vor.

»Mich würde was ganz anderes interessieren«, sagte ich. »Wieso kommst du hier mitten in der Nacht angefahren? Ich hab gar nicht gewusst, dass du im Lande bist.«

Jutta reiste viel. Manchmal war sie monatelang unterwegs, und dann tauchte sie wieder auf und verspürte das unbändige Verlangen, mir bei meinen Fällen zu helfen. Oder mich für irgendwelche niederen Jobs anzuheuern.

»Es geht um meinen Geburtstag«, sagte sie.

Ich überlegte. »Der war am 10. Dezember. Das ist ungefähr ein halbes Jahr her.«

Sie nippte an ihrem Weinglas. »Vor zwei Wochen ist mir etwas klar geworden.«

War da plötzlich eine Spur Traurigkeit in ihrer Stimme? War es ein runder Geburtstag gewesen? Hatte ich ihn vergessen? Nein, das konnte nicht sein.

Jutta war zehn Jahre älter als ich. Das hieß, sie war im letzten Dezember siebenundfünfzig geworden. Ein Alter, das man ihr nicht im Mindesten ansah.

»Du bist siebenundfünfzig geworden«, gab ich das Ergebnis meiner Rechenkünste bekannt.

»Genau darum geht's.«

»Was meinst du damit?«

Jutta verzog den Mund, und nun erkannte ich tatsächlich ein paar Falten neben ihren Grübchen. Wahrscheinlich war das Licht unvorteilhaft.

Man ist immer so alt, wie man sich fühlt, dachte ich – dann hatte ich schon öfter das Rentenalter erreicht. Vor lauter Schreck trank ich noch einen Schluck.

»Wenn man fünfundfünfzig ist, ist man Mitte fünfzig«, sagte Jutta. »Wenn man sechsundfünfzig ist, auch. Glaubst du, dass man das mit siebenundfünfzig noch sagen kann?«

Ich stellte mein Glas ab. »Du hast Probleme … Keine Ahnung. Ja, wahrscheinlich. Das heißt, eigentlich würde man eher schon von Ende fünfzig sprechen, oder?«

Ihre Augen verengten sich, und sie drückte hastig die Zigarette aus. »Eben«, sagte sie, und ihre Stimme wurde spitzer. »Genau das. Wieder geht etwas im Leben zu Ende. Wieder muss man sich damit abfinden, dass man sich einer neuen Grenze nähert. Wieder geht's ein Stück abwärts.«

Ich sagte nichts und unterdrückte den Drang, aufzuseufzen. Manchmal konnte einen diese Frau wirklich in den Wahnsinn treiben. Seit Jahrzehnten war Jutta finanziell unabhängig, sie hatte die ganze Welt gesehen, hatte sich alles gegönnt, was man sich vorstellen konnte. Wenn sie sich dazu herabließ, sich in meinen Job einzumischen, war es nicht ausgeschlossen, dass sie alles nur noch schlimmer machte. Zumindest zeitweise. Bevor sie dann – das muss ich zugeben – gelegentlich auch die entscheidende Hilfe war. Es ging ihr jedenfalls wesentlich besser als den meisten anderen Menschen – und vor allem viel besser als zum Beispiel mir. Obwohl sie meine Tante war, hatte sie sich noch nie entschließen können, mich finanziell zu unterstützen, wenn es meiner Detektei nicht so gut ging. Was, ehrlich gesagt, ein Dauerzustand war.

Und jetzt musste ich mir ein Lamento darüber anhören, dass sie sich alt fühlte.

Was sollte ich denn sagen? Mein eigener Geburtstag war am 30. Mai sang- und klanglos vorübergegangen. Wenn ich mich recht entsann, hatte ich den Tag damit verbracht, in der Remscheider Alleestraße einen Mann zu überwachen, der angeblich fremdging. Ein öder Routinejob. Das Wetter hatte Februar-Niveau gehabt, und ich hatte mir eine Erkältung zugezogen. Auch ich ging auf einen runden Geburtstag zu. Aber mir war es egal, ob ich Ende oder Mitte vierzig war.

»Du bist doch nicht zu mir gekommen, um mit mir darüber zu diskutieren, ob dein Altersglas halb voll oder halb leer ist?«

Sie sah auf. »Nein. Ich wollte dir einfach nur mitteilen, dass ich meinen Geburtstag nachfeiere. Nächstes Wochenende. Ich habe das im Dezember versäumt, und ich denke, dass man alle Feste mitnehmen sollte, die es noch gibt. Bevor es endgültig zu spät ist«, fügte sie düster hinzu.

Wieder fragte ich mich, ob ich mich irrte, aber ihre Stimme

wurde am Ende des Satzes ein bisschen weinerlich. Das war ich von Jutta nicht gewohnt.

»Sag mal, geht's dir eigentlich gut?«, fragte ich. »Ich meine, körperlich?«

»Schon, aber ...«

»Na siehst du«, unterbrach ich sie. »Was soll dann das ganze Gerede? Du bist immer noch fit genug, um Harley zu fahren oder auf den Himalaja zu steigen. Was haben denn da schon die blöden Zahlen zu sagen? Ob eine fünf oder eine sechs vorne steht, ist doch völlig egal.«

Sie tätschelte mir das Knie. Ich erschrak. Das war auch etwas vollkommen Neues.

»Du bist lieb«, sagte sie.

»Jetzt mach bloß nicht auf alte Tante«, fuhr ich auf. »Auf so was hab ich nämlich überhaupt keine Lust. Und dass du mich zum Geburtstag eingeladen hast, finde ich zwar nett, aber ...«

Ich stockte, weil ich nicht wusste, wie ich es sagen sollte. Eigentlich hatte ich mich von Juttas gesellschaftlichen Anlässen immer ferngehalten. Ich passte nicht in diesen Kreis selbstherrlicher Vorstände, Banker, Steuerberater und Künstler, mit denen Jutta sich umgab.

Ich wurde direkt: »Bist du sicher, dass du mich dabeihaben willst?«

Sie wiegte den Kopf hin und her. »Es ist im Grunde keine richtige Einladung«, sagte sie.

Sofort ging in mir eine Alarmglocke los. »Was heißt das?«

»Ich wollte dich fragen, ob du mir hilfst.«

»Also mehr ein Job?«

»Wenn du so willst.«

»Ich habe schon einen.«

»Tatsächlich? Wo?«

»Hier.«

Sie stellte ihr Glas ab und sah mich streng an. Ihr schwacher Moment von eben war offenbar überwunden. »Du kannst doch wohl mal einen Tag hier weg und mir helfen?«

»Was soll ich denn machen? Kellnern?«

»Zum Beispiel. Oder andere Sachen.«

»Wie bitte?«

»Ich werde jedenfalls eine kleine Bar einrichten. Es ist Sommer, es wird ein Fest unter freiem Himmel.«

»Bei dir im Garten?«

Jutta wohnte auf dem Brill in Wuppertal. Oberhalb des Villenviertels, das Berühmtheiten wie Else Lasker-Schüler hervorgebracht hatte. Ihr Hanggrundstück besaß ähnliche Ausmaße wie ein Fußballplatz. Na ja, vielleicht nicht ganz.

»Nein, ich habe da ein paar andere Ideen. Ich veranstalte eine Rallye. Am frühen Nachmittag geht's los. Alle Gäste versammeln sich und bekommen eine Mappe mit Aufgaben, die sie lösen müssen. An verschiedenen Orten im Bergischen Land.«

»So eine Art Schnitzeljagd? Klingt spannend. Und was für Aufgaben sind das?«

»Sie sollen bestimmte Stellen anfahren, um Sachen rauszukriegen. Figuren in einer Kirche zählen oder etwas mitbringen. Sie müssen irgendwas schätzen – zum Beispiel, wie viele Kühe in einem bestimmten Stall stehen. Wenn sie so clever sind und den Bauern finden, der es ihnen genau sagt, sind sie fein raus.«

Ich hörte Jutta noch eine Weile zu, und je mehr sie darüber sprach, desto interessanter fand ich ihre Idee. Das war wirklich mal was anderes.

»Fahren die Teams in Autos?«, fragte ich.

»Na sicher, was hast du denn gedacht?«

»Nicht gerade gut fürs Klima«, stellte ich fest. »Wenn da fünfzig Autos durch die Gegend düsen …«

»So viele sind es nicht. Apropos Klima: Hoffentlich haben wir schönes Wetter.«

»Was genau soll ich nun dabei tun?«

»Wenn es losgeht, muss jedes Team eine Mappe bekommen. Hinterher müssen diese Mappen ausgewertet werden, wir wollen ja einen Gewinner ermitteln. Und dann brauche ich noch jemanden, der das Feuerwerk zündet … Und da sind sicher noch mehr Kleinigkeiten zu tun.«

»Ein Feuerwerk gibt's auch? In deinem Garten? Ist das erlaubt?«

»Ich habe doch gerade gesagt, dass es nicht in Wuppertal stattfinden wird.«

»Sondern?«

»Ich habe noch das Haus in Solingen.«

»Das in Hästen?«

Das Haus kannte ich. Es war der Rest eines Bauernhofs, den Jutta von ihrem verstorbenen Mann geerbt hatte. Ich hatte das Bild genau vor Augen. Umstanden von Nussbäumen. Dahinter schloss sich eine Streuobstwiese an, die bis zum Horizont zu reichen schien.

»Es ist im Moment an einen Webdesigner zwischenvermietet, der es als Büro nutzt. Und da gibt's doch das große Grundstück gleich daneben ...«

Ich sah sie an, und wieder beschlich mich ein seltsames Gefühl. Das alles passte nicht zu Jutta. Ihre Art war es eher, ein komplettes Nobelrestaurant inklusive Personal zu mieten, anstatt auf so ein Provisorium auszuweichen. Auch dass sie mich anheuern wollte, war ungewöhnlich. Sie engagierte sonst ohne mit der Wimper zu zucken und ohne Rücksicht auf ihre Brieftasche eine Crew von Bediensteten, irgendeinen Cateringservice, und fertig. Abgesehen davon konnte ich die Einladung, wenn man das denn so nennen wollte, nicht annehmen.

»Wenn hier jemand einbricht, macht mich Manni zur Schnecke«, sagte ich. »Ich habe ihm versprochen, das Haus nicht aus den Augen zu lassen.«

»Er kann doch nicht verlangen, dass du keinen Fuß vor die Tür tust.«

»Na ja, so streng ist das auch wieder nicht. Aber erst spät abends zurückzukommen wäre nicht so gut.«

»Hätte dein toller Freund, anstatt deine Wenigkeit zu beauftragen, nicht schlicht und ergreifend eine Alarmanlage einbauen können? Es gibt mittlerweile auch welche, bei denen sofort ein Wachdienst informiert wird, wenn jemand auch nur einen Schatten auf die Schwelle wirft.«

Das stimmte. Auf die Idee war ich noch gar nicht gekommen. Und ich dachte noch ein Stück weiter: Manni hätte auch irgendwas Elektronisches programmieren können. Es gab heutzutage die Möglichkeit, Häuser über das Internet zu überwachen. Von jedem Punkt der Welt aus. Und er war Computerexperte …

»Vielleicht wollte er mir nur einen Job verschaffen«, sagte ich. »Manni hat manchmal so eine menschenfreundliche Ader.«

»Das kannst du mir nicht erzählen«, sagte sie. »Mach, was du willst, aber du enttäuschtest mich ehrlich, wenn du mich im Stich ließest.«

Enttäuschtest, ließest … Wenn Jutta grammatikalisch so korrekt sprach wie ein Lehrbuch, dann war das ein erstes Anzeichen dafür, dass sie sauer wurde.

»Eigentlich würde ich auch gerne richtig auf die Rallye mitfahren«, nörgelte ich. »Und nicht bloß aushelfen.«

»Das geht nicht«, sagte sie streng. »Es gibt Zweierteams, und die Leute haben genau in der richtigen Anzahl zugesagt.«

»In welchen Teams sie fahren, hast du schon festgelegt?«

»Es wird dann ausgelost.«

Sie trank den Wein aus. »Komm, sag schon zu. Es gibt auch was Leckeres zu essen.«

Ich musste grinsen. Sie wusste, womit sie mich locken konnte.

»Ich ruf dich morgen früh an«, sagte ich.

»Der Herr brauchen Bedenkzeit, was?«

»So ähnlich.«

Sie sah auf die Uhr. »Meine Güte, schon nach eins. Also überleg's dir. Wenn du mir nicht hilfst, muss ich mir jemand anders suchen. Und du weißt, wie enttäuscht ich dann wäre.«

Ich brachte sie raus. Als ihr Wagen in der Dunkelheit verschwand, überlegte ich, dass Manni tatsächlich wenigstens einen Bewegungsmelder hätte anbringen können, wenn er schon keine Alarmanlage hatte.

Wieder zurück, ging ich in das große Arbeitszimmer im ersten Stock. Auf dem Schreibtisch lag ein Blatt, auf dem einige Informationen für mich notiert waren. Unter anderem eine Handynummer, unter der ich Manni erreichen konnte.

Im Internet erfuhr ich, dass es auf den Malediven dreieinhalb Stunden später war. Genau die richtige Zeit, um sich bei Manni zu melden, flüsterte mir ein kleines gemeines Teufelchen zu. Obwohl – sicher machte er dort ohnehin die Nächte durch.

Ich wählte die Nummer und hörte sofort Mannis Stimme, die heiter verkündete: »Keine Chance, Leute. Ich bin im Paradies und komme so schnell nicht wieder. Hier gibt's keine Mailbox, und wenn es eine gäbe, würde ich sie nicht abhören. Abgesehen davon mache ich dieses Handy praktisch nie an. Außer ich will euch anrufen. Darauf könnt ihr aber lange warten. Ach, und vergesst bitte nicht, nach dem Signalton aufzulegen. Sonst habt ihr schnell eine Mordsrechnung am Hals.«

2

Das gedrungene Fachwerkhaus, das zur Hälfte mit Efeu zugewuchert war, schien missmutig auf die große Wiese hinüberzublicken. Als wundere es sich, was sich da in seiner Umgebung für neumodische Dinge taten. Zwischen den Obstbäumen leuchteten weiße Tische. Ein Stück weiter waren junge, adrett gekleidete Männer damit beschäftigt, Getränke aufzubauen. Als Sitzgelegenheiten hatte Jutta bequeme Korbstühle heranschaffen lassen.

Das Gesamtbild wirkte, als hätte jemand eine Szene aus einem dieser Rosamunde-Pilcher-Filme, in denen am Schluss immer eine Hochzeit gefeiert wurde, ins Bergische Land übertragen.

Ich fuhr den Feldweg entlang und versuchte auf den Vorplatz des Hauses einzubiegen, wo mein roter Golf wunderbar im Schatten des Nussbaumes stehen konnte. Aber da kam Jutta angelaufen und klopfte an die Scheibe.

»Du kannst hier nicht parken«, sagte sie, ohne mich zu begrüßen. »Wir haben einen Teil der Wiese auf der anderen Seite zum Parkplatz erklärt.«

Sie deutete irgendwohin. Einer der jungen Männer rief nach ihr, und schon war sie wieder weg.

Ich brachte meinen Wagen direkt neben Juttas BMW-Flitzer unter. Ansonsten war die Fläche noch vollkommen leer. Die ersten Gäste wurden in einer Stunde erwartet.

Gemütlich schlenderte ich an den Ort des Geschehens. Nur nicht zu schnell. Juttas Hektik konnte leicht ansteckend wirken. Als ich den kleinen Weg überqueren wollte, ratterte ein blauer Lieferwagen heran, in dessen Fahrerkabine sich vier Männer drängten. Der Wagen blieb stehen, und ein Fenster senkte sich.

»He, Chef, wo können wir abladen?«, fragte ein bärtiger Mann.

Ich wurde selten mit Chef angesprochen. Umso mehr freute ich mich – zumal ich Bescheid wusste. Doch bevor ich auf den Parkplatz deuten konnte, kam Jutta wieder angerannt.

»Hier rüber. Da haben Sie einen kürzeren Weg, wenn Sie das Equipment tragen müssen.

Der Bärtige nickte und ließ das Fahrzeug im Schritttempo hinter Jutta herrollen. Sie lotste den Transporter auf den Vorplatz unter den Baum. Als er abbog, konnte ich auf der hinteren Tür eine große, schräg angebrachte Aufschrift lesen: »Gummersbacher Rentnerband«.

Was hatte sich Jutta dabei wieder gedacht?

»Man macht sich keine Vorstellung, wie viel Arbeit das ist«, keuchte sie, als sie zu mir zurückkam.

»Hält jung«, sagte ich knapp. »Wie läuft das denn hier alles so ab? Nur falls mich einer fragt.«

»Also – wenn die Gäste kommen, werden Getränke gereicht. Natürlich nichts Alkoholisches. Eine kleine Stärkung gibt's auch. Eine Suppe und etwas Salat –.«

»Moment«, unterbrach ich. »Warum nichts Alkoholisches?«

Sie sah mich an, wie man einen Irren betrachtet, bei dem die Chance auf Heilung gleich null ist.

»Weil die Leute auf die Rallye fahren sollen. Auto fahren. Du verstehst?«

Ich nickte nur. Meine Güte, konnte sie das alles hier nicht mal ein bisschen locker nehmen?

»Mir ist schon ganz heiß.« Sie friemelte ein Papiertaschentuch aus ihrer weißen Jeans. Vorsichtig tupfte sie sich die Stirn ab.

»Du hast Glück mit dem Wetter«, stellte ich fest.

»Glänze ich?«, fragte sie.

»Du siehst so glänzend aus wie nie.«

Sie verzog den Mund zu einem Grinsen. »Komm mit. Dann zeige ich dir die Unterlagen für die Teams.«

Ein Stück entfernt stand ein Zeltpavillon, darin ein runder Tisch mit Stühlen drum herum. Jutta wies auf einen Stapel Mappen und eine Schachtel voller Kugelschreiber.

»Das hier ist sozusagen die Einsatzzentrale. Am Anfang verteilen wir die Informationen an jedes Team. Und wenn sie unterwegs sind, bleiben wir hier und passen auf das Handy auf.«

»Welches Handy?«

»Na, meins. Das ich dir noch gebe. Auf dem rufen die Leute an, falls es Probleme gibt.«

»Was denn für Probleme?«

»Keine Ahnung. Reifen platt. Verfahren. Unfall. Man muss auf alles vorbereitet sein.«

Ich schlug einen der Plastikschnellhefter auf. Die ersten Seiten bestanden aus farbig kopierten Straßenkarten der Umgebung. Erfasst war in Nordsüdrichtung etwa das Gebiet zwischen Wuppertal und Bergisch Gladbach. Nach Osten ging es bis Wipperfürth, nach Westen bis Leverkusen und die Kölner »Schäl Sick«. Dazu gab es Stadtpläne.

»Wer sich mit dem Material verfährt, dem ist wirklich nicht zu helfen«, sagte ich. »Und ansonsten wird schon nichts passieren.«

»Du darfst nicht vergessen, dass manche von der linken Rheinseite kommen und sich hier nicht so gut auskennen.«

»Wen erwartest du denn überhaupt so?«

»Ingesamt sind es genau zwanzig. Zehn Männer und zehn Frauen. Sie werden gemischte Teams bilden, je ein Mann und eine Frau. Natürlich wird darauf geachtet, dass keine Paare zusammen fahren.«

»Ist das hier eine Geburtstagsparty oder eine Verkupplungsaktion?«

»Quatsch. Ich will, dass sich die Leute ein bisschen näher kennenlernen.« Sie griff in ihre Tasche und holte einen eng gefalteten Zettel hervor. »Also, da sind die Schönemanns aus Remscheid. Du weißt schon – der Inhaber der Werbeagentur, in der ich mal gearbeitet habe. Dann Siegfried Mathisen und seine Frau Hermine. Anwalt Dr. Heimlich und seine Frau, außerdem noch Theo, der Cousin meines verstorbenen Mannes, und ...«

Ich hörte nicht mehr zu. Die Namen dieser Leute tauchten immer wieder mal in Juttas Erzählungen auf, aber irgendwie war das nicht meine Welt. Eine Ausnahme war Dr. Heimlich, der mir vor einigen Jahren geholfen hatte, als ich bei einem meiner größeren Fälle unschuldig in U-Haft gelandet war.

»Am besten, du machst dich jetzt mal nützlich«, sagte Jutta, die mein Desinteresse bemerkt hatte.

»Es ist doch noch niemand da. Also kann ich auch keine Mappen verteilen. Und du hast Kellner. Hat die Bar eigentlich schon geöffnet?« Ich deutete auf die adrett Gekleideten, die ganze Batterien von Gläsern in Position gebracht hatten.

»Später«, sagte sie.

Ich zog eine Zigarette hervor und beschloss, sie in aller Ruhe zu rauchen. Meine vierte heute.

»Wo gibt's denn hier Aschenbecher?«, fragte ich.

Jutta ging nicht darauf ein. »Du kannst was anderes tun. Erkundige dich, ob jemand Hilfe braucht.« Sie rauschte in Richtung des Hauses davon. Keine Ahnung, was sie dort wollte. Vielleicht aufs Klo. Oder der Rentnerband helfen.

Ich beobachtete das geschäftige Treiben und beschloss, mich von den Kellnern fernzuhalten. Die wirkten selbstsicher und wussten offenbar, was sie taten. Man sollte sie nicht stören. Am Ende machte man noch irgendwas kaputt.

Also wandte ich mich den Musikern zu. Sie hatten auf dem Vorplatz des Hauses Verstärker aufgestellt. Einer der Bärtigen war gerade dabei, ein Mikrofon anzuschließen.

»He, Chef«, sagte er, als er mich kommen sah. »Wo gibt's denn hier Strom?«

»Im Haus«, behauptete ich und deutete auf die Tür. Der Mann nickte und bewegte sich mit der Kabelrolle dem Eingang zu. Die anderen hatten ihre Instrumentenkoffer aus dem Wagen geholt; einer nahm gerade eine E-Gitarre heraus.

»Fangt ihr schon gleich an zu spielen?«, fragte ich. »Ich dachte, die Leute wollen noch auf die Rallye.«

Er schüttelte den Kopf. »Wir bauen erst mal auf. So richtig los geht's dann heute Abend.«

Der Mann kam mit leeren Händen zurück. Offenbar hatte es mit dem Stromanschluss hingehauen. Ich stellte mich unter die Kastanie am Haus und gab mich der sonnigen Landschaft hin, bis ich aus meinen Gedanken gerissen wurde.

Ein Stück weiter hinten näherte sich etwas Winziges, Knallrotes. Ein stupsnasiges Auto von der Größe einer Maus. Eine leuchtend rot lackierte Nussschale. Sinfonische Musik donnerte aus dem offenen Faltdach. Die Rentner sahen erstaunt auf. Mit Klassik-Konkurrenz hatten sie offenbar nicht gerechnet.

Es war ein wunderbar erhaltener Fiat 500. Ein alter, nicht die Retroversion, die inzwischen auf den Markt gekommen war. So einen hatte ich seit meiner Jugend nicht mehr gesehen. Die Musikanlage darin war wahrscheinlich neu.

Als der Wagen fast herangekommen war, stellte die blonde Fahrerin die Musik aus. Ihr Mund lächelte. Ob ihre Augen mitlächelten, konnte ich nicht erkennen, weil sie eine große Sonnenbrille mit runden schwarzen Gläsern trug, die ihr das Aussehen eines erstaunt dreinblickenden Käfers verlieh.

Im Schritttempo rollte sie näher und versuchte genau wie ich vorhin, auf den Vorplatz zu fahren, aber dort stand bereits der Transporter der Musiker. Ich beschloss, ein bisschen den Parkwächter zu spielen. Schließlich hatte Jutta mir aufgetragen, mich nützlich zu machen.

»Hier geht's leider nicht weiter«, sagte ich. »Die Partygäste sollen hinten auf der Wiese parken. Sie müssen ein Stück zurücksetzen.«

Ich überlegte, ob sie überhaupt ein Partygast war. Aber das bunt verpackte Geschenk auf dem Beifahrersitz sprach dafür.

Sie drehte den Kopf und präsentierte mir dabei ihren hellen Nacken, der mich von ihren langen Beinen ablenkte, die ich, seit ich an das Auto herangetreten war, ausgiebig bewundern konnte. Ein fast unverschämt kurzer weißer Baumwollrock mit roten, blauen und gelben Blumen umschmeichelte ihre Oberschenkel. Ihre nackten Füße steckten in schwarzen Sandalen, wie sie gerade modern waren: mit bis zur Wade hochgeschnürten Riemen, als habe sie sie auf dem Markt von Asterix' Dorf erworben und mit Sesterzen bezahlt.

»Würden Sie mich bitte einweisen?« Die Stimme klang golden und weich. Wie Honig.

Sie schob die Sonnenbrille hoch, als wolle sie mich genauer unter die Lupe nehmen; dabei wurde ihr Lächeln intensiver. Es wirkte belustigt, als würde sie gleich in Gelächter ausbrechen, könne sich aber gerade noch so beherrschen. Ein heiterer Blick aufs Leben, dachte ich. So was konnte man nur beneiden.

Wer sie wohl war? Jutta hatte mir vor allen Dingen Namen von Leuten vorgelesen, die mindestens so alt waren wie sie. Diese Frau hier war deutlich jünger.

Lautes Gehupe ertönte. Hinter dem roten Fiat war ein weiterer Wagen aufgetaucht. Ein Taxi. »Ich mach das schon«, rief ich der Blondine zu. Dann gab ich dem Taxifahrer ein Zeichen: Zurücksetzen. Auf dem Feldweg, der auf das Grundstück führte, wurden in der Ferne weitere Fahrzeuge sichtbar.

»Was ist denn hier los?« Jutta stand plötzlich neben mir.

»Du hättest mich als Parkwächter engagieren sollen, nicht als Mappenverteiler«, sagte ich.

Ich hatte den Eindruck, dass sie noch etwas sagen wollte, doch dann bemerkte sie die blonde Frau. Erstaunen breitete sich auf ihrem Gesicht aus. Sie wandte sich ab und winkte in das Taxi hinein, auf dessen Rücksitz ein älteres Ehepaar saß. Einen Augenblick hatte ich das Gefühl, sie würde mich gleich anschnauzen, weil ich ihrer Meinung nach etwas falsch gemacht hatte. Es gelang mir – nach meiner Ansicht bravourös – das Taxi zur Seite zu dirigieren, damit die rote Kugel mit aufknatterndem Motor zurücksetzen und auf die Wiese fahren konnte. Wo ich schon mal dabei war, wies ich auch die anderen Neuankömmlinge auf den improvisierten Parkplatz, während Jutta nach und nach alle Aussteigenden begrüßte.

Ich kam mir super vor und genoss den Anblick der Blondine, die – ihre Sonnenbrille immer noch nach oben geschoben – gemächlich ausstieg, weitere ausgiebige Blicke auf ihre Beine ermöglichte und mit dem Geschenk unter dem Arm auf Jutta zustakste.

Das Taxi wendete umständlich und trat den Rückweg an. Neue Autos kamen an. Die Kellner waren damit beschäftigt, Getränke zu servieren. Es sah etwas seltsam aus, wie sie in ihren weißen Hemden und schwarzen Hosen zwischen den Obstbäumen umherliefen und ihre Tabletts balancierten. Man vermisste das Schloss oder das Schlosshotel.

Ich hielt mich zurück. Jutta war mit Begrüßen, Händeschütteln, Küsschengeben und Ein-nettes-Gesicht-Machen beschäftigt. Einen alkoholfreien orangefarbenen Cocktail in der Hand, hörte ich mit halbem Ohr hin und bekam mit, dass die Gäste aus dem Taxi Siegfried Mathisen und seine Frau waren. Der Mann gehörte für mich zum Typ ältlicher Schwerenöter: Dünnes, langes, nach hinten gekämmtes Haar; die Sonnenbrille war nicht hochgeschoben, sondern hing im Ausschnitt eines schwarzen Designer-T-Shirts, das Jackett seines hellen Sommeranzugs hatte er sich leger über die Schulter gelegt. Seine Stimme schallte laut und dominant über die ganze Wiese.

Ein lächerliches Detail fiel mir auf: Er trug gleich zwei goldglänzende Armbanduhren. An jedem Handgelenk eine. So was hatte ich bisher nur einmal gesehen: bei dem argentinischen Fußballstar Diego Maradona.

Ich tippte auf Schauspieler oder so was und trank weiter meinen Cocktail.

Als Dr. Heimlich mit seiner Frau auftauchte, begrüßte ich ihn kurz. Aber dann wurde er von Mathisen abgelenkt und kümmerte sich nicht mehr um mich. Es ging um irgendwelche Aufführungen im Ausland. An Opernhäusern. Aha. Nicht Schauspieler, sondern Sänger.

Es füllte sich. Ich hielt mich abseits. Bald war ich ja dran mit meiner großartigen Funktion, die Mappen zu verteilen.

Ich näherte mich der Einsatzzentrale und beschloss, mir anzusehen, welche Aufgaben Jutta den Rallyeteilnehmern so aufgebrummt hatte. Doch dazu kam es nicht.

Kaum hatte ich mich über den Tisch gebeugt, packte mich jemand so hart am Arm, dass ich beinahe meinen Cocktail verschüttet hätte. Es war Jutta.

»Wir haben ein Problem.«

»Deswegen musst du mir nicht gleich den Arm brechen. Was ist denn los?«

»Es ist jemand gekommen, der nicht vorgesehen war.«

»Ein ungebetener Gast? Wie kann das denn passieren?«

»Na ja – eigentlich nicht ungebeten. Aber sie hatte auf die Einladung nicht geantwortet, deshalb dachte ich, sie kommt nicht. Und jetzt ist sie da ... Meine Güte, ist das peinlich. Ich weiß gar nicht, was ich machen soll.«

»Aber wieso? Hast du nicht genug zu essen bestellt?«

»Es geht nicht ums Essen, Remi! Es geht um die Rallye! Die Teams sind genau eingeteilt. Alles ist geplant. Und wenn eine Person mehr da ist, geht es nicht mehr auf.«

»Hm – aber hättest du nicht eh ein Auto zu wenig gehabt? Mathisen und seine Frau sind mit dem Taxi gekommen.«

»Blödsinn, das ist geklärt. Sie nehmen dein Auto.«

»Wie bitte?«

»Oder eben meins. Mensch, das ist doch egal. Es geht um was ganz anderes. Wir haben eine Person zu viel.«

»Wer ist es denn überhaupt?«

»Yvonne. Dass die auch einfach so hierherkommt ... Was mach ich nur? Ich kann ihr ja schlecht sagen, dass sie nicht mitfahren darf. Oder soll ich ein Dreierteam losschicken? Das wirkt auch irgendwie komisch. Und dann sind die ja im Vorteil ... es wäre ungerecht.« Jutta sah sich nervös zu den Gästen um. Alle schienen sich gut zu unterhalten. Niemand hatte bemerkt, dass sich die Gastgeberin kurz abgesetzt hatte. Die blonde Frau aus dem Faltdach-Fiat sprach gerade mit den Mathisens. Sie lächelte den alten Galan genauso an, wie sie es mit mir gemacht hatte.

Plötzlich kam mir eine Erkenntnis.

»Lass mich raten. Yvonne ist die Blondine aus dem roten Fiat.«

»Das Blondchen, ja.« Jutta wirkte giftig.

»Also, mir gefällt sie.«

Sie seufzte. »Ist mir klar, aber das tut nichts zur Sache. Ich muss jetzt meine kleine Ansprache halten, dann machen wir die Auslosung. Und dann müssen wir umorganisieren. Aber wie?«

»Lad sie doch wieder aus. Ich übernehme gerne den Rausschmiss. Vielleicht kann ich sie zum Trost irgendwo zum Essen einladen. Auf deine Kosten natürlich.«

»Wegen ihr ist es mir egal. Aber was sollen die anderen denken, wenn ich einen Gast von der Party verweise? Sie ist ja jetzt schon der Mittelpunkt der Veranstaltung.«

Jutta hatte recht. Vor allem die Herren hatten sich um sie geschart und erfreuten sich des schönen Anblicks, den eine freundliche, wohlproportionierte Blondine im Minirock und einem Top mit Spaghettiträgern nun mal bot.

»Lass ihnen doch ihren Spaß«, erklärte ich und meinte damit eigentlich mich.

»Remi, das hilft mir jetzt auch nicht weiter.«

»Wir könnten sie ja in einem unbemerkten Moment ins Haus schleppen, dort einsperren und den anderen sagen, sie sei krank geworden.«

Juttas Blick verfinsterte sich. Witze waren nicht angebracht.

»Es gibt nur eine Möglichkeit«, sagte ich.

»Da bin ich mal gespannt.«

Vor mir schien sich plötzlich ein Fenster zu öffnen. Der Tag war gerettet. Die Welt war wunderbar. Wenn ich es geschickt anstellte, würde ich nicht hier in der sogenannten Einsatzzentrale rumhängen und mich langweilen, sondern …

Vor meinem inneren Auge entfalteten sich herrliche Bilder. Die grünen Hügel des Bergischen Landes. Der strahlend blaue Himmel. Der Wind in den Haaren dieser … wie hieß sie noch mal?

Yvonne.

»Sag schon«, drängelte Jutta.

Mir wurde klar, dass ich in letzter Zeit zu Tagträumen neigte. Das musste an meinem abgeschiedenen Leben liegen. Schließlich war ich von Natur aus ein einsamer Wolf. Den niemand vermisste und der manchmal einfach im Dunkel verschwand, um irgendwann wieder aufzutauchen. Entweder in den weiten Wäldern zwischen Gummersbach und Wuppertal oder in den Vorstädten von Leverkusen oder Solingen …

»Hallo! Jutta an Remi! Bist du noch da?«

Ich holte tief Luft und sagte: »Ich werde an der Rallye teilnehmen.«

»Was? Das ist aber so nicht vorgesehen.«

»Es war ja auch nicht geplant, dass Yvonne auftaucht.«

»Sei leise.« Jutta sah nervös zu den Gästen hinüber. Einige waren mittlerweile auf unsere Lagebesprechung aufmerksam geworden und prosteten in unsere Richtung. Mathisen rief sogar etwas. Wegen seiner lauten Stimme war es gut zu verstehen.

»Jutta, wo bleibst du? Leiste uns Gesellschaft!« Er hob das Glas. Die Sonnenbrille hatte den Ausschnitt des T-Shirts verlassen und saß auf seiner Nase. Jetzt wirkte er wie ein alternder Mafioso.

Jutta lächelte zurück. Dann wandte sie sich wieder mir zu, und ihr Gesichtsausdruck verwandelte sich blitzschnell in den eines Polizisten, der einen Verdächtigen in der Mangel hat.

»Das gefällt mir nicht«, sagte sie.

»Aber warum? Es wäre die unauffälligste Methode.«

»Also gut«, sagte sie schließlich. »Ich habe keine Wahl. Fangen wir an. Hier habe ich die Auslosung vorbereitet.«

Sie ging um den Tisch herum und zeigte auf zwei Sektkühler. In jedem lagen zusammengefaltete Zettel. »Einen für die Damen, einen für die Herren«, erklärte sie. »Jeder zieht einen Zettel und findet den Namen des Partners oder der Partnerin.«

»Vergiss es.«

»Was? Ich denke, wir sind uns einig.«

»Sind wir ja auch. Bis auf ein kleines Detail. Es wird keine Auslosung geben.«

»Wieso das denn? Es funktioniert doch. Ich muss nur deinen und Yvonnes Namen hinzufügen. Wenn du Glück hast, landest du neben Hermine Weißenburg, die Ehefrau von Siegfried Mathisen. Sie ist sehr gebildet. Du wirst dich prächtig mit ihr unterhalten. Sie hat eine große Agentur für klassische Musik.«

»Nein.«

Sie wurde hektisch. »Remi, du hast versprochen, mitzumachen und mir zu helfen.«

»Das tue ich ja. Ich will bloß, dass es keine Auslosung gibt. Das ist meine Bedingung. Du gehst jetzt hin, schreibst die Namen der Teilnehmer auf und stellst die Paare selbst zusammen. Damit verhinderst du übrigens auch, dass eventuell Ehepaare ein Team bilden. Das wolltest du doch so. Und mich«, fügte ich triumphierend hinzu, »mich teilst du bitte als Partner von Yvonne ein.«

»So hast du dir das gedacht.«

»Mach schon. Ich mische mich unter die Gäste und gebe bekannt, dass es gleich losgeht.«

»Ist das dein letztes Wort?«

Von hinten meldeten sich Stimmen: »Jutta, wenn du nicht bald kommst, haben wir alles ohne dich ausgetrunken.«

»Mein allerletztes«, erklärte ich.

Jutta murmelte etwas vor sich hin. Ich verstand es nicht genau, aber es kam irgendwas von »Blondine« und »schwanzgesteuert« oder so was in der Art darin vor.

Ich ließ die Einsatzzentrale hinter mir und näherte mich strahlend den Menschen, die erwartungsfroh die Wiese füllten. Yvonne stand jetzt etwas abseits. Offenbar hatten die Ehefrauen ihre besseren Hälften an die Kandare genommen, um sie von ihr fernzuhalten. Sie schien nicht darunter zu leiden und sah mich fröhlich an, das Cocktailglas in der rechten Hand.

Und sie lächelte, lächelte, lächelte. Es war wohl ihr ganz natürlicher Gesichtsausdruck. Als ob sie auf die Welt gekommen wäre, um Sonnenschein zu verbreiten.

»Liebe Gäste«, begann ich meine Ansprache mit einer Souveränität, die mich selbst erstaunte. »Liebe Gäste, während Jutta noch die letzten Vorbereitungen für die spannende Rundfahrt durchs Bergische trifft, zu der sie Sie alle eingeladen hat und zu der ich Sie herzlich begrüße – eine Rundfahrt, die uns allen viel Spaß machen wird, denn sie ist mit Aufgaben verbunden, wie sie eine Rallye so an sich hat, und es wird Teams geben, wobei immer zwei Leute in einem Auto ...« Ich stockte, weil mir klar wurde, dass ich den Satz irgendwie vermasselt hatte und nicht mehr wusste, wie er losgegangen war. Yvonne hatte Spiel- und Standbein gewechselt. Ein laues Lüftchen wehte und erfasste den Saum ihres Rocks. Ihr Blick war die pure Aufforderung. Wozu auch immer.

»Jedenfalls ...« Ich räusperte mich. »Mein Name ist übrigens Remigius Rott. Ich bin Juttas Neffe. Ich glaube, ich bin vielen von Ihnen noch nicht vorgestellt worden. Und es wird sicher Gelegenheit geben, dass man sich heute näher kennenlernt ...«

Irrte ich mich, oder hatte Yvonne bei dieser Bemerkung das Glas etwas angehoben, als wollte sie mir zuprosten?

Ich musste ein drittes Mal anfangen.

»Ich wünsche uns allen einen schönen Tag. Wie gesagt, ich heiße Remigius Rott, und ich bin sehr glücklich, dass …«

»Fertig!«, schrie Jutta von hinten, und die ganze Gesellschaft brach in Gelächter aus. Auch Yvonne. Sie musste sogar die Hand vor den Mund halten, weil sie ein Hustenanfall schüttelte. Wahrscheinlich hatte sie sich verschluckt. Die Kellner, die meine Ansprache duldsam ertragen hatten, standen im Hintergrund und grinsten sich eins.

Jutta kam mit dem Stapel Mappen aus der Einsatzzentrale und raunte mir etwas zu, das ich nicht verstand.

»Gleich geht's los«, rief sie. »Jedes Team bekommt eine Mappe.« Und zu mir, leiser: »Hast du verstanden? Geh schon!«

»Nein, ich habe nichts verstanden«, raunte ich zurück. »Was willst du?«

»Geh ins Haus und kopier eine. Ich rede noch ein bisschen. Nimm alles mit, damit es nicht auffällt.«

Der Groschen fiel. Wir hatten jetzt ein Team mehr und mussten natürlich auch eine zusätzliche Mappe haben. Ich marschierte mit den Unterlagen auf das Haus zu.

Hier sollte es einen Kopierer geben? In dem alten Bauernhaus?

Mir fiel ein, dass Jutta einen Mieter erwähnt hatte.

Fast hätte ich mir im unteren schmalen Flur den Kopf angeschlagen, so niedrig war es hier. Ich checkte das Erdgeschoss. Links lag eine kleine, bemerkenswert modern eingerichtete Küche, an die ich mich noch von meinem letzten Aufenthalt erinnern konnte. Auf der anderen Seite ging es in ein winziges Wohnzimmer. Es war eher ein Büro. Mit einem Schreibtisch aus hellem Holz, einem modernen Telefon, Fax und Kopierer.

Durch die offene Tür hinter mir hörte ich Jutta immer noch reden. Ich machte rasch die Kopien und fand sogar einen Locher und einen Schnellhefter, der so ähnlich aussah wie die anderen.

Als ich zurückkam, gab Jutta gerade die Zusammensetzung der Teams bekannt.

Jede Entscheidung der Rallyeleitung wurde mit Applaus begrüßt. Gerade wurde Dr. Heimlich Hermine Weißenburg zugeteilt.

Vorfreude erfasste mich, als Jutta endlich meinen Namen vorlas und erklärte, wer meine Partnerin sein würde. Aus dem Mund der verbliebenen Herren kam ein kaum unterdrückter Laut der Enttäuschung. Wie unritterlich den restlichen Damen gegenüber, dachte ich.

Ich ging zu Yvonne, die immer noch abseits der Gruppe stand, und stellte mich vor.

»Remigius Rott«, sagte ich. »Freut mich, Sie kennenzulernen.« Ich wusste nicht, was ich weiter sagen sollte, und fügte hinzu: »Ob wir gewinnen?«

»Haben wir jetzt schon«, sagte sie. »Sie zumindest.«

Wie meinte sie das denn? Etwa so, wie ich dachte, dass sie es meinte?

»Man liest Ihnen alles von den Augen ab, wussten Sie das? Reden scheint nicht gerade Ihre Stärke zu sein. Lassen wir das Siezen. Und lass auch das Ypsilon weg.«

»Welches Ypsilon?«

»Das in meinem Namen.«

»Wird er mit I geschrieben?«

Sie sah mich mit ihrer unbändigen Fröhlichkeit an und schüttelte den Kopf. »Du bist aber schwer von Begriff.«

»Wieso? Yvonne – ohne Ypsilon.«

»Gibt was?«

»Vonne?«

»Genau.« Sie lächelte. »So werde ich am liebsten genannt.«

Vonne, dachte ich. Vonne wie Wonne.

Es passte so gut, als würde ein Schloss einrasten.

»Remi«, sagte ich heiser, »nennen mich meine Freunde.«

»Du bist der Detektiv, stimmt's?«

»Stimmt. Nicht der richtige Beruf für jemanden, dem man alles von den Augen abliest«, sagte ich in gespielter Entrüstung. »Und der nichts kapiert.«

Sie nickte, und ihr Lächeln riss nicht ab.

Ich ließ mich anstecken. Die Welt war heiter. Und ich war mittendrin.

»Da habe ich ja verdammtes Glück gehabt«, sagte sie. »Aber du hast dran gedreht, oder?«

Jemand rempelte mich an. Jutta. »Hier, eure Mappe. Viel Spaß.« Es klang ironisch.

»Haben wir unter Garantie«, sagte Wonne, ohne Jutta anzublicken. Stattdessen nahm sie die Sonnenbrille ab, schob den einen Bügel in den Mund und betrachtete mich ein Weilchen.

Plötzlich spürte ich die stechende Sonne.

Nach endlosen Sekunden nickte Wonne in Richtung Parkplatz.

»Nun komm schon«, sagte sie schließlich. »Fangen wir an.«

Sie ging davon.

Ich folgte ihr und bekam mit jedem Schritt weichere Knie.

3

Wie selbstverständlich hatten wir ihren Wagen genommen.

Es war nicht leicht gewesen, darin Platz zu nehmen. Jeder Mensch mit einer Körpergröße von über einsfünfzig war für die Nussschale ungeeignet. Als ich mich endlich auf den Beifahrersitz gequetscht hatte, ragten meine Knie in die Höhe wie zwei kleine Berggipfel, über die ich das Panorama der Windschutzscheibe betrachten konnte. Ich kam mir vor wie bei einer seltsamen Yoga-Übung. Auch Wonne musste die Beine anziehen. Nicht so stark wie ich, aber der Winkel brachte den Rock ganz hübsch ins Rutschen. Ich schätzte den bloßen Streifen heller, makelloser Haut vom Saum bis zum Knie auf fünfunddreißig Zentimeter.

Als sie Gas gab, pustete der heiße Sommerwind von oben in den Wagen.

Auf die Rallye konzentrieren, mahnte ich mich. Die Mappe lesen. Die erste Aufgabe. Ich hatte noch nicht einmal in die Unterlagen geschaut. Ich griff auf den Rücksitz, während wir den Feldweg entlangschaukelten.

Es war eine Liste mit Ortsangaben und den eigentlichen Aufgabenstellungen. Sie begann mit Solingen. Danach kamen Altenberg, Engelskirchen, Overath und sogar die etwas entfernteren Orte Wiehl und Nümbrecht. Jutta hatte bei der Auswahl der Stationen Wert auf historische Gebäude gelegt. Wir würden unter anderem Schloss Burg, den Altenberger Dom und Schloss Homburg mit der legendären Postkutsche zu sehen bekommen.

»Und? Wo geht's zuerst hin?«, fragte Wonne, als wir an der Pfaffenberger Straße standen. Hier mussten wir uns entscheiden, in welche Richtung wir abbiegen wollten.

»Rechts«, sagte ich. »Die erste Station ist Schloss Burg.«

Sie gab Gas.

»Dann gleich wieder rechts.«

Jetzt ging es auf die Burger Landstraße, die uns hinunter in das enge Tal bringen würde, über dem das Schloss thronte.

Ich war lange nicht mehr dort gewesen, aber in meiner Kindheit war Schloss Burg das Ziel etlicher Sonntagsausflüge gewesen. Wie mit Gewalt zwischen die steilen Höhen geklemmt, überragte der historische Rittersitz den kleinen Solinger Ortsteil.

»Du kennst dich hier aus, was?«, rief Wonne und sah zu mir herüber. »Na, du hast ja auch einen Beruf, bei dem man rumkommt.«

Die Tachonadel des kleinen Fiat wanderte über die achtzig, als sie in die erste Kurve ging. Die Fliehkraft fuhr mir in den Magen.

»Wer hat dir eigentlich erzählt, was ich beruflich mache?«, fragte ich.

Sie bremste, gab wieder Gas und lenkte routiniert. Auf der einen Seite der Straße erhob sich der Hang, auf der anderen drohte der Abgrund. Hinter den Bäumen zeigten sich die grauen Mauern des Schlosses.

»Meine Mutter. Sie und Jutta waren Freundinnen.«

Aha, dachte ich. Und da war ich also Gesprächsthema gewesen.

»*Waren* Freundinnen?«, fragte ich nach. »Haben sie sich verkracht?«

»Meine Mutter ist tot.«

Vor uns lag ein Stück gerade Strecke, und Wonne nahm es zum Anlass, knatternd aufzudrehen und auf die nächste Kurve zuzurasen, als lege sie es mit Gewalt darauf an, herauszufinden, wer stärker war. Die Physik oder wir.

»Tut mir leid«, brachte ich hervor. Und ärgerte mich. Das erste kleine Smalltalk-Gespräch, und dann kam gleich ein Todesfall zur Sprache.

»Immerhin habe ich von ihr das Auto geerbt …«

»Verstehe. Von wann ist der Wagen?«

»1957. Erstes Baujahr. Man nennt ihn übrigens Knutschkugel.«

»Ach ja?«

Wir schwiegen. Ich spürte, dass auch sie nach einem neuen Thema suchte. Sie fand schneller eins als ich.

»Ich wollte schon immer mal einen Detektiv kennenlernen«, sagte sie. »Über deinen Job musst du mir unbedingt mal mehr erzählen.«

Ich beschloss, mich ein bisschen weiter aus dem Fenster zu hängen. »Einen Detektiv kennenlernen? Oder mich kennenlernen?«

Sie behielt die Straße im Auge, aber ich konnte ihr ansehen, dass sie am liebsten laut herausgeprustet wäre. »Manchmal fügen sich die Dinge, sodass ein Gutes zum anderen kommt«, sagte sie.

»Verstehe.«

»Das freut mich.«

»Brauchst du denn einen Ermittler?« Oder einen Kerl, fügte ich innerlich hinzu, denn danach sah es irgendwie aus.

»Vielleicht.«

»Ich stehe in jeglicher Hinsicht zur Verfügung.« Ich bemühte mich, so sachlich wie möglich zu klingen. Trotzdem kam ich mir vor wie in einem dieser Filme auf Mannis Pay-TV-Erotik-Kanal. Oder vielleicht gerade deshalb. Das konnte nicht die Wirklichkeit sein. So was gab's einfach nicht.

»Keine anderen Verpflichtungen?« Wonne sah kurz zu mir hinüber. Ihr Blick machte irgendetwas in mir noch weicher, was ohnehin dabei war, zusammenzuschmelzen. Verpflichtungen ... Redeten wir über den Job? Nein – sie checkte ganz klar meinen Beziehungsstatus.

»Frei. Niemandem verpflichtet.« Einsamer Wolf, hätte ich am liebsten noch gesagt, ließ es aber.

»Dann steht einem Engagement nichts im Wege?«

»Nö ...«

Wieder folgten wir einer Kurve und gelangten ins Tal – mitten in die dahingewürfelten Häuser, manche in Fachwerk, andere im typisch bergischen Schieferwandstil. Das Schloss sah wie eine Märchenburg aus – mit wuchtigen grauen Mauern, einem stolz aufragenden Bergfried und dunklen Schieferdächern, die in der Sonne matt glänzten. Auf einem davon wehte eine Fahne.

Plötzlich fuhr Wonne rechts ran. Krachend ließ sie die Handbremse einrasten.

»Was sollen wir hier eigentlich machen?«, fragte sie.

Ich hatte die Karte auf dem Schoß, und sie beugte sich zu mir, sodass mich ihr Duft umwehte. Ein fruchtiges Duschgel oder Parfüm.

»Du hast eine Sache übersehen«, erklärte sie. »Man kann sich die Reihenfolge der Ziele selbst aussuchen. Hauptsache, man hat abends alle Fragen geschafft. Auf dem Partygelände kümmert sich das Einsatzteam dann um die Auswertung. So steht es hier.« Sie hob den Kopf. »Was für ein Einsatzteam?«

»Keine Ahnung«, log ich. Und es musste ein Zeichen gewesen sein. Oder so was wie Telepathie. Jedenfalls meldete sich im selben Augenblick meine neue Handymelodie, und auf dem Display blinkte der Name des Anrufers: Jutta.

»Du magst Verdi?«, fragte Wonne.

Jutta störte. Ich schaltete das Handy einfach aus. Gleichzeitig kombinierte ich messerscharf, dass die Melodie auf meinem Handy von Verdi war und dass ich damit bei Wonne punkten konnte.

»Klar«, sagte ich, als hätte sie mich gefragt, ob ich einen festen Wohnsitz besaß. »Jeder muss Verdi lieben.«

»Und welche Oper gefällt dir am besten?«

»Och …« Ich grübelte fieberhaft, ob ich schon mal den Namen einer Verdi-Oper gehört hatte. Wenn ja, gab es die Chance, dass er mir jetzt einfiel. Angeblich vergaß man ja nichts. Man verschluderte es nur.

Plötzlich kam mir eine geniale Idee.

»Es gibt ja außer den Opern noch andere Sachen …«

Das Prinzip war einfach: Es gab immer noch andere Dinge als die, die *jeder* kannte. Und wenn man sie zur Sprache brachte, hatte man bei Experten gewonnen. Wenn man ganz großes Glück hatte, redeten sie gleich weiter und benannten das, was man nur angerissen hatte. Wenn man also gefragt wurde, welchen Film von XY man am besten fand, dann sagte man einfach: Ich schätze ihn nicht so sehr als Schauspieler, sondern für das, was er sonst so macht. Fragt das Gegenüber, was das wäre, sagt man: sein soziales Engagement.

Wonne stieg tatsächlich gleich darauf ein.

»Du hast recht. Mensch, Remi, du kennst dich ja aus. Das Größte ist seine Kirchenmusik! Das ›Requiem‹. Die Totenmesse. Vorhin habe ich's noch gehört.«

Sie drehte den Schlüssel, ließ den Motor an und drückte einen Knopf am Radio.

Sofort fetzte die klassische Musik wieder los, mit der sie an Juttas Festplatz vorgefahren war.

Ein Chor brüllte irgendwas. Trompeten schmetterten, Pauken donnerten.

»Dies Irae«, schrie Wonne versonnen. »Der Tag des Zorns. Das Jüngste Gericht. Wahnsinn, oder?«

Ein Rennradfahrerpärchen in schwarz-gelbem Profi-Outfit sah sich erschrocken zu uns um.

Ich nickte, wartete ein paar Sekunden, in denen Wonne auf die Radioarmatur blickte, als käme das Heil der Welt von dort. Ich deutete auf die Mappe.

Sie drehte leiser, blätterte die Unterlagen durch und sah mich dann mit einem seltsamen Blick an.

»Hast du Hunger?«, fragte sie.

»Ehrlich gesagt, ja.«

Bei diesem Stichwort fiel mir etwas ein. Wir waren zu früh losgefahren. Jutta wollte noch einen Imbiss reichen. Die anderen saßen jetzt bei Suppe, Salat und Baguette in den Korbstühlen auf der Wiese ... Und wir waren einfach abgehauen.

»Schau mal, was hier steht. Solingen. Schloss Burg. Die Frage lautet: ›Etwas, das es in der Nähe der Burg gibt, ist mindestens fünfmal gewickelt. Was ist das?‹«

»Schief gewickelt oder gerade?«, fragte ich – zugegebenermaßen etwas dümmlich.

Wonne nahm die Mappe, beugte sich über meine Knie hinweg, sodass ihr blondes Haar nur Millimeter von meinem Gesicht entfernt war, und kramte im Handschuhfach nach einem Kuli.

Dann schrieb sie mit großen Buchstaben etwas neben die Frage.

»Burger Brezel?«, fragte ich. »Ist das was von McDonald's?«

»Du darfst das ›Burger‹ nicht wie in ›Cheeseburger‹ aussprechen. U wie u. Dann stimmt es. Es ist eine Brezel aus Burg. Kapiert?«

»Kapiert.«

»Komm, wir kaufen eine.« Sie gab Gas und drehte den Tag des Zorns lauter, allerdings nur ein paar Sekunden lang, denn dann waren wir offenbar schon am Ziel.

Sie hielt an einem kleinen Platz. Vor uns zogen sich die Häuser des Ortes entlang. Alles war knallig aufgepeppt von leuchtend roten Geranien, die tausendfach neben dem Flusslauf in ihren Kästen standen. Von hier aus konnte man rauf zum Schloss laufen oder einfach nur in den Gässchen herumspazieren.

»Warte.« Sie stieg aus.

Die Breitseite des Plätzchens nahm ein spitzes Haus mit Schieferwand ein. Eine Beschriftung über den kleinen Fenstern verkündete, dass wir vor dem Café Meyer standen. Wonne verschwand in einer Tür im Erdgeschoss und kam kurz darauf mit einer Brezel zurück, die so groß war wie ein Kirmeslebkuchenherz. Ein rotes Band zum Aufhängen hatte sie auch.

»Siehst du? Hier in der Mitte? Zähl mal.«

Ich begutachtete die Verschlingung des Teiges zwischen den beiden Schlaufen. Ich zählte sechs Umdrehungen. Aber es war ja auch die Rede von *mindestens* fünf Schlaufen gewesen. Ehe ich darauf eingehen konnte, hatte Wonne ein Stück abgebrochen und hielt es mir vor die Nase. Ich nahm es nicht in die Hand, sondern öffnete den Mund, um mich füttern zu lassen, und Wonne machte mit. Das nächste Stück durfte ich ihr dann in den Mund stecken. Fasziniert beobachtete ich, wie sie erst mit ihren weißen Zähnen daran knabberte, bevor sie herzhaft hineinbiss.

»Der Teig ist hart und trocken«, erklärte sie. »Wie Zwieback. Das ist für diese Brezeln typisch. Sie müssen rappeln.«

Das rote Band verschwand irgendwo im Fußraum und gesellte sich zu den Krümeln, die wir dort hinterlassen hatten.

Ich fühlte mich großartig. Der Tag hatte sozusagen gerade erst angefangen, und ich wagte mir gar nicht auszumalen, was er noch alles bringen würde.

Leider hatte ich mir nur Gedanken in eine bestimmte Richtung gemacht.

Und eine andere vollkommen außer Acht gelassen.

4

In Richtung Wermelskirchen tauchten wir aus dem Tal auf, um nach einer schönen Strecke auf der Landstraße parallel zur A 1 wieder hinunterzugleiten. Kurz vor Altenberg absolvierte Wonne erneut eine Reihe von Serpentinen, die in Motorradfahrerkreisen legendär waren. Zwischen den Kurven zeigte sich ein Bauwerk. Ein spitzes Dach. Ein verziertes Kirchenfenster. Der Altenberger Dom.

Wann war ich das letzte Mal hier gewesen? Ich versuchte mich zu erinnern. Sonntagsausflugsziel Nummer zwei. Bilder tauchten vor meinem inneren Auge auf. Spaziergänge um einen Teich, der sich irgendwo hinter der Kirche befinden musste. Sonntägliches Schwitzen in unbequemen feinen Klamotten. Drückende Schuhe. Essen im Hotel gegenüber. Stillsitzen. Sich benehmen. Braten mit Kartoffeln, Rotkohl und massenhaft dicker Soße.

Wonne bremste hart, als ein Schild auf einen Parkplatz verwies: »Rösberg« stand dort, daneben hing ein blaues Schild mit weißem P.

»Am besten, wir lassen den Wagen hier.« Sie bog in eine Zufahrt ein, die steil ein Stück hinunterführte und uns auf einen Parkplatz aus festgestampfter Erde brachte. Im Schatten hatten sich ein paar Pfützen vom gestrigen Regen gehalten.

Ein Stück weiter war die weiße Fassade eines Gastronomiebetriebes zu sehen, der gleich drei Funktionen in sich vereinte: »Hotel, Restaurant, Café« stand in grüner Schrift auf der Wand und darunter der Name: »Wißkirchen«.

»Wo ist jetzt der Dom?«, fragte ich.

Wonne war ausgestiegen und hielt die Mappe in der Hand. Sie deutete auf eine betonierte Unterführung neben dem Parkplatz. »Wenn ich mich nicht irre, geht's da lang. Das ist der normale Fußweg. Unter der Hauptstraße durch.«

Ich zwängte mich aus der Nussschale auf Rädern.

»Wie lautet denn die Aufgabe?«

Wonne blätterte im Schnellhefter und las vor: »Nun seid ihr in Altenberg. Wo ein Heiliger sein Herz verlor, müsst ihr die Quadrate in den Gittern zählen. Links und rechts der Eisentür.«

»Damit kann Jutta nur mich gemeint haben. Sie sagt immer, ich sei ein komischer Heiliger.«

»Und du hast dein Herz verloren?« Wonne sah mich schelmisch an.

»Nicht erst in Altenberg. Schon früher.«

»Soso.«

Wonne schien wieder kurz vor einem Lachanfall zu stehen und schüttelte den Kopf. »Na komm schon, du Komischer. Heiliger würde ich dich nicht nennen.«

»Warum nicht?« Ich tat entrüstet.

»Na, weil Heilige ... Ach, ist ja auch egal.« Sie ließ mich stehen und ging los.

Ich folgte ihr und schloss zu ihr auf, als sie gerade die Unterführung erreichte.

»Was meinst du?«

Sie blieb stehen und sah mich an. Sie hatte die Sonnenbrille wieder in die Haare geschoben, und zum ersten Mal wurde mir klar, dass ihre Augen gar nicht blau waren, wie ich die ganze Zeit gedacht hatte, sondern grün. In einem ganz hellen Ton, der leicht ins Türkise überging.

»Heilige machen manche Sachen nicht, die du vielleicht gerne tust.«

»Und das wäre?«

Sie verkniff sich die Antwort und ging davon, wieder kopfschüttelnd.

»He, ich will eine Antwort.«

Sie drehte sich um. »Weißt du eigentlich, dass der Altenberger Dom gar kein Dom ist?«

»Ist das jetzt der plötzlichste Themenwechsel unseres Lebens. oder was?«

»Konzentrieren wir uns auf die Rallye. Nutzen wir den Vorsprung.«

Mir wurde warm. Vom schnellen Gehen und überhaupt. Wonne schien ziemlich sportlich zu sein. Es war ein flottes Tempo, das sie vorlegte. Ihre zackigen Schritte brachten den Rock zum Wippen.

Sie hatte ja recht. Man sollte es nicht übertreiben mit den Andeutungen. Oder Taten folgen lassen.

Bei dem Gedanken wurde mir etwas schwummrig. Die kleinste Tat konnte die nette Stimmung sofort zum Kippen bringen. Und wir hatten noch die ganze Rallye vor uns … Wie weit durfte ich mich vorwagen? Wann hörte das Spiel auf? Wann begann die Belästigung? Wann gab man Anlass zu einem ernsten Gespräch, das anfing mit: *Hör mal, ich flirte ja gerne mit dir, du bist ein netter Typ, aber weiter will ich nicht gehen. Nichts für ungut, aber lassen wir das doch jetzt bitte …*

Schweißperlen rollten kitzelnd unter meinem Hemd. »Also kein Dom, hm?« Ich hatte das so dahingesagt. Mein Unterbewusstsein hatte mitgemacht und ebenfalls das Thema gewechselt. »Wieso sagen dann alle Dom dazu?«

»Es handelt sich um ein Kloster, besser gesagt um eine im 12. Jahrhundert errichtete Zisterzienserabtei. Der sogenannte Dom ist die Klosterkirche.«

»Was ist überhaupt genau genommen ein Dom?« Reden, dachte ich. Das schadet bestimmt nicht.

»Ein Dom deutet darauf hin, dass es ein Bistum gibt. Einen Bischof. Wie in Köln zum Beispiel.«

»Und deswegen ist der Kölner Dom ein echter Dom, und das hier ist eine Attrappe?«

»Das kann man nun auch nicht sagen. Der Altenberger Dom ist eben als Dom bekannt. Oder auch Bergischer Dom. Er ist sozusagen ein umgangssprachlicher Dom.«

Der Fußweg führte an einem weißen, modernen Gebäude vorbei zu einer mit Kopfstein gepflasterten Brücke. Darunter floss ein breiter, aber flacher Bach. Die Dhünn.

»Und hier sollen wir nun unseren Heiligen suchen. Bei dem es Gitter gibt. Mit Quadraten …«

»Das ist leicht zu lösen. Gehen wir rein. Das ist immer ein besonderes Erlebnis.«

»Bist du katholisch?«, fragte ich. »Ich meine ... wo du doch Kirchenmusik hörst und so ...«

»Na, du stellst Fragen ...«

»Oder bist du Kunsthistorikerin?« Mir wurde klar, dass ich gar keine Ahnung hatte, was Wonne beruflich machte. Genau betrachtet wusste ich praktisch nichts über sie.

»Was heißt hier oder? Es gibt auch katholische Kunsthistorikerinnen. Du darfst noch dreimal raten. Aber rate gut. Wer richtig rät, wird belohnt.« Es folgte ein unergründlicher Blick.

Wir überquerten die Brücke und erreichten das eigentliche Klostergelände. Baumkronen beschatteten hübsche Natursteinmauern und niedrige Hecken. Rechts lagen lange, weiß leuchtende Gebäude.

Wonne ging zur nächsten Hausecke und blieb dort vor etwas stehen, das ich zunächst für eine Gedenktafel hielt. Erst als ich näher kam, sah ich, dass es sich um ein metallenes Modell der ganzen Anlage handelte – aufgesetzt auf einen Stein und etwa so groß wie die Hälfte meines Küchentischs. Wie das echte Klosterareal wurde die Miniaturnachbildung ebenfalls vom Dom beherrscht. Die Dachkonstruktion erinnerte an winzige Rippen. Hier erkannte man auch, dass zur Domfront, wo sich der Eingang befand, eigentlich ein anderer Weg führte. Gegenüber befand sich noch ein langes Haus, das von einem kleinen Tor unterbrochen war. Ich stellte mich so, dass ich durch diesen Zugang auf den Dom sah.

»Ja, das hat mich auch immer gewundert«, sagte Wonne, als hätte sie meine Gedanken gelesen. »Seltsam, dass man sich früher als Mönch oder Pilger von der Dhünn her dem Kloster genähert hat. Und nicht über den breiten Weg, den man heute nutzt.«

»Das ist Bequemlichkeit. Die Leute wollen mit dem Auto an den Dom heranfahren«, sagte ich.

»Vor Kurzem hat man eine Umgestaltung geplant. Sie wollten den Weg wieder so legen, dass man durch das Tor auf den Dom zukommt. Wie früher. Ist jedoch wieder gecancelt worden.«

Versonnen ließ sie die Finger über das Modell gleiten. Als ihre Kuppen die Ränder berührten, bemerkte ich die Beschriftung, die in erhabenen Buchstaben hervorragte. Sie war nicht nur mit normalen Buchstaben geschrieben, sondern auch in Blindenschrift.

»Die haben an alles gedacht«, sagte sie, erneut so, als könnte sie wissen, was in mir vorging.

Ich vertiefte mich in den Anblick ihrer streichelnden Finger, bis sie weiterging. Hinter der Hausecke standen wir endlich dem großen Domportal gegenüber. Der größte Teil der schmalen Fassade bestand aus einem riesigen Fenster in Spitzbogenform mit vielen Unterteilungen. Die Glasflächen wirkten fast schwarz, was dem Dom etwas Abweisendes gab.

»Das berühmte Westfenster«, sagte Wonne und schritt auf den Eingang zu, der im Vergleich zu dem gigantischen Spitzbogen darüber wie ein Mauseloch wirkte.

»Gibt's hier keinen Kirchturm?« Mir fiel ein, dass ich schon auf dem Modell keinen bemerkt hatte.

Wonne schüttelte den Kopf. »Das gab's bei den Zisterziensern nicht. Bei denen musste alles ganz einfach und schlicht sein. Deswegen hat das Fenster auch nur wenige Farben.« Sie öffnete die Tür, und wir gingen hinein. »Das ist auch der Grund, warum hier drin alles ein bisschen grau wirkt. Aber es ist ein feierliches, edles Grau.«

Unsere Schritte hallten in dem riesigen Kirchenraum. Wonne hatte nicht übertrieben. Das Grau lebte. Es lebte, weil es in so vielen verschiedenen Tönungen vorkam. Es lebte in den schmalen Säulen, die kraftvoll in klaren Formen in die Höhe wuchsen und dort oben das Gewölbe trugen – ehrfurchtgebietend und ernst. Kühle und ein kreidiger, feuchter Geruch umgaben uns.

»Wo willst du hin?«, flüsterte ich.

»Ich suche das Herz. Komm mit.«

Wir gingen abseits der Bänke das linke Seitenschiff entlang, bis wir an die dem Eingang genau entgegengesetzte Seite gelangten. An einer Seitenkapelle blieben wir vor einem schwarzen Metallgitter stehen, das die Rundung vom eigentlichen Kirchenraum abtrennte.

»Schau mal.« Sie deutete durch die Eisenstäbe.

Ich blickte hinein und sah an der Wand so etwas wie einen

kleinen Altar. Darauf befand sich ein dunkler Kasten, der mit einem goldfarbenen Herz geschmückt war.

»Da ist es drin«, flüsterte Wonne, die mit ihrem Gesicht ganz dicht an meines gekommen war. »Das Herz.«

»Wessen Herz?«, fragte ich und bewegte mich keinen Millimeter.

»Engelberts.« Sie stellte sich wieder gerade hin. »Einer aus dem Geschlecht der Grafen von Berg. Er war Kölner Erzbischof und wurde im Mittelalter umgebracht. Im 13. Jahrhundert.«

»Ermordet?«

»Soviel ich weiß in der Nähe von Hagen. Er lebte zum Teil auf Schloss Burg. Insofern hat sich Jutta mit den Zielen ihrer Rallye etwas gedacht.«

»Sollte man den Mord nicht aufklären?«

»Du denkst immer an deinen Job, was? Er ist aufgeklärt. Es war irgendein gräflicher Verwandter. Eine Familienfehde, glaube ich. War mir aber klar, dass dich das interessiert.«

Sie wandte sich wieder dem Schrein zu. »In diesem Reliquiar ist sein Herz beigesetzt.«

»Und der Rest?«

»Weiß ich nicht.«

»Also gut. Wenn ich die Frage richtig verstanden habe, sollen wir die Quadrate hier zählen.« Ich trat ein Stück zurück und deutete auf die Stäbe. Vor dem Schrein befanden sich vier vergitterte Fenster in einer schützenden Mauer – je zwei links und rechts einer ebenfalls vergitterten Tür. Das Gitter bildete gleichmäßige Vierecke. »Jedes Fenster hat vierundzwanzig«, sagte ich. »Mal vier – macht sechsundneunzig.«

Wonne nickte. »Perfekt. Aufgabe gelöst.«

»Und wohin fahren wir als Nächstes?«

Sie brauchte nicht in die Unterlagen zu gucken.

»Erst mal nirgendwohin. In Altenberg sind zwei Aufgaben zu lösen. Die eine ist die mit Engelbert. Die andere hat nichts mit der Historie zu tun. Wir sollen einen Spielplatz finden, der sich hier irgendwo befindet. Und von dort etwas mitbringen. Eine weiße Blume.«

»Wir sollen Blumen klauen? Hm ... und wo soll dieser Spielplatz sein?«

Ich erinnerte mich wieder an etwas. Es war deutlich vor meinen Augen. Und es hatte wieder etwas mit meiner Kindheit zu tun. »Sag mal, gibt's hier nicht einen Märchenwald? So einen mit einzelnen Stationen – kleinen Häuschen, in denen man die wichtigsten Szenen aus verschiedenen Märchen sehen kann? Da gab's doch auch einen Esel«, redete ich mich in Fahrt, von Erinnerungen überschüttet, »auf dem man reiten konnte!«

Plötzlich war mein stärkster Wunsch, diesen Märchenwald noch einmal zu besuchen. Na ja, vielleicht nicht mein *aller*stärkster Wunsch, denn es gab da noch etwas anderes. »Ich bin ganz sicher, dass dort der Spielplatz ist«, redete ich weiter. »Wo Kinder sind, muss auch der Spielplatz sein. Und wo ein Märchenwald ist, sind Kinder, oder?«

»Logisch.«

Wir traten wieder ins Sonnenlicht. Vor dem Dom herrschte reger Betrieb. Eine Gruppe Jugendlicher wanderte vorbei, aus einem Handy plärrte Musik.

Weiter hinten aus Richtung der alten Klosterpforte waren rüstige Rentner unterwegs – in grauen Bequemschuhen mit Klettverschluss und bunten Rucksäcken auf den Rücken.

»Warte mal eben«, sagte ich. »Ich frage schnell, wo es zum Märchenwald geht.«

Ich wandte mich dem Altenberger Domladen zu, der gleich neben dem Eingang zum Dom seine Pforten geöffnet hatte. Ich betrat ein Reich aus Büchern, CDs, Kerzen und allerlei Souvenirs. An der Kasse wurde ich gewarnt: »Sehr geehrter Kunde«, war auf einem Schild zu lesen, »Ladendiebstahl wird bei uns mit ewigem Fegefeuer bestraft.«

Ich war auf kirchlichem Gebiet, kein Zweifel.

Wonne stand auf dem Vorplatz und hielt die Augen geschlossen, das Gesicht gen Himmel gereckt. Die Sonnenbrille hatte sie in ihren Ausschnitt gehängt. Ich blieb unwillkürlich stehen, weil ich das Bild nicht zerstören wollte.

Die Ausflügler um sie herum schienen keine Notiz von ihr zu nehmen – nicht die Fahrradfahrer, die ihre Drahtesel direkt an ihr vorbeischoben und sich nach einer Gelegenheit umsahen, sie abzustellen. Nicht das kleine schwarzhaarige Mädchen, kaum einen Meter groß, das über den Platz tappte und die Rufe der Mutter ignorierte, die auf der angrenzenden Klostermauer saß. Nicht das ältere Paar, das stehen blieb, den Blick zum Dom erhoben, woraufhin der Mann einen farbigen Reiseführer aus seinem Rucksack zog und darin zu blättern begann.

Wonne stand unbeweglich da wie eine Göttin. Entrückt.

Mit einem Mal war der Moment vorbei. Sie musste irgendwie gespürt haben, dass ich aus dem Laden getreten war, denn plötzlich kam Leben in sie. Ein paarmal blinzelte sie in den Himmel, dann drehte sie den Kopf und lächelte mir entgegen – mit einem Blick, der alles in mir schmelzen ließ.

»Und?«, fragte sie.

»Wir brauchen nicht zum Märchenwald zu gehen. Der Spielplatz ist woanders – in der Nähe des Parkplatzes, wo das Auto steht.«

Ihre Hand hob sich etwas, näherte sich mir. Und ohne darüber nachzudenken, ergriff ich sie. Ich ließ sie nicht los, als wir langsam zurück zum Wagen gingen, und es kam mir vor, als sei das Kopfsteinpflaster, über das wir schritten, weich wie Watte.

Manchmal, wenn mein Griff etwas lockerer wurde, hielt Wonne umso stärker fest, und so gingen wir Hand in Hand bis zu dem Kiosk, der sich etwas unterhalb der Straße auf der anderen Seite befand, gleich neben dem Pfad in den Wald, der zu dem Spielplatz führte.

Als wir losließen, war es keine Trennung, sondern ein Versprechen auf baldige Fortsetzung. Seltsamerweise las ich genau in diesem Moment die Mineralwasserreklame am Dach des Kioskhäuschens »Reginaris – Die gesunde Erfrischung aus der Vulkaneifel«. Ernüchternd.

Ich deutete zu den Bäumen. »Hier ist es.«

»Dieser kleine Weg da?« Wonne ging ein Stück auf den Wald zu. »Tatsächlich. Ich kann da hinten schon so was wie einen Sandkasten sehen.«

Wonne befand sich schon weit hinten zwischen den mächtigen Stämmen, die wie Säulen in das Grün des Waldes strebten. Über uns in den Wipfeln zwitscherten Vögel, und jetzt wurde mir auch das leise Rauschen der Dhünn bewusst. Der Fluss musste ganz nah sein.

Ich erreichte Wonne, und es war, als erlebte ich eine Variation der Szene auf dem Domvorplatz. Auf ihrem Gesicht lag ein Sonnenfleck, der seinen Weg durch das Blätterdach gefunden hatte. Sie reckte sich nach oben und hielt die Augen geschlossen, als tanke sie aus dem Licht Energie.

Neben ihr zeichnete sich im Dämmer eines dieser hölzernen Forts ab, wie man sie oft auf Kinderspielplätzen sieht. Es stand in einem großen Sandkasten, zu dem eine Metallrutsche hinunterführte.

Wonne kam mir vor wie eine Fee in einem Wunderwald. Das kleine Fort war ihr märchenhaftes Schloss, das wie ihr ganzes grünes Reich von der Kraft ihrer Aura beherrscht wurde.

Plötzlich kam wieder Leben in sie, und sie lief davon – in Richtung Fluss. Sie streifte die Schuhe ab, watete aber nicht ins Wasser, sondern setzte sich an das etwas erhöhte Ufer und tauchte die Füße in die Dhünn.

»Was sollen wir hier noch mal tun?«, fragte ich.

»Erst mal nichts«, sagte sie. »Es ist so schön hier.«

Eine süße Schwäche erfasste mich. Es hatte nicht nur mit dem Eindruck zu tun, den Wonne auf mich ausübte, sondern auch mit der Angst vor dem, was passieren würde, wenn ich etwas wagte.

Bisher war alles nur Gerede gewesen. Kleine Andeutungen, über die man hinweggehen oder sogar lachen konnte. Ein bisschen Händchenhalten. Aber jetzt wurde es ernst.

Und der Ort war perfekt.

Es war ein klassischer Klarmach-Platz. Romantisch. Einsam.

Wonne saß da und bewegte die Füße sanft im klaren Wasser.

Ich betrachtete versonnen ihre rosa lackierten Zehen.

Sie wartet, dachte ich, und der Gedanke hallte in meinem Kopf wider. Sie wartet darauf, dass du etwas tust.

Sie zog die Knie an, und ihr Rock rutschte wieder ein wenig

nach oben. Ein Moment der Reglosigkeit entstand, der mir endlos vorkam.

Sie wartet.

Tu es.

Setz dich wenigstens neben sie.

Doch dann war es zu spät. Sie stand auf, zupfte ihren Rock zurecht und sah mich an. Ihr Blick hatte etwas Bedauerndes.

Das hatte mir noch gefehlt. Ich war schließlich der große Mordaufklärer. Der Mann, den sie bewunderte. Hatte sie das nicht selbst in Solingen gesagt?

»Müde?«, fragte sie. »Bleib nur. Ich geh mal gucken, was es mit der Blume auf sich hat.«

Ach ja, die Blume.

Blumen im Wald? Und dann auch noch eine weiße? Gab es das?

Sie marschierte los. Barfuß. Ihre Schuhe lagen immer noch neben mir am Ufer.

Wie ein uneingelöstes Versprechen.

Ich starrte sie an und ertappte mich dabei, wie ich mit dem Finger über die Innenseite strich.

Als ich es bemerkte, zuckte ich zurück und sah mich um. Wonne war zum Rand der Lichtung gegangen. Dort lag quer ein Baumstamm, der das Unterholz wie eine Barriere von dem freien Areal trennte.

Ich sah, wie sie sich bückte. Wahrscheinlich wuchsen dort die Pflanzen, um die es ging.

Ich wandte mich ab und überlegte.

Warum war das alles nur so schwer?

Egal, wie emanzipiert und selbstständig die Frauen waren. Es kam doch darauf an, Atmosphäre zu schaffen. Die richtige Stimmung. Und darauf, als Mann wenigstens ein bisschen die Oberhand zu behalten. Die Frauen zu überraschen.

Ich spürte einen Reflex in mir, der mich endgültig fertigmachte. Ich ertappte mich dabei, dass ich zum Handy greifen und Jutta anrufen wollte.

Die einzige Frau, zu der ich ein so enges Verhältnis hatte, dass ich wagte, mit ihr über solche Dinge zu sprechen. Sie hätte mit Sicherheit genau gewusst, was zu tun war.

Das durfte alles nicht wahr sein. Ich war durch den Wind, und das gründlich.

Und während ich noch überlegte, wie ich wieder einen klaren Kopf bekommen konnte – zum Beispiel indem ich ihn in das zweifellos kühle Wasser der Dhünn hielt –, hörte ich aus Wonnes Richtung einen Schrei.

5

Sofort war ich auf den Beinen und rannte los.

Wonne stand über den Baumstamm gebeugt und wirkte, als müsse sie sich jeden Moment übergeben. Sie hielt die Haltung bei, als sie sich Schritt für Schritt rückwärts entfernte.

»Remi«, keuchte sie heiser, als hätte ihr der Schrei die Stimme zerstört. »Schau dir das an.«

Ein weiterer Schritt rückwärts, und sie strauchelte auf dem unebenen Waldboden. Ich fing sie auf. Ihr Körper wirkte hart und verkrampft, und ich spürte nichts mehr von der erotischen Energie, die vorhin noch zwischen uns geflossen war. Ich ließ sie sacht auf den Boden gleiten und nahm sie fest in den Arm.

»Was ist los? Ist dir schlecht?«

Sie streckte den Arm aus. »… da drüben.«

Ich versuchte, von meiner Position aus etwas zu erkennen, denn ich wollte nicht weg von ihr. Ich konnte sie nicht schutzlos zurücklassen.

»Schau nach.« Sie räusperte sich, hatte sich wieder gefangen und stützte sich ab, um aufzustehen. »Nun mach schon. Hinter dem Baumstamm.«

Ich ging auf den quer liegenden Baum zu, der glatt und nackt wirkte. Die Holzfäller hatten die Rinde abgehobelt. Wahrscheinlich sollte der Stamm eine Art natürliche Sitzgelegenheit sein.

Auf der Rückseite, dicht an das Holz gedrängt, lag etwas. Ich erkannte zunächst nur braunen Stoff. Ein Mantel. Auf der rechten Seite ragten daraus Beine hervor, die in festen Schuhen steckten. Links erkannte ich im Unterholz graubraunes Haar, daneben war ein heller Hautfleck zu sehen. Der Rücken war von dem Mantel bedeckt, der in der Mitte viel dunkler war als rundherum.

»Sie ist tot, oder?«, sagte Wonne, die näher gekommen war.

Ich war sicher, aber irgendwas in mir wollte jetzt den Experten spielen. So stieg ich auf die andere Seite von Baumstamm und Leiche und hockte mich hin, um die Tote genauer zu betrachten.

»Wir müssen die Polizei verständigen«, sagte ich und suchte nach meinem Handy.

Ich hatte es bei Juttas Anruf spontan ausgeschaltet. Jetzt dauerte es ewig, bis es hochfuhr.

»Da hinten liegt noch was«, rief Wonne. Sie schien sich schnell von ihrem Schreck erholt zu haben.

»Nicht«, rief ich. Doch es war schon zu spät.

Immer noch barfuß, kniete sie ein Stück weiter auf dem Baumstamm und angelte etwas aus dem Dickicht. Eine Handtasche.

»Lass das liegen. Du darfst nichts anfassen. Geh zurück an den Bach zu deinen Schuhen.«

Endlich war mein Handy betriebsbereit. Ich wählte sofort 110 und erklärte dem Mann auf der anderen Seite, was los war: Eine Tote lag auf dem Altenberger Waldspielplatz.

Als ich aufsah, hatte Wonne immer noch die Tasche in der Hand.

»Leg sie zurück. Die Polizei kommt gleich.«

Sie nickte, ließ die Tasche hinter den Baumstamm rutschen und kam zu mir.

»Hör mir bitte mal zu«, sagte ich, und es klang strenger, als ich es wollte, doch Wonne schien es nicht zu stören.

»Ja?« Jetzt war ihr Blick wieder bewundernd. Ein bisschen wenigstens.

»Wenn dich die Beamten fragen, wie das alles hier abgelaufen ist«, sagte ich, »dann erklärst du, dass du die Tasche zuerst gesehen hast.«

»Warum?«

»Weil sie dann eine Erklärung dafür haben, warum deine Fingerabdrücke drauf sind. Nachdem wir die Tote gefunden haben, hätten wir nichts anfassen dürfen. Jeder Schritt, den wir hier machen, ist einer zu viel.«

»Sagt der, der noch mal neben die Leiche getreten ist und sich alles genau angesehen hat!«

»Ich musste sichergehen, dass sie wirklich tot ist.«

»Und das konnte man von oben aus nicht sehen?«

»Wir warten jetzt auf die Polizei, und das möglichst weit weg. Am besten vorne beim Kiosk.«

Zunächst bewegten wir uns noch in die andere Richtung, denn Wonne wollte ihre Schuhe holen.

»Wer sie wohl auf dem Gewissen hat?«, fragte sie nach einer kleinen Schweigepause, in der wir uns wieder an den Bach gesetzt und etwas erholt hatten.

Es war in Ordnung. Warteten wir eben hier auf die Polizei.

»Noch ist gar nicht gesagt, dass sie ermordet wurde. Und wenn: Für Mord gibt es eine Menge Motive. Um das rauszubekommen, müsste man erst mal feststellen, wer sie ist.«

»Bist du darauf nicht neugierig? Man könnte in die Handtasche gucken und ihre Papiere überprüfen.«

»Ich habe doch gesagt, das ist Aufgabe der Polizei.« Wieder klang ich autoritärer, als ich wollte.

»Du hast also nicht vor, den Fall zu lösen? Das ist doch dein Beruf.«

Ich schüttelte den Kopf. »Nein. Warum sollte ich? Ich arbeite gerade nicht in meiner Detektei. Und außerdem müsste ich einen Auftrag bekommen. Und den erteilt mir die Polizei sicher nicht. Die haben ja auch viel bessere Methoden.«

»Klärst du denn keine Mordfälle auf?«

»Schon. Wenn es zum Beispiel darum geht, einen Unschuldigen zu entlasten. Dann kann es sein, dass mich der Anwalt des Verdächtigen beauftragt. Aber das kommt relativ selten vor.«

Sie wirkte enttäuscht. Wahrscheinlich hatte sie sich das Detektivleben anders vorgestellt.

In mir geriet einiges durcheinander. Einerseits ärgerte ich mich über mich selbst, dass ich die Chance bei Wonne verpasst hatte. Dann störte mich, dass diese Tote dazwischengekommen war. Und schließlich, dass ich an einem Ort, an dem eine Frau umgekommen war, solchen pietätlosen Gedanken nachhing.

»Was hast du auf einmal?«, fragte Wonne. Sie wirkte nicht sauer, eher besorgt oder mitfühlend.

»Es tut mir leid, dass der Tag sich so entwickelt hat. Es wäre netter gewesen, wir hätten die Blume eingesammelt und unsere kleine Reise fortgesetzt.«

»Das können wir doch immer noch.«

»Nachdem wir mit der Polizei fertig sind. Beziehungsweise sie mit uns. Das kann eine Weile dauern. Eine sehr lange Weile.«

Wie auf Kommando ertönte von irgendwo her ein Martinshorn.

»Ich wundere mich, dass dir das alles gar nicht nahegeht«, sagte ich. »Da liegt immerhin ein toter Mensch. Findest du das nicht schrecklich?«

Wonne beugte sich ein Stück vor, und plötzlich machte sie etwas, das mir wie ein Traum vorkam. Sie strich mir vorsichtig über die Wange.

»Wir können ihr nicht mehr helfen, oder? Und es ist ja nicht so, als würden wir hier eine wilde Party feiern.« Ihr Gesicht kam näher, und dann spürte ich kurz ihre weichen Lippen auf meiner Wange. »Die Aufgabe haben wir auch erfüllt.« Sie öffnete ihre Hand und zeigte mir etwas, was sie wohl die ganze Zeit festgehalten hatte. Ein winziges Stängelchen, gekrönt von einem Kranz aus fünf weißen Blütenblättern. »Davon wachsen da hinten ganz viele.«

Wir hörten Schritte. Ein uniformierter Polizist betrat den Spielplatz.

»Hallo?«, rief er. »Haben Sie angerufen?«

Ich ging zu ihm und zeigte ihm die Tote. Kaum war sein Blick auf die Frau gefallen, gab er über sein Funkgerät durch: »Leichenfund. Zwei Zeugen.« Und zu uns: »Kommen Sie. Sie können hier nicht bleiben.«

Gemeinsam kehrten wir zur Straße zurück. Dort stand ein blauweißer Streifenwagen, am Steuer saß ein zweiter Beamter.

Die beiden Polizisten sprachen kurz miteinander, dann nahm der Kollege, der in den Wald gekommen war, unsere Personalien auf. Ich erfuhr, dass Wonne mit Nachnamen Freier hieß.

»Rott?«, wandte er sich an mich. »Der Name kommt mir bekannt vor.«

»Er ist Privatdetektiv«, erklärte Wonne.

»Stimmt das?« Der Polizist machte eine Notiz. »Haben Sie etwas mit der Toten zu tun?«

»Es ist reiner Zufall, dass ich bei dem Leichenfund dabei war«, stellte ich klar.

»Und was haben Sie hier genau gemacht?«

»Wir sind auf einer Rallye«, schaltete sich Wonne wieder ein.

Der Beamte blickte von ihr zu mir und wieder zurück.

Ich bemühte mich, knapp zusammenzufassen, worum es ging. Der Polizist kratzte sich dabei mit dem Stift immer wieder an der Stirn, als würde ihm sein Unterbewusstsein signalisieren, dass er mir einen Vogel zeigen sollte, was er aber aus Gründen der Höflichkeit nicht durfte.

»Interessant«, kommentierte er abschließend meinen Bericht. »Soll das heißen, es sind noch mehr Leute durch den Tatort getrampelt?«

Wonne schüttelte den Kopf. »Vor uns bestimmt keiner. Wir sind das erste Team. Aber es kommen noch welche.«

»Was war denn die Aufgabe hier?«, fragte der Beamte.

»Eine weiße Blume finden und mitnehmen«, sagte ich. »Sie wächst hinter dem Baumstamm. Wo die Leiche liegt.«

Ein ziviles Fahrzeug traf ein und bog auf den Parkplatz gegenüber ab. Die Sache kam in Gang. Bald würden hier die Spurenermittler das Sagen haben.

»Und Sie haben keinen Verdächtigen gesehen? Oder sonst jemanden?«

»Wir waren allein«, erklärte ich wahrheitsgemäß. »Und als wir kamen, war auch niemand dort. Wir haben uns ans Wasser gesetzt. Dann ist meine Freundin … Wonne … Yvonne Freier weggegangen und hat die Blume gesucht. Dabei hat sie erst die Tasche, dann die Leiche gefunden.«

»Haben Sie etwas berührt?«

»Die Tasche. Aber nur kurz«, sagte Wonne.

Der Beamte schrieb fleißig. »Was ist danach passiert?«

»Frau Freier ist erschrocken und hat mich gerufen. Ich bin zu dem Baumstamm gegangen, habe die Leiche gesehen. Das heißt, ich habe noch genauer nachgeschaut, ob sie tot ist. Aber ich habe nichts angefasst. Dann habe ich sofort telefoniert. Wir sind zurück an den Bach. Frau Freier war barfuß. Sie hatte ihre Schuhe dort gelassen. Kurz darauf kamen Sie schon.«

»Man merkt, dass Sie das Beobachten gewöhnt sind, Herr Rott.«

Der Beamte kritzelte immer noch und sprach dabei weiter. Das konnte auch nicht jeder. »Danke für die präzisen Angaben.«

Von der gegenüberliegenden Seite der Straße näherte sich ein Glatzkopf mit hellen Augen. Er erwischte eine Lücke im Verkehr und rannte herüber.

»Ah, Herr Hauptkommissar«, rief der Beamte. »Das hier sind die Zeugen. Sie haben die Leiche entdeckt. Herr Rott und Frau Freier. Herr Rott ist Detektiv.«

»Kotten von der Polizei Bergisch Gladbach«, stellte sich der Glatzkopf vor. »Soso, ein Detektiv. Sind Sie beruflich hier?«

»Er sagt Nein«, antwortete der Uniformierte. »Ich habe alles schon geklärt.«

Der Kripomann beachtete ihn nicht, sondern blickte uns an, als wolle er durch irgendeine Magie unsere Gedanken lesen.

»Warten Sie bitte hier«, sagte er. »Scheffler, Sie kommen mit.«

Die beiden verschwanden im Wald.

»Was nun?«, fragte Wonne.

»Keine Ahnung. Es kann eine Minute dauern oder eine Stunde. Das weiß man nie.«

Wir beobachteten, wie weitere Fahrzeuge heranfuhren. Ein weißer Lieferwagen. Das musste die Spusi sein. Brav blieben wir stehen, wo wir waren. Schweigend.

Endlich kam der Uniformierte, der Scheffler hieß, zurück.

»Sie können gehen«, sagte er. »Aber halten Sie sich bitte zu unserer Verfügung. Ihre Handynummer und Adresse habe ich ja.«

Ich wollte einwerfen, dass ich im Moment kaum an meinem Wohnsitz anzutreffen war, doch ich ließ es. Ich hatte keine Lust, alles komplizierter zu machen. Und ich wollte weg.

Wonne drängte sich an mich.

Sie wollte auch weg.

Wir wollten weg.

Als wir endlich wieder im Wagen saßen, ließ Wonne gar nicht erst den Motor an, sondern nahm meinen Kopf in ihre Hände und begann mich zu küssen, als hätten wir niemals etwas anderes getan.

Ich schloss die Augen, genoss es und bekam nur vage mit, dass ein Auto neben uns hielt.

»Sieh an«, sagte eine Stimme. »Schön ist die Jugendzeit.«

Sofort waren wir auseinander. Ich wandte den Kopf und sah Dr. Heimlich und Frau Weißenburg, die uns fröhlich zuwinkten.

»Na, die weiße Blume schon gefunden? Und das Herz? Das haben Sie wohl eher verloren, was? Hahaha.«

6

Wie lange war es her, dass ich das letzte Mal mit einer Frau zusammen gewesen war? Na ja, so ein bisschen dann und wann. Wenn es mich in Wuppertaler Kneipen verschlug, konnte sich schon mal was ergeben.

Aber so richtig? So mit allem Drum und Dran? Dass es auf einen zugeflogen kam wie ein unausweichlicher Schicksalsschlag? Dass man sofort denkt: So müsste es immer bleiben?

Das war *sehr* lange her.

Wir waren wieder unterwegs. Wonne folgte den legendären Motorradserpentinen den Berg hinauf und hielt sich Richtung Burscheid. Wir hatten schon den neuen Kreisverkehr erreicht, als mir klar wurde, dass etwas nicht stimmte.

Auf genau derselben Strecke waren wir vorhin von Solingen hergekommen. Die nächste Aufgabe musste uns doch in Richtung Gummersbach führen. Oder nach Engelskirchen. Nach Wiehl.

Stattdessen fuhren wir zurück.

Ich wollte mich gerade umdrehen und nach der Mappe auf dem Rücksitz greifen, als Wonne Gas gab und so schwungvoll aus dem Kreisverkehr hinausfuhr, dass die Unterlagen irgendwo in den Fußraum rutschten.

»Wohin fahren wir?«, fragte ich.

»Wermelskirchen.«

»Bist du sicher, dass das richtig ist?«

»Ganz sicher.«

Es ging an den Apfelbaumplantagen vorbei und dann immer weiter auf der Landstraße, an der sich ein Örtchen nach dem anderen aufreihte wie Perlen auf einer Schnur.

Plötzlich griff Wonne mit der rechten Hand in meinen Nacken und streichelte mich, ohne die Straße aus den Augen zu verlieren. Als wir in ein Wohngebiet kamen, nahm sie die Hand wieder weg, weil sie einen Gang runterschalten musste.

Sie sah kurz zu mir herüber. »Soll ich dir mal was sagen?«

»Nur zu.«

»Das ist der aufregendste Tag meines Lebens. Hoffen wir, dass wir nicht noch mehr Tote unterwegs auflesen. Das würde mich nämlich gewaltig stören.«

Ich griff das Angebot auf. »Ach? Wobei denn?«

»Warte ab. Der Tag ist noch lang.«

»So lang auch wieder nicht.«

Ich sah auf die Uhr. Es ging schon auf sieben Uhr zu. Wo war der Nachmittag hin? Wir waren als Erste losgefahren, hatten bisher aber nur zwei Aufgaben gelöst. Von insgesamt fünf, wenn ich mich recht erinnerte. Die Zeit schien sich gedehnt und wieder zusammengestaucht zu haben.

Verknalltheit als Beweis für die Relativitätstheorie. Was wohl Einstein dazu gesagt hätte?

»Dann eben die Nacht«, knüpfte ich an unser Gespräch an und wagte mich noch ein wenig weiter vor.

Wonne sagte nichts.

»Musst du morgen arbeiten?«, fragte ich nach einer Weile des Schweigens. Mittlerweile hatten wir die Auffahrt zur A 1 erreicht, ließen sie aber links liegen.

»Morgen ist Sonntag.«

»Das heißt nichts.« Ich spielte unser Spiel weiter. Herausfinden, was sie von Beruf war. Vielleicht verriet sie sich. »In meinem Job jedenfalls.«

»In meinem Beruf heißt das auch nichts, aber morgen tue ich nichts. Zumindest nichts Berufliches.«

Wahrscheinlich ein freier Beruf, dachte ich. Genau wie bei mir. Wunderbar. Da konnte man sich seine Zeit selbst einteilen.

Ich schloss die Augen und versuchte, die abendliche Sommerluft als Verheißung eines großen Liebesabenteuers zu empfinden. Man musste den Dingen Sinn geben. Das hatte Jutta immer gesagt, als sie mal ein Semester Philosophie studiert hatte. Vorübergehend. Als fünfundvierzigjährige Gasthörerin.

Man musste sich klar werden, was die Dinge für einen bedeuteten. Nicht einfach nur blind genießen. Sondern den Geist mitarbeiten lassen.

Ich muss gestehen, dass ich diese Weisheit damals nicht so richtig verstanden hatte. Welche Bedeutung hatte denn zum Beispiel ein kühles Bier? Außer eben ein kühles Bier zu sein?

Aber jetzt wurde mir klar, was sie gemeint hatte. Der Sommerwind, der nach Wiesen, aber auch ein bisschen nach dem Staub der Straße, nach heißem Asphalt und nach Abgasen roch, bedeutete nicht einfach Sommer, sondern den Beginn eines herrlichen Liebessommers. Der Geruch würde mich immer und ewig daran erinnern. Egal, was kam. Und egal, ob eine gute oder eine schlechte Erinnerung daraus wurde.

Rott, alter Junge, dachte ich. Was ist aus dir geworden? Ein verliebter Philosoph …

Wonne schien wie ich in Gedanken versunken zu sein. Still lächelnd saß sie am Steuer. Ich sah sie von der Seite an. Sie merkte es natürlich, blickte aber nicht herüber. Sie genoss es, von mir betrachtet zu werden. Ich senkte den Blick auf ihre wohlgeformte, verheißungsvolle Figur, auf ihre Beine und beobachtete, wie sie ihre Füße auf den Pedalen bewegte. Sie hatte die Schuhe wieder abgestreift, fuhr barfuß. Jetzt griff ihre rechte Hand zum Schaltknüppel. Sie nahm den Fuß vom Gas, drosselte die Geschwindigkeit und brachte den Wagen in Schritttempo, bevor sie rechts ranfuhr und hielt.

»Hier lösen wir die nächste Aufgabe«, sagte sie.

Ich sah mich um. Wir befanden uns in einem Vorort von Wermelskirchen. Neben dem komplett eingeschieferten Restaurant »Alte Post« hatte sich der ultramoderne Neubau einer Sparkassenzweigstelle breitgemacht, mit einer knallroten Flagge um Aufmerksamkeit heischend. Ein Stück weiter hatte sich ein Autohändler niedergelassen. Auch hier wehten Fahnen – allerdings gelbe. Man hatte sich auf Jahreswagen eines französischen Fabrikats spezialisiert.

»Wo sind wir?«, fragte ich.

»Kölner Straße. Tente. Kurz vor Wermelskirchen.«

»Und was sollen wir hier machen?«

Ich löste den Gurt und versuchte, zwischen den Sitzen nach der Mappe zu angeln. Wonne war jedoch schneller und nahm sie an sich.

»Es geht um einen alten Film. Komm, steig aus. Wir müssen eine Querstraße rein.«

Ein alter Film …

Ich war sicher, davon nichts in den Unterlagen gelesen zu haben. Doch Wonne hatte sich schon die Schuhe angezogen und stieg aus. Ich verließ den Wagen ebenfalls und bemerkte am Zaun des angrenzenden Grundstücks erneut etwas, das aus meiner Kindheit herüberzuwinken schien. Einen Kaugummiautomaten. Außen etwas verrostet, aber innen bunt gefüllt. Ob man da noch Groschen reinwerfen musste?

Ein Stück weiter glänzten drei Aluminiumsäulen. Dazwischen waren Schilder angebracht, die auf nahe gelegene Industriebetriebe hinwiesen. Wonne folgte der Abzweigung von der Hauptstraße weg nach rechts. Wir gelangten an eine Brücke, auf beiden Seiten mit Leitplanken verstärkt. Sie überspannte einen großen Graben, fast so tief wie eine Schlucht.

»Hier gab es mal eine Bahnlinie.« Wonne deutete hinunter. »Und ganz in der Nähe gab es sogar mal einen Bahnhof ›Tente‹, der aber heute aufgegeben ist. Man konnte mit dem Nahverkehrszug nach Köln oder Leverkusen fahren.«

Von den Bahnschienen war von hier oben aus nichts mehr zu sehen. Wahrscheinlich lagen sie längst nicht mehr da. Zu erahnen war jedoch eine moosige Betonkante. Wahrscheinlich der Rest des Bahnsteigs.

Es war wie ein Blick in eine andere Welt. Ich fragte mich, wie es sein musste, da unten herumzulaufen. Man kam sich vermutlich vor wie in einer riesigen langen Höhle. Mit ineinandergeschlungenen Ästen, die sich oben zusammenschlossen.

»Müssen wir da runter, um die Aufgabe lösen?«, fragte ich. Es würde nicht schwer sein, hinunterzukommen. Neben der Brücke war der Abhang leicht zugänglich.

»Nein. Komm weiter.«

Erst kamen wir an Wohnhäusern vorbei, dann wurde das Sträßchen schmal, war aber noch asphaltiert. Wir gelangten ins Grüne. Vor uns lag eine kleine Senke, in der sich Bäume drängten. Nach und nach wurde dazwischen ein Fachwerkhaus sichtbar.

»Was hast du eben von einem Film erzählt?«, fragte ich.

Wonne schien in Gedanken versunken zu sein. »Film?«

»Ja, als wir losgegangen sind, hast du gesagt, es ginge in der Aufgabe um einen Film.«

»Ja, stimmt.«

Sie legte einen Schritt zu, als wolle sie für die Walking-Weltmeisterschaft trainieren. Wir kamen dem Gebäude immer näher. Es lag quer am Ende des Sträßchens. Zwei Stockwerke. In der Mitte befand sich eine grün gestrichene Eingangstür, auf der die berühmten Initialen der Heiligen Drei Könige standen. Mit weißer Kreide geschrieben und in einer fast übertriebenen Deutlichkeit.

Hohe Bäume überragten das fleckige dunkelgraue Ziegeldach. Vor dem Haus parkte ein Wagen. Ein alter Opel, der wahrscheinlich mal dunkelrot gewesen war. Jetzt hatte er überall Rostflecken.

»Bleib stehen«, rief Wonne und hielt mich fest.

Was passierte hier?

Irgendetwas sagte mir, dass wir uns nicht mehr auf der Rallye befanden, aber auch nicht auf dem Weg zu Wonnes Wohnung, sondern in einer ganz anderen Situation. Eine, die mich fatal an meine normale Arbeit erinnerte. An das Aufklären von Fällen. Oder hatte Wonne eine Überraschung für mich?

»Wonne, was ist denn eigentlich los?«

»Nicht so laut, Remi ... Sonst ...«

Ich spitzte die Ohren. Da war etwas zu hören. Ein Geräusch, das nicht in die Landschaft passte. Geknatter, Geballer. Schüsse. Es kam aus dem Haus. Unten rechts stand ein Fenster offen.

»Da guckt jemand fern«, sagte ich. »Das geht uns nichts an. Lenk nicht ab. Was machen wir hier?«

»Lass uns doch erst mal schauen, wer da wohnt.«

Sie versuchte, an mir vorbeizukommen, aber ich hielt sie fest.

»Du tust mir weh!«

Das bezweifelte ich stark, aber das war der Spruch, mit dem Frauen ganz schnell jede Diskussion im Keim erstickten. Sofort ließ ich los.

»Erklär mir, was du mit dem Film gemeint hast.«

»Ach ...« Sie wand sich.

»Also?«

»Da hinten in Tente wurde in den Siebzigern mal ein Film gedreht. Eigentlich sogar zwei Filme. Eine Familiengeschichte. Vielleicht kennst du das ja noch. Die Geschichten um einen kleinen englischen Jungen, dessen Vater Schriftsteller ist und ... ach, ich weiß nicht, wie die Geschichten genau gehen. Ich hab's vor einiger Zeit mal im Fernsehen gesehen. Das war natürlich der Oberkitsch, aber so ein schönes, ideales Familienleben ... das hat schon was.«

Geschichten um einen englischen Jungen. Ein Schriftsteller. Familienleben mit Mama, Papa, Mutter, Opa, Tante. In mir dämmerte etwas.

»›Morgens um sieben ist die Welt noch in Ordnung‹«, sagte ich.

Sie nickte. »So hieß der eine Film. Und der zweite hieß ›Wenn süß das Mondlicht auf den Hügeln schläft‹. Und der ist hier gedreht worden.«

»Was? Aber er spielt doch in England.«

»Trotzdem. Es war eine deutsche Produktion. Drehort Bergisches Land. Tente und Solingen.«

Ich versuchte, mir die Bilder zurückzuholen. Was ich sah, war ein braunhaariger Dreikäsehoch, der morgens durch ein großes Haus fegt und nach und nach die ganze Familie aufweckt. Morgens um sieben. Keine Ahnung, ob die Welt da wirklich noch in Ordnung war. Ich schlief um diese Zeit gewöhnlich. Wie das Mondlicht. Aber nicht auf den Hügeln, sondern im Bett.

Das Geballer aus dem Haus drang wieder in mein Bewusstsein.

»Gut, das haben wir geklärt. Und wir sollen eine Aufgabe lösen, die mit dem Film zu tun hat? Warum hast du mir das nicht gesagt? Gib mir doch mal die Mappe.«

Ich wollte danach greifen, aber sie zog sie weg.

»Ich weiß das alles auswendig.«

»Aber deswegen kannst du doch ...«

Ich unterbrach mich. Ein weiteres Geräusch platzte in die Landschaft. Diesmal war es unverkennbar eine Polizeisirene. Sie kam von der Hauptstraße her. Und kaum hatte ich das Geheule identifiziert, bewegte sich ein Polizeiwagen mit Blaulicht auf uns zu.

Sekunden später war der Wagen da, und wir mussten zur Seite springen, damit er vorbeikam. Das Martinshorn schwoll zu ohrenbetäubender Lautstärke an. Wonne hielt sich die Hände über die Ohren. Ich nutzte die Gelegenheit und nahm ihr die Mappe ab.

Der Streifenwagen bremste vor dem Haus. Die Haustür öffnete sich im selben Moment wie die Autotüren. Im Türrahmen stand ein überrascht wirkender junger Mann in blauer Jogginghose und mit nacktem Oberkörper. Dem Auto entquollen die Uniformierten, die wir bereits in Altenberg kennengelernt hatten, und der Glatzkopf.

Kotten kam auf uns zu, während sich seine Kollegen um den jungen Mann scharten.

»Na, das ist ja mal ein Zufall«, sagte er. Im Hintergrund verfolgte ich, wie einer der beiden Beamten etwas zu dem Mann in der Jogginghose sagte. In der Hand des anderen blitzten Handschellen.

»Hallo, Herr Kotten«, sagte ich. »Ja, Zufälle gibt's.«

Der Kripomann betrachtete uns prüfend. Ein Stück weiter wurde der junge Mann zum Auto gebracht. Schließlich saß er im Wagen, neben ihm der eine Uniformierte. Scheffler.

»Wir können«, rief der andere herüber.

»Immer noch auf Rallye?«, fragte Kotten, der es offenbar nicht eilig hatte.

Ich übernahm das Reden. »Ja, die nächste Aufgabe hat uns hierhergeführt. Ist der Herr da der Mörder der Frau, die wir gefunden haben?«

»Geben Sie mir doch mal Ihren Rallyeplan.«

Wonne schien erst jetzt zu bemerken, dass sie ihn nicht mehr in der Hand hatte. Ich händigte ihn brav aus.

»Wir müssen eine Frage wegen eines Films beantworten«, erklärte ich beflissen. »Wussten Sie, dass hier drüben ein seinerzeit ganz berühmter Film ...«

Kotten blätterte und runzelte die Stirn. »Was soll der Quatsch, Rott?«

»Immer noch *Herr* Rott bitte, ja!«

»Sie sind ja bei den Polizeibehörden in Wuppertal, Solingen, Remscheid, im Rheinisch-Bergischen und im Oberbergischen Kreis ziemlich bekannt ...«

Es klang, als hätte er Erkundigungen eingeholt. Von mir aus. Er konnte mir nichts.

»... und die Kollegen sagen, dass Sie sich gerne mal in Dinge einmischen, die Sie nichts angehen.«

»Aber nicht heute. Ich habe frei. Ich bin Gast auf dem Fest meiner Tante. Fahren Sie hin und fragen Sie sie. Ich kann Ihnen auch die Telefonnummer geben.«

»Nicht nötig. Es reicht, wenn Sie mir zeigen, wo hier die Aufgabe steht, die Sie hergeführt hat.«

Er gab mir die Mappe wie ein Lehrer, der seinem schlechten Schüler eine verhauene Arbeit um die Ohren schlagen will.

Ich blätterte. Über Wermelskirchen oder Tente fand ich nichts. Natürlich nicht.

»Das tut mir jetzt leid für Sie, Herr Rott.« Er betonte das Herr ganz deutlich. »Und für Sie auch, Frau Freier.«

»Wir waren halt neugierig«, sagte sie.

Wir? Ich hörte wohl nicht richtig. Ich war überhaupt nicht neugierig. Jedenfalls nicht im Hinblick auf die tote Frau. Andere Dinge hätte ich allerdings schon ganz gerne erfahren.

»Woher haben Sie die Adresse des Mordopfers? Und die Information, dass Frau Hackenberg hier mit ihrem Sohn zusammenlebte?«

»Hören Sie, Herr Kotten«, machte ich einen neuen Vorstoß. »Das ist ein Missverständnis. Wir haben mit der Sache nichts zu tun. Wir haben mit Herrn Hackenberg auch nicht geredet. Können wir jetzt gehen?«

»Sie haben sich in Ermittlungen eingemischt.«

»Nein, das kann man so nicht ...«

Er unterbrach mich: »Das würde ich schon so sehen, Herr Rott.«

»Also gut. Es kommt nicht wieder vor.«

»Wunderbar.« Kotten lächelte kühl. »Wir sehen uns in einer halben Stunde.«

»Was?«

»Polizeibehörde Gladbach. Wir brauchen sowieso Frau Freiers Fingerabdrücke. Schließlich hat sie die Tasche des Opfers angefasst. Ihre, Herr Rott, haben wir. Sie waren ja schon öfter unser Gast.«

Kotten ging zum Streifenwagen und öffnete die Tür. Der Beamte am Steuer ließ den Motor an.

»Und unterstehen Sie sich, nicht zu erscheinen«, rief Kotten. »Sie kriegen den Ärger Ihres Lebens.«

7

»Ich höre«, sagte ich, vor Wut zitternd.

»Behandel mich bloß nicht so von oben herab!«

»Das tue ich nicht. Ich finde nur, du hättest mir sagen sollen, wenn du Detektiv spielen willst.«

Wonne ballte die Fäuste und ging nervös hin und her.

»Ich dachte, es wäre eine nette Überraschung, wenn ich dir helfe, den Fall zu lösen.«

»Ich habe dir doch erklärt, dass ich niemals einen Fall habe, nur weil ich eine Leiche finde. Jemand muss mich dazu beauftragen.«

»Ja, ja, ich hab's kapiert.«

»Hast du wirklich die Handtasche von der Frau überprüft und so schnell ihre Adresse herausgefunden? Ich meine: Hat sie hier gewohnt?«

Wonne nickte.

»Das war eine Meisterleistung. Ich hab das gar nicht bemerkt. Du könntest glatt bei mir einsteigen. Wenn dein Job es zuließe.«

Sie lächelte wieder, ging aber nicht auf die Anspielung ein.

»Und das mit dem Film?«, fragte ich. »War das auch erfunden?«

Sie schüttelte den Kopf. »Das ist alles wahr.«

»Das heißt, du hast anhand der Adresse der Frau gesehen, dass sie in Tente wohnt, und dann ist dir diese Sache mit dem Gaylord-Film dazu eingefallen?«

Wirklich assoziationsfreudig, das musste ich zugeben. Meine Wut bröckelte schon wieder ein bisschen.

»Ich kenne die Gegend hier ganz gut. Und viele Geschichten dazu.«

Dann war sie vielleicht Schriftstellerin. Heimatforscherin.

Plötzlich stoppte sie ihr Auf-und-ab-Gehen und marschierte plötzlich auf das Haus zu. Ich kam hinterher. »Ich denke, wir sollten uns mal verdünnisieren. Wir haben gleich einen Termin.«

Sie blickte nachdenklich auf die Eingangstür. »Glaubst du, dass der Sohn seine Mutter getötet hat?«

»Wer sagt denn, dass der Typ da eben ihr Sohn war?«

»Der Kommissar hat es doch gesagt.« Sie deutete in Richtung der Büsche. »Schau mal, dahinten liegt noch ein Haus.«

»Jetzt lass uns gehen«, sagte ich und sah auf die Uhr. Wir mussten pünktlich sein, sonst gab es echten Ärger. Und darauf konnte ich verzichten. Wie lange war das Gespräch mit Kotten her? Schätzungsweise acht Minuten. Blieben zweiundzwanzig. Sechs Minuten brauchten wir, bis wir das Auto erreichten und neben dem Kaugummiautomaten einstiegen.

»Weißt du, wo diese Polizeiwache ist?«, fragte Wonne.

»Allerdings.«

Eine Minute vor dem Termin fuhren wir den Hang zur Kreispolizeibehörde hinauf. Ich kannte den Laden besser, als mir lieb war. Mein Job brachte es mit sich, dass ich hin und wieder von der Polizei falsch eingeschätzt wurde und sogar gelegentlich in Verdacht geriet. Dagegen war das hier eine Lappalie. Trotzdem verfolgte ich mit immer größerer Ungeduld, wie Wonne die Fingerabdrücke abgenommen wurden. Nach gefühlten drei Stunden brachte uns ein Uniformierter in einen winzigen Besprechungsraum, in dem man sich die Kante des Schreibtischs in die Leiste rammte, wenn man sich von einer Ecke zur anderen bewegte.

Wir klemmten uns auf Bürostühle, von denen es genau drei gab. Der dritte blieb leer. Hinter dem Fenster war ein Stück dunkelblauer Himmel zu sehen. Die Nacht kam.

»Danke, dass du dich für mich eingesetzt hast«, sagte Wonne und rieb ihre Finger aneinander. Man sah immer noch die Spuren der Abdrucktinte.

»Hab ich das?«

»Na ja, als ich vorhin zugeben musste, dass die Aufgabe in Tente gar nicht auf der Liste stand … Du weißt schon. Du hättest dich ja auch einfach raushalten können. Das hast du aber nicht getan.«

Ich wollte gerade etwas sagen, da öffnete sich die Tür, und Kotten kam herein.

Er hatte keine Probleme, sich in den dritten Stuhl zu klemmen. Offenbar besaß er Routine darin. Sorgfältig legte er die Hände übereinander, als sei das irgendwie wichtig, und sah uns an.

»Frau Freier, Herr Rott ...«

Wir sagten nichts. Nickten nur wie Schulkinder, denen eine Standpauke gehalten werden soll.

»Ich ermahne Sie dringend, von weiteren Einmischungen in unsere Arbeit abzusehen. Natürlich haben Sie richtig gehandelt, als Sie uns den Fund der Leiche gemeldet haben. Aber was danach passiert ist, überschreitet eindeutig Ihre Kompetenzen.«

Wir nahmen die angebotene Rolle von Schulkindern mit schlechtem Gewissen an und nickten weiter brav.

»Dass Sie, Frau Freier, eigenmächtig die Tasche der Toten geöffnet und nach Unterlagen über ihre Identität gesucht haben, hat uns den Job nur erschwert. Sie haben damit niemandem einen Gefallen getan.«

Wieder Nicken, den Blick auf den Tisch gesenkt.

Kotten seufzte. »Also gut«, sagte er. »Sie können gehen. Um die Fingerabdrücke abzugleichen, haben wir jetzt alles, was wir brauchen. Aber ...« Er machte eine bedeutungsvolle Pause. »Herr Rott?«

»Ja?«

»Ihnen ist hoffentlich klar, dass wir Sie im Auge behalten. Sie haben uns schon in der Vergangenheit eine Menge Ärger gemacht.«

Und ich habe eine Menge Fälle gelöst, wollte ich hinzufügen, sah aber nur erneut demütig drein.

»Also gut, gehen Sie.«

Als wir aufstehen wollten, gab es ein wenig Gehedder. Der Raum neben dem Tisch war zu schmal, als dass man sich gleichzeitig erheben und zur Tür gehen konnte.

Kotten sah es und gab uns einen Tipp: »Wir machen es immer so, dass zuerst der rausgeht, der der Tür am nächsten sitzt.«

Also ging er selbst, dann ich, dann Wonne.

Draußen empfing uns Dunkelheit und milde frühsommerliche Luft.

Schon als wir in die Straße einbogen, die zu Juttas Feier führte, sahen wir flackernden Lichtschein. Und wir hörten laute Musik. Jemand sang sehr hoch, sehr schmetternd und sehr schräg zur Bandbegleitung.

Kurz vor der zum Parkplatz umfunktionierten Wiese konnten wir genauer erkennen, was los war. Jutta hatte Fackeln in den Boden gesteckt. Sie bildeten einen Kreis um das ganze Geschehen und beleuchteten die Szenerie gespenstisch. Vor dem Haus spielte die Band und begleitete einen Solosänger, der mir irgendwie bekannt vorkam. Ich kniff die Augen zusammen und erkannte Mathisen – offensichtlich sturzbetrunken. Die anderen Gäste standen, von den Flammen flackernd angestrahlt, herum und unterhielten sich oder aßen. Drei oder vier hatten sich direkt vor der improvisierten Bühne eingefunden und betrachteten Mathisen fasziniert. Jetzt erkannte ich auch das Lied. Es war »O sole mio«.

»Der könnte ja glatt einer der drei Tenöre sein«, sagte ich. Die Stimme klang wirklich ausgebildet. Allerdings hatte Mathisen sie wegen seiner Trunkenheit nicht so ganz im Griff.

»Er war mal ein bekannter Tenor«, sagte Wonne. Ohne uns abzusprechen, waren wir im Wagen sitzen geblieben und schauten zu der Party hinüber, an der wir keinen Anteil hatten. »Heute hat er eine Künstleragentur. Mit seiner Frau Hermine Weißenburg zusammen.«

»Jutta hat mir davon erzählt«, sagte ich. Das war genau die Kategorie von Leuten, die Jutta kannte. Sie trieb sich auch gern auf den berühmten Musikfestivals herum. Ein paarmal war sie schon in Bayreuth gewesen. Sie hatte überall Bekannte, von denen sie eingeladen wurde und die ihr Karten besorgten.

»Aber im Moment macht er sich zum Obst«, sagte Wonne.

Wir mussten beide lachen, als Mathisen den letzten Ton des italienischen Tenorklassikers ganz hoch nahm und dabei krächzend abstürzte. Das schien sein Publikum nicht zu stören. Es brach in jubelnden Applaus aus. Wahrscheinlich wäre er noch stürmischer geworden, wenn nicht mehr als die Hälfte der Leute keine Hand zum Klatschen frei gehabt hätten. Sie mussten entweder ein Glas, einen Teller oder beides festhalten.

»Ich glaube, ich werde fahren«, sagte Wonne. »Ich habe keinen Bock auf die Party.«

»Ich auch nicht«, sagte ich und versuchte, enthusiastisch zu klingen. »Die Nacht ist noch jung. Unternehmen wir was. Hast du Hunger? Wir könnten was essen gehen. Wenn wir nicht auf das fast aufgegessene Büfett dort zurückgreifen wollen.« Ich überlegte: Viel würde nicht mehr aufhaben. McDonald's vielleicht.

Weich trafen mich ihre Lippen. Eine rosa Wolke hüllte mich ein. Wonne war stürmischer als beim ersten Mal. Schließlich machte sie sich los.

»Tut mir leid, ich muss weg«, sagte sie.

Irgendetwas in mir erstarb. »Das kann doch nicht dein Ernst sein.«

»Doch, Remi, ist es.«

Das klang endgültig. Und jetzt ließ sie auch noch den Motor an.

»Ich fahre.«

»Wer bist du?«, fragte ich. »Ich habe so wenig über dich erfahren. Das kann es doch nicht gewesen sein.«

»Willst du denn wirklich mehr über mich wissen?«

»Natürlich. Könnten wir nicht noch woandershin?«

Wieder ihre Lippen. Noch eine Steigerung. Weiche Bewegungen. Ihre Hand irgendwo auf meinem Arm. Ganz leicht und sanft.

»Nicht heute«, sagte sie. »Glaubst du, ich haue ab und du siehst mich nie mehr? Davor brauchst du keine Angst zu haben. So leicht kommst du mir nicht davon.«

Ihr Blick, in dem sich die zuckenden Flammen der Fackeln spiegelten, ging an mir vorbei, und ich wandte den Kopf. Eine Gestalt hatte sich von der Partygesellschaft gelöst und kam auf uns zu.

»Steig aus«, sagte Wonne.

»Wieso?«

»Ich fahre. Ich will keinen Ärger. Geh schon.«

»Wieso Ärger …?«

»Mach's gut. Ich melde mich.«

»Aber wie? Du hast nicht mal meine Telefonnummer.«

Ich stand schon neben dem Auto. Sie begann zurückzusetzen.

»Die finde ich im Telefonbuch.«

»Aber ich hüte ein Haus. Ich wohne derzeit nicht in meiner Wohnung, sondern zwischen Mettmann und Wülfrath ...«, rief ich den roten Rücklichtern hinterher. Keine Ahnung, ob Wonne es gehört hatte. Dann stand ich allein da, und ich fühlte mich, als hätte mir jemand etwas ausgerissen.

»Remi! Wie schön, dass du dich auch mal hier blicken lässt. Wie ich sehe, hast du dich glänzend amüsiert.«

»Ja«, sagte ich benommen. Die Lichter wurden kleiner und verschwanden. Erst jetzt wurde mir klar, dass Jutta neben mir stand.

Sie packte mich am Arm. »Kannst du mir mal sagen, was das soll? Du haust einfach ab und lässt mich im Stich. Nicht nur dass du viel zu früh losfährst und nicht auf die anderen wartest. Du verschwindest auch noch spurlos.«

Drüben begann die Band wieder zu spielen. Ich erkannte »Moon River«. Mit Saxofonsolo. So laut, als bestünde das Publikum aus Gehörgeschädigten. Wir konnten uns hier in der Dunkelheit prima streiten, ohne dass die Gäste es mitbekamen.

»Das mit dem frühen Losfahren war ein Versehen. Und sicher hast du mitbekommen, dass wir unterwegs über eine tote Frau gestolpert sind. Wonne hat die Tasche der Frau berührt, und deswegen mussten wir zur Polizei, weil sie die Fingerabdrücke vergleichen mussten.«

»Und du hast natürlich den großen Beschützer gespielt. Hättest nicht wenigstens du zurückkommen und mir helfen können?«

»Wie hätte ich das denn machen sollen? Wir waren mit ihrem Auto unterwegs.«

»Auf das ihr euch ja sofort gestürzt habt. Du hättest doch anrufen können.«

»Was stört dich denn eigentlich? Dass ich mit Wonne unterwegs war oder dass ich mich nicht gemeldet habe? Die Party läuft doch super. Du brauchst mich überhaupt nicht. Du hättest von Anfang an allein feiern sollen. Deine Gäste können mir eh gestohlen bleiben.«

»Bis auf einen, der noch nicht mal eingeplant war.«

Ich verstand nicht, warum Jutta das so kompliziert sah. Wonne war eben gekommen, ohne zuzusagen – war das so schlimm?

»Mein Gott, ja, wir haben uns gut verstanden. Gönnst du mir das etwa nicht?«

»Du solltest dich ein bisschen loyaler verhalten.«

Ich fasste es nicht. Jutta war eifersüchtig. Das hatte ich noch nie erlebt. Und mit einem Mal wurde mir das alles zu viel. Ich ging los.

»Wo willst du hin?«

»Zu meinem Auto.«

»Du willst fahren?«

Ich fand in der Tasche meinen Autoschlüssel, drückte auf den Knopf, und die gelben Blinker zwinkerten den Fackeln drüben zweimal zu.

»Meld dich, wenn du dich wieder eingekriegt hast.«

»Remi, so hab ich das doch nicht gemeint.«

Ich antwortete ihr nicht. Sonst legten Frauen immer solche Abgänge hin. Allen voran Jutta. Aber was sie konnte, konnte ich schon lange.

Es war mir klar, dass es die Enttäuschung über Wonnes plötzlichen Abschied war, der ich Luft machen musste. Ich fuhr los und sah nicht in den Rückspiegel. Der Wagen rollte zur Abzweigung. Als ich dort anhielt, empfand ich es als Erleichterung, der Veranstaltung entronnen zu sein.

Doch über Wonne wusste ich gar nichts.

Nichts bis auf den Nachnamen.

Ich hatte keine Adresse. Keine Telefonnummer.

Ich bog ab, rauf in Richtung Norden. Es war vorbei.

Und mein Job wartete.

Zeit, mal wieder nach Mannis Haus zu sehen.

Ich fuhr durch die Dunkelheit, und für einen Moment hatte ich blitzartig das Gefühl, Wonnes Nussschale rechts in einer Einfahrt zu sehen. Ich sah noch mal genau hin, doch da war ich schon vorbei.

Und es war natürlich Unsinn. Warum sollte sie hier mit ihrer Knutschkugel herumstehen?

Ein Stück weiter musste ich an einer Ampel halten. Eine Gruppe junger Leute sammelte sich am Fußgängerübergang. Eines der Mädchen sah Wonne so ähnlich, dass ich den Reflex, auszusteigen und zu ihr zu laufen, nur mühsam unterdrücken konnte.

Die Sehnsucht treibt seltsame Blüten, dachte ich.

Zurück in Mannis Haus, das mich unversehrt empfing, holte ich eine Flasche Whisky aus der Bar und schmiss den Computer an.

Dass eine Yvonne Freier weder in Köln noch in den Städten drum herum im Telefonbuch verzeichnet war, fand ich innerhalb von drei Minuten heraus. Um den Jack Daniels zu leeren nahm ich mir etwas mehr Zeit.

8

Ein leises Klickern stahl sich in einen Traum, in dem ich mit Wonne durch das Bergische Land fuhr und plötzlich an einem Bahnhof stand.

Eigentlich war es kaum mehr als ein asphaltierter Bahnsteig mit einer dieser schwarz-weißen Bahnuhren. Der Sekundenzeiger tickte über das Zifferblatt. Wonnes Haar glänzte fast unnatürlich golden, und ihr Gesicht veränderte sich, ohne dass mich das erschreckt hätte. Auf einmal sah sie aus wie Gabi Winkelrath – ein Mädchen aus der Parallelklasse, das ich irgendwann Mitte der Siebziger geküsst hatte. Gabi war die Erste gewesen, die es zuließ, dass ich ihre Brüste berührte. Natürlich nur durch den Stoff, aber ich erinnerte mich genau, wie aufregend es war, diese eigenartige Weichheit zu entdecken.

Erneut klickerte es. Wonne, die jetzt wieder sie selbst war, lächelte mich an und deutete in Richtung eines Gebäudes. Dort, an dem verfallenen Wartehäuschen, stand ein kleiner dunkelhaariger Junge, vielleicht acht Jahre alt. Erst in diesem Moment wurde mir bewusst, dass ich wahrscheinlich selbst dieser Junge war.

»Das ist Gaylord«, sagte Wonne jedoch. »Und das hier ist der alte Bahnhof Tente. Morgens um sieben ist die Welt noch in Ordnung.«

Plötzlich klickerte etwas hell, und ich war wach. Ich lag auf der Seite in Mannis Gästebett und blickte genau auf den Digitalwecker: neun Uhr dreiunddreißig.

Die Welt war definitiv länger in Ordnung als bis sieben Uhr – vorausgesetzt, man durfte schlafen.

Jetzt klickerte es noch mal. Es kam vom Fenster, das ebenfalls in meinem Blickfeld lag. Kleine Steinchen flogen gegen die Scheibe. Und jemand rief draußen meinen Namen.

Ich wollte aufstehen, doch ein stechender Schmerz von der Schädeldecke über die Schläfen bis in den Nacken ließ mich stöhnend zurücksinken. Mein Mund war trocken wie Styropor.

»Remi! Ich weiß, dass du da bist.«

Wonne!

Moment, warnte ich mich. Du hast gestern Abend schon mehrmals Gespenster gesehen. Du siehst sie ja neuerdings überall.

Egal. Vielleicht war sie ja dieses Mal real.

Mit übermenschlicher Kraft richtete ich mich auf, biss die Zähne zusammen, schleppte mich zum Fenster und machte es auf. Unten auf dem kiesbedeckten Vorplatz stand Wonne, frisch und energiegeladen wie der neue Sommertag.

»Da bist du ja.« Sie winkte. »Kannst du mich bitte mal reinlassen? Dieses Haus scheint keine Klingel zu haben.«

»Warte einen Moment«, krächzte ich. Der Schmerz aus dem Kopf setzte sich im rechten Arm fort.

»Oh, hab ich dich geweckt?«

Ich absolvierte meine Wanderung zur Haustür und öffnete.

»Hey, du siehst ganz schön zerknittert aus.« Wonne hatte einen Korb in der Hand. Wie Rotkäppchen auf dem Weg zur Großmutter. »Du hast doch hoffentlich noch nicht gefrühstückt?«

Ich musste mich kratzen, und dann fiel mir siedend heiß ein, dass ich mit Sicherheit kein allzu anziehender Anblick war.

He, alter Junge, dachte ich. Sie ist da. Reiß dich zusammen. Bring dich außerhalb ihres Blickfeldes und sorg für Klarschiff.

»Ich bin gleich so weit«, brachte ich hervor.

Sie sah mich an. »Freust du dich nicht, mich zu sehen? Bis du etwa sauer?« Eine Spur Enttäuschung in ihrer Stimme.

Ich war verblüfft. Meine derangierte Ausstrahlung schien sie nicht im Mindesten zu stören.

Trotzdem.

»Doch, doch. Ich freue mich total, ehrlich. Ich will nur schnell raufgehen und mich … anziehen.«

»Super. Ich mach solange Frühstück. Wo ist in diesem Palast die Küche?«

Sie stakste an mir vorbei, in der Hand den Korb. Ich bekam den Vergleich mit Rotkäppchen nicht aus dem Kopf. Ein rotweiß gewürfeltes Tuch bedeckte den Inhalt. An der Seite war es etwas verrutscht, und ich erkannte zugeschraubte Gläser. Außerdem zog Wonne einen Geruch nach Bäckerei hinter sich her. Offenbar hatte sie irgendwo Brötchen gekauft.

Ob ich noch schlief? Und immer noch träumte?

Ich verzichtete aufs Rasieren, duschte so schnell wie nie zuvor und zog mich in Windeseile an. Es dauerte genau viereinhalb Minuten, bis ich Mannis noble Marmortreppe wieder hinunterschritt.

Im Bad hatte mich plötzlich ein seltsames Gefühl beschlichen. Wie würde sich Wonne mir gegenüber verhalten? Würde sie die Ereignisse des gestrigen Abends nur als Flirt ansehen und darüber hinweggehen? Würde sie der Sache den Gnadenstoß verpassen nach dem Motto: Lass uns einfach nur Freunde sein?

So war es damals auch mit Gabi weiter- oder vielmehr zu Ende gegangen. Mir hatte das lange Kopfzerbrechen beschert. Einerseits wollten Frauen, dass man sich ihnen gegenüber als nett und zuverlässig, also als guter Freund erwies. Aber wenn man es dann tat, konnte es passieren, dass man für die Beziehung nicht mehr der Richtige war. Als hätte sich irgendetwas verbraucht. Manche Frauen behaupteten nach dieser Phase der hoffnungsfrohen Anfreundung sogar, es käme ihnen jetzt seltsam vor, wenn man zusammen ins Bett ginge.

Bitte – alles, nur das nicht bei Wonne!

Wonne hatte in derselben kurzen Zeit etwas fertiggebracht, wofür ich Jahre benötigt hätte. Sie hatte im Esszimmer den Tisch gedeckt, Wurst und Käse auf Tellern drapiert und sogar Marmeladengläser einzeln mit Löffeln versehen.

Bei mir zu Hause kam alles einfach so auf den Tisch, wie es mir in die Finger geriet. Nutellaglas, Brotscheiben, Käsescheiben in der Verpackung. Falls ich nicht sowieso im Stehen frühstückte und mir alles gleich aus dem Kühlschrank griff.

Wonne hatte das bunte Geschirr aus Mannis Küche genommen. Zu einem blauen und einem grünen Teller, einer gelben und einer roten Tasse gesellten sich die nicht minder bunt gefüllten Gläser mit Marmelade, die sie offenbar mitgebracht hatte. Die Klebezettel waren von Hand beschriftet. Als ich näher kam, konnte ich sie lesen: »Apfel-Holunder« stand auf einem Glas mit rötlich dunklem Inhalt, auf einem anderen mit etwas hellerem Rotem darin »Himbeer-Zitronenmelisse«.

»Das ist doch nicht dein Ernst, Remi!« Wonne hatte aus der Küche gerufen. »Das darf nicht wahr sein! Ich fass es nicht!«

Sie stand an der Arbeitsplatte und hatte wohl gerade Scheiben von dem Brot abgeschnitten, dessen Duft die Küche erfüllte.

Der riesige Kühlschrank war offen. Im oberen Kühlfach stapelten sich drei meiner von mir so ausgiebig konsumierten Tiefkühlpizzas.

»Da ich nichts anderes gefunden habe, muss ich davon ausgehen, dass du dieses Zeug hier isst.«

»Na ja, ich habe oft wenig Zeit, und es ist halt einfach, so ein Ding in die Mikrowelle ...«

»Tiefkühlpizza in der Mikrowelle?« Ihr freundliches, immer zum Lachen aufgelegtes Gesicht verzog sich angeekelt. Sie schmiss das Tiefkühlfach wieder zu. »Und was nimmst du zum Frühstück zu dir? Dachpappe?«

»Nein ... Ich trinke einen Kaffee. Manchmal esse ich dazu ein Brot. Wenn ich Zeit habe.«

Sie nahm die abgeschnittenen Scheiben, legte sie auf einen flachen Teller und brachte ihn zum Esstisch hinüber. »Dann solltest du langsam mal was Neues kennenlernen. Schon mal was von Slow Food gehört? Bring die Kaffeekanne mit.«

Ich gehorchte.

»Guten Morgen übrigens«, sagte sie, als ich am Tisch stand.

Sie zog mich an sich, gab mir einen echten, tief empfundenen, langen Kuss. Ihr Geruch vermischte sich mit dem des frischen Brotes, der Zitronenmelisse und all der anderen Wunderdinge, die in ihrer Konfitüre enthalten waren. Ich war jetzt absolut sicher, dass sie sie selbst eingekocht hatte.

»Nur damit du nicht denkst, du hättest das alles geträumt«, erklärte sie dann.

»Ich habe geträumt. Von dir.« Es war die Wahrheit. Gabi musste ich ja nicht erwähnen.

Sie lächelte mir zu, und wir setzten uns.

»Wie hast du mich eigentlich gefunden?«, fragte ich und griff nach einer Brotscheibe, jede Sekunde dieses herrlichen Morgens genießend. Und feststellend, dass mein Kater schlagartig verschwunden war. Wonne musste etwas Magisches an sich haben.

»Du hast mir doch gesagt, wo du das Haus hütest. Ich habe alle Häuser abgeklappert, bis ich das entdeckte, vor dem dein Auto steht.«

»Woher kennst du mein Auto?«

»Das ist nicht schwer. Erstes Indiz: Lange nicht gewaschen. Die Karre starrt vor Dreck.«

»Ach, und das ist so selten hier in der Gegend?«

»Zweites Indiz: W-Kennzeichen.«

»Wuppertal ist nicht weit.«

»Drittes Indiz ...« Sie war bei den ersten beiden Indizien schon näher gekommen. Jetzt war ihr Mund schätzungsweise anderthalb Millimeter von meinem entfernt. Sie wollte mich küssen, doch ich wich zurück.

»Erst das Indiz.«

»Brief vom Finanzamt auf dem Rücksitz. Dein Name ist deutlich lesbar.«

Verdammt, sie hatte recht. Im selben Moment belohnte sie mich schon. Mein Herz versprühte Glückshormone. Sie hatte mich gesucht. Sie wollte mich.

»So ganz nebenbei stand dein Wagen auch bei der Party auf der Wiese«, fügte sie hinzu, als sie sich wieder losgemacht hatte. »Aber sag mal, das scheint ja eine tolle Hütte zu sein. Wem gehört die eigentlich?«

»Einem Freund, der gerade auf Reisen ist.«

»Hast du von Detektiv auf Haushüter umgesattelt?«

»Nein, ich mache das nur, um ihm einen Gefallen zu tun.« Das stimmte zwar nicht so ganz, aber das brauchte Wonne ja nicht zu wissen.

»Hast du das hier alles selbst gemacht?« Ich zeigte auf die Marmeladengläser.

Wonne biss in ihr Brot. »Mmm«, machte sie, und dabei rutschte ihr ein Tröpfchen Marmelade auf die Unterlippe. Sie bemerkte es, nahm eine Papierserviette und wischte es weg.

Das hatte ich noch gar nicht registriert. Sie hatte uns Servietten hingelegt. Wo sie die nur gefunden hatte?

»Nicht nur die Marmeladen«, sagte sie. »Ich hab auch das Brot selbst gebacken. Slow Food. Wie gesagt.«

»Kann man nicht auch Hamburger langsam essen?«

»Slow Food bedeutet nicht einfach langsames Essen, sondern bewusste Ernährung auf der Grundlage regionaler Küche. Mit heimischen Produkten. Dass man langsam und genussvoll essen soll, versteht sich dabei natürlich von selbst.«

Ich griff zu dem Glas mit der Himbeer-Zitronenmelisse-Marmelade, strich ein wenig auf meine gebutterte Brotscheibe und biss hinein. Wonne beobachtete mich.

»Na?«

Zuerst spürte ich nur eine leicht prickelnde Süße auf der Zunge, die sich mit dem vollen Geschmack des Brotes vermischte. Wie in kurzen Schlaglichtern flammten Bilder auf – von verwunschenen Gärten mit versteckten Himbeerhecken, die in der Sommerhitze vor sich hin brüteten. Von weiten Weizenfeldern, die der Wind streichelte.

»Ich habe übrigens einen Job für dich«, sagte Wonne.

Ich versuchte, die Bilder zu halten wie einen Traum, den man auf keinen Fall vergessen möchte. Ich biss noch mal in meine Scheibe. Es war ein Genuss. Aber das intensive Erlebnis vom ersten Mal kam nicht wieder.

»Ich kann im Augenblick leider keinen Job annehmen«, sagte ich.

»Hör dir erst mal an, worum es geht.«

Plötzlich hatte ich ein Déjà-vu. Ich sah Jutta, die hier gesessen hatte und mich für ihre Party anheuern wollte.

Verdammt, ich hatte einfach keine Lust, über Arbeit zu reden. Ich wollte den Tag mit Wonne verbringen und schwelgen … Nicht nur im Essen, auch in anderen Genüssen, die uns noch bevorstanden.

»Es ist Sonntag«, fügte ich hinzu, weil mir nichts Besseres einfiel.

»Einem Engagement steht nichts im Wege ... Das waren deine Worte gestern, erinnerst du dich? Du würdest mir einen großen Gefallen tun.«

»Also gut. Du kannst mir ja wenigstens sagen, worum es geht.« Ich nahm einen Schluck Kaffee. Er schmeckte viel voller und stärker als der, den ich kochte. Trotzdem war er nicht bitterer.

»Du musst pro Kanne einen knappen Kaffeelöffel Kakao mit in das Kaffeepulver geben«, erklärte Wonne, die offenbar schon wieder meine Gedanken lesen konnte.

Ich nickte, trank versonnen vor mich hin – und bemerkte nach ein paar Sekunden, dass Wonne gar nichts sagte.

»Wolltest du nicht über einen Job reden?«, fragte ich. »Ich bin ganz Ohr.«

»Dafür müssen wir wegfahren. Ich habe für zwölf Uhr einen Termin vereinbart.«

»Wie bitte? Ich habe gedacht, wir könnten ...«

»Können wir auch. Sieh es als kleinen Ausflug an, okay? Es dauert nicht lange, und danach ...« Sie wiegte vielsagend den Kopf. »Ich meine, ich habe heute nichts weiter vor ...«

»Wohin fahren wir denn?«

»Wirst du dann schon sehen ...«

»Ich denke, du willst mir sagen, worum es geht?«

»Sag ich ja auch. Dauert halt nur noch was.«

Ich sagte nichts und aß. Sie schwieg ebenfalls. Ließ zu, dass ich mir meine Gedanken machte. Trank ihren Kaffee.

»Erzähl mir was über dich«, sagte ich.

»Das Wichtigste weißt du doch.«

»Wirklich? Was denn?«

»Sagen wir mal so: Gefühle sind wichtiger als Fakten. Sie geben den Dingen eine Bedeutung, einen Sinn. Was das Herz nicht weiß, das weiß man nicht.«

»Heißt das Zitat nicht ›Man sieht nur mit dem Herzen gut‹?«

Wonne konnte nicht wissen, dass ich dieses Zitat, das man auf allen möglichen erbaulichen Postkarten oder in Büchern fand, nicht mochte. Wenn alle immer nur auf ihr Herz, also auf ihr Gefühl hören würden, was dabei wohl herauskäme ...

»Das läuft auf dasselbe hinaus«, sagte sie, wiegte wieder den Kopf und strahlte mich an.

Schlagartig brach meine Meinung über den Postkartenspruch in sich zusammen. Mein Herz sah gut. So gut wie nie. Sollte sie mich doch mitnehmen, wohin sie wollte. Hauptsache, wir waren zusammen.

Als sie losfuhr, war es wie eine Fortsetzung unserer kleinen Rallye von gestern.

Wonne bog von der Landstraße auf die A 3 ab. Von Lärm und Fahrtwind umgeben, krochen wir mit knapp achtzig Stundenkilometern auf der rechten Spur dahin. In Langenfeld verließ sie die Autobahn wieder, und kurz darauf lenkte sie den Wagen in eine Parktasche vor einem grauen, kastigen Haus. Sonntägliche Einsamkeit umgab uns.

»Hättest du dir keine nettere Umgebung aussuchen können?«, fragte ich.

»Das lag leider nicht in meiner Macht.«

Ich kniff die Augen zusammen. Neben der Haustür waren ein paar Aluminiumschilder befestigt. In dem Gebäude befanden sich, so weit ich das auf die Entfernung lesen konnte, mehrere Arztpraxen.

Wonne wollte aussteigen, aber ich hielt sie an der Schulter fest.

»Ich möchte erst mal erfahren, was mich da drin erwartet.«

»Du wirst es schon sehen.«

»Nein, Wonne. Das geht so nicht. Du weißt, ich … also …«

»Ja?« Ihr Blick war die pure Aufforderung, weiterzusprechen.

»Na ja, ich mag dich halt. Aber du musst ehrlich zu mir sein. Schon die Sache gestern … Das hätte ins Auge gehen können.«

Sie verzog den Mund. Mit einem Mal war der Ausdruck des ewigen Lächelns, der Belustigung über die Welt verschwunden, und sie wirkte ungewohnt ernst. Ich hatte kein Problem damit. Der Moment der Entscheidung, dass mich diese Frau ernsthaft interessierte, war längst vorüber. Und nun war es mir recht, alles über sie zu erfahren. Von mir aus auch ihre dunklen Seiten zu entdecken.

»Da drin wartet Frau Dr. Sabine Rath«, sagte sie schließlich. »Ich habe einen Termin bei ihr.«

»Schön. Und wer ist das? Eine Ärztin?«

»Sabine Rath ist Rechtsanwältin. Sie vertritt Reinhold Hackenberg.«

»Auch schön. Und wer ist das schon wieder?«

»Remi! Hast du das etwa vergessen? Der Mord gestern ... Die alte Frau hieß Klara Hackenberg. Und Reinhold Hackenberg, der vor unseren Augen festgenommen wurde, ist ihr Sohn.«

Es knallte geradezu, als das Brett vor meinem Kopf entzweibrach und sich in Luft auflöste. Die letzten Sägespäne, die als Wolke herumschwebten, senkten sich langsam zu Boden.

»Du hast einen Termin bei der Anwältin von diesem Kerl gemacht?«

»Exakt.«

»Am Sonntagmittag?«

Mir war klar, dass Anwälte so einiges für ihre Mandanten unternahmen, aber sich gleich am nächsten Tag, und dann auch noch sonntags, mit einem Detektiv zu treffen ...

Mit einem Detektiv!

Das nächste Brett krachte.

»Soll das etwa heißen ...?«

Wonne nickte nur. »Können wir jetzt reingehen? Wir sind spät dran. Ich fände es unhöflich, sie warten zu lassen.«

»Wie hast du das rausgekriegt? Woher weißt du, wer diesen Reinhold Hackenberg vertritt, und wie bist du so schnell an die Anwältin herangekommen?«

»Es hat mit meinem Beruf zu tun.«

»Verstehe. Bist du bei der Justiz tätig? Oder bei der Polizei?«

Jetzt lächelte sie wieder. »Nein, das nicht.«

Sie kramte in ihrem Handtäschchen, förderte eine kleine Mappe zutage und entnahm ihr etwas, das so groß wie eine Kreditkarte war. Etwas Dünnes, Transparentes. In Plastik gehüllt. Sie hielt es mir vor die Nase, so wie ich es immer tat, wenn ich meine Lizenz zeigte.

Eine Sekunde lang befürchtete ich, dass Wonne Detektivin war wie ich.

Doch die Lizenz war ein Presseausweis. Mit ihrem Foto, ihrem Namen: Yvonne Freier.

»Du bist Journalistin?«

»Richtig gelesen.«

»Und für wen schreibst du?«

»Gehen wir rein.«

»Und wenn ich das nicht will?«

Sie stieg aus und stellte sich neben den Wagen. »Nun komm«, drängelte sie.

Was hätte ich tun sollen? Weggehen? Wegfahren konnte ich nicht. Auf einen Streit mochte ich es auch nicht ankommen lassen. Und alles in mir wollte mit dieser Frau zusammen sein – von mir aus auch in einer langweiligen Rechtsanwaltskanzlei. Es gab schlimmere Möglichkeiten, einen sommerlichen Sonntag zu verbringen. Sicher, schönere gab es auch. Aber vielleicht dauerte die Besprechung gar nicht so lange. Mir war schon klar, worauf das alles hinauslief. Was will ein Rechtsanwalt schon von einem Detektiv? Vielleicht konnte ich mit der suggestiven Überzeugungskraft eines Profis sagen, dass ich keine Chance sah, etwas Entlastendes gegen Hackenberg zu finden.

Aber andererseits ging es doch nur darum, meiner neuen Freundin einen Gefallen zu tun. Und warum sollte ich mich dem verweigern?

Ich stieg ebenfalls aus.

Wonne klingelte. Es dauerte nur zwei Sekunden, bis der Summer ertönte.

9

Als wir die erste Etage erreicht hatten, stand Dr. Sabine Rath bereits in der Tür. Sie war eine korpulente Brillenträgerin mit vollem braunem Haar, die sich in ein dunkelblaues Kostüm gezwängt hatte und dazu schwarze Strumpfhosen und Pumps trug. Von mir aus hätte sie auch leger zu unserem Termin kommen können, aber ich wurde den Eindruck nicht los, dass sie uns oder mich irgendwie beeindrucken wollte.

»Guten Tag, Herr Rott. Ich freue mich, dass Sie es einrichten konnten, obwohl heute Sonntag ist.«

Der Händedruck war fest. »Na ja«, erwiderte ich. Was sollte ich sagen? »Das hier ist …«

»Ich weiß schon«, sagte Frau Dr. Rath. »Ihre Mitarbeiterin. Wir haben ja heute früh miteinander telefoniert. Darf ich vorgehen?«

Wie bitte?

Mitarbeiterin?

Und als solche hatte sie die Anwältin aus dem Bett geschmissen?

»Nein, ich glaube, da liegt ein Missverständnis …« Ich wurde hart unterbrochen, als Wonne mir den Ellbogen in die Seite rammte.

»Das ist kein Problem«, rief Frau Dr. Rath freundlich und ging einen kleinen Gang entlang vor uns her. »Die Sache mit Herrn Hackenberg ist ziemlich dringend. Da macht es mir nichts aus, sonntags zu arbeiten.«

Mir schon, hätte ich am liebsten gesagt, aber ich spielte das Spiel mit. Wonne würde später etwas dazu zu hören bekommen.

Die Kanzlei war in Räumen untergebracht, die sich der Architekt wohl ursprünglich als Wohnung vorgestellt hatte. Das Büro der Anwältin war das Wohnzimmer, das nach hinten hinausging. Hinter dem Schreibtisch gab ein breites Fenster den Blick auf eine Gruppe dunkelgrüner Fichten frei. Davor standen mehrere Stühle.

»Nehmen Sie Platz«, sagte die Anwältin. »Möchten Sie einen Kaffee? Ich muss mich leider selbst drum kümmern, meine Angestellte arbeitet heute natürlich nicht.«

»Danke, wir haben gerade gefrühstückt«, lehnte Wonne für uns beide ab, dabei hätte ich ganz gerne noch einen Kaffee getrunken. Egal. Je eher wir hier wieder draußen waren, desto besser. Und so gut wie Wonnes Kaffee war der hier wohl kaum.

»Worum geht es denn nun genau?«, fragte ich.

Dr. Rath hatte Platz genommen. »Hat Ihnen das Frau Freier nicht erklärt?«

»Doch, doch«, behauptete ich. »Es geht um den Mord an Frau Hackenberg. Wir haben ja die Leiche zufällig gestern gefunden.«

»Ja, und Sie waren auch dabei, als Reinhold Hackenberg vorläufig festgenommen wurde. Ziemlich clever, Herr Rott, das muss man Ihnen lassen. Sie werden Ihrem Ruf wirklich gerecht.«

»Wie meinen Sie das?«

Sie legte die Unterarme auf den Tisch und beugte sich ein wenig vor. »Na, Herr Rott, keine falsche Bescheidenheit. Man kennt Sie doch. Sie haben schon einige Fälle in der Gegend gelöst. Und ein Rechtsanwalt, der Hilfe benötigt, kann sich glücklich schätzen, wenn er Sie beauftragen darf.«

Wenn das stimmte, müssten sich die Auftragsanfragen eigentlich häufen, dachte ich. Ein Seitenblick zu Wonne zeigte mir, dass sie damit zu tun hatte, dass diese Frau so über mich dachte. Auf irgendeine Weise war es ihr gelungen, Frau Dr. Rath meine Leistung zu verkaufen wie eine gerissene Agentin.

»Das ist sehr nett von Ihnen. Aber lassen Sie uns die Details klären. Der Verdacht gegen Reinhold Hackenberg muss ziemlich stark sein, wenn man ihn so schnell verhaftet hat. Worauf ist er begründet?«

Dr. Rath zog die Augenbrauen hoch. »Da treffen Sie genau den richtigen Punkt. Ehrlich gesagt, sieht es tatsächlich nicht gut aus. Nach der Sachlage wurde Klara morgens getötet. Wahrscheinlich so gegen acht Uhr. In ihrem Rücken steckte ein Messer, von denen es mehrere in Klaras Haus gab. Ein scharfes Fleischmesser aus einem dieser Sets, die man in einem Holzblock aufbewahrt. Genau dieses Messer fehlte in Klaras Haus. Außerdem wurde Reinholds Auto zur Tatzeit auf dem Parkplatz Rösberg gesehen, also ganz in der Nähe des Tatorts.«

Ein Messer in ihrem Rücken? Das hatten wir nicht bemerkt. Wahrscheinlich war es von Unterholz verdeckt gewesen.

»Der Täter hat nicht nur von hinten zugestochen, sondern auch von vorne«, fuhr Sabine Rath fort. »Den Ablauf hat die Polizei auch schon einigermaßen rekonstruiert. Sie geht davon aus, dass Klara Hackenberg morgens runter nach Altenberg gefahren ist; ihr eigener Wagen stand ebenfalls auf dem Parkplatz Rösberg. Reinhold soll ihr gefolgt sein und sie getötet haben. Nach vollbrachter Tat sei er wieder nach Hause gefahren.«

»Was hat Frau Hackenberg so früh am Morgen dort gemacht?«

»Gebetet. Das heißt, sie hatte es vor. Sie fuhr fast jeden Tag morgens nach Altenberg. Sie war immer eine der Ersten, die in den Dom gingen. Er öffnet um acht Uhr.«

Ich überlegte. Die Version der Polizei war nach den Indizien schlüssig. Aber es blieben Fragen. Wenn Reinhold auch nur einen Funken Verstand besaß, wäre er bei seiner Mordplanung anders vorgegangen. Aber wer sagte, dass Mörder intelligent sein mussten?

Wonne schaltete sich ein. »Wenn Frau Hackenberg in den Dom wollte – was hat sie dann auf dem Spielplatz gemacht?«

»Vielleicht finden Sie es heraus.«

Mir fiel etwas ein, was ich eben schon fragen wollte. »Sie nennen Frau Hackenberg beim Vornamen. Kennen, ich meine, kannten Sie sie näher?«

»Meine Eltern waren mit ihr befreundet. Als Kind habe ich sie Tante Klara genannt. Als ich Anwältin wurde, habe ich sie ein paarmal beraten. Bei Hausverkäufen und Ähnlichem. Und als Reinhold jetzt verhaftet wurde, hat er sich daran erinnert und mich benachrichtigt.«

»Erzählen Sie uns mehr von ihr«, nahm mir Wonne die Worte aus dem Mund.

»Sie lebte mit ihrem Sohn zusammen, mit dem sie allerdings überhaupt nicht zurechtkam. Unten wohnt er, oben sie. Früher hat sie als Sekretärin in Bensberg gearbeitet, das ist aber schon eine Weile her. Sie war siebenundsiebzig Jahre alt.«

»Was heißt das, sie kam mit ihrem Sohn nicht zurecht?«

»Das ist eine lange Geschichte. Ich fange mal so an: Obwohl Klara fast schon übertrieben religiös war, ist Reinhold ein uneheliches Kind gewesen.«

»Also eine Art Fehltritt«, stellte Wonne fest.

»Nach ihrer Auffassung bestimmt. Jedenfalls gab es nie einen Vater dazu. Er kam einfach nicht vor. Klara zog Reinhold allein groß, doch als Reinhold sechzehn, siebzehn war, geriet er auf die schiefe Bahn. Er brach die Schule ab, und die Jahrzehnte seitdem waren ein einziges Hin und Her: Strafen wegen Einbruch und Autodiebstahl. Arbeitslosigkeit. Gelegentliche Jobs als Hilfsarbeiter. Ewiger Streit mit der Mutter.« Sie sah in ihre Akte. »Auch das ist übrigens amtlich. Ein Zeuge, der ein Haus weiter wohnt, hat mitbekommen, dass es am Freitagabend wieder einmal Auseinandersetzungen im Hause Hackenberg gab. Man hörte es durch die offenen Fenster. Reinhold gab öfter Anlass zu Ärger, weil er seine Computerspiele immer so laut stellte, dass man glaubte, man sei auf einem Schlachtfeld. So hat es der Nachbar ausgesagt.«

»Das haben wir auch mitbekommen«, sagte ich.

Dr. Rath sah mich an. »Reinhold lebte also von seiner Mutter. Er hat kein eigenes Geld verdient. Er ist eine verkrachte Existenz. Sie dagegen war immer fleißig und sparsam. Ich gehe davon aus, dass sie einiges zu vererben hat.«

»Wobei wir beim Motiv wären«, warf ich ein.

Die Rechtsanwältin nickte. »Ganz genau.«

Ich biss mir auf die Lippen. Da passte wirklich alles gut zusammen. Bis auf die Tatsache, dass sich Hackenberg, wenn er schuldig war, ziemlich dämlich angestellt hatte. Aber das entlastete ihn natürlich keineswegs. Ich hatte mal irgendwo gelesen, dass man bei jedem Computerspiel ein Promille seines Intelligenzquotienten verlor. Machte bei zehn Stunden täglich …

»Wie alt ist Hackenberg eigentlich?«, fragte ich.

»Vierzig.«

Viel Zeit, um sich eine Menge Intelligenz wegzuballern.

Ich lehnte mich in meinem Stuhl zurück. »Frau Dr. Rath, Sie erwarten von mir, angesichts dieser Indizienlage Hackenbergs Unschuld zu beweisen?«

Es tat mir richtig leid, das zu sagen. Aber da ließ sich kaum etwas machen.

»Können Sie es denn nicht wenigstens versuchen? Er selbst streitet alles ab.«

»Aber das heißt doch nichts. Wenn ich nur einen Anhaltspunkt hätte. Einen einzigen.«

»Aber es gibt Anhaltspunkte! Dinge, die gegen Reinholds Schuld sprechen. Zum Beispiel die Uhrzeit. Reinhold ist ein ausgesprochener Langschläfer. Warum sollte er morgens seiner Mutter zum Dom nachfahren, um sie zu töten?«

»Vielleicht war er nicht *schon* auf, sondern *noch*? So wie Sie das schildern, könnte er nachts unterwegs gewesen sein. Am Abend vorher hat es Streit gegeben, er ist runtergefahren und hat voller Hass dort auf sie gewartet.«

Sie seufzte. »Ja, das klingt plausibel ...« Sie suchte nach Worten, schien fieberhaft nachzudenken. In diesem Moment bewunderte ich sie. Sie setzte sich wirklich für ihren Mandanten ein. »Auch das wäre aber erst mal zu überprüfen.«

»Wann haben Sie mit Reinhold gesprochen?«

»Gestern Abend. Ganz kurz. Da kannte ich aber das Vernehmungsprotokoll noch nicht. Und ich wusste noch nicht, dass er immer wieder in alle mögliche kriminelle Machenschaften verwickelt und bereits einmal in Haft war.«

»Was die Sache für ihn nicht besser macht.«

»Er selbst ist der Ansicht, dass man ihn reinlegen will. Und das wäre ein weiterer Ansatz für Ihre Ermittlungen.«

»Was meint er damit? Hat er das näher erklärt?«

»Da gibt es allerlei Gestalten aus seiner Vergangenheit. Leute, die immer noch irgendwelche Dinger drehen. Reinhold sagt, er habe damit nichts mehr zu tun, aber seine Mutter glaubte ihm nicht. Darum ist es bei dem erwähnten Streit gegangen. Seine Theorie ist, dass sie irgendetwas herausgefunden hat und diesen Leuten gefährlich wurde.«

»Das ist alles sehr unkonkret.«

»Wenn Sie die Akten kennen, werden Sie mehr darüber wissen.«

»Das heißt, Sie wollen von mir eine Überprüfung dieser sogenannten Kumpels. Weil die Polizei dieser Spur nicht nachgeht?«

»So ist es.«

Ich dachte nach. Weniger über Hackenberg. Mehr darüber, wie ich hier wegkam.

Ich unterdrückte den Wunsch, einfach aufzustehen und zu gehen. In was für eine Geschichte war ich hier geraten? Und was bezweckte eigentlich Wonne damit?

Wenn ich etwas schärfer darüber nachdachte, wurde die Sache klar: Sie war Journalistin. Sie war hinter einer Story her. Und die hatte sie jetzt. Mit einem Privatdetektiv auf Mörderjagd. Wo würde diese Reportage erscheinen? In irgendeinem dieser Boulevard-Schmierblätter?

»Entschuldigen Sie, Frau Dr. Rath. Ich muss das überdenken.«

Ihr Gesicht wurde hart. Offensichtlich hatte ich sie enttäuscht. Wer weiß, was Wonne ihr für Wunderdinge über mich erzählt hatte.

»Dauert es lange? Ich meine, bis Sie es überdacht haben?«

»Gibt es irgendein Faktum, das ich noch kennen muss?«, fragte ich. »Irgendetwas, was Hackenberg deutlich entlastet?«

»Wenn ich es hätte, wüssten Sie es schon.«

»Also gut. Ich verstehe, dass Sie unter Zeitdruck stehen. Ich werde mich mit meiner Mitarbeiterin beraten. In spätestens zehn Minuten sind wir wieder hier. Ist das ein Wort?«

Sie nickte. »Das ist es. Ich danke Ihnen, Herr Rott.«

Kurz darauf stand ich mit Wonne auf der Vorstadtstraße neben der Nussschale.

»Remi, bitte tu mir den Gefallen. Du musst diesem Hackenberg helfen …«

»Jetzt hörst du mir erst mal zu«, unterbrach ich sie. »Wie kommst du dazu, dich als meine Mitarbeiterin auszugeben? Du hast sie wohl nicht alle!«

»Schrei mich nicht an. Und wie redest du eigentlich mit mir?«

»Ich rede mit dir, wie es mir passt. Das ist wirklich das Letzte. So funktioniert das nicht. Ich komme mir vor wie ein Idiot.«

»So ein Mordfall ist doch eine Riesensache für dich. Du könntest Geld verdienen. Deinen Ruf aufpolieren.«

»Als ob ich das nötig hätte.«

»Ach, hast du nicht? Da habe ich aber ganz andere Sachen über dich gehört. Bist du nicht immer der Loser gewesen, der keine Jobs hatte? Der sich von seiner Tante aushalten lassen musste?«

»Jutta hat mir nie Geld gegeben. Höchstens mal einen Fall zugeschanzt.«

»Was auf dasselbe rauskommt.«

Ich senkte meine Stimme und bemühte mich, sachlich zu bleiben. »Jetzt mal ganz, ganz langsam. Wonne, ich brauche deine Hilfe nicht. Und ich frage mich jetzt nur noch, wie ich aus dieser Nummer wieder rauskomme. Das ist eine Scheißsituation.«

Ich atmete tief durch. Die Enttäuschung, mit Wonne einen handfesten Krach auszutragen, noch dazu auf offener Straße, wogte wie heißes Öl in mir. Wie schön hätte alles werden können! Was für ein Sommer hätte vor uns gelegen!

So sanftmütig wie möglich sagte ich: »Warum machst du so was? Warum bringst du mich in so eine Lage? Was hast du denn eigentlich davon, dass ich diesen Fall übernehme?«

Zum Glück drosselte auch sie ihre Lautstärke: »Ich dachte, es wäre eine gute Idee.«

»Warum hast du mir nicht gesagt, dass du Journalistin bist?«

»Keine Ahnung. Wegen diesem blöden Spiel zwischen uns. Und dann sah ich die Chance, dich mal in einem richtigen Fall zu erleben.«

»Willst du darüber schreiben, oder was? Brauchst du eine Story? Willst du mich benutzen, um beruflich voranzukommen?«

Sie sah mich erstaunt an. Dann erst schien sie zu begreifen, dass es für unsereins nicht so erstrebenswert war, ins Visier der Presse zu geraten. Plötzlich lächelte sie wieder.

»Ach Quatsch. Hast du etwa gedacht ... Nein, darum geht's mir nicht.«

»Ganz ehrlich?«

»Remi, ich war immer ehrlich zu dir. Außerdem schreibe ich nicht über Mordfälle. Mehr über Kultur. Und Menschen.«

Eine Pause entstand. Ich kam mir vor wie in einem Boxkampf, in dem sich beide Gegner so verausgabt haben, dass sie nur noch schwer atmend dastehen und nicht in der Lage sind, auch nur den Arm zu heben. Geschweige denn zuzuschlagen.

»Nimm's mir bitte nicht übel«, sagte Wonne. »Ich war irgendwie … euphorisiert. Einen Detektiv kennenzulernen und so. Und dann dieser Fall …«

»Laufen dir in deinem Job nicht ständig viel interessantere Leute über den Weg?«

»Ein Ermittler war noch nicht dabei. Ich finde es einfach aufregend.« Sie hatte ihr Lächeln wiedergefunden. »Weißt du, das abenteuerliche Leben törnt mich irgendwie an. Ich werde auch nie darüber schreiben, wenn du das nicht willst. Ich schwör's.«

»Eigentlich hast du das gar nicht so unclever gemacht«, musste ich zugeben.

»Wie meinst du das?«

»So schnell den Fall einzutüten. Das gelingt nicht jedem.«

»Danke. Und? Wirst du ihn annehmen?«

Ich atmete tief durch.

Es törnte sie an, was ich tat? Sicher, sie wollte keinen Typen erleben, der ein Haus hütete und die ganze Zeit vor dem Fernseher herumhing. Sie wollte einen tollen Hecht. Einen tollen Hecht, der ich war, wenn ich einen Einsatz hatte. Eine eigentümliche Wärme machte sich in mir breit und wanderte in meinen Unterleib.

»Zwei Bedingungen«, sagte ich schließlich.

»Welche?«

»Die Arbeit darf mich nicht vom Haushüten abhalten. Denn das ist mein eigentlicher Job im Moment.«

Keine Ahnung, wie das gehen soll, dachte ich. Aber es muss einfach. Irgendwie hatte ich plötzlich das Gefühl, dass ich Wonne nur bekam, wenn ich mich auf den Fall einließ. Notfalls hätte ich sogar bei Manni gekündigt. Obwohl das gar nicht ging, weil er nicht zu erreichen war.

»Das sollte sich doch einrichten lassen. Du langweilst dich da oben sowieso nur.«

»Das würde ich nicht sagen. Ich habe eine Menge Laster, denen ich dort frönen kann.«

»Laster? Klingt aufregend.«

»Kann sein. Dahinter verbergen sich jedoch eher profane Dinge wie Dauerfernsehen und so was.«

»Schade – ach ja, und natürlich Tiefkühlpizzas.«

Der Ärger war von mir abgefallen wie ein Panzer. Wonne war hinreißend wie eh und je. Wie gestern. An dem Tag, an dem wir uns kennengelernt hatten. Meine Güte, war das wirklich erst einen Tag her?

»Was ist die zweite Bedingung?«

»Das wirst du gleich sehen. Komm mit.«

Als wir näher kamen, hätte ich schwören können, am Fenster der Rechtsanwältin einen Vorhang zucken zu sehen.

Kurz darauf saßen wir wieder vor ihrem Schreibtisch.

»Und?«, fragte Frau Dr. Rath.

»Ich nehme den Auftrag an«, sagte ich. »Allerdings ohne Erfolgsgarantie.«

»Geben Sie die denn in anderen Fällen?«

»Manchmal schon. Jedenfalls verhandle ich dann ein Erfolgshonorar.«

»Das wäre mir in diesem Fall auch lieber.«

»Tut mir leid, das kann ich nicht machen. Die Chancen für Herrn Hackenberg stehen nicht gut.«

»Was haben Sie sich denn als normales Honorar vorgestellt?«

»Fünfhundert Euro am Tag. Plus Spesen.«

Der Preis war eine Unverschämtheit. Normalerweise lag mein Preis bei der Hälfte. Ich war sicher, dass Frau Dr. Rath das wusste.

»Zweihundert«, sagte sie.

Ich machte ein bekümmertes Gesicht. »Die Ermittlungen werden schwierig. Ich habe eine Mitarbeiterin, die ich bezahlen muss.«

Wonnes Augen leuchteten plötzlich, und ich versuchte, ihr einen Blick zuzuwerfen, der ihr unmissverständlich klarmachen sollte, dass falsche Hoffnungen unangebracht waren. Leider sind meine Blicke nicht so deutlich.

»Sagen wir vierhundertfünfzig«, handelte ich weiter.

»Dreihundertfünfzig. Mein letztes Angebot.«

»Und meines lautet vierhundert. Und noch mal tausend extra, wenn ich trotzdem Erfolg haben sollte.«

»Ich dachte, Sie wollten kein Erfolgshonorar verhandeln? Und jetzt bringen Sie es doch ins Spiel. Also gut – von mir aus. Dreihundertfünfzig. Und tausend bei Erfolg.«

»Zweitausend. Wenn Hackenberg unschuldig ist, kann er das sicher leicht aus seinem Erbe bezahlen.«

Sie druckste herum. »Könnte sein. Er hat mir gesagt, er hätte ein Sparbuch, das seine Mutter für ihn angelegt hat. Da sind knapp zwanzigtausend Euro drauf.«

»Er hat ein Sparbuch? So wie sie ihn mir beschrieben haben, kann ich mir kaum vorstellen, dass er das nicht geplündert hat.«

»Seine Mutter hat es lange vor ihm geheim gehalten. Er hat erst vor einigen Tagen davon erfahren.«

»Abgemacht.« Sie hielt mir die Hand hin, und ich schlug ein. Dann fügte sie hinzu: »Was wollen Sie als Erstes unternehmen?«

»Ich denke, ich werde mich mit Frau Freier noch mal am Tatort umsehen. Und bei Hackenbergs zu Hause. Und dann möchte ich mehr über die Theorie hören, dass ihn jemand hereingelegt hat.«

»Darüber können Sie mit Herrn Hackenberg selbst reden.«

»Er sitzt doch in Untersuchungshaft.«

»Aber ich bin seine Anwältin und darf ihn besuchen. Ich habe uns angemeldet.« Sie sah auf ihre Armbanduhr. »Der Termin ist in einer Stunde. Kommen Sie.«

10

»Wer A sagt, muss auch B sagen.« Wonne hängte sich an den dunkelblauen Passat von Frau Dr. Rath, der uns zur JVA in Köln lotste. »Wenn du den Fall lösen willst, dann musst du auch alle Möglichkeiten nutzen, die sich dir bieten.«

Ich hatte den Schock, dass schon wieder etwas über meinen Kopf hinweggeplant worden war, noch nicht verkraftet. Wie lange würde es dauern, bis ich endlich wieder selbst die Fäden der Ereignisse in der Hand hielt?

»Du sagst ja gar nichts. Bist du sauer?«

Eigentlich schon, dachte ich. Nein, versuchte ich den Gedanken zu verdrängen. Ich bin nicht sauer. *Nicht, nicht, nicht.*

Ommmmm.

In mir zerbrach endgültig das Bild, das ich vorgestern noch von meinem derzeitigen Leben gehabt hatte: schön gemütlich in Mannis Haus zu sitzen und arbeiten anderen zu überlassen.

»Nein, nicht sauer«, brachte ich zwischen zusammengebissenen Zähnen hervor.

Plötzlich bremste der Wagen – und das so abrupt, dass ich nach vorne flog. Wonne schwenkte in die Bucht einer Bushaltestelle. Kaum standen wir, löste sie den Gurt.

Ein Schreck flammte in mir auf. Was war jetzt wieder los?

Meine Gedanken platzten auseinander und zerfielen zu nichts, als sie ihre Lippen auf meine presste. Ich zuckte erst zusammen, weil ich schon wieder erschrocken war, doch nach einigen Herzschlägen entspannte ich mich. Wonnes Zunge schmeckte nach Himbeeren, und auf einmal war die Vision von dem verwunschenen Garten wieder da, die ihre selbst gemachte Marmelade in mir ausgelöst hatte. Sanft strichen ihre Finger über meine Brust; vorsichtig führte sie meine Hand an ihren Hals, dann etwas tiefer …

»Soll ich dir etwas verraten?«, sagte sie eine gefühlte Stunde später, wobei mir klar war, dass nur ein paar Sekunden vergangen waren. Ihre helltürkisen Augen waren ganz nah.

»Was?«, fragte ich heiser.

»Ich finde es superscharf, mit einem Detektiv zusammen zu sein.«

Als wir auf den Besucherparkplatz der JVA einbogen, wartete Frau Dr. Rath bereits.

»Haben Sie sich verfahren?«, fragte sie.

»Wir hatten noch was zu besprechen«, sagte Wonne sachlich.

»Verstehe.«

Wonne wollte aussteigen, aber ich legte meine Hand auf ihren Arm.

»Was ist?«

»Bleib bitte hier.«

»Aber …«

»Tu mir den Gefallen«, sagte ich leise. »Die nehmen unsere Personalien auf. Und wenn rauskommt, dass du eigentlich gar nicht … Du weißt schon …«

Sie nickte verständig.

Ich ging mit der Anwältin hinein, und wir ließen die übliche Prozedur über uns ergehen. Danach folgten wir den Beamten über die Flure und durch diverse Sicherheitsschleusen. Am Ende wurde das Schloss einer grau lackierten Metalltür vor uns geöffnet. Sie schwang auf, und Reinhold Hackenberg erschien, gefolgt von einem JVA-Bediensteten. Er trug immer noch Jogginghose und Turnschuhe, jetzt aber in Kombination mit einem verschossenen dunkelblauen T-Shirt. Offenbar hatte man ihn nach der Verhaftung noch mal nach Hause gebracht, damit er sich etwas zum Anziehen holen konnte.

Hackenberg setzte sich an den Tisch, der neben drei Stühlen das einzige Mobiliar im Raum darstellte, und blickte vor sich hin.

»Guten Tag«, sagte Frau Dr. Rath, und Hackenberg murmelte etwas in seinen aschblonden Dreitagebart.

Er schien uns kaum wahrzunehmen und wirkte wie jemand, der mit dem Leben abgeschlossen hat.

»Herr Hackenberg, das ist …« Die Rechtsanwältin brach ab, als ich ihr ein Zeichen machte. Ich spürte, dass man an Hackenberg nur herankam, wenn man sich mit ihm auf Augenhöhe befand. Ich nahm einen Stuhl und positionierte mich ihm gegenüber.

»Wir holen Sie hier raus«, sagte ich. »Wir versuchen es jedenfalls. Aber dafür müssen Sie uns helfen. Wir brauchen ein paar Informationen.«

Hackenberg ballte die Fäuste.

»Sie waren es nicht«, fuhr ich fort. »Wir wissen das. Wir brauchen nur einen Beweis.«

Die Fäuste blieben geballt. Keine weitere Reaktion.

»Wer könnte es außer Ihnen gewesen sein?«, fragte Frau Dr. Rath, die am Fenster stehen geblieben war. »Sie haben doch am Telefon eine Theorie gehabt.«

Das Licht, das durch die vor Schmutz halb blinde Scheibe hereinfiel, wirkte selbst wie befleckt. Man atmete unwillkürlich flacher, weil man das Gefühl hatte, Dreck oder Staub zu inhalieren.

»Herr Hackenberg, Sie müssen uns helfen«, sagte ich mit Nachdruck.

Als er weiter schwieg, stand ich auf, ging zu Frau Rath und deutete mit dem Zeigefinger auf mich und dann zu Hackenberg. Die Anwältin runzelte die Stirn. Sie verstand erst nicht, doch dann fiel der Groschen, und sie ging zum Ausgang. Auf ein kurzes Klopfen hin rasselte der Schlüssel in der Tür, und Frau Dr. Rath verließ den Raum. Ich setzte mich wieder auf den Stuhl.

»Es ist besser, wenn wir alleine reden«, sagte ich. »Ich bin übrigens Remigius Rott.«

Der Kopf mit den blonden Haaren hob sich, und zum ersten Mal traf mich Hackenbergs Blick. Seine Augen waren dunkel und wirkten trostlos, fast tot.

»Remi… was? Wer heißt denn so?«

»Kann man sich nicht aussuchen.«

Er nickte. »Auch wieder wahr.«

»Also pass auf, Reinhold. Wir haben nicht viel Zeit. Und ich kann auch nicht so oft kommen wie Frau Dr. Rath. Es ist eh ein Wunder, dass sie mich hier reingelassen haben. Ich brauche Informationen über deine Mutter. Und ich muss wissen, wer deine

Freunde sind, von denen du glaubst, dass du ihnen diesen Schlamassel hier zu verdanken hast. Sonst kann ich dir beim besten Willen nicht helfen.«

»Bist du auch Anwalt?«

»Nein. Ich ermittle. Deine Anwältin hat mich engagiert, damit ich deine Unschuld beweise.«

Er sah zum Ausgang, als blicke er Dr. Rath hinterher. »Blöde Fotze.«

»Was hast du gegen sie?«

»Die hilft mir nicht. Die ist eine Freundin von meiner Mutter.«

»Du hast sie selbst angerufen.«

»Das war ein Fehler.«

»Das glaube ich nicht. Immerhin hat sie mich engagiert.«

Er versank wieder in sein dumpfes Brüten.

»Reinhold, hör mir zu. Dein Messer steckte im Rücken deiner Mutter. Dein Auto wurde auf dem Parkplatz in der Nähe gesehen. Du hattest mit deiner Mutter Stress. Jemand hat ausgesagt, dass du dich am Abend vorher mit ihr gestritten hast. Ich glaube, das reicht, um dich eine Weile hierzubehalten. Vielleicht sogar dein Leben lang. Du musst mir jetzt erklären, was für eine Sache das war, die deine Mutter über deine Freunde herausgefunden hat. Darüber habt ihr euch doch gestritten, oder nicht?«

Es war, als würde ich gegen einen Felsen anreden.

»Rate mal, wer die ganze Kohle von deiner Mutter erbt«, versuchte ich es anders.

Ich machte eine Kunstpause, weil ich dachte, er würde sich regen, wenn ich Geld erwähnte. Dann gab ich die Antwort selbst.

»Na du. Wer sonst.«

Der Kopf hob sich. »Echt?«, fragte er.

»Aber nur, wenn wir deine Unschuld beweisen. Wenn du hier rauskommst. Du kriegst das Haus und was deine Mutter sonst so zu vererben hatte.«

Er schüttelte den Kopf. »Die hat mich bestimmt aus dem Testament gestrichen. Wahrscheinlich kriegt der Papst alles. Oder der Kölner Kardinal.«

»Auf keinen Fall.«

»Aber hallo. Du hast die Alte nicht gekannt.«

»Kinder kriegen immer einen Pflichtteil. Von dem konnte sie dich nicht ausschließen. Und so ganz nebenbei: Ich bin sicher, dass du in ihrem Testament ziemlich gut wegkommst. Das hat die Polizei sicher auch schon gecheckt. Die betrachten das als Tatmotiv. Sie glauben, du hättest es auf das Erbe abgesehen. Kann man ja verstehen. Du bist schließlich mehr als klamm, oder?«

Hackenberg schien sich zu entspannen. Langsam lehnte er sich zurück, öffnete die Beine ein bisschen und bot nun den Anblick »Fläzender Proll«.

»Klingt aber trotzdem alles nicht gut«, stellte er fest. »Sieht ganz danach aus, dass ich's war.«

»Warst du's denn?«

»Quatsch. Es war Matze. Oder jemand anders. Ich jedenfalls nicht.«

Ich versuchte, seine Position zu imitieren. Gar nicht so einfach. Die Sitzfläche meines Stuhls war zu glatt, sodass ich immer wieder nach vorne rutschte und mit den Schuhen auf dem Boden bremsen musste. Anstrengende Sache.

»Matze?«

»Ja. Meine Mutter hat mit ihm geredet, aber ich hab ihn seit Jahren nicht gesehen, ehrlich.«

»Wer ist Matze?«

»Ein alter Kumpel halt.«

»Geht's nicht etwas genauer? Warum soll er deine Mutter umgebracht haben?«

»Weil er was am Laufen hat, und meine Mutter hat das rausgekriegt. Da hat er Schiss bekommen.«

»Und was hat er am Laufen? Was wusste deine Mutter?«

»Keine Ahnung.«

»Aber dass deine Mutter Matze getroffen hat, weißt du?«

»Ich denke es mir halt. Weil sie an dem Abend damit ankam. Die hat sich immer eingemischt.«

»Was heißt das genau?«

»Dass ich nicht wieder mit Matze anfangen soll. Sie hätte mit ihm geredet.«

»Wann und wo?«

»Weiß ich doch nicht. Frag ihn doch selbst.«

»Was hat deine Mutter dir denn genau vorgeworfen?«

»Weiß ich nicht mehr. Ich hab ihr kaum zugehört. Irgendwann bin ich in mein Zimmer.«

»Wer hatte einen Schlüssel zu deinem Wagen?«

Er war überrascht, dass ich das Thema Matze erst mal fallen ließ. »Na, niemand.«

»Außer dir.«

»Genau.«

»Wie viele Schlüssel gibt es?«

»Warum willst du das wissen?«

»Ich habe meine Gründe. Antworte einfach.«

»Es gibt zwei. Einen hab ich immer in der Tasche, und der andere hängt am Brett im Flur.«

»Hast du den einen auch in der Tasche, wenn du zu Hause bist?«

Er dachte einen Moment nach. »Nein, dann hängen beide im Flur. Oder sie liegen rum.«

»Also gestern Morgen auch.«

»Klar.«

»Bist du gestern überhaupt weg gewesen?«

»Nö.«

»Was ist denn mit Haustürschlüsseln?«

»Ich habe einen, sie hatte einen.«

»Wann bist du am Morgen aufgestanden?«

Wieder ein bisschen Nachdenken. »So gegen zehn. Meine Mutter war nicht da. Da hab ich mir selbst Frühstück gemacht. Und dann gesurft und so. Gespielt.«

Ich machte mir klar, was das bedeutete. »Gesurft? Gespielt? Bis die Polizei kam?«

»Ja.«

»Du hast neun Stunden vor dem PC gesessen?«

»Ist doch nicht verboten, oder?«

»Was ist mit dem Messer, mit dem deine Mutter umgebracht wurde?«

»Was soll damit sein?«

»Wo wird das normalerweise aufbewahrt?«

»Ich weiß gar nicht, was das für ein Messer gewesen sein soll.«

»Es war ein Messer aus eurem Haushalt.«

»Und wenn schon. Solche Messer gibt's doch viele.«

»Aber bei euch fehlte eins ... Was hat deine Mutter normalerweise den ganzen Tag gemacht?«

»Die war immer oben. Hat gelesen und so. Oft war sie aber auch nicht da.«

»Was hat sie unternommen? Ausflüge?«

»Ja. Ins Sauerland. Manchmal auch nach Österreich. Und Bayern. Glaub ich jedenfalls.«

»Wer hat gekocht? Du selbst?«

»Nein, sie.«

»Ihr habt euch also zum Mittagessen gesehen?«

»Sie hat mir mittags immer was runtergebracht. Wenn sie weg war, hab ich was aufgetaut. Oder Pizza bestellt.«

»Und sie hat auch deine Wäsche gewaschen, hab ich recht? Und ab und zu aufgeräumt. Und dir Geld zugesteckt.«

Hotel Mami in Reinkultur dachte ich. Und das mit vierzig.

»Ab und zu gab's dann Krach«, sagte er.

»Weil sie das nicht mehr wollte?«

»Ach, die ist ausgeflippt. Da konnte man die Uhr nach stellen. Meistens wenn sie von einer Reise zurückkam oder ein paar Tage später. Da hieß es dann immer, ich sollte mir einen Job suchen und so was alles. Als ob das so einfach wäre. Weiß doch jeder, dass es keine Jobs gibt. Außerdem ist eh alles im Arsch.«

»Wie meinst du das?«

»Was fragst du so blöd? Klima. Krise. Alle sind pleite. Alles ist im Arsch.«

»Weil sich das Klima ändert, willst du dir keinen Job suchen?«

»Na, ist doch eh bald alles am Ende. Man soll leben, oder?«

Ich verzichtete auf eine Grundsatzdiskussion. »Deine Mutter hat es offenbar verstanden, ihr Leben zu leben. Auf ihre Weise. Was ist denn mit dir? Ich habe gehört, du warst schon mal im Knast. Warum?«

»Ist doch egal.«

»Hör mal, ich will dir helfen. Erzähl mir, warum du schon mal im Knast warst.«

»Es war nicht meine Schuld.«

»Wessen dann?«

Er presste die Lippen aufeinander, als wollte er sie mit Gewalt zuhalten.

»Du willst mir nichts erzählen? Also gut. Das ist für mich kein Problem.« Ich stand auf, ging zur Tür und klopfte. Als der Schlüssel ins Schloss gesteckt wurde, hörte ich Reinhold hinter mir: »He, Remi oder wie du heißt. Jetzt komm schon …«

Sein Rufen verhallte, als ich draußen war und der Beamte wieder abschloss. »Ist die Besprechung vorbei?«, fragte er.

»Mal sehen. Wo ist Frau Dr. Rath?«

Der Beamte zeigte den Gang hinunter, und ich sah die Rechtsanwältin ein Stück weiter neben einem glatzköpfigen Mann stehen. Kotten.

»Herr Rott«, begrüßte er mich. »Man könnte glauben, Sie suchen den Kontakt mit der Polizei geradezu.«

»Ich bin offiziell hier«, sagte ich. »Ich arbeite für Frau Dr. Rath.«

»Ich frage mich, wie Sie das hingekriegt haben«, erwiderte Kotten. »Aber ich kann Ihnen versichern, dass wir mit Hackenberg den richtigen Mann haben. Motiv, Gelegenheit. Alles sauber ermittelt. Sie können sich Ihre Mühe sparen. Und Sie, Frau Anwältin, das Geld für diesen windigen Herrn.«

»Wenn Sie uns bitte entschuldigen wollen.« Ich zog Frau Dr. Rath den Gang entlang.

»Was hat der Kommissar gegen Sie?«, fragte sie.

»Ach, das ist berufsbedingt.«

»Und wie läuft es mit Reinhold?«

»Ich gebe ihm gerade Gelegenheit, über seine Kooperationsbereitschaft nachzudenken. Furchtbar, wie negativ er drauf ist. Wie ein Ertrinkender, der noch nicht mal den Strohhalm erkennt, der an ihm vorbeischwimmt. Geschweige denn einen Rettungsring. Und jetzt brauche ich ein paar Informationen über seine Vorstrafen.«

»Was wollen Sie wissen?«

»Worum es genau ging, Namen von Komplizen und so weiter.«

Sie stellte ihre Tasche auf den grauen Linoleumboden, entnahm ihr eine Mappe und reichte sie mir.

»Es geht wahrscheinlich schneller, wenn Sie es sich selbst ansehen.«

»Wie sind Sie da so fix drangekommen?«, fragte ich. »Und dann auch noch am Sonntag ...«

»Ich habe auf dem Weg vorhin mit dem Staatsanwalt telefoniert.«

»Und der ließ sich stören?«

»Wenn man beherzt auftritt.« Sie lächelte, und mir wurde klar, dass sich hinter der unauffälligen Fassade eine knallharte Anwältin verbarg.

»Jedenfalls sagte er mir, dass der Hauptkommissar auch auf dem Weg hierher sei. Er hat mir die Unterlagen gleich mitgebracht.«

Ich blätterte und las. Ab und zu pfiff ich durch die Zähne. Nicht schlecht. Immerhin erfuhr ich endlich etwas über diesen ominösen Matze.

»Kann ich mir das ausleihen?«, fragte ich, als ich fertig war.

»Natürlich. Wollen Sie es zu ihm mit reinnehmen?«

»Ich geh nicht mehr zu ihm rein. Jetzt sind Sie dran. Ich hoffe, ich habe Hackenberg mit meinem Abgang ein bisschen nachdenklich gemacht. Fragen Sie ihn noch mal nach besonderen Vorkommnissen der letzten Zeit. Ich brauche auch Kontakte der Mutter. Freunde, Freundinnen. Leute, die nicht gut auf sie zu sprechen waren. Schreiben Sie alles auf.«

»Wollen Sie das nicht doch selber machen? Ich könnte veranlassen, dass unsere Besprechungszeit verlängert wird.«

»Das wird mir alles zu knapp. Ich fange schon mal an zu ermitteln. Ich melde mich. Kriege ich Ihre Handynummer?«

»Ihre Mitarbeiterin hat sie.«

»Wunderbar.«

Ich verabschiedete mich, ging den Gang entlang und ließ mich zurück in den Sommertag bringen. Dort stand Wonne und wartete. Unser nächstes Ziel war das Haus der Hackenbergs.

11

Das Haus in Tente lag so still und friedlich unter den hohen Bäumen wie am Tag zuvor. Diesmal fehlte allerdings das Computerspiel-Geballer. Reinholds rostiger kleiner Opel stand immer noch da.

Ich blätterte noch einmal in der Akte.

»Seltsam«, sagte ich.

»Was ist denn?«, fragte Wonne.

»Hackenberg sagte, er und seine Mutter hätten je einen Haustürschlüssel. In der Akte steht aber, dass Klara Hackenberg keinen dabeihatte, als man sie fand.«

Ich griff nach meinem Handy, um die Anwältin anzurufen, und stellte fest, dass ich es nicht dabeihatte. Wonne und ich waren heute Morgen so schnell aufgebrochen.

»Kann ich mal dein Telefon haben?«, fragte ich.

Wonne reichte es mir.

»Du hast doch sicher die Nummer von Frau Rath.«

»Klar, ist eingespeichert. Im Telefonbuch.«

Ich klickte mich durch die Liste. Als ich den Namen »Mathisen« entdeckte, stutzte ich.

Wonne hatte die Telefonnummer des Tenors von Juttas Fete in ihrem Handy? Warum?

»Was hast du?«, fragte sie.

Sollte ich sie fragen? Irgendetwas in mir warnte mich. Nein. Keine Einmischung in Privatangelegenheiten.

»Ach nichts …«

Es ging mich ja auch nichts an. Vielleicht war es ein ganz anderer Mathisen.

Ich fand die Nummer von Frau Dr. Rath und wählte sie. Der Ruf ging durch, aber niemand hob ab.

Wonne steckte das Handy wieder ein. »Was wolltest du sie denn fragen?«

»Wenn jemand anders als Hackenberg der Mörder ist, und wenn

Hackenbergs Wagen wirklich in der Nähe des Tatorts war, muss jemand an den Schlüssel gekommen sein. Hackenberg sagte, dass zwei Schlüssel für das Auto am Brett hängen, wenn er zu Hause ist. So wie gestern.«

»Dann hat der Täter am Morgen oder in der Nacht den Schlüssel geklaut. Er hat den Wagen genommen, unten in Altenberg den Mord begangen und das Auto wieder raufgebracht, um so Hackenberg alles in die Schuhe zu schieben. Das ist ganz schön riskant. Er hätte leicht gesehen werden können.«

»Hier oben kann man damit Glück haben«, überlegte ich. »Sobald man aus dem Auto ausgestiegen ist, wird man zum harmlosen Spaziergänger. Was mich am meisten beschäftigt, ist die Frage, wie der Täter ins Haus gekommen ist. Wenn Klara Hackenberg den Schlüssel nicht hatte, könnte sie darauf vertraut haben, dass ihr Sohn zu Hause ist, um sie reinzulassen. Das passt aber nicht. Immerhin ist er ein Langschläfer. Und so schlecht, wie die sich verstanden haben ... Vielleicht hat sie ihn irgendwo deponiert. Manche Leute machen so was.«

»Und jetzt?«

»Umschauen.«

Ich probierte die Haustür. Natürlich war sie abgeschlossen. Die kleinen Fenster sahen von Weitem alt aus, aber bei näherer Betrachtung erwiesen sie sich als modern: Doppelverglasung. Sicherungen mit Bolzen.

»Eingebrochen ist hier offenbar niemand«, stellte Wonne fest.

Wir sahen uns weiter um. Die Rasenfläche neben dem Gebäude war nicht eingezäunt. So gelangten wir ungehindert auf die Rückseite. Hier gab es ein paar Gartenstühle und eine Wäschespinne, weiter hinten Gebüsch. Und ein Stück entfernt noch ein Haus, dessen Dach aus dem Grün aufragte.

Auch auf der Rückseite waren die Fenster gesichert. Die Terrassentür ebenfalls. Ich trat an das Glas heran und versuchte, innen etwas zu entdecken. Ich blickte in ein ziemlich unaufgeräumtes Wohnzimmer. Ein fleckiges Sofa vor einer kahlen Wand. Ein riesiger Fernseher mitten im Raum, hinter dem sich die Kabel knäulten. Ein PC-Tisch mit Geräten. Auf dem dunklen Holzboden lagen DVD-Hüllen verstreut. Das war eindeutig Reinholds Reich.

»Na, der Junge hat ja einen interessanten Filmgeschmack«, sagte Wonne.

Meine Augen waren deutlich älter als ihre. Wahrscheinlich erkannte sie deshalb mehr als ich. Ich nahm die DVD-Cover noch einmal schärfer ins Visier. Schließlich gelang es mir, weibliche Brüste, Hintern und gespreizte Beine zu erkennen.

»Kein Wunder, dass die Mutter sich mit dem nicht verstanden hat«, stellte ich fest.

»Was machen Sie denn da?«

Wir fuhren herum. Ein Gesicht hing in den Büschen zum Nachbargrundstück. Es war rund und hell wie ein Lampion – allerdings trug der Lampion eine dicke Brille und eine glatte Männerfrisur mit strengem Seitenscheitel.

»Es ist verboten, dieses Grundstück zu betreten!« Äste raschelten, der Mann schälte sich aus dem Laub, und mit wenigen Schritten stand er vor uns: Flanellhemd, Kniebundhose, Wollsocken, Wanderschuhe.

»Wenn das so ist«, sagte ich, »dann gehen Sie doch wieder dahin, wo Sie hergekommen sind.«

»Werden Sie mal nicht frech. Wer sind Sie überhaupt?«

»Und wer sind Sie?«

»Geht Sie gar nichts an.«

»Sie sind wahrscheinlich derjenige, der den Streit zwischen Reinhold Hackenberg und seiner Mutter beobachtet hat, stimmt's?«

»Warum wollen Sie das wissen? Die Polizei hat mir eigens aufgetragen, darauf zu achten, ob sich verdächtige Personen hier herumtreiben.«

»Und? Treiben sich welche herum?«, fragte Wonne.

Der Nachbar warf uns einen bösen Blick zu. Solchen Leuten konnte man nur mit offiziellen Dokumenten imponieren. Ich kramte nach meiner Lizenz, holte sie hervor und hielt sie ihm vor die Nase.

»Privatdetektiv?«, knurrte der Mann. »So was gibt's doch nur im Fernsehen.«

»Hören Sie, wir wollen keinen Ärger«, sagte ich beschwichtigend. »Wir wollen nur wissen, ob Sie irgendetwas beobachtet haben. Wir arbeiten für die Kripo.«

»Ich hab alles schon den Beamten erzählt, die hier waren. Fragen Sie doch die.« Er kniff die Augen zusammen, als hätte ihn plötzlich eine Erkenntnis getroffen. »Moment mal! Sie arbeiten gar nicht für die Polizei, stimmt's? Sie arbeiten für diesen Versager. Da werden Sie sich die Zähne ausbeißen.«

»Wieso?« Ich wusste natürlich, was er meinte, aber es war vielleicht gut, ihn reden zu lassen.

»Der war's doch. Einer, der den ganzen Tag nur am Computer spielt und sich an Pornos aufgeilt, mit dem muss es doch mal so weit kommen.«

»Haben Sie denn gesehen, wie er gestern Morgen wegfuhr?«

»Sicher. Kurz nachdem Klara das Haus verlassen hat, ist er in seinen Wagen gestiegen und ihr nachgefahren.«

»Von wo aus haben Sie das gesehen?«

»Na, von hier aus. Ich war im Garten. Ich bau da gerade einen Entenstall mit Teich.«

»Enten? In einem Privatgarten?«, fragte Wonne.

Der Mann grinste. »Indische Laufenten. Gute Sache. Die fressen nämlich Nacktschnecken. Brauchen halt nur Wasser. Deshalb der Teich.«

»Zeigen Sie mir das bitte mal.«

»Wenn's sein muss.«

Wir traten an das Gebüsch heran. Auf der anderen Seite erstreckte sich ein Stück Rasen, das bis zum Haus reichte – einem gedrungenen, mit dunklem Kunstschiefer verkleideten Gebäude. An der Seite, neben einer kleinen Gruppe von Bäumen, lag ein Haufen Bretter, daneben wartete ein kleiner Bagger auf seinen Einsatz.

»Der Stall muss natürlich solide gebaut werden, damit nachts keine Raubtiere die Enten holen. Das ist wichtig.«

»Raubtiere im Bergischen Land?«, fragte Wonne.

Er sah sie irritiert an. »Aber sicher, junge Frau. Marder. Füchse.«

»Wo genau waren Sie, als Reinhold wegfuhr?«, brachte ich die Unterhaltung auf das Thema zurück.

»Ich hatte gerade das Baumaterial für den Stall rübergebracht. Da hörte ich das Auto. Unverkennbares Geräusch.«

»Das heißt«, beharrte ich, »Sie haben es nicht gesehen, sondern nur gehört. Das Auto hätte auch jemand anders fahren können.«

Wieder der irritierte Blick. »Wer hätte das denn machen sollen? Reinhold war's, und damit basta.«

»Jemand könnte gesehen haben, wer das Auto genommen hat«, sagte ich, als wir wieder am Auto standen. »Das wäre ein Indiz, das Reinhold entlastet.«

»Aber wie willst du einen solchen Zeugen finden?«

»Überlegen wir mal ... Ich kann mir nicht vorstellen, dass der Täter mit seinem eigenen Auto hier vorfährt, sich dann Zutritt zum Haus verschafft, in Reinholds Wagen steigt und Klara Hackenberg folgt. Das wäre viel zu auffällig.«

»Du meinst, er muss schon längere Zeit gewartet haben.«

»Genau. Aber auch das fällt auf. Man kann hier nicht so einfach unbemerkt in der Gegend rumstehen. Und man muss ja erst mal herkommen. Lass uns zurück zur Hauptstraße fahren.«

Wir parkten wieder in der Nähe des Kaugummiautomaten, gleich gegenüber der Sparkasse.

»Versuchen wir mal zu rekonstruieren«, sagte ich. »Als Erstes kommt der Täter her. Mit dem Wagen.« Ich deutete auf die Bushaltestelle: »Oder mit dem Bus. Und das früh am Morgen. Vielleicht sogar schon in der Nacht.«

»So weit klar.«

»Wenn er mit dem Wagen kommt, muss er das Auto abstellen und sich dann zu Fuß auf den Weg zum Haus machen. Er muss warten, bis Klara Hackenberg wegfährt, um ihr dann zu folgen. Hat er gewusst, wann sie wegfahren würde? Oder hat er einfach gewartet und ist ihr gefolgt, als sie wegfuhr? Auf jeden Fall wird er ein Versteck gebraucht haben. Er stand sicher nicht gut sichtbar hier in der Gegend herum.«

Wir stiegen aus und gingen zu Fuß in Richtung des Hackenberg'schen Hauses. Dann standen wir wieder auf der Brücke, die über den alten Bahndamm führte, und blickten in die Schlucht.

Neben der Brücke zweigte eine private Zufahrt ab – ein Schotterweg, neben dem es steil in die Tiefe ging.

Mir kam ein Gedanke. Mit wenigen Schritten stand ich am Abgrund und hangelte mich von Baumstamm zu Baumstamm den Abhang hinunter. Es zog etwas in den Armen, war aber leichter, als ich befürchtet hatte. Sekunden später stand ich unten auf den Resten des alten Bahnsteigs und blickte zur Brücke hinauf, wo Wonne zwischen den Ästen weit oben am Geländer stand und mich beobachtete.

»Ich komme auch runter«, rief sie, löste sich von den Metallverstrebungen und verschwand links neben der Brücke.

Vorsichtig ging ich ein paar Schritte und trat auf Müllreste. Eine verdreckte Plastiktüte. Getränkeflaschen. Kaputtes Glas. Es knirschte unter meinen Schuhsohlen.

Man kam sich vor wie in einem Tunnel. Kein Unterholz, kein Gebüsch. Der Raum war groß und frei – und oben von den sich berührenden Ästen und Blättern der Bäume an den Hängen geschützt. Von der Brücke war durch das Gewirr zwar der Rest des Dammes zu sehen. Trotzdem konnte man sich hier unten sicher ganz gut verstecken, wenn man es darauf angelegte. Ich fragte mich, wie lang dieser Tunnel war. Wahrscheinlich konnte man ihn einige Kilometer abwandern.

Wonne kam vorsichtig den Hang herunter. Sie trug nur flache sommerliche Ballerinas.

»Pass auf, dass du nicht in das Glas trittst«, sagte ich. »Das dringt durch deine Schuhe.«

Sie erreichte die Talsohle und blieb neben mir stehen. »Das ist ja seltsam hier. Wie in einer Kirche. Oder in einem geheimnisvollen Wald.«

Ich ging ein Stück auf bemoostem Beton entlang, auf dem man früher auf den Vorortzug gewartet hatte. Wo der Belag aufgebrochen war, wuchs Gestrüpp.

Ein Stück glänzende Alufolie auf dem Boden zog meine Aufmerksamkeit auf sich. Ich bückte mich und hob es auf. Es war der Rest einer Filmtablettenpackung. Der Medikamentenname war noch zu lesen.

»Novalgin«, sagte Wonne. »Ein Schmerzmittel.«

»Woher weißt du das so genau?«

»Meine Mutter hatte Krebs«, sagte sie. »Hab ich das nicht erzählt?«

»Woran deine Mutter starb, hast du nicht gesagt.«

»Man lernt jedenfalls eine Menge, wenn man einen Krebskranken in der Familie hat. Das hier nimmt man gegen starke Schmerzen.«

»Ob das Ding eine Spur ist? Wenn er sich hier versteckt hat? Vielleicht ist unser Täter krebskrank?«

»Keine Ahnung. Vielleicht ist es auch einfach nur Müll.«

Wir fuhren zurück zu Mannis Haus. Wonne stellte ihren Wagen neben meinem Golf ab.

»Was ist los mit dir?«, fragte sie. »Du hast die ganze Zeit kein Wort gesagt.«

Ja, ich hatte gegrübelt, und das so sehr, dass mir die Fahrt so schnell wie ein Blitzschlag vorkam.

»Ich musste nachdenken.«

»Du glaubst, dass die Sache zu schwierig ist, oder? Dass es keine Beweise gibt, die Reinhold Hackenberg entlasten ...«

Ich schüttelte die Gedanken ab, mit denen ich während der Fahrt beschäftigt gewesen war. Sie hatten gar nichts mit dem Fall zu tun. Jedenfalls nicht mit Spuren oder Ähnlichem. Sie drehten sich um Wonne. Ich ahnte, dass es bei meinem nächsten Schritt Ärger geben konnte. Aber davon sagte ich erst mal nichts.

»Am Anfang war ich ja skeptisch. Aber jetzt bin ich nicht mehr so sehr davon überzeugt, dass er's war«, sagte ich. »Nicht dass ich ihm das nicht zutrauen würde. Aber dafür war mir zu viel Planung im Spiel. Zu viel Vorbereitung. Es passt zu so einem Typen einfach nicht, hinter der Mutter herzufahren und sie auf den Spielplatz zu locken.«

»Wir wissen auch immer noch nicht, was sie auf dem Spielplatz gemacht hat. Sie wollte zum Dom, aber der direkte Weg geht nicht über den Spielplatz.«

Ich nickte. Wonne hatte recht. Klara Hackenberg war zwar zum Beten nach Altenberg gefahren. Aber sie konnte sich darüber hinaus mit jemandem getroffen haben.

»Sie hat sich wahrscheinlich mit jemandem getroffen«, sorgte Wonne für ein Echo meiner Gedanken.

»Jetzt schaust du wieder so komisch«, sagte sie. »Was ist denn?«

»Komm erst mal mit rein.«

Ich schloss die Haustür auf, ging durch ins Wohnzimmer und legte die Mappe auf den Tisch. Wonne war unsicher. Ich konnte es spüren. Ihr sonst immer lächelndes Gesicht war überschattet.

»Das hat mir Frau Dr. Rath in der JVA gegeben«, sagte ich.

»Und was steht da drin?«

Ich schlug die Mappe auf. Sie enthielt die Kopien von zusammengehefteten Protokollen, Formularen und Fotos. Es waren sogar zwei Zeitungsartikel dabei, die nicht zur Polizeiakte gehörten. Wahrscheinlich hatte Frau Dr. Rath sie aus dem Internet geholt und als Information für mich dazugelegt.

»Das ist Hackenbergs Vergangenheit. Wie du weißt, ist er vorbestraft. Das hier sind die amtlichen Dokumente dazu. Und noch etwas mehr.«

Wonne zog sich das Material heran und begann zu lesen.

»Der Typ hier sieht ja brutal aus.«

»Es ist ein Polizeifoto. Da lächeln die Leute selten.«

»Matthias Büchel, genannt Matze«, las Wonne.

»Er hat mehrmals im Knast gesessen. Das letzte Mal von 2005 bis 2007. Im Moment ist er auf freiem Fuß.«

»Enkeltrick«, fuhr Wonne fort. »Autodiebstähle.«

»An der Enkeltricknummer war auch Reinhold beteiligt. Damals hat er ausnahmsweise mal gearbeitet. Als Taxifahrer in Leverkusen.«

»Das war Ende der Neunziger«.

Ich nickte. »Damals war der Enkeltrick noch nicht so bekannt wie heute. Sie haben vierzehn alleinstehenden alten Leuten das Geld aus der Tasche gezogen. Matze hat sich am Telefon als Enkel ausgegeben, der unbedingt Geld braucht, und behauptet, ein Freund würde es abholen. Reinhold war dann der angebliche Freund.«

Wonne schüttelte den Kopf. »Dass das wirklich so gut funktioniert. Kann man gar nicht glauben.«

»Sie haben sich gezielt alte Leute ausgesucht, die schon ein bisschen tüttelig waren. Reinhold hat als Taxifahrer genau mitbekommen, wo sie wohnten. Er hat viele alte Leute gefahren – zum Arzt und so weiter. Dadurch war er für sie sogar so etwas wie eine Vertrauensperson geworden. Als sie gesehen haben, dass er das Geld holte, haben sie es ihm erst recht gegeben, weil sie ihn ja schon kannten.«

Wonne schob die Mappe weg, als sei sie etwas Ekliges. »Das ist wirklich eine Sauerei, hilflose alte Leute so zu betrügen. Schrecklich.«

Ich nickte.

»Was willst du jetzt machen?«, fragte sie.

»Diesen Matze überprüfen.«

»Du glaubst also die Version von Reinhold? Dass seine Mutter etwas herausgefunden hat und Matze im Weg war?«

»Es könnte auch sein, dass eine Erpressung dahintersteckt. Dass Reinhold wieder in irgend so eine Sache verstrickt war und seine Mutter unbedingt verhindern wollte, dass das bekannt wird und ihr Sohn wieder ins Gefängnis muss. Sie könnte sich mit Matze getroffen haben. Vielleicht wegen der Geldübergabe. Und dann ist es zum Streit gekommen. Und Reinhold will nicht darüber reden. Das wäre auch eine Erklärung für sein unkooperatives Verhalten. Wenn nicht einfach nur Sturheit oder mangelnde Intelligenz dahintersteckt.«

»Aber ein Erpresser bringt doch nicht die Kuh um, die er melken will. Das passt nicht, Remi.«

»Vielleicht hat Klara irgendwas rausgekriegt. Und drohte nun selbst zur Polizei zu gehen. Um ihren Sohn zu schützen. Und Matze hatte Angst, aufzufliegen. Ich würde ja gerne Klara Hackenbergs Haus nach weiteren Hinweisen durchsuchen. Apropos: Wir müssen gleich noch mal Frau Rath anrufen. Sie muss Reinhold fragen, ob es keine andere Möglichkeit gibt, ins Haus zu kommen.«

»Klar.« Wonne nahm ihr Handy und wollte wählen.

»Nicht jetzt. Wenn ich gleich weg bin.«

Ich war auf Krach gefasst. Wenn ich mit Jutta ermittelte, gab es regelmäßig Ärger, sobald ich ankündigte, dass ich einen Alleingang vorhatte. Sie wollte immer und überall dabei sein. Auch wenn es sinnlos oder viel zu gefährlich war.

»Willst du denn allein fahren?«, fragte Wonne.

Ich fühlte mich beklommen. Aber es nützte nichts. Ich musste ehrlich sein.

»Ich kann überhaupt nicht voraussehen, was bei der Überprüfung von Matze geschieht. Laut Akte treibt er sich in Leverkusen herum, und das ist auch schon drei Jahre her. Es ist einfach zu gefährlich. Ich muss das allein machen, verstehst du?«

Würde Wonne die Krallen ausfahren? Mich anschreien?

Nichts davon.

Sie beugte sich vor und strich mir über das Gesicht. »Du hast Angst um mich? Das ist süß von dir.«

»Ich hoffe ... du bist nicht ... enttäuscht.« Ich kam ein wenig ins Stammeln. »Aber wir müssen uns trennen.«

Eine kleine Bewegung, und sie saß neben mir auf der Couch, umarmte und küsste mich. »Ich hoffe doch, nicht zu lange«, sagte sie, die Augen geschlossen.

Ich spürte die vibrierende Erregung ihres weichen Körpers, und auf einmal machten sich meine Hände selbstständig und wanderten unter ihr T-Shirt, über ihre Beine ...

»Nicht dass du mich vergisst da draußen«, keuchte sie.

Die Anspannung fiel von mir ab. Mich streifte die Idee, den Rest des Tages freizunehmen und ihn einfach mit Wonne auf der Couch oder im Bett oder auf dem Teppich oder sonst wo zu verbringen.

Sanft schob sie mich von sich.

»Och, gerade habe ich gedacht ... wo doch Sonntag ist ...«

»Nichts da. Du machst dich auf die Spur von diesem Matze. Und ich übernehme hier Telefondienst.«

Die Erregung sank in sich zusammen.

»Außerdem sorge ich für ein schönes slowfoodmäßiges Abendessen. Wir bleiben in Handykontakt. Und heute Abend ... wird ein schöner Abend.«

Handykontakt – bei diesem Stichwort fiel mir etwas ein.

Ich suchte mein mobiles Telefon und schaltete es an. Kaum war der Empfang da, begann es zu bimmeln wie verrückt. Das Display zeigte achtzehn Anrufe in Abwesenheit. Alle von Jutta.

»Hast du eine andere Freundin?«, fragte Wonne schelmisch und sah mir über die Schulter.

»Nein, nur eine Tante, mit der ich im Moment ein bisschen im Clinch bin.«

Ich erzählte ihr, was gestern Abend noch vorgefallen war.

»Wenn man dich so reden hört, könnte man glatt glauben, du hättest was mit Jutta«, sagte Wonne, als ich geendet hatte.

»Na, hör mal ...«

»Ist schon okay. Abgesehen davon ist ja Tante mit Neffe kein echter Inzest.«

»He, hörst du nicht zu? Da läuft gar nichts.«

»So eifersüchtig, wie die ist? Das kannst du dem Papst erzählen.«

Ich war ehrlich empört. Aber wahrscheinlich, weil sie auf ihre Art recht hatte. Nicht dass da etwas zwischen Jutta und mir gewesen wäre. Aber wer uns nicht so gut kannte, konnte vielleicht tatsächlich auf den Gedanken kommen.

Ich wandte mich wieder meinem Fall zu und betrachtete die Bilder in der Mappe, um sie mir einzuprägen.

Matze hatte ein ziemlich markantes Äußeres. Dichtes, schwarzes Haar. Kantiges Gesicht. Massives gekerbtes Kinn.

Ich nahm das Material, schnappte meine Schlüssel, wurde aber an der Haustür von Wonne noch einmal aufgehalten.

»Auftanken«, flüsterte sie und zog mich an sich. »Das muss ja wieder ein paar Stunden reichen.«

Der Kuss, der folgte, war wahrscheinlich der längste meines Lebens.

12

Mein Weg führte mich zuerst nach Wuppertal in meine Wohnung an der Ecke Kasinostraße/Luisenstraße. Es war Zeit, den Briefkasten mal wieder zu leeren. Vier Rechnungen waren dabei, die ich ordentlich auf meinen Schreibtisch in dem Raum legte, den ich Büro nannte.

Ich ließ mich in den schwarzen Drehsessel sinken. Mir kam es vor, als sei ich wochenlang nicht mehr hier gewesen. Dabei waren es erst ein paar Tage. Das letzte Mal hatte ich in einem anderen Abschnitt meines Lebens hier gesessen. In einem Abschnitt ohne Wonne ...

Irgendetwas stank bestialisch. Es war der Müll, den ich vergessen hatte runterzubringen. Ich riss die Fenster auf und entsorgte die Tüte. Als ich wieder oben war, verbrachte ich ein bisschen Zeit damit, meine Beretta zu checken, die ich aus Mannis Haus mitgenommen hatte.

Kurz darauf war ich wieder auf dem Weg in die Friedrich-Ebert-Straße, wo ich geparkt hatte. Ich stieg in meinen Golf und beobachtete das Volk im Café Engel und auf dem Laurentiusplatz, das den sommerlichen Sonntag genoss. Hier sah Wuppertal bei schönem Wetter wie Klein-Italien aus. Helle Mauern, Natursteinpflaster, entspannte Menschen, die den Tag vertrödelten.

Vielleicht wäre es doch nett gewesen, Wonne mitzunehmen.

Quatsch, schalt ich mich. Reiß dich zusammen. Dienst ist Dienst. Und wenn du das hier hinter dir hast, kannst du es dir leisten, sie mal so richtig einzuladen.

Oder ganz was anderes mit ihr zu unternehmen.

Es gibt nichts Trostloseres als Industriegebiete am Sonntag. Hinter endlosen Zäunen öde, leere Asphaltwüsten, bewacht von melancholisch in die Ferne blickenden Verwaltungsgebäuden. Kastenförmige Lagerhallen mit vereinsamten Rampen, die ins Nichts führen. Vereinzelt aufragende braunrote Schornsteine. Am Straßenrand hin und wieder parkende Lkws. Gestrandete Wale im Meer des Transportwesens.

Wahrscheinlich sahen die Gewerbegebiete von Rom, Sydney, Hamburg oder Casablanca genauso aus. Aber ich war in Leverkusen, irgendwo in der Gegend von Küppersteg – und hatte mich verirrt.

Ich fuhr rechts ran, stellte den Motor ab, ließ aber den Schlüssel auf Ladung, damit mein CD-Player nicht stoppte. Ich hatte mir eine Sammlung schöner Oldies von den Stones bis ABBA gebrannt. Im Moment lief gerade Albert Hammonds »It never rains in Southern California« – ein Lied, bei dem mir immer Assoziationen zur Welt meiner großen Kollegen aus Los Angeles kamen. Columbo. Marlowe.

Der Soundtrack machte die traurige Kulisse einigermaßen erträglich, verlieh ihr sogar eine gewisse Romantik.

Leverkusen war eine Stadt voller Gegensätze. Hin und wieder taten sich tatsächlich reizvolle Ecken auf; es gab sogar nette historische Häuschen, schmuck restauriert, als hätte sich die Stadt besonders herausputzen wollen. Doch war man um die nächste Ecke, landete man im Industriegebiet, steuerte auf eine Fabrikhalle zu oder näherte sich der schrecklichsten Schönheit dieser Stadt – dem riesigen Bayergelände, das man auch nachts durch das kilometerweit sichtbare Bayer-Kreuz leicht finden konnte.

Mein Ziel lag woanders. Und es war viel versteckter. Nördlich der Ost-West-Achse der A 1, zwischen Fixheide und Küppersteg, wo die Bahnlinie einen Bogen um zwei Baggerseen machte, von denen der eine »Silbersee« hieß, ging es in eine schmale Straße.

Rechts erhoben sich schmutzige Fassaden, links eine verwilderte kleine Anhöhe, dahinter Gleisanlagen – die Ausläufer des Güterbahnhofs.

Gleich nach der Abzweigung öffnete sich vor den aufwuchernden Büschen und Bäumen eine Bucht mit platt gefahrener Erde, wo ich den Golf parken konnte. Ich stellte den Wagen ab und ging zu Fuß weiter.

Ein Stück entfernt ragte eine Dom-Kölsch-Werbung auf, darunter der Hinweis: »Bundeskegelbahn«. In diesem Haus hatte laut Unterlagen Matthias Büchel alias Matze gewohnt. Vielleicht war es ja immer noch sein Zuhause.

An der Klingelleiste fehlten die Schilder. Es gab nur Reste von Klebestreifen, mit denen sie früher befestigt gewesen waren. Ich drückte auf einen der Knöpfe, und erst in diesem Moment bemerkte ich, dass hier etwas nicht stimmte. Der Einsatz mit den Klingeln saß nur lose in seinem Gehäuse. Ich konnte ihn herausziehen; er wurde bloß noch durch ein paar marode Drähte gehalten.

Jetzt sah ich auch die quer verlaufenden Bretter auf der anderen Seite des geriffelten Türglases. Die Fenster der Kneipe nebenan waren dunkel. Laub, zerdrückte Zigarettenpackungen, Plastikflaschen und zermatschtes Zeitungspapier hatten sich im Eingangsbereich angesammelt.

Das Haus war unbewohnt. Wahrscheinlich wurde es demnächst saniert. Oder abgerissen. Oder es dämmerte weiter in seinem schlechten Zustand vor sich hin.

Jedenfalls fand ich hier keinen Matze.

Ich zündete mir eine Zigarette an – die erste heute. Ich wunderte mich selbst über meine Disziplin. Wahrscheinlich lenkte mich Wonne vom Rauchen ab. Langsam schlenderte ich zum Wagen zurück. Es war einfach zu lange her. Der Typ konnte wer weiß wo sein.

Ich sah meine kleine Spur gerade ins Nichts zerrinnen.

Jetzt hätte ich doch gerne Wonnes Hilfe gehabt, um in der Straße von Haus zu Haus zu gehen und nach Matze zu fragen. Eine ziemlich zeitaufwendige Sache.

Quatsch, dachte ich und setzte mich ins Auto. Es geht auch anders.

Als ich nach meinem Handy griff, begann es zu klingeln. Als habe mein Gedanke es auf telepathische Weise in Gang gesetzt.

»Jutta« meldete das Display.

Die hatte ich vollkommen vergessen. Aber ich konnte sie nicht einfach wegdrücken. Also ging ich ran.

»Hallo, Jutta.«

»Remi, es tut mir so leid. Ich hab mich total blöd benommen«, sagte sie zerknirscht.

»Ist schon gut.«

»Nein, ist es nicht. Ich hasse es, Krach mit dir zu haben ... Sag mal, wieso habe ich dich denn nicht erreicht? Ist irgendwas?«

Ihre Stimme war jäh von niedergeschmettert zu misstrauisch umgeschlagen. In dieser Geschwindigkeit war das eine emotionale Glanzleistung.

Ich versuchte, mir so schnell wie möglich eine Meinung zu bilden, ob ich ihr von dem neuen Fall erzählen sollte.

»Nein, ich war nur unterwegs.«

»Mit Wonne, oder?«

»Und wenn schon.«

»Ja, ist ja okay.«

Jutta benahm sich tatsächlich wie eine Exfreundin, mit der man »nur« noch befreundet war.

»Hauptsache, du hast deinen Spaß«, fügte sie hinzu.

»Ist bei dir alles in Ordnung?«

Sie seufzte. Aha, dachte ich. Da liegt also der Hase im Pfeffer. Jutta hat ein Problem. Und wahrscheinlich ein großes. Wenn ich jetzt nicht aufpasse, dann ...

»Ehrlich gesagt, ist nichts in Ordnung.«

»Was ist denn los?«

»Ich weiß nicht, ob ich das so am Telefon sagen kann, Remi.«

»Sollen wir uns treffen?« Falsche Frage, dachte ich. Aber es war zu spät.

»Wenn du vielleicht mal die Möglichkeit hättest ...«

Etwas Wummerndes näherte sich. Ein Wagen fuhr in die Straße, ein aufgemotzter Mercedes in Goldmetallic. Er hielt vor dem heruntergekommenen Haus. Das wuchtige Presslufthämmern brach ab. Zwei Typen stiegen aus, checkten cool die Umgebung und schlossen die Tür zur Kneipe auf. Mich hatten sie wahrscheinlich vor lauter Coolness übersehen.

Jutta redete unterdessen weiter, aber ich war so abgelenkt, dass ich nicht richtig hinhörte.

»Du, ich ruf dich gleich wieder an, ja?«, sagte ich hastig. »Ich muss Schluss machen.«

»Aber …«

Es half nichts. Ich drückte sie weg, stieg aus und ging auf die Kneipe zu.

Die Tür stand offen, und ich konnte hineinsehen. Es war düster und muffig. Dunkle Holzstühle. Eine zerkratzte Bar. Wahrscheinlich war es nur dem schummrigen Licht zu verdanken, dass man die Dreckpatina nicht sah.

Die beiden Typen standen hinter der Theke und hatten mir den Rücken zugewandt. Der eine hielt eine Taschenlampe in der Hand und beleuchtete einen geöffneten Sicherungskasten an der Wand.

Sie hatten nicht mitbekommen, dass ich den Raum betreten hatte. Sicher hatten sie durch ihre dröhnende Musikbeschallung längst einen Gehörschaden erlitten.

»Guten Tag«, rief ich lauter, als eigentlich nötig gewesen wäre. »Können Sie mir helfen?«

Sie drehten sich synchron um. Der eine war gekleidet wie ein Vorstadtcasanova: brauner Anzug, offenes weißes Hemd. Der andere steckte in einer dieser Bombenlegerhosen: Khaki mit diversen Seitentaschen. Sein schwarzes T-Shirt trug die weiße Aufschrift »Ich hab kein Problem mit Alkohol – nur ohne.«

Irrte ich mich, oder sah der Möchtegernalkoholiker Matze ähnlich? Die lange Nase. Die scharf konturierten Wangenknochen. Das markante Kinn. Aber er war deutlich jünger. Noch keine dreißig, schätzte ich.

»Was brüllst du so?«, rief der Vorstadtcasanova. »Wir sind nicht taub.«

»Entschuldigung, ich aber«, sagte ich so dahin. »Nach der Beschallung, der ich ausgesetzt war …« Mir fiel ein, dass eine Beurteilung des Musikgeschmacks der Jungs sicher kaum als Gesprächsbeginn taugte. »Ist Ihnen der Name Matthias Büchel bekannt? Er soll hier mal gewohnt haben.«

Ich war mir sicher, dass der Alki bei dem Namen leicht zusammengezuckt war. Als er mit dem anderen einen schnellen Blick tauschte, war die Sache klar.

»Wer will das wissen?«, übernahm Casanova die Führung.

Die Menschen waren höflich, also konnte ich auch ganz frank und frei sagen, worum es ging. »Es geht nur um eine Auskunft.«

»Was für eine Auskunft?«, brachte sich jetzt Alki ins Spiel.

»Ein alter Kumpel von ihm steckt in Schwierigkeiten. Und ich dachte, Matze könnte ihm vielleicht helfen. Wohnt er noch hier irgendwo?«

Die beiden ließen den Sicherungskasten Sicherungskasten sein, kamen um die Theke herum und bauten sich vor mir auf.

»Und du bist der Kumpel, oder was?«, fragte Casanova.

»Nein, der Mann heißt Reinhold Hackenberg. Sie haben zusammen mal was unternommen, wenn ihr versteht, was ich meine.«

»Nö.« Alki spitzte die Lippen. »Verstehen wir nicht.«

Ich wandte mich an ihn. »Hör mal, du bist doch der kleine Bruder, oder nicht?« Ich bluffte: »Von dem er immer erzählt hat.«

»Quatsch. Cousin.«

»Na, oder so ähnlich. Dann musst du doch wissen, wo er wohnt.«

Der Kleine ärgerte sich sichtlich, dass er verraten hatte, mit Matze verwandt zu sein. »Ich hab ihn lange nicht gesehen. Vor zwei Jahren ist er zu seiner Mutter gezogen.«

»Das ist doch schon mal was«, sagte ich anerkennend. »Jetzt musst du mir nur noch sagen, wo das ist, und du bist mich wieder los.«

Er grinste mich an. »An der Antenne in Schlebusch.«

Jetzt grinsten beide, als wäre das hier in Leverkusen ein Insiderwitz.

»Ist das eine Kneipe, oder was?«

Casanova schüttelte den Kopf: »Nee, 'ne richtige Antenne. Ein Haus mit so 'nem riesigen UMTS-Teil auf dem Dach, verstehst du?«

»Hat das Haus auch eine Adresse?«

»Sicher«, nickte Alki. »Die wissen wir aber nicht. Und jetzt hau ab, wir müssen arbeiten.«

»Wollt ihr den Laden hier wieder in Schuss bringen?«

Sie gingen wieder hinter den Tresen. Casanova drehte sich noch einmal um. »Was geht dich das an? Du hast deine Auskunft, oder nicht? Hau ab jetzt. Das hier ist Privatgelände.«

Ich ging brav hinaus und bog um die Ecke in Richtung Wagen, blieb aber nach einem Meter stehen und drängte mich an die Wand. Durch die offene Tür war zu hören, wie sich die beiden unterhielten.

»Was war das denn für ein Typ?«

»Keine Ahnung. Frag doch Matze, ob der was weiß.«

Kurze Pause. Ein elektronisches Piepsen wie von einem Handy.

»Scheißempfang hier drin. Ich geh raus.«

Ich nahm die Beine in die Hand und legte in kürzester Zeit mindestens zwanzig Meter zurück. Dann stoppte ich und schlenderte ganz gemütlich weiter. Als ich am Wagen angekommen war, blickte ich zurück. Matzes Cousin stand da und telefonierte.

Ich zeigte mich desinteressiert, stieg ins Auto und rollte Sekunden später wieder durch die gesichtslose Industrielandschaft. Hinter einem abgestellten Monster-Truck fuhr ich rechts ran und wählte die Festnetznummer von Mannis Haus. Nach dem dritten Klingeln meldete sich eine Frauenstimme.

»Hallo?«

»Hallo, ist da Hecking? Kann ich bitte Manni sprechen?«

»Nein, ich meine, ja. Das heißt, nein. Ich kenne keinen Hecking. … Moment mal, Remi – bist du das etwa?«

»Ich wollte nur mal sehen, was du machst, wenn das Telefon klingelt.« Ich grinste vor mich hin, aber Wonne fand das offensichtlich gar nicht lustig. Jedenfalls ging sie nicht darauf ein.

»Hast du was rausgekriegt?«, fragte sie.

»Geht so. Ich brauche deine Hilfe.«

»Mach schnell. Ich habe gerade etwas auf dem Herd.«

»Du kochst?«

»Was soll ich sonst machen? Mehr gibt's ja nicht zu tun. Ich habe heute Morgen ein paar Zutaten mitgebracht.«

»Du solltest doch herausfinden, ob jemand in das Haus der Hackenbergs reinkonnte. Die Sache mit dem Schlüssel, wenn du dich erinnerst.«

»Hab ich schon geklärt. Sonst noch was?«

»Und?«

»Was und?«

»Kann man da rein?«

»Der Schlüssel ist immer hinter dem Haus in einem Blumentopf versteckt, sagt Frau Dr. Rath. Das heißt: sagt Reinhold Hackenberg.«

»Der Klassiker. Es konnte also jeder rein.«

»Richtig. Gibt's sonst noch was? Die Nudeln sind gleich fertig, und ich muss sie auf den Punkt abschütten, sonst …«

»Sind die nicht kalt, bis ich wieder da bin?«

»Schon mal was von Nudelsalat gehört?«

Meine Güte, Wonne war richtig grantig. Ich hatte sie wahrscheinlich mitten in einer kreativen Kochphase gestört, und dann kam ich auch noch mit dem blöden Witz an.

»Kannst du mal übers Internet rausfinden, wie viele Büchels es in Leverkusen gibt?«

»Das geht jetzt nicht. Hast du kein Smartphone, mit dem man ins Netz kann?«

»Leider nicht.«

»Da wird's ne Menge geben, vergiss es. Oder hast du eine bestimmte Adresse?«

»Nein.«

»Tja dann …«

»Tut mir leid wegen eben. Aber ich hab mich gefreut …«

Im Hörer tutete es.

»… deine Stimme zu hören«, ergänzte ich, obwohl Wonne es schon nicht mehr mitbekam. Plötzlich erschien mir die triste Umgebung noch verlorener. Noch einsamer.

Ich ließ den Motor an, stellte die CD laut, und bei den Klängen von Harpos »Movie Star« wurde mir klar, dass ihre Stimme eigentlich der einzige Grund gewesen war, warum ich Wonne angerufen hatte.

Das muss Liebe sein, dachte ich. Das muss es einfach.

13

Die Antenne war nicht zu verfehlen. Ich sah sie schon, als ich zwischen Alkenrath und Schlebusch in die Herbert-Wehner-Straße einbog und mich dann Richtung Süden hielt. Hier war wieder eine der schönen Ecken – der alte Schlebuscher Ortskern mit seinen kleinen bergischen Häuschen und dem Wuppermannpark.

Das Haus mit der Mordsantenne lag jedoch ein Stück weiter Richtung Dünnwald; genau an der Stelle, wo die Bensberger und die Mülheimer Straße auf den Willy-Brandt-Ring stießen. Es war ein schmutzig weißer, verschachtelter Gebäudekomplex. Im Erdgeschoss warb mit roter und blauer Schrift Europas angeblich größte Matratzenkette.

Ich parkte ein Stück weiter die Bensberger Straße hinauf, an die sich eine kleine Eigenheimsiedlung drängte.

Als ich nach einem kurzen Fußmarsch an dem Antennenhaus stand, musste ich erst mal den Eingang suchen. Ich fand ihn in einem kleinen Tunnel. Die Wände waren mit Schildern von Arztpraxen gepflastert, aber der Kasten schien auch Wohnungen zu enthalten. Auf der Klingelleiste fand ich den Namen Büchel und drückte auf den Knopf.

Eine ganze Weile geschah nichts. Irgendwann bewegte sich etwas im Treppenhaus, und ein grobschlächtiger Mann kam mir entgegen.

Ich nutzte die Gelegenheit, als er die Tür öffnete, und ging hinein.

Büchel wohnte in der zweiten Etage. Ich fand die richtige Tür, die zum Glück auch ein Namensschild trug, sonst hätte ich mich auf den anonymen Gängen nicht zurechtgefunden.

Ich blieb stehen, lauschte und klingelte erneut. Drinnen blieb es still. Es machte weder Ding-Dong, noch schellte es. Als habe jemand den Strom abgestellt.

Aus der Wohnung drang ein Geräusch. Ein Knistern. Als würde jemand trockenes Papier zusammenknüllen. Ein paarmal ertönte dieser seltsame Laut, dann hörte ich Schritte – aber nicht dumpf oder klackernd, sondern eher wie ein Patschen. Hell. Metallisch.

Ich klopfte energisch. »Herr Büchel. Sind Sie zu Hause?«

Wieder dieses »Patsch, patsch, patsch«, hektischer diesmal.

Ich versuchte mir vorzustellen, was da drin vor sich ging, aber es gelang mir nicht. Ich bekam zu dieser Klanguntermalung kein Bild in den Kopf.

»Patsch, patsch, patsch«.

Jetzt schien es sich zu entfernen. Langsam dämmerte mir, was das sein konnte. Aber das war eigentlich unmöglich.

»Herr Büchel?« Ich klopfte wieder. »Hallo?«

Irgendwo auf dem Gang war etwas zu hören. Eine Wohnungstür war geöffnet worden. Ich wandte mich um, konnte aber nichts sehen, weil der Flur eine Biegung machte.

Ich hatte schon die Faust geballt, um erneut zu klopfen, da ging vor mir die Tür auf. Nur einen Spalt. Dahinter betrachteten mich große dunkle Augen. Dunkelbraune, fast schwarze gelockte Haare umrahmten ein rundes Gesicht.

Es war eine kleine, zerbrechliche Frau. Hinter ihr war es hell. Gleißendes Licht drang auf den Flur.

»Ja, bitte?«, sagte sie heiser und räusperte sich, als hätte sie seit Ewigkeiten mit niemandem mehr gesprochen.

»Mein Name ist Rott. Ich suche Matthias Büchel«, erklärte ich. »Bin ich hier richtig?«

»Matthias wohnt nicht mehr hier. Tut mir leid.«

Sie wollte die Tür schließen, aber ich drückte gegen das Türblatt. Die Frau schrie auf, und ich sagte schnell: »Es ist wichtig. Könnten Sie mir seine Telefonnummer geben? Sie sind wahrscheinlich seine Mutter, oder?«

Sie nickte abweisend, ließ die Tür aber offen. »Sind Sie von der Polizei?«, fragte sie.

»Nein. Es geht um einen seiner Freunde. Keine Sorge, es hat nichts mit Matthias selbst zu tun.« Den zweiten Satz sagte ich einfach so dahin. Eigentlich war er ja gelogen. Im Grunde war ich auf der Suche nach einer Verbindung zwischen dem Mordfall und Matze.

»Darf ich vielleicht reinkommen?«, fragte ich.

»Muss das sein?«

»Es wäre dann leichter, sich zu unterhalten.«

Sie sah mich unsicher an. Überlegte.

»Sie sind ungeschützt«, sagte sie.

»Wie meinen Sie das?«

»Sie sind ungeschützt«, wiederholte sie. »Und Sie stehen schon viel zu lange hier. Sie müssen sich unbedingt schützen. Warten Sie, ich gebe Ihnen was.«

Sie drückte die Tür zu. Was war hier los? Wovor musste ich mich schützen? Hielt die Frau exotische Tiere?

Von so etwas hatte ich schon gehört. Schlangen, Krokodile, Vogelspinnen, Wildkatzen – all so was hatten manche Leute in ihrer kleinen Wohnung. Zum Schrecken der Nachbarn, der Vermieter und natürlich der Tiere selbst, denn das war alles andere als eine artgerechte Unterbringung.

Die Tür ging wieder auf, Frau Büchel kam zurück. Wieder fiel mir das eigenartig helle Licht auf, das aus der Wohnung drang. Als glitzere es darin.

Sie hob die Arme und wollte mir etwas über den Kopf ziehen, aber sie war zu klein. »Ich komme nicht dran«, sagte sie und lächelte. »Das müssen Sie tragen, sonst sind Sie in großer Gefahr.«

Ich betrachtete, was sie mir gegeben hatte. Es war eine zusammengeknüpfte Kordel. An dem einen Ende hing an einem kleinen Extrafaden ein aus Alufolie ausgeschnittener Stern. Er erinnerte mich an die Dinge, die wir als Kinder zu Weihnachten gebastelt hatten. Damals hatten wir allerdings buntes Glanzpapier verarbeitet; das Silber wirkte dagegen ein wenig profan.

»Sind Sie sicher, dass das nötig ist?«

»Kommen Sie. Es reicht auch, wenn Sie den Katalysator in der Hand halten.«

Sie zog mich in die Wohnung und schloss die Tür – und mit einem Mal hatte ich das Gefühl, mich in einer anderen Welt zu befinden.

Von überallher spiegelte es. Die Wände waren Spiegel, die Innenseite der Wohnungstür bestand aus Spiegeln. Sogar der Fußboden war verspiegelt, doch die Fläche war an einigen Stellen verschmutzt und aufgerissen. Und jetzt erkannte ich auch, dass es keine Glasspiegel waren, mit denen die Wohnung ausgekleidet war, sondern viele Quadratmeter von Alufolie.

»Hier geht's lang.«

Wir folgten einem Pfad durch den spiegelnden Gang, und weil die Folie auf dem Boden nur lose verlegt war, machte es bei jedem Schritt »patsch«. Wir passierten den Eingang zum Wohnzimmer, wo noch Bahnen von Silberpapier fehlten. Frau Büchel war hier sozusagen gerade beim Tapezieren. In der einen Ecke stapelten sich Alu-Rollen aus dem Supermarkt. Einige Fetzen hingen von der Wand herunter. Es war offenbar nicht so leicht, das Zeug zu befestigen. Auf einem kleinen Sofa, das auf der Aluunterlage wie auf einem glänzenden Quecksilbersee stand, lag ein Haufen Klebebandrollen.

»Warum machen Sie das?«, fragte ich, immer noch fassungslos. Irgendetwas sagte mir, dass die Frau nicht einfach nur an Geschmacksverirrung litt.

»Um mich zu schützen, das habe ich Ihnen doch gesagt. Wir sind in großer Gefahr.«

»Aber wovor? Was ist es, was Sie bedroht?«

Sie senkte die Stimme zu einem Flüstern und deutete nach oben. »Die Antenne«, raunte sie mir zu, als sei die technische Anlage ein Ungeheuer, das uns belauschte. »Sie strahlt mit Milliarden Energieeinheiten. Sie brennt und brennt und macht uns verrückt. Wer hier wohnt, wird krank, wenn er sich nicht schützt. Man schläft schlecht, und man bekommt Kopfschmerzen. Oder sogar Krebs.«

»Und die Alufolie schützt Sie?«

»Sie sehen ja, wie gut es mir geht.«

»Warum ziehen Sie nicht einfach weg?«

Sie schüttelte den Kopf. »Das nützt nichts. Sie sind überall. Sie bilden ein Netz. Ein Spinnennetz. Und wir sind darin gefangen.«

»Ein Spinnennetz? Was für Spinnen?«

Sie runzelte nachdenklich die Stirn. »Eigentlich ähneln sie eher Bienen. Die Felder des Netzes sind wabenförmig. Man kann nie außerhalb der Waben sein. Wenn man die eine Wabe verlässt, kommt man sofort in die daneben und wird von der nächsten Antenne angestrahlt.«

»Ich bin froh, dass Sie ein Mittel gefunden haben, um sich zu schützen«, sagte ich, obwohl ich ihr lieber einen Vogel gezeigt hätte.

»Mein Sohn hat mir das genau erklärt.«

»Das mit der Alufolie?«

»Nein, das mit den Waben. Er ist sehr klug, wissen Sie … Aber ich mache mir Sorgen um ihn. Nachdem er mir gesagt hat, dass man sich mit der Folie schützen kann, ist er ausgezogen und kommt gar nicht mehr.«

»Wo ist er denn hingezogen?«

»Das kann ich Ihnen nicht sagen. Ich habe aber seine Telefonnummer.«

»Könnten Sie sie mir bitte geben?«

Eine kleine Wolke aus elektronischer Musik drang aus meiner Hosentasche und füllte den Raum.

Frau Büchel wirkte plötzlich, als füge ihr irgendjemand oder irgendetwas körperliche Schmerzen zu. Sie hielt die Hände an die Schläfen und schloss die Augen.

»Ihr Handy«, rief sie und wand sich. »Stellen Sie es ab! Bitte.« Erschöpft wie nach einem Ringkampf ließ sie sich auf das kleine Sofa fallen.

Ich blickte auf das Display. »Entschuldigen Sie, es ist nur meine Tante.«

Sie hob die Hände. »Ich flehe Sie an. Es ist egal, wer es ist. Es frisst uns auf. Bitte …«

Mit einem Knopfdruck war Jutta weg, und das Handy verstummte. Verdammt, dachte ich. Jutta hat ein Problem. Und dauernd würge ich ihren Anruf ab.

Auf Frau Büchels Stirn waren Schweißtropfen zu sehen. Sie empfand tatsächlich Unbehagen. Ich hatte den dringenden Wunsch, diesen Ort zu verlassen.

»Haben Sie die Adresse oder die Nummer von Ihrem Sohn? Dann sind Sie mich auch gleich wieder los.«

Sie nickte, stand auf, und wir kehrten zum Ausgang zurück.

»Ich weiß nicht, wo er jetzt wohnt. Er hat nur dieses Teufelsding, dieses Handy. Und da rufe ich ihn nicht so gerne an.«

Sie zeigte mir einen Zettel, auf dem eine Telefonnummer notiert war.

»Das ist aber ein Festnetzanschluss. Mit Bergisch Gladbacher Nummer«, sagte ich.

»Alles wird heute über diese Antennen geleitet. Es wird unkontrollierbar.«

»Aber Sie haben ja Ihre Folie. Sie sind geschützt.«

Sie nickte erleichtert. »Genau.«

»Danke für Ihre Hilfe.«

»Grüßen Sie Matze von mir. Sagen Sie ihm, dass ich mir Sorgen mache. Dass er mal wieder vorbeikommen soll.«

Wieder unten stellte ich mich vor das Schaufenster des Matratzengeschäfts und rief Jutta zurück. Während es tutete, blickte ich versonnen auf ein Beet Stiefmütterchen mitten im Bürgersteig. Jemand hatte versucht, diese hässliche Vorstadtecke zu verschönern. Von gegenüber kämpfte sich ein leckerer Duft nach Gebratenem durch die Abgase der Straße zu mir. Gleich zwei Lokale lagen nebeneinander: der Schlebuscher Grill an der Ecke und daneben der Jägerhof.

Normalerweise hätte ich nicht gezögert, mir dort etwas ordentlich Fleischiges reinzuziehen – ergänzt von meinem Lieblingsgemüse: Fritten.

Aber ich dachte an Wonne und ihre kulinarischen Verheißungen. Sie stand gerade in der Küche, hatte sie gesagt. Und sie kochte für uns. Ich hing diesem Gedanken ein Weilchen nach, da meldete sich Jutta.

»Wird Zeit«, maulte sie.

»Entschuldige. Ich konnte nicht sprechen.«

»Du bist in einem Fall, stimmt's? Und du sagst mir nichts davon.«

Ich ging ein paar Schritte in Richtung des Fußgängerwegs, den ich überqueren musste, um zum Auto zu kommen. Dabei fiel mir auf, dass ich immer noch den silbernen Weihnachtsstern an der Kordel in der Hand hielt.

»Ich denke, du übernimmst im Moment keine Fälle? Ist Wonne bei dir?« Die Stimme stach vor Eifersucht.

»Nein, ist sie nicht. Es geht um die tote Frau, die wir auf deiner Rallye gefunden haben. Die Polizei hat einen Verdächtigen festgenommen, und seine Anwältin hat mich beauftragt, Entlastungsmaterial aufzutreiben.«

»So schnell bist du an die Anwältin geraten? Na, wenn du da nicht mal Hilfe von zärtlicher weiblicher Hand gehabt hast. Und wer hat dich überredet, die Sache anzunehmen?« Sie machte mich übertrieben nach: »Ich habe einen Job, Jutta. Ich brauche keinen. Ich kann dir nicht auf der Party helfen ...«

»Mensch, Jutta, was ist los mit dir? Ich weiß ja, dass du gerne an meinen Fällen mitarbeitest, aber ich kann mich nicht immer nur nach dir richten. Und dass du mir missgönnst, dass ich mal eine Freundin habe – das kann ja nicht dein Ernst sein.«

Ich hatte mittlerweile die Straße überquert und blieb stehen, wobei ich mir das linke Ohr zuhielt, um besser zu hören.

»Jutta, bist du noch da?«

Sie wollte etwas sagen, doch es ging in einem Schluchzen unter.

»Heulst du etwa?«

Sie schniefte und schnaubte. Offenbar putzte sie sich die Nase.

»Es ist nicht wegen Wonne, oder? Oder weil ich einen neuen Fall löse, ohne es dir gesagt zu haben ...«

»Nein.«

»Dann sag mir doch, was los ist.«

»Nicht wenn du auf der Straße stehst. Können wir uns treffen?«

»Das geht jetzt leider gar nicht. Also überleg's dir. Sag mir jetzt, was dich bedrückt, oder heute Abend irgendwann.«

Heute Abend, dachte ich. Was hatte ich da gesagt? Das ging ja erst recht nicht.

Ohne groß darüber nachzudenken, griff ich mit der Linken in einen verbogenen Maschendrahtzaun. Dahinter wuchsen Büsche, deren Zweige durch den Draht auf die Straße drängten. Direkt daneben war eine Öffnung. Ein schmaler überwucherter Pfad verlor sich in einem verlassenen Garten. Weiter hinten war sogar der Überrest einer Hütte oder eines kleinen Hauses zu sehen – komplett eingewachsen in den verwunschenen Garten. Und das mitten in Leverkusen. Es kam mir vor wie ein Traumbild.

»Wir müssen uns in Ruhe unterhalten«, sagte sie.

Ich hätte mich im Wagen mit ihr unterhalten können, aber mir gefiel der Gedanke, auf das verlassene Grundstück zu gehen und dort mit Jutta zu sprechen.

»Einen Moment«, sagte ich und betrat das verwilderte Areal. In mir krochen alle möglichen Befürchtungen hoch. Was war mit Jutta los? Hoffentlich war sie nicht krank.

Der Pfad verlief im Zickzack zwischen Büschen und Bäumen auf das Haus zu. Große zerbrochene Scheiben in einer mit Kunstschiefer verkleideten Wand. Vier Betonstufen führten zur offen stehenden Tür. Ich konnte in das Innere der Baracke blicken. Zerbrochene Glasscheiben und Dreck auf dem Fußboden. Weiter hinten führte eine dunkle Holztreppe nach oben.

»So, jetzt hab ich Ruhe. Also, was ist los?«, fragte ich.

Es war doch keine gute Idee gewesen, hierherzugehen. Die Atmosphäre war psychologisch gesehen keine passende Umgebung, um mit Jutta Probleme zu besprechen. Viel zu trostlos. Ich hätte nach Wuppertal fahren sollen, aber – verdammt noch mal – ich hatte keine Zeit. Ich musste heute mindestens diesen Matze finden.

»Remi, ich bin pleite.«

Am liebsten hätte ich mich direkt auf den Boden gesetzt. Stattdessen blieb ich stocksteif stehen und ließ die Informationen sacken.

»Wie bitte? Wie kann das denn passieren?«, fragte ich schließlich.

»Ich habe versucht, gegenzusteuern und Geld in Hedgefonds anzulegen, aber mein Berater hat …«

»Stopp«, rief ich. »Davon verstehe ich nichts. Wie schlimm ist es?«

»Keine Ahnung. Wenn die Kurse nicht mehr steigen, und davon muss ich ausgehen, kann ich nur noch mein Gold verkaufen. Der Goldpreis ist im Moment ziemlich hoch, deswegen werde ich das morgen tun, aber das bedeutet …«

»Bitte klare Zahlen, Jutta.«

Ich starrte auf die Wände des alten, heruntergekommenen Hauses, das wahrscheinlich bald abgerissen werden würde. Ich stellte mir Jutta vor, verarmt in so einer Umgebung. Jutta, deren Diele allein größer als meine ganze Wohnung war.

»Ich denke, mir bleiben hundertfünfzigtausend. Und natürlich die Wohnung. Und ein paar landwirtschaftlich genutzte Grundstücke. Und das Haus in Solingen.«

»Und das nennst du pleite?« Das Bild einer verhärmten Jutta zerplatzte.

»Na ja, was glaubst du denn, wie lange ich damit hinkomme? Ich brauche im Jahr etwa hunderttausend Euro, und wenn …«

»Hunderttausend Euro?«, schrie ich. »Wofür denn?«

Sie redete einfach weiter. »Das war auch der Grund, warum ich dieses Fest so sparsam gefeiert habe. Ich dachte, das ist die letzte Gelegenheit, so was noch mal zu machen.«

»Mir kommen gleich die Tränen.«

»Und wenn ich die Wohnung verkaufen muss …«

»Die wahrscheinlich eine Million wert ist, vielleicht mehr …«

»Bei den heutigen Immobilienpreisen? Hast du eine Ahnung. Da kann man froh sein, wenn man überhaupt einen Käufer findet. Es gibt Leute, die ihr Haus verlosen müssen.«

In mir zitterte der Ärger. Aber ich wollte jetzt nicht mit Jutta diskutieren.

»Verkauf morgen dein Gold, und dann reden wir weiter, in Ordnung? Ich muss jetzt noch was Wichtiges erledigen.«

»Ist ja gut.« Sie klang wie eine geknechtete Sklavin. »Von dir hätte ich eigentlich erwartet, dass du das verstehst.«

»Tschüss.«

Ich drückte den roten Knopf. Dann arbeitete ich mich aus dem

Dickicht zurück auf die Straße, wo ich einen misstrauischen Blick einer jungen Mutter mit Kinderwagen erntete. Wahrscheinlich hielt sie mich für einen Triebtäter, der gerade sein Versteck verließ, um auf Beutezug zu gehen.

Zurück im Auto rief ich Wonne unter Mannis Nummer an. Sie meldete sich diesmal mit einem einfachen »Hallo«.

Ich bat sie, hinaufzugehen und Mannis Computer anzuschmeißen.

»Und warum?«, fragte sie.

»Mach bitte eine Rückwärtssuche im Internet-Telefonbuch. Ich habe endlich die Nummer von diesem Matze Büchel.«

»Alles klar.«

Es ging schnell, denn der Rechner startete in Weltspitzezeit. Ich wusste, dass manche Teilnehmer nicht im Internet verzeichnet waren. Aber ich hatte Glück.

Sekunden später hatte ich Matzes Adresse. Bergisch Gladbach, Handstraße.

Ich hatte den Schlüssel schon ins Zündschloss gesteckt. »Danke«, rief ich in den aufheulenden Motor hinein, legte auf und fuhr los.

14

Natürlich hätte ich Matze Büchel auch anrufen können. Aber mein siebter Sinn sagte mir, dass das keine gute Idee war. Damit würde ich ihn nur misstrauisch machen. Zumal er von seinem Cousin und dem Vorstadtcasanova gewarnt worden war.

Die Handstraße führte zwischen dem äußersten Kölner Osten und Bergisch Gladbach Zentrum durch die Vorstadt und war von einer schier endlosen Kette von Einfamilienhäusern und kleinen Mietblöcken gesäumt. Hin und wieder gab es mal eine Abwechslung – ein Fußbodengeschäft mit schönen Parkettmustern im Schaufenster, ein griechischer Stehimbiss, eine Apotheke und eine moderne weiße Kirche.

Ich orientierte mich an den Hausnummern, und ein gutes Stück nach der Abzweigung einer Straße mit dem lustigen Namen »Schneppruthe« hielt ich an. Wenn die Information aus dem Internet richtig war, bewohnte Büchel eines der beiden Flachdachhäuser gegenüber. Ich fragte mich, was ihn ausgerechnet nach Bergisch Gladbach verschlagen hatte. Und dann auch noch in eine solche Gegend, wo der solide Mittelstand lebte.

Keine Vorurteile, ermahnte ich mich. Der Mann kann nach seiner kriminellen Vergangenheit einen ganz normalen Beruf ergriffen und es wieder zu einem seriösen Leben gebracht haben.

Ich stieg aus und näherte mich dem Gebäude mit der richtigen Hausnummer. Die Fenster blickten schwarz auf mich herab, als ich auf den Waschbetonfliesen den Eingang erreichte. Büchel wohnte in der obersten Etage.

Ich sah zu seinen Fenstern hinauf. Beobachtete er mich? Es war sicher keine gute Idee, hier einfach so herumzustehen. Niemand war zu sehen. Auch die Straße lag ziemlich verlassen da und träumte nachmittäglich vor sich hin.

Irgendwo hinter dem Haus hörte ich jemanden sprechen. Ein Mann telefonierte. Instinktiv ging ich auf die Stimme zu und geriet in einen schmalen Durchgang zwischen Haus und Garage, hinter der sich ein Rasenstück ausdehnte. Im ersten Stock ragte ein kleiner Balkon hervor. Und dort saß Matze Büchel, das Telefon am Ohr. Ich erkannte ihn sofort, auch wenn er gesünder aussah als auf dem Polizeifoto. Schlanker. Gebräunt. Ich tippte auf Sonnenstudio.

Er hatte mich nicht gesehen, und so drückte ich mich vor das Garagentor und hörte zu, was er sagte. Jedes Wort war bestens zu verstehen.

»Ja, ganz recht, Frau Rosenau. Markgraf hier.«

Markgraf? Wieso Markgraf? Hatte Matze geheiratet und den Namen der Frau angenommen?

»Ja, es geht um die Anzeige. Hören Sie, es gibt da eine Möglichkeit. Ich weiß, es ist etwas überraschend. Aber ich bin gerade in Köln, und könnte direkt ... Ja, sehr schnell. Heute noch. Wie gesagt, ich weiß ...«

Und wieso machte er plötzlich den Eindruck eines smarten jungen Starverkäufers? Und das nicht nur in der Art, wie er telefonierte, sondern auch optisch. Ich rief mir ins Gedächtnis, wie ich ihn dort oben gesehen hatte. Weißes Hemd, Schlips. Businessmäßig.

War das wirklich Matze Büchel? Hatte er vielleicht noch einen Bruder, der ihm ähnlich sah?

»Ja, ich kann Ihnen die Adresse geben. Ich würde sagen, wir treffen uns dann dort ... Wann? Wo wohnen Sie denn?«

Vorsichtig schob ich mich um die Ecke, um ihn mir noch mal genau anzusehen.

»Oh, das ist günstig. Das schaffen Sie in einer halben Stunde. ... Ja? Abgemacht? Also, ich gebe Ihnen die Anschrift. Schreiben Sie mit.«

Ich sah Matze jetzt wieder vor mir. Er hatte sich umgedreht und war im Profil zu sehen. War er's oder war er's nicht?

Während ich noch dastand und überlegte, tippte mir plötzlich jemand auf die Schulter.

»Was machen Sie denn da?«, brüllte ein Mann so laut, dass Matze aufmerksam wurde und mir das Gesicht zuwandte. Jetzt war ich hundertprozentig sicher, dass er es war, hatte jedoch ein neues Problem. Ich drehte mich um und stand vor einem fetten Mann mit rot angelaufener, schweißglänzender Kugelglatze, der mich böse ansah. In der einen Pranke hielt er einen kleinen Grill, in der anderen eine Packung Holzkohle. Hinter ihm stand ein Auto mit hochgeklapptem Heck. Im Kofferraum wartete eine Plastiktüte, die wahrscheinlich Packungen mit Würstchen enthielt, und ein Kasten Gaffel-Kölsch.

»Kann ich Ihnen vielleicht irgendwie helfen?«, dröhnte er wieder.

»Ich komme von den Zeugen Jehovas«, sagte ich. »Es ist Sonntag. Haben Sie heute schon in der Bibel gelesen?«

Der Fettklops steigerte seine Lautstärke und seine Aggressivität. »Bleib mir weg damit!«, brüllte er. »Ihr geht uns schon die ganze Zeit auf den Keks mit euren Käseblättchen. Runter von dem Grundstück, aber dalli!«

Ich gehorchte, schlich zum Auto zurück und beobachtete, wie die kleine Dampflokomotive den Wagen auslud. Als er die Klappe zudonnerte, drehte er sich noch einmal mit finsterem Blick um und erstarrte in der Bewegung, als er mich sah. Wahrscheinlich überlegte er, ob er mich von der Straße ebenfalls verscheuchen konnte. Aber irgendetwas sagte ihm wohl, dass das nicht ging. Dass ich ein Recht hatte, hier zu stehen, auch wenn ich einer von ihm geschmähten christlichen Vereinigung angehörte. Schließlich verschwand er in dem Durchgang zwischen Garage und Garten. Da hinten stieg wohl gleich die Grillparty.

Die Adresse, die Matze der Frau am Telefon gegeben hatte, wusste ich noch. Zurück im Wagen, nahm ich einen Zettel aus dem Handschuhfach und schrieb sie hastig auf. Es war höchste Zeit, hier zu verschwinden.

Als ich den Motor anließ, sah ich Matze gerade aus dem Haus kommen. Er hatte sein weißes Hemd um ein schickes Sakko erweitert und beachtete mich nicht, als ich vorbeifuhr. Im Rückspiegel sah ich ihn das Garagentor öffnen.

Ich folgte der Handstraße bis zur Abzweigung Paffrather, wo es in die Gladbacher Innenstadt ging. Es herrschte kaum Verkehr, und so kam ich gut voran.

Nach der Stadtdurchquerung, vorbei am Gelände der Zanders-Papierfabrik und hinter einem großen neuen Kreisel mit Schienenüberquerung und einer Menge weiß-roter Schranken, hielt ich mich auf der Mülheimer Straße Richtung Köln. Als ich durch das kleine Waldgebiet Thielenbruch fuhr und die Strahlen der langsam untergehenden Sonne auf meiner Windschutzscheibe interessante Muster bildeten, dachte ich wieder an Wonne. Ich bekam schon langsam Entzugserscheinungen.

Ich lenkte mich ab, indem ich über Matze nachdachte. Hätte ich ihn gleich zur Rede stellen sollen?

Mein Bauchgefühl sagte Nein.

Die Tatsache, dass er sich mit falschem Namen am Telefon vorgestellt hatte, machte ihn verdächtig. Und dieses seltsame Outfit …

Eine andere Stimme in mir ermahnte mich wieder: Vielleicht hat er Karriere gemacht. Ein Vorbestrafter kann ein ehrlicher Mensch werden, Remi, vergiss das nicht.

Und der falsche Name?

Ein Missverständnis. Du wirst dich verhört haben.

Neben mir wanderten die alten Thielenbrucher Villen vorbei, und als links die Dellbrücker »Alte Post« erschien – schon die zweite, die mir in diesem Fall begegnete –, wurde die Gegend wieder städtisch. Gesichtslos. Mietshäuser mit Geschäften im Erdgeschoss, die die typischen Vorstadtbedürfnisse befriedigten: eine Videothek, eine Autowerkstatt. Hin und wieder ein kleiner Supermarkt.

Die Adresse, die ich notiert hatte, lag in Holweide – etwas nördlich der Bergisch Gladbacher Straße. Ich hatte mir vorgestellt, dass sich dort ein Haus befand, wo Matze sich mit irgendwem traf und vielleicht krumme Geschäfte betrieb.

Krumme Geschäfte, hinter die Klara Hackenberg gekommen war.

Und deswegen sterben musste.

Ich war überrascht, als ich an einer Eigenheimsiedlung ankam, die noch im Entstehen begriffen war. Es war eine Reihe gleichförmiger weißer Rohbauten mit spitzen Giebeln, die in den Himmel stachen.

Ich hielt den Wagen auf Abstand, parkte aber so, dass ich alles gut überschauen konnte.

Ein grasgrüner kleiner Peugeot kam herangefahren, stoppte gleich vor dem Baustellenschild, und zwei junge Leute stiegen aus. Höchstens dreißig. Wahrscheinlich ein Ehepaar.

Dann kam Matze. Er rollte im großkotzigen schwarzen BMW an. Die Nummer mit dem Geschäftsmann hatte er perfekt drauf.

Der Wagen hatte weder Gladbacher noch Kölner Kennzeichen. Das Nummernschild begann mit SL. Mir dämmerte, dass es irgendwas im Osten sein musste.

Das junge Paar ließ seine Blicke über die Baustelle wandern. Über die weißen Mauern. Die hellbraune aufgerissene Erde. Die Bretter, die Wege über die ausgehobenen Gruben bahnten. Über die Berge von Baumaterial, die sich dort erhoben, wo später mal ein Garten entstehen sollte.

Ich war sicher, dass sie diesen Garten bereits sahen. Fettes, leuchtendes Rasengrün. Eine Schaukel, auf der ihr Kind spielte. Ein qualmender Grill.

Als Matze neben ihnen parkte, hatte der Mann einen Arm um die Frau gelegt und schien mit der anderen Hand den imaginären Horizont nachzuzeichnen. Als wollte er sagen: Dieses Land wird unser Land sein.

Dabei waren es nur zweihundert Quadratmeter Handtuch in der Kölner Vorstadt.

Jetzt bemerkten sie Matze, der herankam – eine schwarze Aktentasche in der Hand. Man begrüßte sich. Matze wies auf das Brett, das zu den rohen Stufen des Eingangs führte, und sie gingen hinein.

Kurz darauf tauchten sie hinter einer rechteckigen Öffnung in der Mauer wieder auf, die wahrscheinlich mal ein Fenster zur Küche oder zum Wohnzimmer werden sollte.

Ich sah Matze gestikulierend sprechen. Die junge Frau strahlte, dann hielt sich Matze das Telefon ans Ohr. Als er mit dem Telefonieren fertig war, zauberte er ein Blatt Papier hervor. Der junge Mann zückte einen Stift. Matze hielt die Aktentasche als Unterlage zum Unterschreiben hin.

Sichtlich zufrieden verließen alle drei die Baustelle.

Was willst du?, fragte meine innere Stimme, die Matzes Verteidigung übernommen hatte. Wenn das kein ordentlicher Job ist! Der Mann arbeitet in der Immobilienbranche. Und er arbeitet sogar sonntags. Daran solltest du dir mal ein Beispiel nehmen.

Hallo, was tue ich denn hier gerade?, wandte mein wahres Ich ein. Ich hätte den Tag schön mit meiner neuen Freundin verbringen können. Stattdessen hänge ich hier herum und löse Fälle.

Ja, aber dilettantisch, ließ sich die andere Stimme nicht beirren. Dieser Matze ist nämlich die völlig falsche Spur.

»Das werden wir ja sehen«, sagte ich laut vor mich hin.

Drüben wurde noch ein bisschen geredet. Matze fragte die beiden etwas, was bei dem jungen Mann für Stirnrunzeln sorgte. Matze redete weiter, schüttelte den Kopf, gestikulierte wieder. Schließlich holte der Mann eine Geldbörse heraus, entnahm ihr ein paar Scheine und zählte sie Matze in die Hand. Es war unmöglich zu erkennen, wie viel es war, aber es konnte sich ohne Weiteres um zwei-, dreihundert Euro handeln, wenn es Hunderter gewesen waren.

Und was soll das jetzt?, fragte ich mich. Seit wann nehmen Immobilienmakler Bargeld?

Die innere Stimme wusste darauf keine Antwort. Doch dann meldete sie sich wieder – wenn auch etwas kleinlaut. Wahrscheinlich eine Gebühr. Oder eine Art Anzahlung. Siehst du, es hat alles seine Richtigkeit.

Matze brachte etwas zum Vorschein, das wie ein Quittungsblock aussah, riss ein Blatt ab und gab es den beiden. Sie verabschiedeten sich, winkten Matze noch einmal zu und fuhren los. Die Freude auf dem Gesicht der jungen Frau hatte sich noch gesteigert.

Als das Auto um die Ecke gebogen war, stieg ich aus und ging hinüber. Ich erreichte Matze gerade in dem Moment, als er die Autotür schließen wollte. Ich legte die Hand auf den oberen Rand und hinderte ihn daran.

»Herr Büchel? Oder Herr Markgraf? Es tut mir leid, dass ich Sie nicht richtig ansprechen kann, aber ich bin etwas verwirrt wegen Ihrer zwei Namen.«

Matze sah sich um – und in seinem Blick erschien der Ausdruck eines gejagten Wildes, das nicht sicher ist, ob noch mehr Verfolger in der Nähe sind. Eine Sekunde später wurde sein Blick wieder selbstbewusster.

»Sie waren doch bei mir zu Hause an der Garage?«

»Ich wollte mit Ihnen reden, aber Sie waren schon weg.«

»Haben Sie was mit einer Sekte zu tun?«

»Nein, ganz und gar nicht.«

»Worum geht es denn? Wer sind Sie überhaupt?«

»Sind Sie denn Herr Büchel?«

»Sicher. Sie scheinen mich ja zu kennen.«

»Nicht Markgraf?«

»Da haben Sie was falsch verstanden. Die Firma, für die ich arbeite, heißt so.«

Ich blickte auf die Baustelle. »Immobilien?«

»Das sehen Sie doch. Hören Sie, ich muss weiter. Was wollen Sie?«

Siehst du, sagte die innere Stimme, und ich beschloss, das Thema Büchel und Beruf abzuschließen.

»Mein Name ist Rott«, sagte ich. »Ich bin Privatdetektiv und arbeite für einen Freund von Ihnen. Reinhold Hackenberg.«

Matze stutzte. »Reinhold beauftragt einen Schnüffler?« Er wirkte belustigt. »Warum das denn?«

Ich erklärte ihm knapp, was passiert war.

»Der soll einen Mord begangen haben? Glaub ich nicht.«

»Sehen Sie – seine Anwältin und ich auch nicht. Die Frage ist jetzt, wer es sonst gewesen sein könnte.«

»Sie suchen wahrscheinlich nach Leuten, die ihn gekannt haben. Die etwas gegen ihn oder gegen seine Alte hatten. Die war ein ganz schöner Drachen, da werden Sie sicher fündig.«

»Ich befasse mich erst mal mit den Freunden.«

»Aber warum? Glauben Sie, ich hätte was damit zu tun? Lassen Sie mich bloß in Ruhe, das rate ich Ihnen.« Plötzlich schlug seine aufgesetzte Souveränität in Aggressivität um. Die Businessfassade bekam Risse. »Die Alte hatte eine Menge Feinde, glauben Sie mir.«

Ich hatte Matze noch nicht verraten, was genau mich zu ihm geführt hatte. Es war Zeit, das nachzuholen.

»Und was ist, wenn jemand Sie gesehen hat? An Klara Hackenbergs Haus? Am Morgen, an dem sie starb?«

»Und wann soll das gewesen sein?«

Eigentlich hätte ich jetzt wieder Aggression erwartet. Aber Matze wirkte vollkommen ruhig und hatte auch seine Sicherheit wiedergefunden.

»Gestern früh um acht. Oder davor.«

Er wandte sich seiner Tasche zu. »Sie haben Glück«, sagte er, während er darin herumwühlte, »dass ich noch keine Zeit hatte, meine Sachen richtig aufzuräumen. Oder Pech, wie man's nimmt.«

Er hielt mir etwas vor die Nase. Ein Mäppchen mit Blättern im Querformat.

»Nehmen Sie schon. Und schauen Sie es sich genau an. Sie können es von mir aus sogar behalten.«

Ich blätterte die Unterlagen durch. Es waren Flugscheine und andere Reiseunterlagen. Ich erkannte das Logo eines großen Reiseunternehmens auf dem Deckblatt. Dahinter waren die Tickets abgeheftet.

Ich studierte alles genau. Es gab keinen Zweifel. Matze Büchel war gestern Abend von einem zweiwöchigen Portugal-Urlaub zurückgekommen. Kein Wunder, dass er so braun gebrannt war.

»Zufrieden?«, sagte er. »Und jetzt würde ich gerne wieder arbeiten. Im Gegensatz zu Ihnen werde ich nämlich nur für wirkliche Erfolge bezahlt. Und nicht fürs Rumstehen.«

»Ich rate Ihnen, das hier gut aufzubewahren«, sagte ich und gab ihm die Unterlagen zurück. »Es kann sein, dass die Polizei Sie auch danach fragt.«

»Danke für den Tipp«, sagte er jovial. »Ich werd dann mal ...«

»Und noch eins«, sagte ich und hielt immer noch die Autotür fest, die er zuknallen wollte.

»Ja?«

»Ich soll Sie herzlich von Ihrer Mutter grüßen. Sie macht sich Sorgen um Sie. Sie würde sich freuen, wenn Sie sie mal besuchen würden.«

Damit ließ ich ihn stehen und ging zu meinem Auto zurück.

Die innere Stimme meldete sich sofort.

Na? Hab ich dir's nicht gleich gesagt?

Kaum hatte ich mich in den Wagen gesetzt, übertönte ich die Stimme mit »Dancing Queen« von ABBA und fuhr los.

15

Die Autobahn war frei, und angefeuert von meiner Oldie-CD gab ich kräftig Gas. Es gelang der Musik nicht, mich davon abzulenken, dass die Matze-Spur ins Nichts geführt hatte. Und dieser Gedanke ließ mich so darüber grübeln, wie ich weiter vorgehen sollte, dass ich erst an der Raststätte Ohligser Heide einen Ford Fiesta bemerkte, der mir offenbar folgte. Seine Farbe lag zwischen Blau und Türkis. Mitten auf dem Kühler befand sich ein sternförmig auseinandergelaufener Schlammfleck in hellem Ocker – als hätten die Jungs, die ich im Rückspiegel erkennen konnte, damit eine ähnliche Rallye gemacht wie ich mit Wonne gestern. Mit dem Unterschied, dass deren Rallye durch eine Kiesgrube geführt haben musste.

Ich ließ mich zurückfallen, setzte mich hinter einen der heute am Sonntag seltenen Laster, überholte, fuhr wieder langsamer. Der Fiesta blieb. Kein Zweifel: Sie waren hinter mir her.

Kurz vor der Ausfahrt Mettmann hielt ich mich links, um dann in letzter Sekunde zur Abfahrtspur rechts hinüberzuziehen. Ein Kleinwagen, den ich dabei ein bisschen schnitt, hupte – und für eine kurze Zeit dachte ich, ich hätte den Ford abgehängt. Doch als ich am Ortseingang, an der Ecke der Polizeistation, an einer roten Ampel anhalten musste, war der Fiesta wieder da. Ich konnte die Typen zählen. Vorne saßen zwei, hinten mindestens noch einer. Der vom Rücksitz beugte sich nach vorne und ließ sich Feuer geben. Es war der Vorstadtcasanova aus der Leverkusener Kneipe.

Als die Ampel auf Grün sprang, gab ich Gas und brachte so viel Abstand zwischen uns, dass ich das Nummernschild erkennen konnte. LEV für Leverkusen.

Ich folgte der Straße hinunter durch die Stadt. Am Jubiläumsplatz war der Fiesta plötzlich verschwunden. In Richtung Wülfrath drückte ich ordentlich auf die Tube, und kurz bevor ich bremste, um in die Einfahrt zu Mannis Haus einzubiegen, versuchte ich im Rückspiegel zu erkennen, ob das dunkle Gefährt am Horizont das meiner Verfolger war. Aber es war zu weit entfernt. Entschlossen riss ich das Steuer herum und näherte mich Mannis Haus.

Wonne öffnete die Tür, fiel mir um den Hals, nahm sich Zeit für einen innigen Kuss, doch dann machte sie sich ruckartig von mir los.

»Ich bin gerade dabei, alles einzupacken«, rief sie und lief zurück in Richtung Küche. Erst jetzt bemerkte ich, dass sie eine Schürze trug.

Mich streifte eine Vision. Uralte Fernsehwerbung. Sechziger Jahre. Der Mann kommt von der Arbeit nach Hause – völlig ausgelaugt von den Mühen, die ihm im Beruf abverlangt wurden. Die ihm treu ergebene Hausfrau hat in der Zwischenzeit nur ein einziger Gedanke beseelt: die Wohnung so herzurichten, dass sich der Göttergatte gebührend erholen kann. Er nimmt im bequemsten Sessel Platz, den das Wohnzimmer zu bieten hat. Die bessere Hälfte bringt ihm Hausschuhe, Zeitung und etwas zu trinken. Sie informiert ihn, wie lange es noch dauert, bis das Essen serviert wird, damit er seine Lektüre darauf einrichten kann. Selbstverständlich hat sie sich am Morgen beim gemeinsamen Frühstück erkundigt, was der Mann zu speisen gedenkt. Keine Frage, dass die dabei geäußerten Wünsche Befehl sind.

»Jetzt erzähl schon«, drängte Wonne, »was hast du rausgefunden?«

Unglaublich, welche Phantasien eine einfache Schürze an einer Frau, die die Tür öffnet, hervorrufen kann. Ich löste mich aus der Rolle des Paschas. Hausschuhe hatte ich eh keine. Und beim Abendessen ließ ich mich lieber überraschen.

»Sekunde.« Ich legte meine Beretta auf den Tisch.

Wonne beäugte die Waffe wie ein gefährliches Tier, das gerade schlief und das man auf keinen Fall wecken durfte.

»Ist die geladen?«

»Klar«, nickte ich. »Nicht anfassen«, fügte ich hinzu, als Wonne die Hand danach ausstreckte.

»Schon gut.« Sie lächelte mich an. »Ich habe eine Überraschung für dich.«

»Hast du nicht was von Einpacken gesagt? Ich meine, hast du die Sachen, die du vorbereitet hast, eingepackt? Warum?«

Sie lächelte schelmisch. »Warum packt man Lebensmittel ein?«

Ich machte das Ratespiel mit, obwohl ich natürlich ahnte, was sie vorhatte.

»Um sie woanders zu essen?«

»Genau. Und wie nennt man das dann?«

»Eine Einladung?«

»Quatsch.«

»Keine Ahnung.« Es tat gut, sich dumm zu stellen.

»Ein Picknick. Und das machen wir heute noch.«

»Sind Picknicke – sind Picknicks nicht etwas für tagsüber?«

»Nächtliche Picknicke sind meine Spezialität. Aber erst erzählst du mir, was du rausgefunden hast.«

»Ich fürchte, wir müssen das verschieben. Ich muss noch was erledigen. Lass uns gleich fahren. Wir sparen damit Zeit. Ich erzähle unterwegs.«

In der Küche standen zwei gepackte Körbe; in dem einen befanden sich Plastikdosen und Flaschen, in dem anderen Geschirr.

»Ich hoffe, dein Freund hat nichts dagegen, wenn wir seine Teller und sein Besteck verwenden«, sagte Wonne.

»Kann ich mir nicht vorstellen. Haben wir außerdem heute Morgen schon getan.«

Wir verstauten alles in Wonnes Kofferraum.

»Wohin soll's gehen?«, wollte sie wissen, als wir auf die Hauptstraße kamen.

»Wermelskirchen. Wir müssen das Haus von Klara Hackenberg untersuchen. Wenn wir Glück haben, liegt der Schlüssel immer noch unter dem Blumentopf.«

Weiter im Westen, über Düsseldorf und den nördlichen Ausläufern Kölns, hing noch ein hellblauer Fleck am Himmel, aber von Osten, aus den Tiefen des Bergischen Landes, kam die Dunkelheit und holte uns ein. Wonne hatte das schwarze Faltdach geschlossen, sodass wir uns – ich wieder mit hochgezogenen Knien – kuschelig in der Knutschkugel drängten. Mir war es recht.

Als wir in Burscheid von der A 1 abfuhren und auf die Straße Richtung Wermelskirchen bogen, flammten wie auf Kommando die Straßenlaternen auf.

Ich hatte Wonne von meinen Ermittlungen berichtet. Sie war von Matzes Unschuld nicht überzeugt.

»Ich bin mir sicher, dass er bei dieser Immobilensache ein krummes Ding gedreht hat«, sagte sie. »Von solchen Betrügereien habe ich schon mal gelesen. Und wer sagt denn, dass er den Mord an Klara Hackenberg selbst begangen hat?«

»Und welche Betrügereien meinst du jetzt genau?«

»Man gibt eine Anzeige auf und behauptet, eine Wohnung von privat vermieten zu wollen. Wenn die Leute auf die Chiffre antworten …«

»Moment, Matze hat das aber nicht mit Chiffre gemacht, sondern hat sich als Mitarbeiter einer Immobilienfirma ausgegeben.«

»Dann ist es eben eine Variante davon, das ist doch egal. Der angebliche Vermieter ruft dann an, erklärt, die Wohnung oder das Haus befinde sich noch im Bau, sei aber in zwei Monaten oder so fertig. Er bestellt die Interessenten auf eine x-beliebige Baustelle. Am besten sonntags oder kurz nach Feierabend. Und er behauptet, das sei das Mietobjekt.«

»Und das merkt keiner? Ich meine, dass der dort gar nicht hingehört? Es sind doch manchmal trotzdem Leute auf so einer Baustelle. Auch am Wochenende oder nach Arbeitsende.«

»Da muss man halt ein bisschen geschickt sein. Man gibt sich als Verwandter des Eigentümers oder so aus. Noch echter wirkt es, wenn man ein Telefonat mit dem Eigentümer vortäuscht. Jedenfalls bietet der angebliche Vermieter direkt einen Mietvertrag, verlangt dann aber eine Baranzahlung. Nur hundert oder zweihundert Euro. Was die Interessenten gerade so dabeihaben. Und das macht der Betrüger dann vielleicht fünfmal am Tag. Sind im günstigen Fall fünfhundert bis tausend Euro Verdienst. Steuerfrei.«

»Und die Leute sehen ihn nie wieder.«

»Natürlich nicht. Sie gehen fröhlich nach Hause. Bis dann irgendwann das böse Erwachen kommt.«

»Matze hat behauptet, er arbeite für eine Immobilienfirma namens Markgraf.«

»Du kannst sie ja mal im Internet suchen. Wahrscheinlich gibt's die gar nicht. Oder sie ist nichts als eine Webseite.«

Als wolle sie ihre Worte bekräftigen, gab sie Gas. Ich las ein Vorortschild: »Neuenhaus«.

Was sie mir geschildert hatte, gehörte in eine ähnliche Kategorie wie der Enkeltrick. Insofern passte es in Matzes Repertoire. Ich fragte mich, warum die Leute so dumm waren und auf so etwas eingingen. Aber wenn der Mietvertrag für die Traumwohnung vor der Nase liegt und der angebliche Vermieter einen vertrauenswürdigen Eindruck macht. Wenn es nur noch darum geht, mal eben zwei-, dreihundert Euro dazulassen …

»Du musst das der Polizei melden«, sagte Wonne.

»Klar.«

Ich überlegte einen Moment, wie die Geschädigten hießen. Rosenau. Sie waren sicher aufzufinden.

»Jedenfalls hat er Frau Hackenberg nicht auf dem Gewissen«, sagte ich. »Die Flugscheine waren echt.«

»Und wenn es einen Komplizen gibt?«

Ich dachte an Vorstadtcasanova und Konsorten.

Das Schild »Tente« erschien auf der rechten Straßenseite. Kurz darauf setzte Wonne den Blinker und bog ab. Wir passierten die Brücke. Die Leitplanken erinnerten im grellen Lichtkegel an lange weiße Schlangen. Auch der Asphalt leuchtete hell in dem künstlichen Licht. Dann tauchten die Bäume neben dem Haus aus dem Dunkel auf und warfen harte Schatten auf die Fassade.

»Mach das Licht aus«, sagte ich.

»Aber wir sind noch gar nicht da.«

»Wir sollten vermeiden, dass der Nachbar uns bemerkt.«

»Warum? Haben wir kein Recht, das Haus zu untersuchen?«

»Machst du Witze? Natürlich nicht. Wir können nicht einfach irgendwo eindringen. Auch wenn wir wissen, wo der Schlüssel ist.«

»Wenn ich mich recht erinnere, hat Frau Dr. Rath auch so was gesagt. Sie hat gefragt, ob wir in das Haus reinwollen.«

»Und was hast du geantwortet?«

»Dass ich das dir überlasse. Du bist schließlich der Chef.«

»Dann bestimme ich jetzt, dass es dunkel werden möge. Und leg mal einen höheren Gang ein. Untertourig macht weniger Lärm.«

Die Umgebung wurde schlagartig von der Dunkelheit verschluckt. Wonne ließ den Wagen noch ein bisschen rollen und stellte den Motor dann ab.

Ich öffnete die Beifahrertür und hielt inne.

»Hörst du das auch?«, fragte ich.

»Ja.«

Von irgendwoher kam Musik.

Wir stiegen aus. Die laue Luft der Sommernacht umfing uns. Von den Wiesen kam ein weicher Duft nach Gras und Erde.

Und das Konzert einer Blaskapelle.

»Romantisch, oder?«, sagte sie. »Jetzt ist es wirklich Sommer geworden. Wer hätte das gedacht.«

Die Sommer im Bergischen Land waren leider oft durchwachsen. Gelegentlich unterschieden sich die Temperaturen kaum von denen zu Weihnachten. Und dann gab es wieder zwei, drei Wochen lange Hitzeperioden, während deren man fast im schmelzenden Asphalt versank.

Einen richtig schönen, angenehm warmen, nicht zu heißen Sommer: So etwas gab es selten. Aber seit ein paar Tagen hatten wir ihn.

»Wunderbar«, sagte ich. »Wenn nicht diese komische Musik wäre.«

»Ist doch egal. Da wird irgendwo ein Fest sein. Was stört es uns?«

»Schauen wir mal nach dem Schlüssel.«

»Werden wir lange brauchen?«

»Warum fragst du?«

»Och, nur so ... Mir wäre nach etwas anderem.«

Mein Mund war plötzlich trocken. Fast hätte ich der Versuchung, die Arbeit aufzuschieben, nachgegeben. Doch dann sagte ich mir, dass es nicht lange dauern würde. Dass die Nacht gerade erst begonnen hatte.

Wir umrundeten das Haus von der linken Seite. Dahinter lag der kleine Garten, vom angrenzenden Grundstück durch die Büsche abgetrennt, bei denen wir den Nachbarn getroffen hatten. Die Grenze zeigte sich als schwarze undurchdringliche Mauer. Darüber leuchtete etwas in der Ferne, von wo aus auch die Musik kam. Es war gar keine Blaskapelle. Jedenfalls keine, die live spielte. Der Herr Nachbar veranstaltete sein Privatkonzert. Offenbar war er ein Freund gediegener Marschmusik.

»Das ist gut«, sagte ich. »Dann wird er hoffentlich nicht mitkriegen, dass wir hier sind. Wahrscheinlich marschiert er gerade nach ›Preußens Gloria‹ durchs Wohnzimmer. Mit dem Besenstil als Gewehrersatz.«

»›Preußens Gloria‹? Kennst du dich so gut mit Militärmusik aus? Hätte ich dir gar nicht zugetraut.«

»Ich mir auch nicht. Aber mein Vater spielte in der Polizeikapelle Tuba. Der hat dieses Zeug rauf- und runtergehört. Und keine Volksmusiksendung im Fernsehen wurde ausgelassen. Vor allem nicht der ›Blaue Bock‹.«

»Du Ärmster. Lass uns schnell den Schlüssel suchen, damit wir hier fertig werden und ich dich trösten kann.«

Wir betraten den schwarzen Teppich der Rasenfläche.

»Und wie sollen wir hier einen bestimmten Blumentopf finden?«, fragte Wonne. »Hast du eine Taschenlampe dabei?«

»Nein, das wäre viel zu auffällig. Ich weiß was Besseres.«

»Einfach Licht machen?«

»Warte es ab.«

Ich versuchte, die Dunkelheit zu durchdringen. Das Trompetengeschmetter und die Beckenschläge aus den Fenstern dreißig, vierzig Meter weiter trugen nicht gerade zu meiner Konzentration bei.

Aus den Tiefen meiner Taschen förderte ich ein Feuerzeug zutage. Ich ging in Wonnes Nähe und riss die Flamme an. Am Ende der Hauswand lagerten alle möglichen Gartengeräte – Eimer, ein

Rechen. Etwas Unförmiges, das ich für zusammengeklappte Stühle hielt.

Wir waren heute tagsüber hier gewesen. Ich versuchte, mich zu erinnern.

»Und jetzt mach bitte mal dein Handy an«, sagte ich.

Das Telefon gab ein sanftes Leuchten von sich. Der bläuliche Schein war schwach, reichte aber aus, um Konturen des Sammelsuriums sichtbar zu machen.

Wonne arbeitete sich durch den Haufen. Ich hörte schwaches Klappern von Töpfen, dann hielt sie triumphierend etwas in die Höhe. Es war der Schlüssel.

»Lass das Handy eingeschaltet«, sagte ich. »Wir werden das Licht da drin auch brauchen.«

Wir gingen zur Vorderseite, steckten den Schlüssel ins Schloss und betraten das Haus.

Der matte Schein des Displays schwebte durch den kleinen Flur und enthüllte eine Garderobe mit ordentlich aufgehängten Jacken.

»Was genau suchen wir eigentlich?«, fragte Wonne.

»Ich muss mir ein Bild davon machen, wie Frau Hackenberg ihren Alltag verbracht hat. Und wir suchen nach einer Verbindung zwischen ihr und Matze.«

»Also gehen wir nach oben? Die Wohnung von Reinhold Hackenberg willst du gar nicht sehen?«

»Doch, natürlich.«

Wir begutachteten das Chaos aus Computerspielen, Pornos und anderen DVDs, aus dreckiger Wäsche und einem stinkenden, ungemachten Bett.

»Ist das eklig hier«, sagte Wonne.

Im diffusen Licht des Handys wirkte die Szene wie aus einem Gruselfilm. Ich versuchte, etwas Brauchbares zu finden, tastete über Haufen von DVD- und CD-Hüllen, die sich auf dem Tisch neben dem PC, aber auch auf dem Boden stapelten.

Es brachte nichts.

»Wir gehen rauf«, sagte ich.

Von dem kleinen Flur bog eine Treppe ab – so schmal, dass wir uns hintereinander hinaufzwängen mussten.

Im oberen Stock änderte sich der Geruch. Putzmittel. Seife. Ein Hauch Parfüm. Der Gang führte in eine winzige, sauber aufgeräumte Küche. Sie war das totale Kontrastprogramm zu Reinholds Chaotenbude. Ich öffnete den Hängeschrank, in dem sich ordentlich Teller und Tassen stapelten. Darunter stand der Holzblock mit den Messern. Eins fehlte.

Am anderen Ende der Küche gab es eine weitere Tür mit einem geriffelten Glasfenster. Sie war abgeschlossen.

»Probieren wir den Schlüssel von der Haustür«, sagte ich. »Vielleicht passt der auch hier.«

Fehlanzeige.

»Wahrscheinlich hat Frau Hackenberg ihre Wohnung vor ihrem Sohn schützen wollen«, sagte Wonne. »Kann ich verstehen. Es fragt sich, wo der Schlüssel ist.«

»Keine Ahnung. Vielleicht auch versteckt.«

»Willst du danach suchen?«

»So viel Zeit haben wir nicht. Gib mir mal das Handy bitte.«

Ich nahm es, bückte mich und beleuchtete den Bereich rund um die Klinke.

»Das Schloss ist primitiv. Das hätte Hackenberg nicht abgehalten, hier reinzukommen, wenn er es gewollt hätte. Uns wird es auch nicht aufhalten.«

»Was meinst du damit? Willst du die Tür etwa aufbrechen?«

Ich zeigte Wonne meinen eigenen Schlüsselbund, an dem ich einige kleine Dietriche befestigt hatte – genau für solche Fälle. Es dauerte keine halbe Minute, und die Tür war offen. Als sie nach innen zurückschwang, knarrte es leicht.

»Moment mal«, sagte Wonne. »Hörst du das?«

Ich hörte es. Beziehungsweise ich hörte es nicht.

Die Musik von drüben war verstummt. Es herrschte Totenstille.

»Vielleicht ist er schlafen gegangen«, mutmaßte ich. »Auf jeden Fall sollten wir keine Zeit verlieren. Los.«

Der bläuliche Schein wanderte wieder, diesmal über einfaches Mobiliar. Im kleinen Wohnzimmer stand nichts als ein Sessel, ein leerer Couchtisch und ein schmales Regal mit Büchern. Alles wirkte, als stamme es aus schwedischer Produktion. Ein großes dunkles Kruzifix überragte ein gerahmtes Papst-Foto. Benedikts Namen fand sich auch im Bücherregal wieder – gelegentlich auch als Ratzinger. Ich sah Titel wie »Glaube – Wahrheit – Toleranz«, »Der Geist der Liturgie«. Ratzingers Buch über Jesus.

Wir gingen weiter ins Schlafzimmer. An der Wand vor dem Fußende des schmalen Bettes stand ein Sekretär aus dunklem Holz. Darüber beherrschte ein weiteres Kruzifix den Raum, diesmal sogar mit der Figur des Gekreuzigten daran. Mit gequältem Gesicht sah er auf uns herab. Riesige dunkle Augen unter dem Rund der Dornenkrone.

Auf dem Sekretär hatte sich Klara Hackenberg ein klein wenig Unordnung geleistet. Auf der Schreibfläche lag ein offener Aktenordner.

»Leuchte mal hierhin«, sagte ich und begann in den Unterlagen zu blättern. Ich überflog die Seiten.

Bingo! Ein Artikel über den Immobilientrick. Außerdem Briefe.

»Ich schau mir das später genauer an«, sagte ich und schloss den Ordner.

»Du nimmst es mit?«

»Es ist das, womit sich Klara Hackenberg beschäftigt hat. Das ist sicher wichtig.«

Plötzlich machte Wonne eine schnelle Bewegung. Sie hielt die Hand vor das Handydisplay. Schlagartig standen wir im Dunkeln. Nur ein schwacher Rest von Licht schwebte vor mir im Raum.

»Hast du das gehört?«, flüsterte sie.

Ich lauschte. Irgendwo knirschte etwas.

Schritte.

Vorsichtig setzte ich einen Fuß vor den anderen und ging zum Fenster. Unten war eine Gestalt zu sehen, die um Wonnes Auto herumschlich. Die Figur hatte fatale Ähnlichkeit mit dem Nachbarn.

Jetzt drehte er sich um, sah aber nicht zu uns hoch, sondern wandte sich der Straße zu.

»Hallo?«, rief er, und ich erkannte die Stimme, die gedämpft heraufdrang. »Hallo? Ist da jemand?«

»Mann, der führt sich hier auf wie ein Kontrolletti«, flüsterte Wonne, die mittlerweile zu mir gekommen war.

»Er darf nicht mitkriegen, dass ich hier bin. Das gibt sonst Ärger. Du musst ihn ablenken.«

Gemeinsam schlichen wir nach unten und durch Hackenbergs Reich bis zur Terrassentür. Ich hoffte inständig, dass der Nachbar immer noch vorne nach uns suchte.

Wir hatten Glück. Der Mann war nicht mehr zu sehen.

Ich ließ Wonne hinten raus und schloss die Tür wieder. Dann wandte ich mich dem Haupteingang zu. Kurz darauf hörte ich die beiden reden.

»He, was machen Sie da? Das ist Privatgelände.«

Ein gelber Lichtschein bewegte sich. Der Nachbar benutzte im Gegensatz zu uns eine Taschenlampe. Ich stellte mir gerade vor, wie er sie Wonne ins Gesicht hielt.

»Weiß ich«, sagte sie. »Es tut mir auch leid, dass ich Sie störe. Aber ich wollte nachsehen, ob ich gestern hier meine Sonnenbrille vergessen habe.«

Es vergingen ein paar Sekunden, die der Marschmusikfan offensichtlich mit Nachdenken verbrachte. Es war Nacht. Eine Zeit, zu der Sonnenbrillen für ihn wahrscheinlich keine Existenzberechtigung hatten. Auch der Gedanke daran nicht.

»Ihre Sonnenbrille?«, wiederholte er misstrauisch.

Wonne gab weiter die Unschuldige, als hätte sie Schauspielerei studiert. »Ja, ich hatte sie hier auf die Fensterbank gelegt, als wir gestern hier waren.«

»Und? Haben Sie sie gefunden?« Er hörte sich tatsächlich an wie jemand, der hier etwas zu sagen hatte.

»Jawohl«, meldete Wonne militärisch, und das war wahrscheinlich der einzig angemessene Tonfall. »Und ins Auto gelegt.«

Der Feldwebel war noch nicht zufrieden. »Und was haben Sie eben hinter dem Haus gemacht?«

»Wieso hinter dem Haus? Da war ich gar nicht.«

Jetzt wirkte er wie ein Staatsanwalt, der einen Verdächtigen bei einem Widerspruch ertappt hat.

»Erzählen Sie mir keinen Unsinn. Ich habe Sie gesehen. Keine Ausflüchte. Sie waren auf dem Grundstück.«

»Ach das. Nein, ich war nur zwischen den Büschen.«

»Aha – ertappt! Und warum?«

»Warum wohl? Können Sie sich das nicht denken?«

»Nein, ich kann mir gar nichts denken.« Damit hatte er endlich mal recht. »Also?«

»Wenn Sie's genau wissen wollen: Ich musste mal für kleine Mädchen. Darf ich jetzt vielleicht endlich fahren? Mein Freund wartet auf mich.«

Schleifer Platzek hatte es wohl die Sprache verschlagen. Ich hörte wieder Schritte. Wenn ich mich nicht irrte, bewegten sie sich in Richtung seines Hauses.

Wie zu erwarten, behielt er aber das letzte Wort. »Suchen Sie sich das nächste Mal gefälligst einen anderen Platz zum Pinkeln. Das ist kein Damenklo hier.«

Wonne ließ ihm ein wenig Zeit. Ich hörte, wie sie die Tür ihres Wagens öffnete. Kurz darauf startete der Motor. Vermutlich fuhr sie ein paar hundert Meter in Richtung Tente. Ich zählte leise bis fünfzig und verließ das Haus. Einen Moment befürchtete ich, der Feldwebel könnte so schlau gewesen sein, das Ablenkungsmanöver zu durchschauen, und auf mich warten.

Doch da war nur die weite bergische Nacht. Und Wonnes Wagen, dessen Rücklichter rote Flecken in die Dunkelheit malten.

Ich schloss ab und steckte den Schlüssel ein. Den Ordner fest an mich gepresst, lief ich los.

Wonne empfing mich mit einem heißen Kuss.

»Hast du jetzt endlich Dienstschluss? Darf ich dich entführen?«

Ich dachte an die Unterlagen aus Klara Hackenbergs Haus und daran, dass ich sie jetzt eigentlich am liebsten sofort gelesen hätte. Aber das hatte auch bis morgen früh Zeit. Irgendwann musste auch mal Schluss sein.

»Entführen ...«, sagte ich und machte mich langsam los, nur

um dann noch einen weiteren Kussangriff zu wagen, bis ich kaum noch atmen konnte. »Entführen«, brachte ich schließlich hervor, »klingt richtig gut.«

Ich ließ mich forttragen. Hinaus in die Sommernacht.

Irgendwo in meinem Hirn, aber weit im Hintergrund, registrierte ich, dass Wonne in Richtung Leverkusen abgebogen war.

»Wollen wir nicht weiter ins Bergische Land?«, fragte ich.

»Ich hab mich vertan«, sagte sie, und ihre Stimme klang brüchig, als wäre etwas von ihrer Selbstbeherrschung verloren gegangen.

Plötzlich riss sie das Steuer nach links und gab Gas. Es war eine ähnlich kleine Straße wie die in Tente zu dem Hackenberg-Haus. Die Scheinwerfer wanderten über einen kleinen Parkplatz. Hinter einem Zaun leuchteten rote Lichtpunkte.

Wonne stellte den Motor aus. Die roten Lichter wurden deutlicher. Es waren Grablichter.

»Sorry, aber ich halt's nicht mehr aus«, stöhnte sie. »Stört dich der Friedhof?«

»Hast du solchen Hunger?«

»Und wie.«

»Na ja, wir müssen ja nicht gleich auf dem Friedhof essen.« Etwas abseits brannte eine Straßenlaterne und beleuchtete die Abzweigung eines Feldwegs. »Wir könnten auch erst einen kleinen Abendspaziergang …«

Ich brach ab, denn Wonne stieg plötzlich aus. Ich war noch angeschnallt und tastete nach dem Gurtschloss, als Wonne an der Beifahrertür auftauchte und sie öffnete. Ungeduldig zog sie mich aus dem Auto.

»Los komm, beeil dich.«

»Willst du den Wagen nicht abschließen?«

»Keine Zeit. Nun komm schon.« Sie hielt mich an der Hand; gemeinsam rannten wir in Richtung des Feldwegs. Das heißt: Sie rannte, ich stolperte hinterher. Sollte das jetzt etwa der romantische Spaziergang sein? Wir näherten uns dem gelblichen Licht der Straßenlaterne, in dem eine Wolke aus Nachtfaltern flatterte. Ab und zu stob etwas hindurch – ein Wesen, so groß wie eine Faust. Eine Fledermaus auf der Jagd nach Insekten.

Nur eine Sekunde tauchten wir durch das gelbliche Licht. Dahinter erwartete uns Dunkelheit. Wonne zog mich immer weiter den Weg entlang. Er war holprig, und ich musste aufpassen, dass ich nicht hinfiel. Dann raschelten Halme an meinen Beinen. Vor uns zeichnete sich eine graue Fläche ab. Ein Meer aus Gras.

Als Wonne endlich schwer atmend anhielt, sah ich vor uns einen majestätischen Baum aufragen. Seine Äste waren knorrige schwarze Verknotungen, Wonne eine weißliche Figur davor. Ein geisterhafter Schemen, der sich jetzt raschelnd seiner Kleider entledigte und sich an mich drängte.

»Nun mach schon«, stöhnte sie mir ins Ohr. »Raus aus den Klamotten.«

Mir rauschte das Blut in den Ohren.

»Äh – geht das nicht ein bisschen zu …?«

»Zu schnell?«, flüsterte sie. Vorsichtig, aber entschieden griff sie mir zwischen die Beine. »Ich glaube nicht, dass du noch Zeit brauchst.« Sie kicherte.

In diesem Moment ließ ich die Kontrolle sausen. Und gab mich ganz und gar dem hin, was geschah.

Wonne zog mich in die noch tiefere Dunkelheit des riesigen Baumes, hinunter in das weiche, trockene und immer noch sonnenwarme Gras. Mit wenigen Handgriffen hatte sie mich von Hemd und Hose befreit. Als ich ebenso nackt wie sie dalag, entfuhr ihr ein »Endlich …«. Kaum war ich in ihr, zitterte sie am ganzen Körper, als hätte sie schon sehr lange auf diesen Moment gewartet.

Sie bewegte die Hüften langsam, und nach diesem ersten Höhepunkt erlangte sie wieder die Kontrolle über sich und mich, und es war, als würden wir vollkommen mit dem Gras, dem Duft nach Heu und mit der ganzen Nacht verschmelzen.

Als ich wieder etwas klarer denken konnte, hörte ich, dass es neben mir raschelte. Wonne ging vor dem schwarzen Himmel durchs Gras und sammelte unsere Kleidungsstücke ein.

Ich legte mich auf den Rücken und blickte nach oben. Ein sternenübersätes Firmament spannte sich über mir, halb bedeckt von den Ästen des Baumes.

Plötzlich fröstelte ich. Mein Verstand übernahm langsam wieder. Sicher war es besser, etwas anzuziehen. Man riskierte leicht eine Erkältung.

Und Zeckenbisse. Und die dazugehörenden Krankheiten.

Ich schüttelte diese ganz und gar unromantischen Gedanken ab und zog mich an.

Wonne näherte sich. Sie trug die beiden Körbe.

»Hättest du was gesagt«, empörte ich mich. »Ich hätte dir tragen helfen können.«

»Ist nicht schwer. Und du hast keine Kraft mehr. Oder doch? Ich denke, dann sollten wir dafür sorgen, dass sich das ändert ...«

Sie stellte die Körbe ab, legte sich neben mich und begann das Spiel von Neuem. Nicht ganz so impulsiv wie beim ersten Mal, aber es endete damit, dass ihr Schrei in einem gewaltigen Höhepunkt über die Weide gellte.

»Mach die Augen zu«, sagte sie dann und griff in den Korb.

»Ich will dich aber ansehen.«

»Ist doch eh fast dunkel. Jetzt gibt's erst mal was Kräftigendes.«

Ich gehorchte, und kurz darauf spürte ich etwas Metallenes an meinen Lippen.

»Mund auf«, befahl Wonne.

Es war etwas Kühles, Glattes, Getreidiges. Mit einer Note von Eiern und Fleisch. Säuerlich.

»Lecker«, sagte ich. »Mehr bitte. Ist das dein Nudelsalat?«

»Nudelsalat mit Panhas«, erklärte Wonne. »Mein eigenes Rezept.«

Panhas? Das kam mir bekannt vor. Eine bergische Spezialität. Irgendwas Fleischiges.

»Was ist noch mal Panhas?«, fragte ich.

»Eine Art Leberkäse«, erklärte Wonne, während ich eine zweite Portion bekam. »Mit Leberwurst und Blutwurst. Also eine Art Blutkuchen. Eigentlich isst man ihn warm, aber ...«

Ich versteinerte innerlich, traute mich nicht zu schlucken. Sie merkte es.

»Nicht drüber nachdenken. Spür einfach den Geschmack. Es

ist auch nur wenig drin. Ich hab ihn klein geschnitten. Ansonsten sind in dem Nudelsalat Eier, bergisches Rapsöl und Joghurt. Und natürlich Majoran.«

Natürlich, dachte ich – der ich null Ahnung vom Kochen hatte.

Wir aßen, tranken. Zum Salat gab es Weißbrot. Ich bekam mein Flaschenkölsch, Wonne trank nach eigenen Worten selbst gemachte Limonade. Ob man auch selbst Bier brauen konnte? Wahrscheinlich.

Dann sanken meine Gedanken wieder in sich zusammen. Machten etwas anderem Platz. Purer Empfindung. Fühlen. Als wäre ich nur noch Haut und Nerven. Doch irgendwann kehrten die Gedanken zurück. Ich wurde mir der Zerbrechlichkeit dieses Moments bewusst. Ich wäre gerne auf der sicheren Seite gewesen, hätte Wonne gerne auf der Stelle alles Mögliche gefragt.

Wie es mit uns weiterging.

Wo wir die heutige Nacht verbringen würden.

Wer sie eigentlich war.

Wo sie wohnte.

Mir sank der Mut. Was, wenn sie mir sagte, dass zwar alles ganz schön war, aber für eine feste Beziehung …

Nicht darüber nachdenken, dachte ich. Tu, was Wonne gesagt hat: Genieße den Augenblick.

Ich versuchte es. Und als es mir gerade gelungen war, begann sie zu reden.

»Morgen ist Montag.«

»Und?«

Sie küsste mich, und ich schmeckte auf ihrer Zunge noch etwas Würziges. Wahrscheinlich der Majoran.

»Ich muss früh aufstehen und arbeiten. Ich werde zu Hause übernachten.«

Es klang absolut. Eine Entscheidung. Sie gab mir einen Stich.

Aber es war ja klar. Die Frau hatte ein eigenes Leben. Sie musste ihr Geld verdienen, genau wie ich. Und sie hatte nun fast zwei Tage mit mir verbracht – zwei Tage, die wie im Flug vergangen waren.

Die Stimmung sank. Sie verflüchtigte sich. Und sie war nicht festzuhalten.

Wir trugen die Körbe zum Auto, und ich bemühte mich, den Schmerz, der leise in mir aufflammte und immer stärker wurde, zu ignorieren.

Wir quetschten uns in die Nussschale. Ich fror und war müde. Auf dem ganzen Rückweg schwiegen wir.

Schließlich waren wir kurz vor der Einfahrt zu Mannis Haus. Ich hatte am Ende der Fahrt vor mich hin gedöst. Doch jetzt riss ich die Augen auf. Weit vor uns waren die Rücklichter eines Wagens zu sehen, der sich schnell in Richtung Wülfrath entfernte. Ich konnte die roten Punkte gerade noch erahnen, da hatte die Nacht sie schon verschluckt.

»Das Auto ist gerade hier rausgekommen«, sagte Wonne.

»Bist du sicher?«

»Absolut.«

Das entspannte Gefühl war mit einem Schlag verschwunden. Genauso wie die Wehmut darüber, dass ich den Rest der Nacht ohne Wonne verbringen musste. Meine Sensoren waren auf Alarm gestellt.

Wonne bog in die Zufahrt ein. Langsam krochen wir bis zum Vorplatz. Die Scheinwerfer erfassten meinen Golf.

Ich stieg aus und ging zur Haustür. Sie war verschlossen. Alles schien in Ordnung zu sein.

Wir betraten das Haus, ich prüfte Raum um Raum und schaltete überall die Lichter ein. Penibel checkte ich die Fenster. Es war nichts Auffälliges zu entdecken.

»Kann es nicht sein, dass du dich verguckt hast?«, fragte ich Wonne.

»Ausgeschlossen. Es kam hier heraus.«

»Na ja, zum Glück ist ja nichts passiert.« Ich beugte mich vor und gab ihr einen Kuss. »Lass mich nicht zu lange allein, hörst du?«

»Hast du Angst allein?«

»Vielleicht.«

»Mach dir keine Sorgen«, murmelte sie. »Spätestens morgen Abend sehen wir uns wieder.«

»Sicher?«

»Ganz sicher.«

Wir zögerten den Abschied noch ein bisschen hinaus.

Schließlich winkte mir Wonne ein letztes Mal zu, setzte sich in ihren Wagen und fuhr los. Ich sah ihr eine ganze Weile nach. Als sie um die Ecke an der Hauptstraße verschwunden war, lauschte ich dem Motorengeräusch, bis es im Rauschen des fernen Verkehrs verschwand.

16

Wonne hatte ihre Marmelade und das selbst gebackene Brot dagelassen.

Du wirst tatsächlich zum Kulinariker, dachte ich, als ich mich auf den Weg machte, die Zeitung aus dem Briefkasten zu holen.

Es war kurz nach halb neun. Ich hatte mich vom Handy wecken lassen.

Sofort sprang mir die Schlagzeile entgegen: »Mord in Altenberg«.

Ich überflog den Bericht, der mit einem Foto des Kinderspielplatzes bebildert war. Deutlich war das hölzerne Fort mit der Brücke zu sehen, dahinter der liegende Baumstamm vor dem Unterholz. Hier hatte der Bildredakteur einen weißen Pfeil angebracht, der auf die Fundstelle der Leiche hinwies.

Ich las den Text genauer. Die Polizei, so hieß es, ging von einem Familiendrama aus. Der Sohn der Getöteten sei festgenommen worden.

So weit, so bekannt.

Dann erfuhr ich etwas Neues: Die Kripo hatte den Tathergang rekonstruiert. Klara Hackenberg war ein Stück von der Fundstelle entfernt angegriffen worden. Der Täter hatte die Leiche nach der Tat etwa dreißig Meter weit über den Spielplatz geschleift und hinter dem Baumstamm abgelegt. Grenzte das den Täterkreis auf besonders kräftige Menschen ein? Der Journalist zitierte Hauptkommissar Kotten: »Die Tote wog nicht viel. Der Täter muss nicht unbedingt über besonders viel Kraft verfügen.« Reinhold Hackenberg, der wenig auf den Armen hatte, blieb also weiterhin Hauptverdächtiger.

Nachdenklich ließ ich die Zeitung sinken. Dahinter wurde die Mappe sichtbar, die wir heute Nacht aus Klara Hackenbergs Haus geholt hatten.

Junge, du hast eine Menge zu tun, dachte ich. Räum den Frühstückstisch ab und leg los.

Ich begann im Ordner zu blättern. In dem Artikel, den Klara Hackenberg ordentlich ausgeschnitten und auf ein Blatt geklebt hatte, ging es nicht um Matze konkret, aber die Masche, von der Wonne mir erzählt hatte, wurde genau erklärt. Dahinter fand ich Briefe und ein Foto in einer Klarsichthülle. Darauf war eine junge blonde Frau zu sehen, die vor einem Haus stand. Fachwerkbalken waren zu erkennen. Möglich, dass das Bild vor dem Hackenberg'schen Haus aufgenommen worden war. Sie trug ein Kleid mit kleinen Kreisen im Stil der Siebziger, wie es bei manchen Retrofans heute wieder modern war. Die Farben auf der Fotografie waren verblichen; es war nicht zu erkennen, ob der Stoff lila oder blau war.

Der erste Brief war schreibmaschinengeschrieben und auf den 20. Dezember 1975 datiert.

Liebe Tante Klara!
Es tut mir leid, daß ich mich so lange nicht gemeldet habe, aber hier in Salzburg ist alles noch so neu für mich. Es hat die drei Monate seit meiner Abreise gebraucht, bis wir uns einigermaßen einrichten konnten. Sandro hat auch viel zu tun hier, wie Du Dir denken kannst. Ich wollte dir nur mitteilen, daß es mir gut geht. Du brauchst dir keine Sorgen zu machen. Die Konzerte sind hier auch viel schöner als zu Hause. Und ich habe viele Gelegenheiten, welche zu besuchen. Vielleicht klappt es ja auch mit einem Schmuckladen. Du weißt ja, daß ich davon immer geträumt habe. Ich habe sogar schon wieder angefangen, ein bißchen zu arbeiten. Leider mußte ich aber letzte Woche eine Pause machen, denn ich habe mir beim Einräumen unserer Wohnung die Hand verstaucht. Deswegen schreibe ich auch mit der Schreibmaschine.
Viele Grüße
Gabriele

Ihren Namen hatte sie mit der Hand hingekrakelt; vermutlich mit der linken, weil die rechte verletzt war. Ich legte Brief und Foto nebeneinander und ging einfach mal davon aus, dass das Mädchen auf dem Bild besagte Nichte Gabriele war.

Sie stellte Schmuck her, so viel hatte ich verstanden. Jetzt entdeckte ich auf dem Foto auch einen markanten länglichen Ohrring. Ein Gehänge aus kleinen bunten Perlen, mit Ketten verbunden und zu einem Muster gearbeitet: ein auf der Ecke stehendes, länglich verzogenes Rechteck. Eine Raute.

Der Ohrring war schön. Ein Kunstwerk. Wenn ich gewusst hätte, wo Gabriele zu finden war, wäre ich sofort zu ihr gefahren und hätte Wonne so ein Ding gekauft.

Ich blätterte weiter in dem Ordner und fand einen handbeschriebenen Zettel, auf dem eine Zahlenkolonne stand, möglicherweise eine Telefonnummer.

Es gab noch einen zweiten Brief und – ganz hinten eingeheftet – einen schmalen, nicht verklebten Briefumschlag, der etwas unregelmäßig Geformtes zu enthalten schien. Ich senkte die Öffnung nach unten, und da rutschte es auf den Tisch. Das Kunstwerk von dem Foto. Der Ohrring. In Wirklichkeit sah er noch schöner aus.

Ich sah mir den zweiten Brief an. Auch er war mit der Schreibmaschine geschrieben – mit derselben, wie ich an dem leicht schief stehenden kleinen a erkannte.

Sehr geehrte Frau Hackenberg!
Danke für Ihre Briefe, aber leider muß ich Ihnen mitteilen, daß Gabriele und ich uns getrennt haben. Wenn es Sie einmal nach München oder nach Bayern verschlägt, würde ich mich gerne persönlich darüber mit Ihnen unterhalten. Sie wissen ja, daß Gabriele ein sehr eigenwilliger Mensch ist, der sich nicht halten läßt, wenn er nicht will. Leider kann ich Ihnen nicht sagen, wo sie heute lebt. Unsere Trennung liegt nun schon zwei Jahre zurück. Ich war in dieser Zeit viel unterwegs und habe deshalb auch Ihre Post erst recht spät bekommen.
Herzlich
Ihr Sandro Marino

Dieser Brief war sechs Jahre jünger: Er stammte vom Juli 1981.

Es war nicht schwer, sich einen Reim auf die Geschichte zu

machen. Was meinen Fall betraf, war ich damit allerdings auf dem Holzweg. Super, dachte ich. Riesenleistung.

Es blieb nur noch die Telefonnummer auf dem Zettel.

Bringen wir's zu Ende, dachte ich und rief sie einfach an. Die ersten Zahlen, die die Vorwahl darstellten, deuteten auf das Oberbergische hin.

Nach dem dritten Klingeln meldete sich jemand.

»Hollrich.«

Ich konnte nicht unterscheiden, ob es sich um einen Mann oder eine Frau handelte.

»Ja, guten Tag, Rott hier.« Ich machte eine kleine Pause und legte mir schnell eine Strategie zurecht. Die abweisende Stimme brachte mich darauf, die Story mit dem Erbfahnder herauszuholen.

»Ich arbeite für die Rechtsanwaltskanzlei Rath in Leverkusen«, sagte ich. »Wir sind in einer Erbschaftsangelegenheit auf der Suche nach Verwandten einer gewissen Klara Hackenberg.«

»Kenn ich nicht.«

»Ihre Telefonnummer war bei ihren Unterlagen. Es sieht so aus, als hätte sie Kontakt zu Ihnen gehabt.«

»Wie hieß die?«

»Hackenberg.«

»Sagt mir nichts.«

»Sind Sie ganz sicher?«

»Klar. Hackenberg sagt mir nichts. Aber gibt's nicht einen im Fernsehen, der so heißt?«

Ich überlegte. Mein Gesprächspartner am anderen Ende der Leitung hatte recht. Das war der Mann mit dem Quiztaxi.

»Fragen Sie den doch mal«, setzte die Stimme nach.

»Und es gibt auch in Ihrem Haushalt niemanden, der Frau Hackenberg gekannt haben könnte?«

»Ich wohne alleine hier.«

»Kennen Sie eine Gabriele? Oder einen Sandro Marino?«

»Nein.«

»Darf ich mir zur Sicherheit Ihren Namen notieren? Falls wir eine Rückfrage haben.«

»Von mir aus. Tschö.«

Es krachte, die Leitung tutete, und ich versuchte mich zu erinnern, wie der Name gewesen war. Dann fiel er mir wieder ein. Hollrich.

Ich behielt das Telefon gleich in der Hand und wählte.

»Rechtsanwaltskanzlei Dr. Rath – was kann ich für Sie tun?«

Es war eine junge Stimme, die die Begrüßungsformel runterleierte. Wahrscheinlich gehörte sie der Frau, die uns Kaffee gemacht hätte, wenn sie bei unserem Besuch gestern Morgen da gewesen wäre.

»Rott hier. Ist Frau Rath da?«

»Frau Dr. Rath ist in einer Besprechung. Worum geht es denn?«

Okay, das Mädchen kannte mich noch nicht.

»Das weiß sie dann schon. Sie erwartet meinen Anruf.«

Ich musste ziemlich eindringlich geklungen haben, denn plötzlich klimperte irgendwas in der Art von Vivaldis »Frühling«, und eine Stimme vom Band sagte mehrmals hintereinander: »Warten Sie bitte.«

Dann war das Mädchen wieder dran: »Frau Dr. Rath ruft Sie zurück.«

»Aber bitte bald«, sagte ich. »Ich bin gleich wieder unterwegs. Frau Rath hat auch meine Handynummer.«

Ich legte auf und nutzte die Zeit: Ich fuhr Mannis gewaltige Rechenmaschine, die mit dem Begriff »PC« nur unzureichend beschrieben war, hoch und googelte ein bisschen. Zuerst suchte ich nach dem Namen Sandro Marino, was mich aber nur auf einen Italiener brachte, der irgendetwas mit einer Großbank zu tun hatte und die Menschheit vor der Inflation warnte. Ob das der Gesuchte war?

Schließlich nutzte ich noch die segensreiche Einrichtung der Rückwärtssuche auf telefonbuch.de, mit der wir auch Matze gefunden hatten, und erkundete die nähere Identität von Herrn oder Frau Hollrich. Es war ein Mann, wohnte in Hückeswagen und hieß laut Eintrag Klaus mit Vornamen.

Die Zeit verging. Das Handy lag empfangsbereit neben mir.

Dr. Rath rief nicht an. Wo ich schon mal beim Googeln war, probierte ich »Yvonne Freier«.

Außer den üblichen Werbeeinträgen spuckte die Seite gerade mal sechs Links aus. Einer davon erklärte irgendwas zur Herkunft des Nachnamens Freier. Die anderen verwiesen auf die Mitgliedschaft bei Stayfriends. Ich klickte und bekam die Namen eines Abschlussjahrgangs von 1998 aufgelistet, bei dem eine Yvonne Freier dabei war. Wenn das meine Wonne war, musste sie etwa 1980 geboren sein.

Dreißig Jahre alt. Passte das? Durchaus.

Das eigentlich Merkwürdige war aber nicht, dass ihr Name auf einer Liste von Schülern zu sehen war.

Das Seltsame war, dass sie im Internet kaum vorkam.

Sie hat gesagt, sie sei Journalistin, dachte ich. Zeig mir den Journalisten, der so selten im Netz auftaucht.

Und das war nicht das einzige Seltsame an ihr. Schon einmal war mir etwas Rätselhaftes aufgefallen. Die Verbindung zu Mathisen. Ich hatte das fast schon wieder vergessen.

Als ich gerade in einem Strudel von Überlegungen zu versinken drohte, meldete sich die Rechtsanwältin.

»Haben Sie gesehen?«, sagte sie. »Es steht schon in der Zeitung.«

»Das war ja nicht zu vermeiden.«

»Jedenfalls wächst der Druck. Was haben Sie bisher ermittelt, Herr Rott?«

Nichts, hätte ich am liebsten gesagt. Und am allerliebsten hätte ich auf der Stelle mehr über Wonne herausgefunden. Stattdessen musste ich mich hier mit einem Fall rumschlagen, den sie mir zugeschanzt hatte. Irgendwie stand das alles auf sandigem Boden. Auf tönernen Füßen. Oder mit welchen blumigen Vergleichen man das sonst noch benennen wollte.

Ich musste geseufzt haben.

»Ist irgendwas, Herr Rott? Fühlen Sie sich nicht wohl?«

»Nein, geht schon.« Reflexartig nahm ich einen Schluck Kaffee. Die Tasse war noch halb voll, aber der Kaffee war kalt geworden und schmeckte wie Brackwasser. Ich schluckte schnell und berichtete sachlich und knapp, was ich bisher unternommen hatte. Als ich Matzes Alibi präsentierte, entfuhr der Anwältin ein überraschtes »Oh«.

»Immerhin wusste Klara Hackenberg von seinen Machenschaften«, sagte ich. »Sie hat sich jedenfalls mit dem Thema befasst. Ich werde das so schnell wie möglich Hauptkommissar Kotten mitteilen.«

»Wie haben Sie das denn rausgekriegt?«

Ich berichtete von dem Besuch in Klara Hackenbergs Haus. Wie erwartet, betrachtete Frau Dr. Rath diese Vorgehensweise mit gemischten Gefühlen.

»Was Sie da gemacht haben, ist unzulässig. Ich hoffe, das wissen Sie. Haben Sie sonst noch etwas in der Wohnung gefunden?«

Ich fasste zusammen, was in dem Ordner gewesen war.

»Das ist nun wirklich mehr als dürftig, Herr Rott. Briefe einer Nichte, über zwanzig Jahre alt. Was soll das mit dem Mord zu tun haben?«

»Da fällt mir eine Menge ein«, sagte ich vage. Doch ich war selbst nicht besonders überzeugt, dass das eine Spur war.

»Bringen Sie Beweise. Dann können wir uns weiter darüber unterhalten.«

»Wann treffen Sie Reinhold Hackenberg wieder?«

»Heute Nachmittag.«

»Fragen Sie ihn bitte, ob ihm diese Gabriele etwas sagt.«

»Wenn ich das richtig sehe, war er noch ein Kind, als sie nach Österreich zog.«

»Trotzdem. Vielleicht hat seine Mutter irgendwann etwas darüber erzählt. Oder sonst jemand. Fragen Sie bitte auch nach Sandro Marino.«

Ich hörte, wie sie etwas notierte. Sie machte das sehr ordentlich, denn es vergingen ein paar Sekunden.

»Jetzt sind Sie dran«, sagte ich.

Papier raschelte. Die Anwältin nahm sich offenbar andere Notizen vor.

»Wir haben Namen und Anschrift einer Freundin von Klara Hackenberg. Sie heißt Renate Siebert und wohnt in Altenberg.« Sie diktierte mir die Adresse und die Telefonnummer.

»Und weiter?«

»Nichts weiter.«

»Eine einzige Freundin? Keine Verwandten? Oder noch jemand, der etwas gegen sie hatte?«

»Herr Hackenberg hat mit seiner Mutter zwar in einem Haus gewohnt, aber sie hatten keine sehr enge Beziehung. Wenn ich das richtig verstanden habe, hat Frau Hackenberg zu Hause nie Besuch empfangen. Sie hat ihre Kontakte offenbar woanders gepflegt. Oder sie hat kleine Reisen gemacht. Verwandte scheint es nicht zu geben. Bis auf diese Gabriele.«

»Und Sie selbst? Sie nennen Frau Hackenberg immer Klara. In welchem Verhältnis standen Sie denn zu ihr?«

»Das habe ich Ihnen doch schon gesagt. Ich habe sie vor Jahren mal beraten, weil meine Eltern sie kannten. Die sind aber schon lange tot. Ich selbst habe Klara seit Jahren nicht mehr gesehen.«

»Und was ist mit den kleinen Reisen, die Sie erwähnt haben? Wohin gingen die? Reinhold erwähnte Bayern und Österreich.«

»Dann wird es so gewesen sein.«

»Was hat Frau Hackenberg eigentlich beruflich gemacht?«

»Sie war Rentnerin.«

»Ich meine davor.«

»Sie hat gearbeitet. Ich glaube, in einem Verlag. Fragen Sie Frau Siebert.«

»Noch eine Frage: Hat jemand den Tascheninhalt von Frau Hackenberg untersucht? Da könnte ja auch noch ein Hinweis verborgen sein. Ich meine, außer dass sie ihren Haustürschlüssel nicht dabeihatte.«

»Das wird die Polizei getan haben.«

»In Ordnung. Kotten steht eh auf meiner Liste. Rufen Sie mich an, wenn Sie bei Hackenberg waren?«

»Sobald ich außerhalb der JVA mein Handy wieder einschalte.«

Wir verabschiedeten uns.

Erneut behielt ich den Hörer in der Hand und wählte sofort wieder. Kotten war nicht am Platz. Dafür ging Frau Siebert gleich ans Telefon.

»Herr ... Wie war noch mal Ihr Name?«

»Rott.«

»Herr Rott, ich habe ehrlich gesagt keine Lust, das alles noch mal zu erzählen. Gestern hat mich schon die Polizei besucht, und das war anstrengend genug.«

Sie klang pikiert. Ich versuchte, sie mir vorzustellen. Wahrscheinlich war sie so eine Grande Dame, ziemlich etepetete.

»Es tut mir leid, Frau Siebert, aber wir müssen alles tun, damit der Mörder Ihrer Freundin gefasst wird. Das wird doch auch in Ihrem Interesse sein.«

»Da haben Sie vollkommen recht. Aber soviel ich weiß, ist das bereits erledigt. Also belästigen Sie mich nicht weiter. Außerdem bin ich heute unterwegs.«

»Fahren Sie weit weg?«

»Das geht Sie nichts an. Und jetzt entschuldigen Sie mich bitte.«

»Frau Siebert – es könnte doch sein, dass Reinhold nicht der Mörder war.«

»Das kann ich mir nicht vorstellen.«

»Geben Sie mir eine Chance, das herauszufinden.«

»Was sind Sie von Beruf? Privatdetektiv? Welche Möglichkeiten haben Sie denn, die die Polizei nicht hat? Wie können Sie eine vernünftige Ermittlung durchführen? Sie haben ja noch nicht mal die Möglichkeit, die Spuren richtig zu untersuchen.«

»Dafür kann ich auf andere Weise Informationen sammeln.«

»Sie haben ja keine Ahnung, welche Auseinandersetzungen es zwischen Reinhold und seiner Mutter gegeben hat. Ständig hatte er Geldprobleme. Niemals hat er regelmäßig gearbeitet. Er hat Klara andauernd belogen und betrogen, hat ihr Geld gestohlen. Er hat sogar die Geheimnummer ihres Kontos ausgekundschaftet und während ihrer Abwesenheit Geld abgehoben, das er dann mit seinen kriminellen Freunden durchbrachte. Er wartete einfach nur darauf, dass Klara endlich starb, damit er das Haus und ihre Ersparnisse erben konnte. Das ging ihm anscheinend nicht schnell genug. Und da hat er es in seiner Verkommenheit eben selbst herbeigeführt.«

Sie hatte sich in Rage geredet und machte eine Pause, offenbar um nach Luft zu schnappen. Ich nutzte die Gelegenheit und ging dazwischen.

»Das ist aber alles noch kein Beweis, Frau Siebert. Ich bitte Sie inständig, kurz mit mir zu sprechen.«

»Geben Sie mir ein Stichwort.«

»Was?«

»Irgendeine Spur, die Sie haben. Einen Hinweis. Die Richtung. Nennen Sie es, wie Sie wollen, aber sagen Sie mir etwas dazu.«

Ich dachte nach. Eigentlich hatte ich mehr Entgegenkommen erwartet. Frau Siebert sollte mir Informationen liefern und nicht ich ihr.

»Gabriele«, sagte ich schließlich.

»Gabriele?«

»Ich glaube, das ist Frau Hackenbergs Nichte. Sie ist weggezogen. Schon vor längerer Zeit. Ich habe den Eindruck, Ihre Freundin hing sehr an ihr. Aber der Kontakt ist eingeschlafen.«

»Was soll das mit ihrem Tod zu tun haben?«

»Sagt Ihnen der Name Gabriele denn etwas?«

»Ja, schon. Aber …«

»Ich möchte gerne mehr darüber wissen. Geben Sie mir die Chance bitte.«

Sie schwieg. Offenbar dachte sie nach.

»Also gut. Ich will den Ermittlungen nicht im Wege stehen. Sie können mich heute gegen halb eins treffen.«

»Wunderbar.« Ich atmete innerlich auf. »Und wo?«

»Kennen Sie Maria in der Aue?«

»Ehrlich gesagt, nein.«

»Das ist ein Restaurant in Wermelskirchen. Ich esse dort regelmäßig zu Mittag. Vor allem bei schönem Wetter. Dort finden Sie mich. Auf Wiederhören.«

Damit legte sie auf. Ich spielte weiter meine eigene Sekretärin. Endlich erreichte ich Kotten.

Er war abweisend.

»Was wollen Sie denn? Ich kann Ihnen keine Informationen geben, das wissen Sie doch.«

Ich spürte, wie Ärger in mir hochkroch. »Wer sagt denn, dass ich das will? Eigentlich wollte ich *Ihnen* eine kleine Freude machen.«

»Eine kleine Freude? Sonst machen Sie immer nur großen Ärger.«

»Sehen Sie es als kleinen Ausgleich.«

»Also schön, worum geht es?«

»Ich erkläre es Ihnen in Ihrem Büro.«

Es gelang mir, mit ihm einen Termin um elf zu vereinbaren.

Als ich das Telefon weglegte, brannten mir die Ohren. Wie bekamen das die Leute in den Callcentern nur hin?

Ich zündete mir eine Zigarette an, holte meine Schlüssel und blickte noch einmal in die Runde.

Es war so still hier. Wonne fehlte mir. Wonne, über die ich immer noch nichts wusste. Oder viel zu wenig. Und die – das wurde mir immer klarer – ein Geheimnis hatte. Ein Geheimnis, das ich auch noch lösen musste.

Meine Stimmung begann sich einzutrüben. Was, wenn sich Wonnes Geheimnis als etwas entpuppte, das unsere Beziehung in Frage stellte?

Ich verzog den Mund. Beziehung. Ich hasste dieses Wort. Es schmeckte nach Psychologie und Selbsthilfegruppe. Nach Beratungsstellen. Was sollte man stattdessen sagen?

Liebe: Viel zu abgenutzt.

Affäre: Nicht ernst genug. Immerhin klang es romantisch, was wahrscheinlich an dem französischen Einschlag lag.

Was hatte ich mit Wonne?

Keine Ahnung. Ein Freundschaftspflänzchen, das langsam aufging.

Das aber gefährdet war. Durch ein wie auch immer geartetes Geheimnis. Von einem brennenden Gefühl begleitet, hatte ich plötzlich wieder das Bild von ihrem Telefondisplay vor Augen. Die Kontaktliste mit Mathisens Namen.

Ich stieg ins Auto, ließ den Motor an und freute mich, als »Movie Star« von Harpo die schlechten Gedanken vielleicht nicht hinwegfegte, aber wenigstens übertönte.

Ich sagte dem Pförtner der Gladbacher Polizeibehörde, dass ich einen Termin mit Herrn Kotten hatte, und wurde mit dem Hinweis auf eine Zimmernummer zum Dezernat für Tötungsdelikte geschickt.

Als ich den Raum erreichte, stand die Tür offen, aber niemand war zu sehen. Auf dem Schreibtisch lag eine durchsichtige Tüte – eine von den Modellen, in denen die Polizei Spuren und Indizien sammelte. Ich war noch in den Anblick vertieft, da kam jemand den Gang entlang. Es war Kotten, in der Hand einen Pappbecher mit einer dunklen, dampfenden Flüssigkeit.

»Sie können so viel starren, wie Sie wollen. Ich bin nicht da drin«, sagte er.

»Auch Ihnen einen guten Tag, Herr Kotten«, antwortete ich. Eigentlich hätte ich ihm gerne die Hand gegeben, aber er schob mich schon in den Raum hinein. Ich betrachtete die durchsichtige Tüte, die da zwischen Aktendeckeln und zwei aufgestellten Fotorahmen lag.

Das eine Bild zeigte eine Frau, das andere zwei Kinder – ein Mädchen und einen etwas älteren Jungen. Beide mit den gleichen hellblonden Haaren wie die Mutter.

Er setzte sich, deutete auf den Platz vor dem Schreibtisch und legte die Hände auf den Tisch.

»Das ist nicht zufällig der Handtascheninhalt von Frau Hackenberg?«, fragte ich und wies auf die Tüte.

»Ich bewundere ein zweites Mal Ihre Beobachtungsgabe.«

Ich versuchte, mir über den Tisch hinweg ein Bild zu machen. Soweit ich das erkennen konnte, waren es ein kleiner Kalender oder ein Notizbuch, ein paar Zettel, ein Kuli. Ein Labello.

Ich hätte viel drum gegeben, in die Tüte hineingucken zu dürfen.

»Haben Sie das schon ausgewertet?«, fragte ich.

»Kein Kommentar.«

»Ich schlage einen Deal vor. Ich verrate Ihnen, in welche Geschäfte Matthias Büchel, genannt Matze, verstrickt ist, und Sie lassen mich einen Blick auf den Inhalt werfen.«

»Sind es illegale Geschäfte?«

»Das kann man wohl sagen.«

»Und Sie wissen davon?«

Ich nickte nur. Mir war klar, was nun kam.

»Dann sind Sie ohnehin verpflichtet, sie uns mitzuteilen, Herr Rott«, sagte Kotten. »Das muss ich Ihnen ja wohl nicht erklären.«

»Das ist richtig. Aber Sie werden nie erfahren, worum es geht, wenn ich es nicht sage.«

»Außer wir kommen von selbst drauf. Oder wir ermitteln das schon längst. Es wäre nicht das erste Mal, dass uns jemand einen wertlosen Deal anbietet.«

Kotten nahm die Kunststofftüte, legte sie ordentlich vor sich hin und strich sie glatt. Er wollte mich reizen, das war mir klar. Die kleinen Notizzettelchen verschoben sich und gaben den Blick auf eine Visitenkarte frei. Ich konnte sie nicht lesen, aber das Logo war zu erkennen ...

»Sagen Sie, was Sie zu sagen haben«, erklärte Kotten feierlich, »und Sie dürfen das hier ansehen.«

Ich glaubte nicht daran, aber dann fielen mir die Rosenaus ein – das junge Paar, das Matze wahrscheinlich gelinkt hatte. Es freute sich so auf das Eigenheim. Schon deswegen musste ich Kotten davon berichten.

»Na? Warum überlegen Sie so lange?«

Jetzt knetete er die Tüte, und das Logo auf der Visitenkarte wurde deutlicher sichtbar. Es war blau.

»Matze Büchel hat sich eine neue Betätigung gesucht«, begann ich. »Und ich habe ihn dabei beobachtet.«

»Hat es etwas mit diesem Fall zu tun?«

»Vielleicht. Vielleicht auch nicht.«

»Es geht also nicht um ein Tötungsdelikt?«

»Nein. Es geht um Betrug, soweit ich das beurteilen kann.«

Er zog die Tüte zurück. »Dann sind Sie hier falsch. Wir sind das KK1. Ich bringe Sie gerne zu dem zuständigen Kriminalkommissariat. Das wäre das KK2.«

In mir geschahen mehrere Dinge gleichzeitig. Zum einen überlegte ich fieberhaft, wo ich das Logo auf der Visitenkarte in Klara Hackenbergs Tasche schon mal gesehen hatte. Ich kannte es, da war ich mir ganz sicher. Zum anderen versuchte ich, den Ärger über Kotten zu verarbeiten, der ein blödes Spiel mit mir spielte.

»Ich sage Ihnen, was ich weiß«, erklärte ich, die Sanftmut in Person. »Und dann machen Sie damit, was Sie wollen.«

Ich fasste zusammen, was ich beobachtet hatte. Kotten nickte vor sich hin. »Wie sind Sie darauf gekommen?«, fragte er am Ende.

»Berufsgeheimnis.« Ich musste ihm ja nicht auf die Nase binden, dass ich Matze überwacht hatte.

Ich nannte ihm die Handstraße und den Namen der Geschädigten. »Der Wagen hatte ein Kölner Kennzeichen«, erinnerte ich mich.

Kotten schrieb sorgfältig mit. Schließlich legte er den Stift zur Seite. »Es kann sein, dass Sie in der Sache als Zeuge aussagen müssen. Es ist sogar sehr wahrscheinlich.«

»Ist mir klar. Noch etwas: Klara Hackenberg wusste von Matzes Immobilienbetrug.«

»Wie kommen Sie darauf?«

»Ich weiß es eben.«

»Für Ihre Hellseherei kann ich mir nichts kaufen.«

»Wie Sie wollen. Was ist mit unserem Deal?«

»Welchem Deal?«

»Dass ich Frau Hackenbergs Sachen ansehen darf. Schon vergessen?«

»Sie werden darin keine Hinweise finden. Das haben wir schon überprüft.«

»Darf ich mir vielleicht selbst ein Bild machen?«

»Sie wissen genau, dass das nicht geht. Es ist nicht erlaubt. Wenn wir auf Beweismittel stoßen, wird es Hackenbergs Anwältin erfahren. Und sofern sie damit einverstanden ist, auch Sie.«

»Aber wir hatten einen Deal.«

»Ja, dass Sie das hier ansehen dürfen.«

Er nahm den Beutel und hielt ihn mir vor die Nase.

»Haben Sie genug gesehen? Von Aufmachen war nicht die Rede.«

Er verstaute den Beutel in einer Schublade. In mir ratterte es immer noch: das blaue Logo … verdammt noch mal.

Ein liegendes Oval.

»Wenn es nicht beleidigend wäre, würde ich sagen, Sie sind ein Blödmann.«

»Vorsicht, Vorsicht«, fuhr er auf. »Das *ist* beleidigend. Ich kann Sie anzeigen.«

»Deswegen habe ich es ja auch nicht gesagt. Ich habe gesagt, *wenn* es nicht beleidigend wäre, *würde* ich es sagen. Es *ist* aber beleidigend. Deswegen sage ich es *nicht*.«

Ich rauschte hinaus, den Gang entlang und die Treppe hinunter.

Als ich durch die Glastür war, fiel mir endlich ein, was es mit dem Logo auf sich hatte. Das liegende Oval war ein Auge. Ein Auge, das etwas ausspionierte. Und das Logo gehörte zu jemandem, der solche Mätzchen nötig hatte.

Ich musste meine Aufregung herunterschrauben, während ich den kleinen Berg hinunterfuhr und vor einer Ampel zum Stehen kam. Der Verkehr auf der Mülheimer Straße donnerte vorbei, und es kam mir wie eine Ewigkeit vor, bis die Ampel grün wurde. Als es endlich so weit war, hielt ich mich stadtauswärts. Ein Stück weiter, hinter der Bahndammunterführung, erschien auf der rechten Seite eine Tankstelle. Eine gute Gelegenheit, um anzuhalten und zu telefonieren.

Ich hatte die Nummer nicht mehr im Kopf, aber die Auskunft fand sie schnell.

»Detektei Meinertzhagen, was kann ich für Sie tun?«

Eine junge Frauenstimme. Sie klang fast genauso wie die Vorzimmerdame von Frau Rath. Und dann immer dieses »Was kann ich für Sie tun?«. Das war doch sonnenklar: Zuhören.

»Rott hier«, sagte ich. »Guten Tag.«

»Was kann ich für Sie tun?«, wiederholte sie, und ich überlegte, ob ich vielleicht mit einem Computer redete. Als ich das letzte Mal mit Meinertzhagen zu tun gehabt hatte, war er noch ohne Vorzimmer ausgekommen. Sein Laden musste wirklich gut laufen. Im Gegensatz zu meinem. Mir wurde klar, dass ich auch eine Visitenkarte mit Logo brauchte. Ein Zeichen in Form einer Nase wäre vielleicht passend. Privatschnüffler Rott. Schnüfflerei Rott. Rotts Nase. Rotznase.

»Ich hätte gerne den Chef gesprochen. Wir sind Kollegen«, erklärte ich so flapsig, dass es Philipp Marlowe angemessen gewesen wäre.

»Tut mir leid, Herr Meinertzhagen ist noch bis heute Mittag unterwegs. Worum geht es denn?«

»Er soll mich bitte zurückrufen.« Ohne auf eine Antwort zu warten, diktierte ich meine Handynummer.

»Und der Name war …?«

»Rott. Remigius Rott. Wie gesagt: Wir kennen uns.«

17

»Bremen« stand auf dem kleinen grünen Schild. Der Ort war so klein, dass es noch nicht mal für ein gelbes Gemeindeschild gereicht hatte.

Daraus hätte man schön eine Frage für Juttas Rallye machen können. Fahre nach Bremen und zähle die Häuser …

Ob tatsächlich jemand nach Norddeutschland aufgebrochen wäre?

Allzu viele Häuser waren es nicht. Ich kam auch nicht ganz bis zum Ende; auf der Karte hatte ich gesehen, dass ich mittendrin von der Landstraße abbiegen musste.

Durch Wiesen und Weiden ging es hinab ins Tal und dann durch dichten Wald. Maria in der Aue war ausgeschildert. Die Straße wurde immer schmaler, und dann sah ich etwas oberhalb von mir über einer riesigen grünen Wiese ein breit hingestrecktes Haus am Hang liegen. Davor drängten sich runde weiße Sonnenschirme.

Ich stellte den Golf ab und machte mich an den Aufstieg. Eine asphaltierte, schmale Straße für Fußgänger schwang sich hinauf von den Parkplätzen zum Eingang des Hauses. Ich hatte erst geglaubt, es handele sich um ein Ausflugslokal, aber jetzt wurde mir klar, dass Maria in der Aue auch ein Hotel sein musste. Der Weg führte zur Stirnseite des länglichen Gebäudes. Über dem Halbrund eines Tores schwebte ein runder Turm aus Fachwerk mit einem spitzen Dachkegel. Dieses eine Element wirkte eigentümlich mittelalterlich, während der Rest des Gebäudes eher wie ein kleines Schlösschen aussah, die Front dem Tal zugewandt.

Auf der Terrasse waren fast alle Tische besetzt. Es war Viertel nach zwölf, und man aß zu Mittag. Die Sonnenschirme beschatteten grüne Möbel; auf den Stühlen sorgten grün-weiß gestreifte Kissen für Bequemlichkeit.

Was mich sofort gefangen nahm, war der Blick über die herrliche Wiese, die sich wie eine kleine Alm unterhalb der Terrasse absenkte und weit unten von der schmalen Straße begrenzt wurde, über die ich heraufgekommen war. Dahinter erhob sich der Wald, in dem sich dunkles Tannengrün und helleres Laub abwechselten. Die fernen Hügel verschmolzen mit dem blauen Himmel.

Kein Haus, keine Besiedlung war zu sehen. Man war mit sich und der Landschaft allein.

»Wünschen Sie einen Tisch? Wie viele Personen?«

Eine der grau gekleideten jungen Kellnerinnen hatte mich angesprochen.

»Ich bin mit Frau Siebert verabredet«, sagte ich. »Kennen Sie sie?«

Ich folgte der Bedienung und wurde an einen Tisch gebracht, der etwas abseits stand. Dort saß eine ältere Dame mit sehr schwarz gefärbtem Haar, eine randlose Brille auf der Nase. Sie stocherte in einem Salat und warf hin und wieder einen Blick in eine Zeitung, die neben ihrem Teller lag.

»Der Herr sagt, er sei mit Ihnen verabredet, Frau Siebert«, sagte das Mädchen und ging. Erst jetzt hob die Frau den Blick.

»Herr Rott, nehme ich an. Ich dachte mir, dass Sie das sind. Ich habe Sie schon die ganze Zeit da hinten herumstehen sehen. Setzen Sie sich doch.«

Ich begrüßte sie und nahm den Stuhl gegenüber.

»Ihnen gefällt die Aussicht offenbar«, sagte sie. »Dann sitzen Sie hier genau richtig.«

Erst jetzt fiel mir auf, dass sie halb zum Tal saß und gegen die Hauswand blickte.

»Ich komme so lange hierher, dass mich der Blick nicht mehr reizen kann. Ich achte nicht darauf, wie ich mich hinsetze.«

Ich fragte mich, warum sie dann überhaupt herkam. Vielleicht, um einfach an der frischen Luft unter Menschen zu sein. Ich sah mich um. Fast die gesamten übrigen Gäste hatten sich, wenn es nur ging, vor das Panorama gesetzt wie vor eine Großbildleinwand.

»Was darf ich Ihnen bringen?«, fragte die Kellnerin, die zurückgekommen war. Ich entschied mich für einen Kaffee.

»Sie haben es reichlich spannend gemacht, Herr Rott.« Frau

Siebert betrachtete mich abschätzig. »Sie wollen mir also wirklich erklären, dass Reinhold diese schreckliche Tat nicht begangen hat?«

Sie legte die Zeitung weg, und ich bemerkte alten, schweren Schmuck an ihren Handgelenken. Er hatte nicht die Farbe von Gold, sondern wirkte wie aus Messing.

»Ich habe den Auftrag übernommen, Hinweise zu sammeln, die Reinhold Hackenberg entlasten. Egal, wie Reinhold Hackenberg zu seiner Mutter stand – es wäre nicht gerecht, sollte er unschuldig eingesperrt worden sein.«

»Das würde ihm nicht das Geringste schaden«, entgegnete Frau Siebert kühl. »Was soll aus ihm denn noch werden? Ich wäre froh, wenn er für immer ins Gefängnis ginge. Den Gedanken, dass er jetzt vielleicht seine Mutter beerbt, finde ich unerträglich. Er wird doch das ganze mühsam ersparte Geld innerhalb von einem Monat durchbringen. Es ist wirklich ein Jammer, welches Pech Klara mit ihm gehabt hat.«

»Erzählen Sie mir doch bitte mehr von ihr. Von ihr und Gabriele.«

»Sehen Sie, das genau ist es, was mir nicht gefällt. Sie suchen nach Hinweisen und wühlen dabei Klaras Privatleben auf. Dabei hat die Sache mit Gabriele nichts mit dem Mord zu tun, glauben Sie mir.«

Sie kniff die Augen zusammen und nahm die Brille ab. Jetzt war ihr Blick noch strenger. Ich bemerkte, dass sie große, starre Pupillen hatte, und mir fiel ein, dass so etwas manchmal nach irgendeiner Augenoperation vorkam.

»Ich frage mich auch, woher Sie wissen, dass Klara auf der Suche nach Gabriele war. Reinhold hat Ihnen das nicht erzählt. Der wusste davon sicher nichts.«

»Sie sehen, ich bin in der Lage, auch den verborgensten Informationen auf die Spur zu kommen«, versuchte ich Punkte zu machen und meine Kompetenz zu unterstreichen.

»Davon bin ich überzeugt. Das bedeutet aber nicht unbedingt etwas Gutes.«

»Wer war denn nun Gabriele? Auch wenn ihr Verschwinden

und Klara Hackenbergs Interesse an ihr nichts mit dem Mord zu tun haben – bitte erzählen Sie es mir. Ich muss mir ein Bild machen, wer Ihre Freundin war.«

Mein Kaffee kam. Als die Kellnerin gegangen war, begann Frau Siebert zu berichten.

»Gabriele war eine entfernte Großnichte von Klara. Das genaue Verwandtschaftsverhältnis kenne ich nicht. Sie hatte keine Eltern, beide waren schon früh umgekommen. Jedenfalls wohnte sie als Mieterin in dem Haus, das Klara und ihr Sohn heute bewohnen. Ich meine, das sie bewohnte. Bis sie sich dann irgendwann in diesen Musiker verliebte und mit ihm nach Österreich ging.«

»1975«, sagte ich.

»Sie sind gut informiert. Das genaue Jahr hätte ich nicht gewusst.«

»Und der Musiker hieß Sandro Marino.«

»Möglich. Klara hat mir nicht gesagt, dass es ein Italiener war. Aber das passt ja.«

»Wie meinen Sie das?«

»Na, die können den jungen Frauen ganz schön den Kopf verdrehen.« Sie spießte ein paar Salatblätter auf.

»Seltsam, dass sie mit einem Italiener nach Österreich ging«, sagte ich. »Wieso nicht nach Italien?«

»Soweit ich weiß, machte der Mann klassische Musik. In Österreich gibt es die großen Opernhäuser. Waren Sie schon mal bei den Salzburger Festspielen?«

»Nein«, sagte ich.

»Dann haben Sie etwas verpasst.«

Der Ansicht war ich nicht. Mir war schon der Anblick in den Illustrierten ein Graus: all diese Promis in Abendroben.

»Sie wissen also nichts über diesen Mann?«

Sie schüttelte den Kopf. »Sie sollten sich an dieser Geschichte nicht festbeißen.«

»Wo hat Gabriele Marino kennengelernt? Hat er irgendwo in der Gegend ein Konzert gegeben? Hat sich Frau Hackenberg mit ihm getroffen? Sie stand doch mit ihm in Kontakt ...«

»Wenn ich mich richtig erinnere, hat er bei einer Aufführung im Altenberger Dom mitgewirkt. Mehr kann ich Ihnen nicht sagen. Es ging Klara nicht darum, diesen Mann zu finden, sondern Gabriele. Nachdem sie nach Österreich gezogen war, hörte sie kaum noch etwas von ihr.«

»Das heißt, der Kontakt brach ab?«

»Ja, leider. Klara war deswegen auch gekränkt, aber sie hat es dann auf sich beruhen lassen. Gabriele schien ja glücklich mit ihm gewesen zu sein. Und darüber hat sie eben ihre alte Tante vergessen. So etwas gibt es häufig.«

»Was genau hat Gabriele gemacht?«

»Herr Rott – dieser Mord ist in der Gegenwart geschehen. Was nützt denn das Herumstochern in der Vergangenheit?«

»Können Sie es mir nicht trotzdem sagen?«

»Gabriele hatte keinen ordentlichen Beruf. Sie wollte wohl Goldschmiedin werden und hat auch Schmuck hergestellt. Es waren aber mehr Basteleien. Ich glaube, Klara hatte einen Ohrring von ihr. Billiges Zeug, das man nicht tragen kann. Kinderkram.«

»Wie alt war sie, als sie wegging?«

»Das hat mir Klara nicht erzählt. Aber ich denke, so Anfang zwanzig. Mehr kann ich Ihnen wirklich nicht sagen. Auch mit mir sprach Klara kaum darüber.«

»Und Gabrieles Nachnamen kennen Sie auch nicht?«

»Leider nein. Vielleicht heißt sie ja auch Hackenberg.«

»Gut. Sprechen wir über Ihre Freundin. Wie haben Sie sie kennengelernt?«

»Wir waren Kolleginnen. Sie arbeitete bis zu Ihrer Rente in einer Bensberger Druckerei.«

»Wie heißt das Unternehmen?«

»Die Firma hieß Buchheim und Co., aber sie ist schon vor zehn Jahren bankrott gegangen.«

»Gibt es andere Kontakte? Andere Freunde? Freundinnen?«

»Nicht dass ich wüsste. Klara war sehr in sich gekehrt. Sehr gläubig. Einsam. Kein Wunder, bei so einem Sohn.«

»Gibt es zu dem Sohn auch einen Vater?«

»Da bin ich sicher.« Sie blickte mich ironisch an. »Aber wer er ist – das, Herr Rott, weiß ich nicht. Darüber konnten sie mit Klara nicht sprechen. Und es hat auch sonst nie einen Mann in ihrem Leben gegeben. Nicht so lange ich sie kannte. Und das waren immerhin fünfunddreißig Jahre. Sie hatte ihr ganz eigenes Leben. Sie erfreute sich an der Natur. An kleinen Reisen. Sie hatte die Angewohnheit, jeden Morgen im Altenberger Dom zu beten. Und sie hatte die Angewohnheit, sich dem Dom durch die Natur zu nähern.«

»Durch die Natur? Was meinen Sie damit?«

»Sie hat es mir einmal erklärt. Normalerweise parkt man am Dom oder auf dem Parkplatz in der Nähe des Hotel Wißkirchen und folgt dem Weg unter der Unterführung durch. Doch das gefiel ihr nicht. Für sie begann der Gottesdienst mit einem Gang an der Dhünn entlang zum alten Eingangstor des Klosters. Als wenn sie eine kleine Pilgerschaft machen würde, verstehen Sie? Wenn man sich der Klosterpforte nähert, dann erwartet einen der Dom – wie eine religiöse Verheißung. So hat sie es immer ausgedrückt.«

Mir wurde einiges klar. Der Tatort an dem kleinen Spielplatz – er hatte vielleicht doch nichts mit einem obskuren Treffen zu tun, sondern Klara Hackenberg war ganz nach ihrer Gewohnheit auf dem Weg zum Dom gewesen. Es war ein Ritual, das sie jeden Morgen absolviert hatte.

»Glauben Sie«, fragte ich, »dass Reinhold Hackenberg diese Angewohnheit kannte?«

Renate Siebert verzog die Lippen zu einem Lächeln. »Da wären wir wieder am Anfang, was, Herr Rott? Natürlich wusste er davon. Er, ich – aber sicher nicht viele andere Leute. Womöglich sogar niemand sonst.«

Es blieb mir nichts anderes übrig, als zu nicken.

»Und ehe Sie fragen: Ich kann es nicht gewesen sein. Erstens fehlt mir das Motiv. Zweitens habe ich ein Alibi. Ich war bis gestern Abend bei meiner Schwester in Hamm zu Besuch.«

»Wann haben Sie Frau Hackenberg zum letzten Mal gesehen?«

Sie überlegte kurz. »Vor zwei Wochen etwa.«

»Hat Sie Ihnen gegenüber den Namen Matthias Büchel erwähnt? Er selbst nennt sich Matze.«

Sie nickte. »Das ist einer von Reinholds Freunden. Sie hat ihn nicht erwähnt, ich kenne ihn von früher.«

»Können Sie sich vorstellen, dass einer dieser Freunde Frau Hackenberg getötet hat?«

»Und warum?«

»Weil sie irgendetwas herausfand. Etwas, das auch mit ihrem Sohn zu tun hatte. Und vor dem sie ihn bewahren wollte, damit er nicht wieder auf die schiefe Bahn geriet.«

»Sie hat davon nichts gesagt.«

»Keine Andeutung? Nichts über eine Bedrohung? Hatte sie Angst vor irgendetwas?«

»Nein. Nichts. Absolut gar nichts. Jedenfalls weiß ich nichts davon.«

Ich nippte nachdenklich an meinem Kaffee.

»Reinhold war es, Herr Rott. Es passt einfach alles zusammen.«

Ich kramte in meinem Gedächtnis. Etwas hatte ich noch auf Lager. Und ich war gespannt, was Frau Siebert dazu sagen würde.

»Wussten Sie, dass Klara Hackenberg Kontakt zu einem Privatdetektiv aufgenommen hatte?«

Sie schien ehrlich erstaunt. Der Ausdruck der Schadenfreude über mich war verschwunden.

»Nein. Aber das kann doch nur etwas mit …«

»Gabriele zu tun haben«, vollendete ich den Satz. »Ihre Freundin wollte sie suchen lassen. Und es zeigt doch, dass für sie dieses Thema sehr aktuell war. Oder gab es einen anderen Grund, warum sie einen Ermittler konsultiert haben könnte?«

Frau Siebert schüttelte den Kopf. »Nicht dass ich wüsste. Und trotzdem muss das nicht zusammenhängen. Vielleicht hat sie ja Reinhold überwachen lassen?«

»Das werde ich herausfinden.«

»Detektei Meinertzhagen, was kann ich für Sie tun?«

»Rott noch mal. Könnte ich jetzt den Chef sprechen?«

»Tut mir leid, jetzt ist er in der Mittagspause. Soll er Sie zurückrufen?«

»Das hatten wir schon mal. Sagen Sie ihm, er soll seine Pause unterbrechen.«

»Entschuldigen Sie, aber ...«

»Sagen Sie es ihm bitte.«

Ich war die kleine Straße bis hinauf in das winzige Bremen gefahren und hatte rechts angehalten. Die Aussicht hier oben war auch schön, allerdings ganz anders als von Maria in der Aue aus. Ich blickte auf einen Stacheldraht, und direkt dahinter stand eine Kuh, die mich stoisch kauend anblickte.

»Ich weiß, dass er da ist. Sie können es ruhig riskieren.«

Ich hatte mit Meinertzhagen zwar bisher wenig zu tun gehabt, aber eine Sache wusste ich genau: Er legte Wert auf feste Essenszeiten. Und er aß immer das Gleiche: irgend so eine Haferschleimsuppe, die er mit zur Arbeit nahm und in der Mikrowelle warm machte. Es hatte irgendwas mit seiner Gesundheit zu tun.

»Rott«, brüllte er. »Kannst du einen nicht mal beim Essen in Ruhe lassen? Du weißt doch, mein Magen ...«

»Tut mir leid, aber es ist wichtig.«

»Stört's dich, wenn ich weiteresse, während wir reden?«

»Solange du nicht deinen fiesen Schleim durchs Telefon spuckst, ist mir alles egal.«

»Keine Sorge, den brauche ich selbst. Und? Warum störst du mich?«

»Sagt dir der Name Klara Hackenberg etwas?«

»Nein.«

»Hör mal, ich weiß, dass du Rücksicht auf deine Kunden nehmen musst und keine Namen rausrückst, aber ...«

»Warum fragst du dann?«

»Die Dame ist tot. Du kannst es also ruhig sagen, wenn du sie kennst.«

»Tot? Das ist ja ein Ding.«

»Du kennst sie also?«

»Nö. Aber ich wundere mich, dass du in einem Mordfall ermittelst.«

»Meinertzhagen, sie hatte deine Visitenkarte in der Tasche. Hast du sie getroffen? Siebenundsiebzig Jahre alt, schlanke, hagere ältere Frau ...«

»Und jetzt hat sie ein Messer im Rücken – jedenfalls hatte, bis die Gerichtmedizin es rausgenommen hat.«

»Du kennst sie. Ich wusste es.«

Er machte ein schlürfendes Geräusch. Wahrscheinlich hatte er sich eine weitere Ladung Haferschleim einverleibt.

»Nein ...« Etwas raschelte. »Aber ich lese Zeitung. Das ist nicht ganz verkehrt in dem Job. Sag mal, da komme ich immer noch nicht drüber: Du klärst diesen Mord auf? Gibt's im Bergischen Land keine Polizei?«

»Ich arbeite für eine Anwältin«, sagte ich.

»Lukrative Sache. So was suche ich auch. Bisschen Matula spielen. Nicht schlecht. Kannst du mir mal ihre Telefonnummer geben?«

»Sag du mir erst mal, ob du Frau Hackenberg getroffen hast.«

»Und wenn schon.« Wieder Schlürfen, unterbrochen von metallischem Geschabe. Seine Stimme wurde blubbernd. Ich hatte nur wenig Kaffee getrunken, aber jetzt kam mir mindestens ein Löffel voll davon wieder hoch – zusammen mit beißendem Magensaft. Es war so unangenehm, dass ich husten musste.

»Bist du erkältet?«

Ich fing mich wieder. »Nein, deine Fresserei ekelt mich. Lenk außerdem nicht ab.«

»Du solltest es auch mal mit gesünderer Ernährung probieren. Bist du sicher, dass du kein Refluxproblem hast?«

»Was für ein Ding?«

»›Gastroösophagealer Reflux‹. Du solltest mal deinen Arzt danach fragen. Dabei kommt immer Magensäure in die Speiseröhre, nur ein bisschen, und du hast bestenfalls etwas Sodbrennen. Ansonsten spürst du gar nichts. Deine Speiseröhre entwickelt aber nach und nach eine Reizung, und dann verändert sich das Gewebe. Am Ende steht ein kapitaler Speiseröhrenkrebs. Und aus die Maus, Nikolaus.«

»Kannst du dich bitte aufs Wesentliche konzentrieren?«

»Was ist daran unwesentlich? Ich will dir ja nur helfen. Pass auf, um einen guten Haferschleim herzustellen …«

»Meinertzhagen!«, brüllte ich so laut in den Hörer, dass die Kuh, die friedlich weitergegrast hatte, irritiert aufsah. »Kanntest du Frau Hackenberg?«

»Ja, verdammt noch mal. Sie war hier.«

»Und was wollte sie?«

Er stieß einen tiefen Seufzer aus. »Sag mal, Rott, wenn ich dir das sage – ist da vielleicht was für mich drin? Ich meine, mir geht's finanziell nicht so gut, und du hast doch jetzt den Riesenauftrag …«

»Immerhin kannst du dir eine Vorzimmerdame leisten«, sagte ich streng. »Da geht's dir immer noch besser als mir.«

»Das ist nur eine Schülerpraktikantin. Die kostet gar nichts.«

»Ach, so nennt man das heutzutage.«

»Die ist zwei Wochen hier und findet das mordsaufregend. Das heißt, eigentlich würde sie lieber bei den Ermittlungen dabei sein. Aber das geht natürlich nicht.«

»Können wir zum Thema zurückkommen?«

»Wie viel?«

»Fünfzig.«

»Zweihundert.«

»Du spinnst.«

»Hundertfünfzig. Das ist mein letztes Wort.«

Wieder hörte ich Geschepper. Ich deutete es so, dass Meinertzhagen aufgegessen hatte. Er hielt die Hand über den Hörer, aber nicht dicht genug. Und so hörte ich, wie er sagte: »Nimm das bitte mit, Jasmin.« Die Praktikantin war also auch seine Kellnerin. Wer weiß, was sonst noch.

»Hör mal, was willst du eigentlich?«, schnaubte er, wieder klar zu verstehen.

»Gegenvorschlag. Ich zahle dir hundert.«

»Langsam nähern wir uns an.«

»Aber nur, wenn du dieser Info etwas Substanzielles hinzufügen kannst: Klara Hackenberg war auf der Suche nach einer Großnichte namens Gabriele, zu der sie irgendwann in den Achtzigern den Kontakt verloren hat. Das Mädchen war Anfang zwanzig, als es ins Ausland ging – genauer: nach Österreich. Nach Salzburg. Klara Hackenberg war eine alte Frau, die sich wehmütig an diese einzige Verwandte neben ihrem missratenen Sohn erinnerte, und sie hatte den Wunsch, Gabriele noch einmal in ihrem Leben zu sehen. Du solltest sie suchen.«

»Scheiße, Rott, was soll das?«

»Kannst du dem etwas hinzufügen oder nicht?«

Stille in der Leitung. Meinertzhagen hatte sein detektivisches Gehirn angeschmissen. Dann hörte ich wieder Gebrabbel durch den zugehaltenen Hörer. Etwas raschelte. Sein Gedächtnis reichte nicht. Jasmin hatte ihm wohl Notizen gereicht.

»Zwei Dinge weiß ich, die du nicht weißt. Jedenfalls hast du sie nicht gesagt.«

»Und die wären?«

»Erstens: Wie Gabriele mit Nachnamen hieß.«

Das stimmte. Verdammt ...

»Und zweitens?«

»Wann Klara Hackenberg bei mir war. Das ist für deine Mordermittlung doch sicher wichtig.«

Zweimal Bingo. Zu meinen Ungunsten.

»Also gut – du hast gewonnen.«

»Scherf. Das war Gabrieles Nachname. Ich liefere dir noch was, nämlich ihr Geburtsdatum: 3. Februar 1953.«

Ich hatte was zu schreiben aus dem Handschuhfach geholt und notierte.

»Und wann war Klara Hackenberg bei dir?«

»Am Freitagmittag.«

Nicht mal vierundzwanzig Stunden vor ihrem Tod ...

»Ich hätte gerne noch eine Zugabe. Könntest du dir vorstellen, wer sie umgebracht hat? Hat sie irgendwas gesagt? Fühlte sie sich bedroht?«

»Sie hat gar nicht viel gesagt. Sie hat mir die Informationen gegeben und ist dann wieder gegangen.«

»Sie hat dich nicht beauftragt? Warum nicht?«

»Sie wollte es sich überlegen. Ich habe ihr gesagt, was das kostet, und das hat sie wohl abgeschreckt.«

»Kann ich verstehen.«

»Na und? Das hat alles seinen Wert. Und du schiebst bitte den Hunni rüber. Und zwar in bar.«

»Auch noch schwarz? Das wird ja immer schöner.«

»Eben. Und die Schönheit ist es doch, die wir anstreben, oder?«

»Ich komme zu dir, wenn ich das Geld habe.«

Damit drückte ich den roten Knopf und steckte das Handy weg. Versonnen sah ich der Kuh beim Kauen zu.

Dann warf ich den Motor an.

18

Während der Golf das Band der Landstraße in sich hineinfraß, während Stacheldrahtzäune, Weiden und ab und zu eine Siedlung an mir vorbeizogen, versuchte ich zu resümieren, was ich bisher herausgefunden hatte.

Dass Klara Hackenberg auf der Suche nach ihrer verschollenen Nichte war und kurz vor ihrem Tod einen Detektiv einschalten wollte, musste nichts mit ihrer Ermordung zu tun haben – auch wenn ich Frau Siebert gegenüber so getan hatte, als sei ich komplett davon überzeugt. Jedenfalls hatte ich dafür nicht den Hauch eines Beweises. Sollte ich mich weiter in diese Geschichte vergraben, um einen zu finden? Womöglich vergeblich?

Und dass sie sich Gedanken über Büchels Immobiliensache gemacht hatte: Wie hatte sie das herausbekommen? Hatte Reinhold es ihr erzählt? Und wenn schon – Matze hatte ein Alibi. Und seine Kumpels? Die musste ich einzeln überprüfen. Aber ich hatte noch nicht mal deren Namen.

Mit jedem Kilometer wurde ich niedergeschlagener. Die Sonne schien, aber trotzdem hatte ich das Gefühl, als hätten sich graue Wolken vor den blauen Himmel geschoben, die nun einen hässlichen Schatten auf mein Gemüt warfen.

Ich realisierte, dass ich mich Richtung Altenberg gehalten hatte und mich nun der Abzweigung zum Parkplatz Rösberg näherte, wo vor gefühlten ewigen Zeiten alles angefangen hatte. Und als ich den Wagen an genau derselben Stelle parkte, wo am Samstag Wonne stehen geblieben war, meldete sich ein Brennen in meiner Magengegend. Es hatte nichts mit Meinertzhagens Ausführungen zu tun. Eher mit der Trostlosigkeit, die ich empfand, weil ich den Tag ohne Wonne verbringen musste.

Ich hatte noch nicht mal eine Telefonnummer. Immer noch nicht. Ich war darauf angewiesen, dass sie sich bei mir meldete.

Eine Scheißsituation. Mit einem Mal kam ich mir vor wie der einsamste Mensch auf der Welt.

Ich stieg aus, ging ein paar Schritte über den Platz und tat mir noch ein bisschen selbst leid. Normalerweise sagt man, dass Selbstmitleid schlecht wäre. Mir tat es aber ganz gut.

Ich marschierte das kurze Stück zur Hauptstraße hoch und blickte rüber auf die andere Seite, wo sich ein Stück unterhalb der Fahrbahn der Kiosk befand. Auch heute herrschte viel Verkehr, und ich musste ein wenig warten, bis ich hinüberkonnte. Gerade kam ein Rudel Motorradfahrer von den Serpentinen aus Richtung Blecher herunter und hüllte die Gegend in eine Wolke aus Geknatter.

Ich erinnerte mich daran, was Renate Siebert über Klara Hackenbergs Gewohnheiten, morgens zum Dom zu gehen, berichtet hatte. Ich beschloss, ihrem Beispiel zu folgen und den Weg abzugehen. Vielleicht kam mir dabei eine überraschende Erkenntnis. Zumindest lenkte es mich von der brennenden Sehnsucht nach Wonne ab.

Endlich erwischte ich eine Möglichkeit, die Straße zu überqueren und in den Wald einzutauchen. Nach wenigen Metern lag da still und wie eine verlassene Zwergenburg das Fort auf dem Spielplatz.

Ich hatte mich getäuscht. Die Sehnsucht nach Wonne wurde eher größer. Alles, was wir hier erlebt hatten, war mir lebhaft präsent.

Wonne, die ihre Füße in das kühle Wasser der Dhünn getaucht hatte. Ihre rosa lackierten Fußnägel.

Wonne als Feenprinzessin im Wunderwald …

Und dann die Leiche hinter dem Baumstamm.

Als ich jetzt auf den Spielplatz kam, war an keinem Detail zu bemerken, was sich hier ereignet hatte. Die Ermittler hatten keine Spuren hinterlassen.

Ich überquerte den Platz und sah, dass direkt an der Dhünn ein Pfad weiterführte – holprig von Wurzeln, aber deutlich zu erkennen.

Ich spielte weiter Klara und folgte dem Weg. Er stieß schließlich an die offizielle Zufahrt zum Dom, wo es über eine Natursteinbrücke zum Bezahlparkplatz ging. Doch wenn man die Straße überquerte und auf dieser Seite des Flusses blieb, konnte man weiter auf einem verschwiegenen Weg entlangwandern, der sich ein gutes Stück über die Dhünn erhob. Jetzt floss sie zwischen dem Weg und der Klostermauer – tief unten wie in einem Burggraben. Schließlich gelangte ich an die Abzweigung zur alten Klosterpforte: ein weißes Tor, hinter dem sich weit hinten die Front des Domes emporreckte. Man hatte jetzt noch gut hundert Meter zu gehen und konnte dabei das berühmte Fenster mit dem sehr klein wirkenden Eingang darunter betrachten.

Für jemanden, der beten wollte, war das sicher stimmungsvoller, als den normalen Weg zu nehmen.

Ich spazierte auf den Dom zu und drückte wieder den Schmerz nieder, der in mir aufflammen wollte.

Hier war ich mit Wonne gewesen. Wir waren hineingegangen, um die Gitterquadrate am Reliquiar mit Engelberts Herz zu zählen.

Jetzt stand ich vor dem Altenberger Domladen. Wieder kam mir ein Bild in den Sinn: Wonne, wie sie mitten im Gedränge vor dem Dom gestanden hatte, das Gesicht der Sonne zugewandt.

Sonne, Wonne, reimte es in mir. Wonne, Sonne …

Plötzlich hatte ich das Bedürfnis, etwas für Wonne zu kaufen. Ich musste sie mit irgendetwas überraschen. Ihr ein Geschenk machen. Damit sie mich nicht wieder so lange allein ließ.

Nachdenklich betrat ich den Laden, betrachtete Bücher, Kerzen, Rosenkränze, CDs …

Ich zuckte zusammen wie jemand, der aus einem Traum erwacht, als mich jemand am Arm berührte.

»Remi!«

Es war Jutta. Sie hatte eine Einkaufstüte mit Büchern in der Hand und kam gerade von der Kasse.

»Was machst du denn hier?«, fragte ich verwirrt.

»Komm«, sagte sie und zog mich nach draußen. Wir gingen um die Ecke zu dem Metallmodell der Klosteranlage.

Auch hier hatte ich mit Wonne gestanden. Wir hatten die Blindenschrift betrachtet …

»Bist du mir nachgefahren?« Ich sah Jutta verwundert an.

Sie schüttelte den Kopf und stellte die Tüte auf dem Metallmodell ab. Ich griff hinein und sah mir die Titel an. Es war keine Erbauungsliteratur, sondern Romane. Ich erkannte mehrere Krimititel.

»Ich wusste nicht, was ich machen sollte. Eigentlich wollte ich dich wieder anrufen, aber dann kam ich mir blöd vor, weil ich dich so vollgejammert habe …«

»Und da hast du gedacht, etwas spirituelle Einkehr wäre gut, um zur Dankbarkeit gegenüber deinem Schöpfer zurückzufinden. Dafür dass er dich immer noch mit einem gewissen Wohlstand und – noch wertvoller – mit Gesundheit gesegnet hat.«

Sie sah mich prüfend an. »Den Sarkasmus kannst du dir sparen. Sag mal, was ist denn überhaupt mit dir los? Du siehst gar nicht gut aus, Remi.«

»Jetzt sag mir bitte, warum du hier bist. Sonst zweifle ich noch an meinem Verstand.«

»Ich wollte mir den Tatort ansehen. Nachdem die ganze Geschichte fast meine Party gesprengt hat …«

Ich nickte. Das war nachvollziehbar. Jutta hatte auch diesmal nicht dem Drang widerstehen können, sich in meine Fälle einzumischen. Und sie hatte ja sonst nichts zu tun.

»Heute Morgen hatte ich einen Termin bei der Bank«, fügte sie hinzu.

»Und die haben dich noch mehr in Verzweiflung gestürzt, weil du ja nur noch hundertfünfzigtausend Euro zur Verfügung hast. Ich weiß schon.«

Sie streichelte mir über den Arm. »Remi, es tut mir leid. Aber mit dem Geld ist es einfach eine Gewohnheitssache. Wenn du eine Menge davon hast, gewöhnst du dich so schnell daran, dass es dir wahnsinnig wehtut, wenn du plötzlich nur noch einen Bruchteil davon besitzt. Auch wenn es immer noch dreimal zum Leben reicht.«

»Ich kann da nicht mitreden. Bei mir reicht es manchmal noch nicht mal zum Leben. Jedenfalls nicht für das, was zum Beispiel ein mittlerer Beamter Leben nennen würde.«

»Was ist denn eigentlich mit Wonne?«, fragte sie, und ihr Blick veränderte sich. Er wurde mütterlicher.

Es half nichts. Der Schmerz nutzte die Gelegenheit und brach aus wie ein kleiner Vulkan in meinem Bauch.

»Was soll schon sein?«, sagte ich.

»Seid ihr etwa wieder auseinander?«

»Nein.«

»Dann sei doch fröhlich.«

Sie hatte recht. Aber dazu kann man sich nicht zwingen. Mir lag auf der Seele, dass Wonne praktisch unerreichbar für mich war.

»Komm mit«, sagte Jutta plötzlich.

»Wohin?«

»Lass uns beim Essen weiterreden.«

Das Gelände rund um den Altenberger Dom verfügte über eine Fülle gastronomischer Einrichtungen. Abgesehen vom Restaurant Wißkirchen in der Nähe des Parkplatzes auf der anderen Dhünnseite lag gleich gegenüber des Doms der Altenberger Hof. Wenn mich meine Erinnerung nicht trog, war dieses Restaurant der Schauplatz der sonntäglichen Bratenessen mit meinen Eltern gewesen.

Doch Jutta führte mich etwas abseits durch einen breiten Durchgang. Dahinter standen Tische und Stühle. Eine Treppe führte zum Eingang eines Restaurants.

»Du kennst doch sicher den Küchenhof.« Jutta setzte sich an einen freien Tisch.

Ich hatte das Gasthaus im Rücken und blickte über das Kopfsteinpflaster zu dem Torbogen, durch den wir gekommen waren. Diese Ecke des Klostergeländes wirkte alles andere als kirchlich – eher nostalgisch kreativ. Auf der einen Seite des Durchgangs hatte sich eine Töpferei angesiedelt, auf der anderen wies ein Schild auf eine Atelierwerkstatt hin.

Die Kellnerin brachte die Speisekarte.

»Ob es hier Panhas gibt?«, fragte ich.

Jutta sah mich erstaunt an. »Seit wann kennst du dich mit bergischer Küche aus?« Ich schwieg. »Ich lade dich zum Mittagessen ein«, fügte sie hinzu. »Aber nur unter einer Voraussetzung.«

»Und die wäre?« Ich ließ meinen Blick über das Angebot schweifen. Essen erinnerte mich auch an Wonne.

»Du erzählst mir alles. Von A bis Z.«

Ich endete mit den Erkenntnissen über Klara Hackenbergs verschollene Nichte. Die Erinnerung daran, dass ich bisher alles in diesem Fall gemeinsam mit Wonne ermittelt hatte, ließ so viel heiße Lava in mir brodeln, dass ich Jutta am Schluss auch noch mein Leid über Wonne klagen musste. Dabei sonderte ich wieder etwas Selbstmitleid ab.

Plötzlich fiel mir etwas ein. »Sag mal, du hast nicht zufällig Wonnes Handynummer?«

Sie schüttelte den Kopf.

»Oder ihre Festnetznummer?«

Jutta legte ihre Hand auf meinen Arm.

»Was ist?«, fragte ich.

»Ich muss dir was über Wonne sagen.«

Erst jetzt bemerkte ich Juttas Gesichtsausdruck. Er zeigte eine Art von Besorgnis, die mir gar nicht gefiel.

»Zunächst mal kann ich dich beruhigen. Wenn das alles so gelaufen ist, wie du sagst, wird sie sich bei dir melden, und alles wird gut. Das sieht mir nicht nach einem One-Night-Stand aus.«

Da sprach die Fachfrau.

»Was meinst du bitte schön mit ›zunächst mal‹ …?«

»Ich sag dir's mal, wie es ist. Wonne wohnt nicht in Köln.«

»Na und?«

»Sie wohnt auch nicht in Leverkusen, Bergisch Gladbach oder Düsseldorf. Sie wohnt überhaupt nicht in der Gegend. Wonne lebt seit einigen Jahren irgendwo in Westfalen, in der Nähe von Bielefeld. Ich habe ihr ja die Einladung zu meinem Geburtstag geschickt.«

Mein Gehirn produzierte einen Gedanken – einen, der nicht dazu passte, was Jutta sagte. Wonne hatte einen Haufen selbst gemachte Dinge zum Frühstück mitgebracht. Wo kamen die her? Hatte sie sie morgens aus Ostwestfalen geholt?

Ich wollte diese Widersprüche Jutta gegenüber nicht ansprechen.

»Na und? Was ist daran so schlimm?«, sagte ich unwirsch. »Soll sie doch wohnen, wo sie will.«

»Nichts ist schlimm. Reg dich nicht so auf. Aber es war seltsam, dass sie erst nicht geantwortet hat und dann doch kam.«

»Das kann doch passieren.«

Jutta schüttelte den Kopf. »Du verstehst das nicht, Remi. Ich habe sie nur aus Höflichkeit eingeladen. Ich war ja mit ihrer Mutter befreundet. Sie war eine Kollegin damals in der Werbeagentur. Ich habe überhaupt nicht damit gerechnet, dass sie kommt. Und dann kommt sie doch, aber ohne Zusage.«

»Ich kapiere das nicht. Du lädst Leute zu deinem Geburtstag ein, die du gar nicht dabeihaben willst? Damit sie absagen? Und dann wunderst du dich, dass sie doch kommen? Mensch, hast du ein kompliziertes Leben.«

»Vergiss es. Ich wollte dir nur etwas über Wonne erzählen. Die Einladung hatte aber auch noch einen anderen Grund. Letztes Jahr ist ihre Mutter gestorben. Ich dachte, es würde ihr guttun, mal rauszukommen oder so ...«

»Ja, ihre Mutter ist tot ...«

»Du weißt das?«

»Sie hat es mir gesagt.« Ich lehnte mich zurück. »Aber auch wenn sie mir davon erzählt hat – ich weiß einfach zu wenig über Wonne.«

»Sieht so aus.«

»Auch was sie beruflich macht. Sie hat mir gesagt, sie sei Journalistin. Dabei habe ich im Internet nirgendwo ihren Namen finden können.«

»Soviel ich weiß, hat sie bei irgendeiner Zeitung ein Volontariat gemacht, dann aber keine Anstellung gefunden. Es war wohl eine kleine Übertreibung, um Eindruck zu schinden.«

»Immerhin hat sie so gute Kontakte, dass sie sofort herausgefunden hat, welche Anwältin Reinhold Hackenberg vertritt.«

»So was kriegen Journalisten hin. Man muss eben wissen, wen man bei der Polizei fragen muss.«

Ich nickte und seufzte. Mein Atem zitterte.

»Vielleicht ist es besser, wenn du dich mehr auf den Fall konzentrierst«, sagte Jutta.

»So einfach ist das nicht. Alles daran erinnert mich an Wonne. Und ich weiß nicht, woran ich wirklich bei ihr bin.«

»Meine Güte – Remi! So kenne ich dich gar nicht.«

»Und was den Fall betrifft ... Welcher Spur soll ich nachgehen? Im Augenblick weiß ich nicht weiter.«

Jutta runzelte die Stirn und dachte nach. »Wenn du schon nicht weißt, ob Klara Hackenbergs Suche nach ihrer Nichte mit ihrem Tod zu tun hat, dann gibt's nur eins.«

»Und was?«

»Du musst es ausschließen.«

»Wie meinst du das?«

»Das ist die Sherlock-Holmes-Methode. Man soll nicht danach suchen, wer es gewesen ist, sondern man soll die ausschließen, die es nicht gewesen sein können.«

»Klingt aufwendig. Und theoretisch. Schlechte Kombination.«

»Finde ich nicht. Vor den Erfolg haben die Götter ja bekanntlich den Schweiß gesetzt.«

»Und ein gutes Stück Zeitverschwendung. Kommt mir jedenfalls so vor. Ich habe eher den Eindruck, du hast die Sherlock-Holmes-Methode nicht richtig kapiert.«

Sie lächelte. »Oder es liegt daran, dass es in diesen alten Krimis immer nur eine überschaubare Anzahl von Verdächtigen gibt.«

»... die alle brav in einem Landhaus sitzen.«

Die Atmosphäre lockerte sich. Der Schmerz in meinem Bauch hatte sich in einen dumpf drückenden Klumpen verwandelt.

»Beim Abschied hat Wonne gesagt, ich soll ihr nicht abhanden kommen oder so was«, sagte ich zusammenhanglos, und wieder legte Jutta ihre Hand auf meinen Arm.

»Sie kommt zurück. Du kannst dich drauf freuen. Arbeite halt noch ein bisschen, dann geht die Zeit schneller rum.«

»Und was soll ich deiner Meinung nach als Nächstes tun?«

»Überprüfe diesen Sandro Marino. Oder Gabriele Scherf. Oder beide. Besser als nichts. Der Name Sandro Marino klingt übrigens ziemlich komisch. Wie der Künstlername eines alten Schlagersängers.«

Ich schüttelte den Kopf. »Er hat wohl klassische Musik gemacht. Und ist in den Siebzigern nach Österreich gegangen.«

Jutta blickte vor sich hin. Ein, zwei Minuten lang starrte sie das Tischtuch an, dann hob sie den Kopf.

»Remi, ich glaube, ich weiß, wer dir helfen kann.«

»Und wer?«

»Siegfried. Siegfried Mathisen. Er und seine Frau. Sie kennen sich in der Szene aus.«

Ein weiterer heißer Lava-Ausbruch. Mathisen. Der Name in Wonnes Handy.

»Wie schreibt sich Mathisen eigentlich?«, fragte ich.

»Mit th und i. Wieso fragst du? Du brauchst aber nicht im Telefonbuch nachzusehen. Ich schreibe dir seine Nummer auf.« Sie hatte schon einen Zettel aus ihrer Handtasche geholt. »Soviel ich weiß, sind die beiden noch in Köln.«

Jutta hatte ihren Wagen auf dem nahen Bezahlparkplatz abgestellt. Sie schloss auf und öffnete die Tür.

»Willst du nicht mitkommen?«, fragte ich. »Früher hast du dich darum gerissen, dabei zu sein.«

»Glaubst du, ich riskiere, dass Wonne eifersüchtig wird? Schließlich möchte ich zu eurer Hochzeit eingeladen werden. Ich ziehe mich lieber auf den Brill zurück und zähle mein Geld.« Damit fuhr sie davon.

Auf dem Weg zum Parkplatz Rösberg holte ich mein Handy heraus und tippte im Gehen die Nummer, die Jutta mir gegeben hatte.

»Künstleragentur Mathisen und Weißenburg, was kann ich für Sie tun?«

Überall arbeiteten dieselben Mädchen mit denselben Sprüchen. Ich erklärte, dass ich Mathisen privat kannte und nur ein paar kurze Fragen hätte.

»Er ist im Haus, hat aber ein paar Besprechungen. Ich kann Ihnen nicht sagen, wann er Sie anrufen wird.«

»Hat es Sinn, wenn ich einfach vorbeikomme?«

Ich schielte auf den Zettel. »Lüderichstraße« stand da.

»Sie können es versuchen. Ich kann Ihnen aber nicht versprechen, dass Herr Mathisen sofort Zeit für Sie hat.«

»Kein Problem.«

19

Die Lüderichstraße befand sich in Humboldt-Gremberg, zwischen dem Kalker Autobahnzubringer und der rechtsrheinischen S-Bahn-Strecke. Ich kannte die Gegend. Dort hatten sich in den letzten Jahren allerlei kleine Firmen niedergelassen. Werbeagenturen, Modeateliers. Warum nicht auch eine Künstleragentur?

Der Golf rollte zwischen ockerfarbenen Mietskasernen dahin. Die Zufahrt war nicht so einfach zu finden, denn auf meinem alten Stadtplan waren die Köln-Arcaden noch nicht eingezeichnet – eine Einkaufsmeile, die sich vor einigen Jahren an die Kalker Hauptstraße geschoben und die Straßenführung verändert hatte. Plötzlich fand ich mich in einem Viertel wieder, dessen Straßennamen alle etwas mit Hessen zu tun hatten – der Teufel wusste, warum: Wetzlarer Straße, Odenwaldstraße, Nassaustraße, Taunusstraße. Ich passierte einen Kiosk mit Getränkekästenverkauf. Wenn ich mehr Zeit gehabt und einen Parkplatz gefunden hätte, wäre ich reingegangen und hätte nach Ebbelwoi gefragt.

Schließlich fand ich die Abzweigung, und zwischen gelb-bräunlichen kleinen Mietshäusern kam mein Ziel in Sicht: eine dunkelrote Backsteinmauer, in der sich ein rundes, fast burgähnliches Tor befand.

Früher war das wohl die Einfahrt zu einem Betriebsgelände gewesen; jetzt residierten hier Unternehmer, die Wert auf Loftatmosphäre legten. Am Eingang glänzte etwas im Boden. Es war der Rest einer alten Schiene, die man vielleicht aus denkmalpflegerischen Gründen belassen hatte.

Ich bremste und sah neben dem Eingang verschiedene moderne Firmenschilder aus Plexiglas, die an der alten Mauer so kontrastierend wirkten wie die Beschriftung an einer mittelalterlichen Ikone.

Jede Firmenbezeichnung trug ein passendes Logo. Zuerst fiel mir ein Schriftzug aus abstrahierten Buchstaben ins Auge: »Noni«, wobei das i am Ende so gestaltet war, dass dessen Pünktchen wie aus einer imaginären Champagnerflasche sprudelten. Ein Modeatelier, das sich auf Brautkleider spezialisiert hatte.

Auf der anderen Seite entdeckte ich einen Violinschlüssel. Das sah nach der Firma von Mathisen und seiner Frau aus.

Gerade hatte ich wieder Gas gegeben, um mich auf die Suche nach einem Parkplatz zu machen, da trat ich überrascht auf die Bremse – und das so abrupt, dass der Gurt blockierte.

Drei Autos weiter, auf der rechten Seite, stand ein rotes Auto. Winzig. Eine Nussschale auf Rädern. Stupsnasig. Die Knutschkugel.

Ich hatte mir Wonnes Autonummer nicht gemerkt, aber es war ihr Wagen. Irrtum ausgeschlossen. Schließlich hatte ich ziemlich viel Zeit darin verbracht.

Was hatte das zu bedeuten?

Meine Gedanken überstürzten sich, mittendrin brach der Vulkan in mir mit solcher Macht aus, als hätte er nur auf diese Gelegenheit gewartet. Ich glaubte sogar innerlich ein abgrundtiefes Rumpeln zu hören.

Während ich noch überlegte, was ich machen sollte, nahm ich aus den Augenwinkeln eine Bewegung neben mir wahr. Jemand kam durch das Tor in der dunkelroten Mauer. Zwei Menschen. Zuerst Wonne. Meine Wonne. Und hinter ihr Mathisen. Wehendes weißes Haar. Eine glänzende Rolex an jedem Handgelenk.

Keiner der beiden beachtete mich. Wonne rief Mathisen etwas zu. Ich konnte es durch die Scheibe hören: »Du bist so ein Arschloch, weißt du das?«

»Yvonne, nun hör mir doch mal zu. Ich wusste das nicht!«

Sie drehte sich um, wutentbrannt, und ich erschrak, wie aggressiv sie wirkte. »Du wusstest es nicht? Eben hast du noch gesagt, du hättest nichts damit zu tun!«

Wonne hatte ihren Wagen erreicht, wollte einsteigen, doch Mathisen packte sie, hielt sie fest. Wonne schrie: »Fass mich nicht an! Fass mich nie wieder an, ist das klar?« Sie stieß ihn zurück, er blickte sie fassungslos und ziemlich belämmert an.

Wonne war eingestiegen, hatte den Motor angelassen und gab im Leerlauf Gas, als wolle sie ein Formel-1-Rennen gewinnen.

Innerhalb einer Sekunde war sie aus der Parklücke und knatterte davon.

Mathisen lief zurück zum Tor. Ich begann mich langsam aus meiner Schreckstarre zu lösen. Viel zu spät natürlich, um ihr noch zu folgen. Und wie ein Vollidiot würgte ich den Wagen ab, bevor es mir endlich gelang, ihn ein Stück vorzufahren und in Wonnes Parklücke zu manövrieren.

Kaum hatte ich das geschafft, begannen sich in mir die Kräfte zu regen. Wenn Wonne schon nicht mehr da war, würde ich dieses Schwein Mathisen zur Rede stellen. Was hatte er gemacht, dass sie so sauer und verzweifelt war?

Was, verdammt noch mal, hatte er meinem Mädchen angetan?

Erst jetzt lichtete sich der Nebel in meinem Hirn, und es zeichnete sich eine schreckliche Erkenntnis ab: Was, wenn er meinem Mädchen genau das angetan hatte, was Frauen am meisten verletzte? Wenn er sie betrogen hatte? Was wiederum bedeutete, dass Mathisen und Wonne – Wonne und Mathisen …

Die Lava in mir erkaltete zu einem schmerzenden harten Gesteinsbrocken.

Ich musste mich am Auto festhalten, so schwach wurden meine Beine.

Ich schleppte mich in Richtung der Plexiglasschilder und hatte das Gefühl, mit jedem Schritt, den ich tat, kleiner zu werden. Kein Wunder. Ich ging leicht gebeugt. Der Gesteinsbrocken in mir zog mich nach unten.

Fast hätte ich es nicht geschafft, dem silbernen Mercedes auszuweichen, der plötzlich aus der Ausfahrt geschossen kam und quietschend an der Straße bremste. Am Steuer saß Mathisen.

Er schien mich nicht zu erkennen. Er beachtete mich noch nicht mal. Ich sprang zur Seite. Er gab Gas und fuhr in die Richtung, in die auch Wonne verschwunden war.

Ich musste mich abstützen. Legte die Hand auf die kühle Mauer. Atmete ein paarmal tief durch. Schließlich wischte ich mir mit dem Ärmel das Gesicht ab.

Als ich das Gefühl hatte, wieder einigermaßen gesellschaftsfähig auszusehen, betrat ich den Hof. Als Erstes wurde die Fensterfront des Noni-Ateliers sichtbar. Trotz meiner Verfassung musste ich lächeln, als ich zwei täuschend echt aussehende Schaufensterpuppen sah, die vor dem Eingang postiert waren. Es waren zwei kleine Jungs im Krabbelalter, mit identischen putzigen runden Gesichtern und dunklem Haar. Nette Idee, dachte ich, mit Kindersegen Brautkleider zu bewerben.

Dann hob der eine Junge die Hand. Er war keine Puppe, sondern echt. Beide waren Kinder aus Fleisch und Blut. Neben ihnen lag Spielzeug. Im Inneren des Ladens erkannte ich Leute.

Zwillinge, dachte ich. Zwillinge sind immer eine Erklärung. Vielleicht war das eben gar nicht Wonne, sondern ihre Schwester.

Eine Schwester, die dasselbe Auto fährt, die ebenfalls Mathisen kennt …

Blödsinn, Blödsinn, Blödsinn.

Zur Agentur ging es eine Treppe hinauf. Als ich den Stufen folgte, riss ich mich zusammen wie noch nie in meinem Leben. Ich drückte den Knopf. Es schellte, und ich fragte mich, was ich eigentlich hier wollte. Mathisen war nicht da. Ich konnte mit ihm nicht über irgendwelche Musiker aus den Siebzigern reden.

Umso besser. Schon der Gedanke, mich mit ihm in einem Raum aufhalten zu müssen, erzeugte Brechreiz. Vielleicht wusste jemand anders etwas.

Die Tür summte. Ich schob sie auf.

»Oh, guten Tag, Herr Rott.«

Ich fand mich in einem Großraumbüro wieder. Zwei gläserne Schreibtische trugen sauber geschichteten Papierkram und weiße Computerbildschirme mit dem Apfelsymbol.

Vor mir stand Hermine Weißenburg, die gerade einer jungen blonden Frau, die aus einem Nebenraum hereingekommen war, ein Zeichen gab. »Es ist schon in Ordnung, Simone. Das ist Herr Rott, wir kennen uns.«

Sie hielt mir die Hand hin. »Sind Sie zufällig hier vorbeigekommen? Wir haben uns ja auf Juttas Party kaum unterhalten können. Sie und Ihre Begleiterin waren die Einzigen, die nicht von der Rallye zurückgekommen sind. Es war ein so schöner Abend.«

Sie war sehr freundlich, obwohl sie auf den ersten Blick streng wirkte. Sie trug einen dunkelblauen Hosenanzug; ihr Haar, genauso weiß wie das ihres Mannes, war zu einem Dutt zusammengesteckt. Ich überlegte, wie alt sie sein mochte. Sicher an die siebzig. Älter als ihr Mann. Aber vielleicht täuschte das auch. Mathisen hätte ich eine Schönheits-OP zugetraut. Die Frau hier stand zu ihren Falten.

»Ich bin gerade beruflich mit einem Fall beschäftigt, bei dem ich eine bestimmte Information brauche, zu der Sie mir vielleicht verhelfen könnten.«

Ich war selbst erstaunt über den Bandwurmsatz, den ich erzeugt hatte. Dass ich dazu in der Lage war, musste an der gediegenen Umgebung liegen. Sie wirkte seltsam beruhigend.

Frau Weißenburg wies auf einen der Stühle neben dem Schreibtisch.

»Sie sind Privatdetektiv, oder nicht? Herr Dr. Heimlich hat so etwas durchblicken lassen. Das klingt spannend.«

»Ein Beruf, der weit weniger aufregend ist, als man denkt«, sagte ich. »Übrigens …« Ich beschloss, das, was mir auf der Zunge lag, so schnell wie möglich unterzubringen. »Mir kam es so vor, als sei Frau Freier gerade hier gewesen. Oder habe ich mich geirrt?«

»Frau Freier?«

»Yvonne Freier. Mit der ich ein Team auf der Rallye gebildet habe.«

Sie nickte. »Ach so, natürlich. Ja, sie hat mit meinem Mann gesprochen. Sie hat ein Interview mit ihm geführt. Sie ist ja Journalistin. Interessant, wen wir über Jutta so alles kennenlernen. Kann ich Ihnen etwas zu trinken anbieten?« Sie rief nach Simone und beauftragte sie, für Wasser zu sorgen.

Ich machte mir eine mentale Notiz, dass Hermine Weißenburg nicht wusste, was Mathisen und Wonne verband. Dann schluckte ich den Kloß, den ich im Hals spürte, hinunter und beschloss, das Beste aus diesem Besuch herauszuholen.

»Sie haben eine Firma in Köln«, begann ich.

Sie nickte. »Wir sind aber selten hier. Unsere Agentur hat eine

Reihe von Niederlassungen in verschiedenen Ländern. So können wir international arbeiten.«

»Das heißt, Sie machen für die Künstler Verträge mit den Konzertsälen.«

»Genau. Wir sprechen allerdings von Veranstaltern. Die Säle sind sozusagen nur die Austragungsorte. Es können verschiedene Veranstalter ein und denselben Konzertsaal bespielen, wenn Sie so wollen. Unser Hauptsitz ist Salzburg. Dort leben wir auch. Jetzt schon seit fast vierzig Jahren. Ich stamme allerdings eigentlich aus dem Rheinland … Waren Sie mal da? In Salzburg, meine ich.«

»Nein, leider nicht. Jutta hat mir davon erzählt. Und wegen Salzburg habe ich auch eine Frage.«

»Wenn Sie mal kommen möchten, kann ich Ihnen Karten für die Festspiele besorgen. Darum reißen sich die Menschen in aller Welt.«

»Tatsächlich?«

Sie sah mich überrascht an. Ich hatte etwas Falsches gesagt. »Aber sicher. Es gibt Paare, die nur eine einzige Karte ergattern, und dann geht der Mann vor der Pause, die Frau nach der Pause.«

Simone stellte ein Tablett auf den Schreibtisch. Sie hatte nicht nur eine Wasserflasche und Gläser, sondern auch ein Schälchen mit Keksen gebracht.

»Ich komme direkt zum Wesentlichen, Frau Weißenburg – ich denke, Sie haben auch nicht so viel Zeit.«

Sie schenkte Wasser ein und reichte mir ein Glas. Ich bedankte mich und fragte: »Sagt Ihnen der Name Sandro Marino etwas?«

Sie nahm ihr Wasserglas, trank aber nicht. »Wer soll das sein?«

»Der Name taucht im Zusammenhang mit meinem aktuellen Auftrag auf.« Ich erklärte ihr, dass ich den Fall der Toten aus Altenberg übernommen hatte.

»Die Leiche, über die Sie mit Frau Freier gewissermaßen gestolpert sind?«

»Sozusagen.«

»Na, Sie haben ja Talent. Die Arbeit findet Sie. So ein Glück hat nicht jeder. Und was hat dieser Sandro … Wie hieß er noch mal?«

»Sandro Marino.«

»Was hat dieser Mann damit zu tun?«

»Die Tote, Klara Hackenberg, hatte eine Nichte, die vor fünfunddreißig Jahren mit einem Mann dieses Namens nach Salzburg ging. Der Mann hieß Sandro Marino und war Musiker.«

»Sänger oder Instrumentalist?«

»Gute Frage. Keine Ahnung. Jedenfalls weiß man nicht, was aus dieser Nichte geworden ist. Und Frau Hackenberg suchte sie. Sie wollte sogar einen Privatdetektiv beauftragen, um sie zu finden. Einen Tag, bevor sie starb.«

»Und deswegen ist sie ermordet worden?«

»Zumindest kann es einen Zusammenhang geben.«

Frau Weißenburg sah mich bedauernd an. »Es tut mir leid, Herr Rott, aber ich fürchte, ich kann Ihnen nicht weiterhelfen. Der Name sagt mir nichts.«

»Hat es Sinn, Ihren Mann danach zu fragen?«

»Er hat leider gerade einen Termin in der Stadt. Wenn er zurück ist, kann ich ihn aber gerne fragen. Lassen Sie mir Ihre Visitenkarte hier. Wir sind allerdings nicht mehr lange in Köln. Morgen Abend geht unser Flugzeug.«

Ich gab ihr meine Karte und verabschiedete mich.

Als ich vor dem Backsteintor stand, kam mir die Szene mit Wonne und Mathisen vollkommen unwirklich vor. Egal, was zwischen den beiden wirklich vorgefallen war – Hermine Weißenburg hatte keine Ahnung davon.

Oder sie verstellte sich perfekt.

20

»Ahrens.«

»Jutta? Hier ist Remi.«

»Hast du was rausgefunden?«

»Wusstest du, dass Wonne Mathisen kennt?«

»Du meinst, näher? Nicht nur von der Party?«

Ich befand mich immer noch in Kalk. Auf der Suche nach dem Autobahnzubringer hatte ich mich verfranst. Vor mir war Stau. Absoluter Stillstand.

»Wonne war bei ihm. Ich war gerade angekommen, da rannte sie raus und Mathisen hinterher.« Ich erzählte Jutta, was geschehen war und dass ich mit Frau Weißenburg gesprochen hatte. »Sie behauptet, Wonne und Mathisen hätten ein Interview geführt.«

»Das kann doch sein. Wonne hat den Kontakt vielleicht genutzt, um über Mathisen einen Artikel zu schreiben und Material zu sammeln. Er war mal ein recht berühmter Mann.«

»Das sah mir aber gar nicht nach einem Interview aus. Wonne hat Mathisen geduzt. Sie hat ihn beschimpft. Sie wirkte ... wie eine Geliebte, die herausgefunden hat, dass er fremdgegangen ist.«

»Kann es denn nicht sein, dass er sie einfach nur angebaggert hat? Vielleicht hat er sie angefasst. Ich bin mit den Leuten zwar befreundet, aber ich kann nicht ausschließen, dass er sich manchmal so verhält.«

Klar, dachte ich. Jemand, der zwei Rolex-Uhren trägt ...

»Also«, fuhr sie fort. »Nur die Ruhe, okay? Das wird sich aufklären.«

Am liebsten hätte ich sofort mit Wonne geredet. Hier und jetzt. Auf der Stelle. Aber natürlich war das unmöglich. Das Beste wäre, ein Schlafmittel zu nehmen und mich so lange hinzulegen, bis sie auftauchte. Damit ich die Zeit bis dahin nicht in dieser quälenden Ungewissheit verbringen musste.

»Hast du Hermine nach Sandro Marino gefragt?«

»Sie sagt, sie kennt den Namen nicht.«

»Hm, das ist merkwürdig.«

»Wieso?«

»Ich habe auch etwas rausgekriegt.«

Ich packte meinen Schmerz, knüllte ihn zusammen wie einen Bogen Papier und warf ihn weg. Seltsamerweise sorgte das für ein wenig Linderung.

»Und was?«

»Dr. Vollrath, ein Bekannter von mir, der schon fast dreißig Jahre im Bergischen Kammerchor singt, hat mir erzählt, dass Sandro Marino Anfang der Siebziger öfter bei Veranstaltungen hier in der Gegend mitgewirkt hat. Er ist Sänger und ist unter anderem im Altenberger Dom aufgetreten. Zu einer Zeit, als auch Siegfried oft hier auftrat. Bevor er die große Karriere startete. Es soll da eine großartige Aufführung von Verdis ›Requiem‹ gegeben haben ...«

Verdis »Requiem«. Die Musik, die Wonne so gerne hörte ...

Jutta redete weiter. »Anfang der Siebziger hat Hermine Mathisen entdeckt. Sie hat damals ihre Agentur gerade aufgebaut und suchte Künstler, die sie nach Salzburg bringen konnte. Mit Mathisen hat das geklappt.«

»Und sie haben gleich geheiratet. Nicht unpraktisch für seine Laufbahn ...«

»Ich denke, ihr muss dabei auch dieser Sandro über den Weg gelaufen sein. Sie muss ihn kennen. Zumindest den Namen.«

Plötzlich kam mir eine Idee. Eine wahnwitzige, absurde Idee, aber vielleicht war ja etwas dran.

»Kann es sein«, fragte ich, »dass Sandro ein Konkurrent für Mathisen war? Dass sie deswegen lügt? Dass sie nicht über ihn reden will?«

»Du meinst, sie ist selbst in den Fall verwickelt?« Jutta klang ehrlich erschrocken.

»Nicht sie. Mathisen. Wenn sie gelogen hat, muss das doch einen Grund haben. Ich bastele mal eine Theorie: Mathisen und Marino waren Konkurrenten. Mathisen hat ihn damals umgebracht, und Klara Hackenberg ist dahintergekommen. Deswegen musste sie sterben.«

»Remi, deine Phantasie geht mit dir durch. Erstens gibt es keinen Hinweis darauf, dass Marino tot ist. Zweitens gibt es keine Verbindung zwischen Klara Hackenberg und Mathisen. Wenn du schon eine mörderische Vorgeschichte suchst, dann solltest du dir mehr Gedanken über Gabriele machen. Sie ist verschwunden, oder nicht? Sonst hätte Klara Hackenberg diesen Meinertzhagen nicht gebraucht.«

»Und was ist mit Hermine Weißenburg, die mich wahrscheinlich angelogen hat?«

»Vielleicht hat sie sich einfach nur geirrt. Oder sich nicht mehr erinnert. Remi, du musst diesen Marino finden.«

Ich sah auf die Uhr. Es war kurz nach fünf. Sobald es dunkel war, musste ich ein zweites Mal das Haus der Hackenbergs durchsuchen. Und diesmal wusste ich, wonach ich suchte. Bis dahin waren es aber noch ein paar Stunden.

»Wie gehst du jetzt weiter vor?«, fragte Jutta.

Ich erklärte es ihr. »Ich hoffe, dass Wonne vorher noch mal auftaucht.«

»Ich wünsche es dir«, sagte Jutta.

»Es ist wirklich bemerkenswert, dass du so gar keine Lust hast, bei meinen Untersuchungen dabei zu sein.«

»Heute Abend kann ich nicht. Ich gehe in die Stadthalle ins Konzert.«

»Na, das passt ja. Sind die Weißenburg und Mathisen auch dabei?«

»Nein, aber sie haben mir die Karten spendiert.«

»Wo du ja jetzt so arm bist, dass du dir keine mehr leisten kannst.«

»Genau.«

Wir verabschiedeten uns. Die winzige Neckerei mit Jutta hatte mir geholfen, aber als ich nun aufgelegt hatte, wurde die Welt wieder grau.

Ich quälte mich durch den Berufsverkehr bis nach Mettmann. Als ich in Mannis Einfahrt einbog, sah ich es schon rot zwischen dem grünen Laub der Büsche leuchten.

Wonnes Wagen stand da. Sie selbst saß auf der Stufe, die zur

Haustür führte. Die Ellenbogen aufgestützt, ihre Hände trugen den Kopf. Sie sah aus wie ein Häufchen Elend.

Als ich ausstieg, stand sie auf und klopfte sich den Staub von der Hose.

Sie kam auf mich zu, legte die Arme auf meine Schultern und küsste mich. Dann ließ sie mich wieder los – vorsichtig, wie etwas, das man nicht kaputt machen will.

»Wir müssen reden«, sagte sie nur.

»Hast du mich gesehen?«

»Was meinst du?«

»Bei Mathisen. Ich war in der Agentur, und da bist du rausgestürmt.«

Sie sah mich ungläubig an. »Das hast du mitbekommen?«

»Ich stand vor dem Tor, und du warst so sauer ... und da kam Mathisen dir nach ...«

Ich brach ab, sah sie an. Ihr Blick war immer noch auf mich gerichtet, und nun war es vollkommen verschwunden, dieses herrliche sonnige Lächeln. Wonne – ohne Sonne.

Und ich hatte plötzlich das Gefühl, als würde in mir alles ersterben, als würde sich über alles Schöne, was ich in den letzten Tagen empfunden hatte, Mehltau legen.

Wir müssen reden, hatte Wonne gesagt.

Und das konnte nur eines bedeuten: Es war aus. Da lief irgendwas mit Mathisen, was alles zunichtemachte ...

»Gehen wir rein«, sagte sie.

»Halt.« Ich stellte mich vor die Tür. »Sag mir erst, worüber du reden willst. Über uns?«

»Über uns? Nein. Es geht nicht um uns.«

Ein Funke Lächeln. Ein sehr kleiner zwar, aber ...

»Es geht um meine Mutter.«

»Das heißt, eigentlich geht es um meinen Vater«, ergänzte sie, als wir uns im Wohnzimmer auf das ungemein bequeme und ebenso gigantische Sofa geflätzt hatten.

Ich sah sie an. Sie wirkte nicht verwirrt, sie wusste nur nicht, wie sie anfangen sollte.

»Wie meinst du das?«

»Ich habe nie erfahren, wer mein Vater war. Meine Mutter wollte es mir nie sagen. Und letztes Jahr ...«

»... ist sie gestorben. Ich weiß.«

»Und ich habe Unterlagen gefunden. Briefe, die sie Männern geschrieben hat. Mehreren, verstehst du? Mehreren Männern, meine ich.«

»Ich verstehe.«

»Sie war Fotografin. Sie hat für die Werbeagentur gearbeitet, bei der auch Jutta früher beschäftigt war.«

»Und?«

»Sie musste alle möglichen Typen fotografieren, und sie ist wohl haufenweise mit ihnen ins Bett gegangen.«

Die wilden Siebziger, dachte ich. Lockere Zeiten. Kein Aids. Zumindest wusste man noch nichts davon.

»Worauf willst du hinaus?«, fragte ich.

»Ich ... ich habe gedacht, Mathisen sei mein Vater.«

Meine Unruhe sank in sich zusammen. Der Klotz in meinem Magen löste sich auf.

»Bist du sicher?«

»Nein. Aber sie haben sich gekannt. Ich habe die Briefe gelesen und mir ausgerechnet, dass es zeitlich passte. Und heute bin ich zu ihm gefahren ...«

Sie verbarg das Gesicht in den Händen. Ich konnte nicht erkennen, ob sie weinte.

»Du hast ihm deinen Verdacht einfach an den Kopf geknallt. In seiner eigenen Firma, womöglich im Beisein seiner Mitarbeiterin oder seiner Frau ... Und er war nicht begeistert, wie man sich vorstellen kann.«

Jetzt verstand ich auch, was Wonne auf der Party wollte.

»Du bist auf den letzten Drücker zu Juttas Geburtstagsfeier gekommen, weil du erfahren hast, dass Mathisen da sein würde.«

Sie nickte. »Ich wusste, dass Jutta ihn kennt. Und als die Einladung zur Party kam, habe ich das Interview mit ihm vereinbart. Er sagte mir frei heraus, dass er zu einer privaten Feier ins Rheinland kommen würde, und da brauchte ich nur eins und eins zusammenzuzählen. Als ich dann bei der Feier aufgetaucht bin, hat er mich nicht einordnen können, weil er mich ja nicht kannte.«

»Und du hast schon vor dem vereinbarten Interviewtermin auf eine Gelegenheit gewartet, mit ihm zu sprechen.« Mir fiel ein, was ich gesehen hatte, als ich von der Feier zurückgefahren war. Wonnes Fiat in einer Einfahrt. »Du hast an dem Abend der Party irgendwo gewartet, um rauszukriegen, in welchem Hotel er wohnt. Aber das funktionierte aus irgendeinem Grund nicht. Deshalb hast du ihn in der Agentur zur Rede gestellt.«

Sie sah mich an. »Du bist echt clever, Remi. Ja, es stimmt. Mein Fiat konnte mit dem Taxi nicht mithalten …« Plötzlich konnte sie sich nicht mehr beherrschen. »Ich habe sogar einen Vaterschaftstest von ihm verlangt«, schluchzte sie. »Ach, Remi – ich habe als Kind ein richtiges Familienleben immer vermisst. Ich hätte gerne einen Vater gehabt. Aber meine Mutter hatte noch nicht mal eine feste Beziehung.«

Ich rückte näher heran und legte meinen Arm um sie. In mir fielen die Groschen. Ich verstand jetzt ein bisschen besser, wie Wonne tickte. Warum sie in Tente plötzlich mit diesen Familienfilmen angefangen hatte. Ihre Häuslichkeit, die auf manche sicher spießig wirkte – ganz sicher jedenfalls auf die Generation von Jutta und Wonnes Mutter.

So saßen wir eine Weile da und schwiegen. Es war ein gutes Schweigen, es hätte ewig so weitergehen können. Ich hatte das Gefühl, zuzusehen, wie es draußen immer dunkler wurde. Das Licht verwandelte sich vom Gelb-Weißlichen ins Graue mit einem Stich Blau.

»Möchtest du gar nicht wissen, was ich bei Mathisen wollte?«, fragte ich.

»Das weiß ich schon. Jutta hat mich angerufen und es mir erzählt.«

»Moment mal … Sie hat dich angerufen? Nachdem ich mit ihr gesprochen habe?«

»Aber sie musste mir das sagen, Remi. Es war wichtig. Sie wollte uns helfen. Auch wenn sie mich eigentlich nicht leiden kann. Ich glaube, sie wollte, dass wir uns wieder versöhnen.«

»Nein, das meine ich nicht. Ich meine: Jutta hat deine Handynummer? Wieso hat sie mir nichts davon gesagt? Ich hätte sonst was drum gegeben, wenn ich sie heute irgendwie hätte bekommen können.«

»Sie ist erst darauf gekommen, nachdem sie mit dir telefoniert hat. Sie hat einfach in ihrem Adressbuch nachgeschaut und die Nummer meiner Mutter gewählt. Damit lag sie genau richtig. Ich habe den Handyvertrag übernommen.«

Rums, wieder schloss sich eine offene Frage in diesem ganzen Spiel, und es tat einfach nur gut.

Doch da war noch was. Ich kam mir albern vor, die Frage einfach so zu stellen. Deswegen versuchte ich einen Gag zu machen.

»Sag mal, was würdest du sagen, wenn wir hier in diesem Haus zusammenleben würden?« Ich kam mir ungeheuer schlau vor.

Wonne hob den Kopf und sah mich misstrauisch an. »Du hast gesagt, das Haus gehört einem Freund, und du wohnst in Wuppertal.«

»Das stimmt auch. Aber man wird es sich ja wohl mal vorstellen dürfen. Ich will nur wissen, was du dazu sagen würdest.«

»Ist mir zu einsam.«

»Einsamer als in der Nähe von Bielefeld zu leben?«

Nun entwand sie sich ganz und gar meiner Umarmung. Ihr Körper verhärtete sich, und als sie sich aufgesetzt hatte, berührte sie mich nicht mehr.

»Worauf willst du hinaus?«

Es ging nicht anders, ich musste die Frage stellen. Die Frage, die eigentlich ganz einfach war, die aber – sobald ich sie stellte – wieder so was wie Misstrauen ausdrückte.

»Sei ehrlich, Remi. Alles andere kann ich nicht leiden.«

Das musst du gerade sagen, dachte ich.

»Es geht darum, dass ich gerne wüsste, wo du wohnst.«

»Wo ich wohne?«

»Na ja, nicht nur, wo. Sondern auch, wie, verstehst du? Ich meine, wir hängen immer nur hier bei mir, das heißt bei Manni rum ...«

»Was heißt immer? Wir kennen uns gerade mal drei Tage. Und

in deiner eigenen Wohnung war ich auch noch nicht. Ich weiß gar nicht, was du hast.«

»Wohnst du nun hier in der Nähe? Oder bei Bielefeld? Oder wo?«

Sie sah mich erstaunt an, und ich konnte richtig sehen, wie es hinter ihrer Stirn arbeitete.

»Bist du immer noch misstrauisch? Ich habe nichts mit Mathisen, das dürfte dir ja mittlerweile klar sein. Meine Mutter hat in Ostwestfalen gelebt, und als sie ins Krankenhaus kam, zog ich erst mal in ihre Eigentumswohnung. Aber ich bin vor einer Woche umgezogen. Ich will wieder nach Köln. Nur meine Möbel stehen noch in der alten Wohnung. Fehlen jetzt immer noch Informationen? Mein Gott, Remi – warum hast du mich das nicht längst schon gefragt?«

»Das heißt, du hast eine Bleibe hier in der Nähe?«

»In Köln-Mülheim. Die Miete und alles andere zahle ich von dem Geld, das ich von meiner Mutter geerbt habe. Knapp sechzigtausend Euro. Ich habe nämlich im Moment keinen Job. Ich will wieder als Journalistin arbeiten, aber so schnell geht das nicht.«

»Du hast aber einen Presseausweis?«

»Ich habe ihn dir gezeigt, erinnerst du dich?«

»Und damit hast du es geschafft, bei der Polizei in Erfahrung zu bringen, wer die Anwältin von Hackenberg ist?«

Sie wirkte plötzlich fassungslos. »Mann, du kannst ja wirklich fragen wie ein Detektiv.«

»Ich bin einer.«

Sie umfasste mich mit beiden Armen und legte ihre Beine über meine Knie. Mit einem Mal wurde ihr Körper wieder weich. Wärme ging von ihr aus, die sich, als sie ihre Lippen auf meine drückte, zu Hitze steigerte.

»Das macht einen irgendwie …«, murmelte sie.

»Was?«

»So befragt zu werden. Es hat was.« Sie unterbrach sich. »Hast du noch mehr Fragen?«

»Wie wär's mit Abendessen?«, fragte Wonne eine knappe Stunde später.

»Gute Idee. Was gibt's denn?«

»Ich dachte an Pillekuchen.«

Ich ging rüber in die Küche, um mir ein Bier aus dem Kühlschrank zu holen. Da ich noch nicht wieder angezogen war, hatte ich auch kein Feuerzeug am Mann, aber ich wusste, in welcher Schublade der Flaschenöffner war.

»Trink nicht so viel«, sagte Wonne. »Denk dran, dass wir noch in das Hackenberg-Haus wollen.«

Ich streifte mir Unterhose, T-Shirt und Jeans über. Gemächlich leerte ich meine Bierflasche und sah Wonne bei ihren Vorbereitungen zum Kochen zu. Unter ihren Händen sah es aus, als wäre das alles gar nichts. Ein paar Kartoffeln schälen, raspeln. Zwiebeln schneiden, die Kartoffelpampe mit den Zwiebeln in eine Schüssel geben. Alles wirkte elegant und ästhetisch – der Schwung, mit dem sie Eier in die Schüssel aufschlug und dann mit einer einzigen Bewegung Milch aus dem Kühlschrank holte und die Masse mit einem Schuss davon versah. Sie hob mit einer Kelle etwas davon aus der Schüssel und gab es in die Pfanne. Sofort erfüllte ein appetitliches Brutzeln die Küche.

Wonne zwinkerte mir zu. »Riecht besser als Tiefkühlpizza, oder?«

Sie schnitt Scheiben von dunklem Brot ab. Holte Butter aus dem Kühlschrank. Bald waren vier goldgelbe Pillekuchen – die bergische Variante des Reibekuchens – fertig. Mit einem Schwung, der Übung verriet, ließ sie sie auf zwei der bunten Teller rutschen.

»Erklär mir mal genauer, wonach wir diesmal in Klara Hackenbergs Haus suchen wollen«, sagte sie.

»Ich habe ja diese Unterlagen gefunden, und …«

»Du hast sie aber erst heute gelesen«, unterbrach mich Wonne. »Da war ich schon weg. Was steht denn da drin?«

War das wirklich wahr? Ich überlegte. Richtig. Wonne hatte die Auswertung des Ordners gar nicht mitbekommen.

»Ehe du anfängst, kannst du mal Getränke aus dem Keller holen? Oder wo auch immer die sind. Du hast gerade die letzte Flasche Bier genommen.«

»Was möchtest du denn?«

»Ich glaube, zu Pillekuchen passt am besten Bier. Wenn man ihn nicht gerade mit Lachs isst. Aber wir machen hier die Bergische Art. Mit Schwarzbrot und Rübenkraut.«

Rübenkraut ... Den dunklen süßen Sirup hatte meine Mutter mir früher manchmal aufs Pausenbrot geschmiert. In einer Zeit, in der es noch keine Schokoriegel gab. Das heißt, es gab sie – aber man bekam sie praktisch nie.

Ich machte mich auf den Weg hinab in Mannis Keller und ging in den Vorratsraum, in dem ein zweiter großer Kühlschrank stand. Auf den Brettern ringsum waren Konserven aufgereiht; einige davon hatte ich für meine Versorgung eingekauft. Die brauchten wir nicht mehr. Die Zeiten, in denen ich von Ravioli und Erbsensuppe aus der Dose lebte, waren vorbei.

Der Kühlschrank war mit Getränken gefüllt – hauptsächlich mit Kölsch, das ebenfalls ich hier deponiert hatte.

Ich wollte mich gerade hinunterbeugen, um zwei Flaschen zu greifen, da traf mich ein Lichtreflex. Er war nur aus den Augenwinkeln wahrzunehmen gewesen. Als ich mich zu dem schmalen Kellerfenster umwandte, glaubte ich draußen Schritte zu hören. Schritte, die sich schnell auf dem Rasen entfernten.

Ich hatte ein Déjà-vu. Wie lange war es her, dass Jutta mich hier besucht hatte? Vier, fünf Tage ...

Vorsichtig stellte ich die Flaschen auf dem Betonboden ab, ging zur Tür des Vorratsraums und löschte das Licht. Das Kellerfenster war vergittert, und dahinter stand die Dunkelheit. Wieder verwünschte ich Manni. Wenn man schon keine Alarmanlage hatte, musste man wenigstens für einen Bewegungsmelder sorgen.

Ich stellte das schmale Fenster auf Kipp und lauschte in die Nacht. Es war nichts mehr zu hören. Ich schloss es wieder.

Mit den Flaschen in der Hand schlich ich die Treppe hinauf. Zur Sicherheit öffnete ich die Haustür und blickte hinaus auf den Vorplatz. War vielleicht doch ein Auto gekommen? Nein. Nur mein Golf und die Nussschale.

Die Bäume standen schwarz und still unter dem grauen Himmel. Es hatte sich bewölkt, und die Wolkendecke reflektierte die Lichter der umliegenden Städte. Im Westen war er noch etwas heller. Zum einen weil die Sonne noch nicht ganz untergegangen war, zum anderen weil dort die großen Ballungszentren lagen. Düsseldorf. Die nördlichen Ausläufer von Köln. Leverkusen. Hinten auf der Hauptstraße zog röhrend ein Motorrad vorbei. Ich schloss die Tür wieder.

Wonne hatte die beiden Teller auf den Tisch gestellt, Besteck, Gläser und Servietten gedeckt und sogar eine Kerze angezündet. In ihren Augen leuchtete der Schein der Flamme.

»Guten Appetit«, sagte sie und tröpfelte etwas von dem schwarzen Rübenkraut auf den Teller. Sie tunkte ein Stück des gelben Kartoffelkuchens ein, veredelte ihn mit dem Sirup, steckte ihn in den Mund, und auf ihren Lippen blieb eine dunkle Spur zurück.

»Du siehst sogar sexy aus, wenn du isst«, sagte ich und öffnete eine neue Flasche.

»Lenk nicht ab. Erzähl lieber.«

Ich aß, trank, und zwischen den Bissen und Bierschlucken berichtete ich.

»Sag mir noch mal, wie dieser Mann heißt, mit dem Gabriele Scherf weggegangen ist«, bat Wonne, als ich geendet hatte.

»Sandro Marino. Ein seltsamer Name … Aber wir dürfen nicht aus den Augen verlieren, dass Klara Hackenberg auch über Matzes Immobilienbetrug informiert war. Das ist und bleibt eine weitere Spur. Deshalb … Was ist denn?«

Wonne wirkte plötzlich überrascht. Sogar alarmiert. Sie hatte wieder einen Bissen auf der Gabel drapiert, bereit zum genussvollen Verzehr, aber sie ließ die appetitliche Portion sinken, legte sie auf den Teller und sah mich an, als hätte sie einen Geist gesehen.

»Ich kenne ihn«, sagte sie.

»Du kennst diesen Sandro?«

»Nein, aber den Namen …« Sie schob den Teller weg. Es war, als brauche sie plötzlich Platz zum Reden, zum Gestikulieren. »Ich habe dir doch erzählt, dass ich die Unterlagen von meiner

Mutter durchgegangen bin. Die Briefe. Die ganzen Männer, mit denen sie zusammen war … Mein Gott, das darf nicht wahr sein. Weißt du, was das bedeutet?«

»Erklär es mir.«

»Meine Mutter war mit diesem Sandro befreundet. Sie haben sich geschrieben … Ich habe von ihm einen Brief, der an sie gerichtet war.«

Selbst in dem matten Kerzenlicht konnte ich erkennen, dass Wonne blass geworden war. Ich wusste, was ihr durch den Kopf ging. Sie war auf der Suche nach ihrem Vater. Ihre Mutter hatte etwas mit diesem Sandro gehabt – jedenfalls nahm ich das an.

»Hieß deine Mutter zufällig Gabriele?«, fragte ich. »Stammt sie aus Wermelskirchen?«

»Mensch, Remi, auf was für Ideen du kommst … Unsinn. Sie hieß Yvonne wie ich. Manchmal geben Väter ihre Vornamen an ihre Söhne weiter. Meine Mutter hat es mit ihrer Tochter so gehalten. Außerdem hat sie nichts mit Schmuck zu tun … Nein, ich meine etwas ganz anderes.«

»Ich weiß. Dass Sandro Marino dein Vater ist. Aber kann das denn alles sein? Bist du ganz sicher, dass der Name in den Unterlagen deiner Mutter auftaucht? Und nicht irgendein anderer italienischer Name, der so ähnlich klingt?«

»Absolut.« Wonne wurde unruhig. »Wir müssen los.«

»Wohin? In Hackenbergs Haus?«

»Nein, in meine Wohnung. Wir müssen die Sachen durchgehen. Vielleicht finden wir einen Hinweis.«

»Du meinst, du hast dir die Briefe nicht so ganz genau angesehen?«

»Natürlich nicht jeden. Ich war komplett auf Mathisen fixiert … Das passte irgendwie am besten …«

Mein Mund war trocken. Ich griff nach dem Bier und trank einen Schluck. In meinem Kopf überkreuzte sich alles. Suchten wir nun nach Klara Hackenbergs Mörder? Oder nach Wonnes Vater? Es gab keine Verbindung. Es waren zwei parallel verlaufende Geschichten ohne jeden Berührungspunkt, oder nicht? Der Mord, dessen Motiv immer noch im Dunkeln lag. Und Klara Hackenbergs Versuche, ihre Nichte wiederzufinden. Wonnes Vatersuche. Und Klara Hackenbergs Informationen über Matze. Der ein Alibi hatte. Aber was war mit seinen Kumpels? Oder mit Komplizen aus der Immobilienfirma, die es vielleicht gar nicht gab? Oder arbeitete er allein? Wie hieß die Firma noch mal? Markgraf ... Aber wenn es doch um Gabriele ging – um ihr Verschwinden ... Ich grübelte und grübelte. Und auf einmal stand eine neue Idee vor mir.

»Wenn Marino wirklich etwas mit dem Mord zu tun hat«, sagte ich, »könnten wir Folgendes annehmen: Sandro Marino hat Gabriele Scherf ermordet, kurz nachdem er sie nach Österreich mitgenommen hat – warum auch immer. Klara Hackenberg sucht heute, alt und einsam, nach ihrer Nichte, und findet heraus, was Marino getan hat. Und er hat dann wiederum sie umgebracht.«

»Ziemlich konstruiert«, sagte Wonne.

»Immerhin eine Theorie, von der wie ausgehen können.«

»Aber wenn Gabriele Scherf umgekommen ist, wo ist dann ihre Leiche?«

»Es gibt immer wieder Fälle von unidentifizierbaren Toten ... Der Mord könnte sonst wo passiert sein. Wenn Marino Musiker war, hat er sicher im Ausland Tourneen unternommen.« Ich nahm noch einen Schluck Bier und phantasierte munter drauflos. »Vielleicht waren sie in Südamerika. Oder in Asien. Und sie machen einen Ausflug. Eine Safari oder so was. Und dabei stürzt Gabriele irgendwo runter. Alles sieht nach einem Unfall aus ... Sie hat keine Verwandten ...«

»Aber wie soll Klara Hackenberg einem solchen Mord denn hier auf die Spur gekommen sein? Und auch dann würde man den Tod der Frau irgendwo amtlich vermerken.«

»Wenn sie einen anderen Namen hatte ... Aber es stimmt natürlich. Klara Hackenberg hätte bestenfalls die offizielle Version erfahren. Aber nicht, dass es ein Mord war. Wenn sie einen Verdacht hatte, muss es hier passiert sein. Zu Hause.«

»Du meinst, Gabriele ist gar nicht nach Österreich gegangen? Marino hat das nur vorgetäuscht?«

»Möglich. Aber Klara Hackenberg hat Reisen nach Österreich gemacht ...«

Ich trank. Plötzlich war die Flasche leer. Ich fühlte mich luftig und leicht. Die Gedanken galoppierten nur so. Ein Freiheitsgefühl überwältigte mich. Doch dann näherte sich wieder ein Hindernis.

»Kann man einen Menschen verschwinden lassen und dann so tun, als sei er ausgewandert?«, überlegte ich laut.

»In den Siebzigern vielleicht schon. Es gab kein Internet. Noch nicht mal Kreditkarten …«

»Ich muss Jutta anrufen«, rief ich.

»Wieso?«

»Erzähl ich dir gleich. Die Zeit drängt.«

»Gib mir bitte solange den Ordner. Ich will mir das mal ansehen.«

Ich stand auf. Das Bier hinterließ Wirkung. Seltsam – sonst konnte ich drei oder vier Flaschen trinken, bevor ich den Alkohol spürte. Wahrscheinlich hatte ich heute tagsüber zu wenig gegessen. Ich brachte Wonne die Unterlagen.

»Das hier sieht aus wie eine Telefonnummer«, sagte sie und legte den Extrazettel zur Seite.

»Da meldet sich jemand, der keine Ahnung hat, wer Klara Hackenberg oder Gabriele ist«, sagte ich, schon auf dem Weg zum Telefon.

»Dann bedeuten die Ziffern vielleicht etwas anderes.«

Juttas Stimme meldete sich nach dem dritten Klingeln. Ich wollte gerade etwas sagen, als mir klar wurde, dass es nur der Anrufbeantworter war. Mir fiel ein, dass sie ins Konzert wollte.

»Ich brauche deine Hilfe«, sagte ich dem AB. »Es geht um Sandro Marino. Du hast gesagt, du hast etwas über seine Konzerte in den Siebzigern rausgefunden. Ich brauche Konzertdaten. Wann ist er hier in der Gegend aufgetreten und wo? So konkret wie möglich. Danke.«

»Bist du immer so unhöflich Jutta gegenüber?«, fragte Wonne vom Tisch her.

»Wieso? Ich hab doch Danke gesagt.«

»Aber nicht bitte.«

»Egal.«

»Kann es sein, dass du ein bisschen zu viel getrunken hast?«

»Nö«, sagte ich und ließ mich auf den Esszimmerstuhl fallen.

Im selben Moment donnerte etwas. Ein lautes Klopfen, das durch das Haus drang. Kaum hatte ich mich von meinem Schreck erholt, donnerte es wieder.

Schlagartig war ich nüchtern.

»Da stimmt was nicht«, sagte ich mit gedämpfter Stimme.

Alarmiert überlegte ich, wo ich meine Pistole gelassen hatte. Sie lag am Eingang, in der Garderobe. Auf einer Ablage unter den Haken für die Mäntel.

»Geh rauf ins Schlafzimmer«, sagte ich leise.

Wieder Klopfen. Jetzt rief jemand.

»Herr Rott?« Eine dunkle Männerstimme.

Ich gab Wonne ein Zeichen und ging in Richtung Haustür. An der Garderobe angekommen, zog ich die Pistole aus dem Holster.

»Wer ist da?«

»Ich brauche Ihre Hilfe.«

»Gut. Aber wer sind Sie?«

Ich wandte mich um. Wonne saß nicht mehr am Tisch. Da war nur noch der Ordner.

»Machen Sie schon auf. Bitte.«

Ich lud die Waffe durch und hielt sie bereit.

»Sagen Sie mir erst Ihren Namen.«

»Brinkmann. Ich wohne zwei Häuser weiter.«

Ich überlegte. Wo sollte das denn sein? Mannis Hütte stand ganz allein. Zwei Häuser weiter gab es nicht.

»Was wollen Sie, Herr Brinkmann?«

»Haben Sie etwas von den Einbrüchen mitbekommen? Da sind welche unterwegs. Ich wollte Sie nur warnen. Überprüfen Sie Ihre Kellerfenster.«

»Danke für die Info. Auf Wiedersehen.«

»Darf ich einen Moment reinkommen? Ich muss Ihnen etwas zeigen. Entschuldigen Sie, wenn ich Sie störe, aber ...«

Ich behielt die Pistole in der linken Hand. Mit der rechten öffnete ich die Tür einen Spalt.

Das Türblatt knallte mit Wucht nach innen und traf meine

Schulter. Die Waffe flog scheppernd über den Steinboden und ging los. Auf den ohrenbetäubenden Knall folgten ein Schmerzensschrei und ein Fluch. Ich konnte nicht erkennen, was passiert war, denn sofort drängten mehrere dunkel gekleidete Gestalten in den Flur. Einer davon packte mich, nahm mich in den Schwitzkasten und drückte meinen Kopf nach unten. Einen Moment lang erkannte ich den Umriss meiner Beretta auf dem Boden, aber ich konnte sie nicht aufheben, weil der Typ, der mich festhielt, mir gerade fast den Arm auskugelte.

Die beiden anderen rannten ins Wohnzimmer. Irgendetwas klirrte. Wieder ein Fluch. Ich malte mir aus, was passieren würde, wenn sie Wonne fanden. Der Gedanke verlieh mir Riesenkräfte, aber sie waren nicht riesenhaft genug, um loszukommen.

Ich gab auf und entspannte mich.

»Bleib ruhig, Arschloch«, zischte der Mann hinter mir, und ich spürte etwas Schmieriges auf meinem Gesicht. Es roch metallisch. Blut. Es tropfte von oben auf den Steinboden, und ich kombinierte messerscharf, dass der Typ von dem Schuss aus meiner Waffe getroffen worden war. Trotzdem verließ ihn nicht die Kraft, mich in seinem eisernen Griff zu halten.

»Macht schon!«, schrie er den anderen zu. »Beeilung.«

Ein Schrei. Von einer Frau.

Wonne.

»Halt schön still«, zischte der Mann. »Und lass diesmal die Bullen aus dem Spiel.«

Die Schritte der anderen näherten sich, und ich wurde losgelassen. Mühsam wollte ich mich aufrichten, aber mein ganzer Oberkörper schmerzte, als wäre er unter eine Dampfwalze geraten. Ich versuchte, jeden Muskel einzeln zu lockern, doch dann holte der Schatten über mir aus, und etwas traf mich mit solcher Wucht, dass schlagartig Dunkelheit herrschte.

21

Unter mir war nichts als Leere. Ich fiel und fiel und versuchte, die Arme auszubreiten. Doch irgendjemand hatte mich gefesselt …

Nein, nicht gefesselt. Man hielt mich fest, und jetzt sagte jemand etwas zu mir. Unverständliches Kauderwelsch.

»Matze!«, schrie ich.

Ich war sicher, dass er es war, der mir den Schlag versetzt hatte.

»Remi …«

Das war Wonnes Stimme.

»Remi, komm zu dir.«

Wieder ein Filmriss, dann sagte jemand: »Herr Rott?«

Das war nicht Matze. Der Mann klang älter.

Ich schaffte es, die Augen aufzumachen, und blickte dem kugelförmigen Kopf von Hauptkommissar Kotten entgegen.

»Sind Sie wach, Herr Rott?«

»Wo ist Wonne?«, fragte ich. Es war etwas mühsam. Ich musste erst mal Spucke sammeln.

Sofort spürte ich streichelnde Hände auf der Stirn, und jetzt schob sich Wonne in mein Sichtfeld.

»Hier bin ich. Keine Sorge, Remi.«

Ich setzte mich auf. Es ging nur mit heftigem Zähnezusammenbeißen. Langsam wurde die Umgebung sichtbar.

Ich befand mich immer noch in Mannis Haus. Allerdings lag ich auf der Couch im Wohnzimmer. Der Raum war hell erleuchtet. Die Zeiten romantischen Kerzenscheins waren vorbei.

»Wie lange war ich ohnmächtig?«, fragte ich.

»Sie stellen ja schon wieder analytische Fragen, Herr Rott.« Kotten grinste. »Sehr gut. Sie sind offensichtlich hart im Nehmen.«

»Eine ganze Weile«, sagte Wonne. »Ich hab den Notarzt geholt. Und Herrn Kotten.«

Jetzt erkannte ich hinter dem Kommissar zwei Uniformierte. Ein Mann in Weiß beugte sich zu mir. Hinter dem Fenster blinkte es blau.

»Sie haben ein bisschen geschlafen«, sagte er. »Folgen Sie meinem Finger.«

»Zu Fuß?«

Er blieb ernst. »Mit den Augen.« Er bewegte den Zeigefinger vor meinem Gesicht von links nach rechts. Ich tat wie geheißen.

»Tut das hier weh?« Er drückte gegen meine Rippen.

»Und was machen Sie hier?«, fragte ich Kotten. »Kümmern Sie sich jetzt auch um Einbrüche?«

»Wie geht's ihm, Doc?«, fragte der Hauptkommissar.

»Alles in Ordnung. Ein paar Prellungen. Nichts Ernstes. Er hat offenbar auch getrunken. Schlechte Kombination mit einer Schlägerei.«

»Nur zwei Flaschen Bier«, protestierte ich.

Der Arzt packte seinen Koffer zusammen. »Ihre Fahne spricht jedenfalls eine deutliche Sprache.«

Vorsichtig schwang ich die Beine von der Couch. Mir war etwas flau, und die Knochen schmerzten. Einen Moment lang schien sich mein Gesichtsfeld zu einem Tunnel zu verengen. Eisiger Schweiß sammelte sich auf meiner Stirn. Nachdem ich ein paarmal tief durchgeatmet hatte, ging es mir besser.

»Ist wirklich alles in Ordnung, Remi?« Wonne setzte sich neben mich und legte einen Arm um meine Schulter.

»Alles klar. Ich hab nur ein paar Informationsdefizite. Was ist denn passiert?«

»Eine Menge«, sagte Kotten. »Ich sag's ja nicht gerne, aber ich hoffe, dass Sie uns weiterhelfen können.«

Er holte einen der Stühle vom Esstisch, auf dem noch die Teller mit Pillekuchen standen, stellte ihn so vor mich, dass die Lehne mir zugewandt war, und setzte sich breitbeinig darauf. Ich hoffte, dass Mannis Designerteile so etwas aushielten.

Ich wandte mich Wonne zu. »Hast du Matze auch erkannt?« Ich war mir sicher, dass er der Typ war, der mich am Eingang festgehalten hatte.

»Matze?«, fragte Kotten. »Matthias Büchel? Sie meinen, *er* hat Sie überfallen?«

Ich nickte. »Ich bin mir ganz sicher. Als er mich im Schwitzkasten hatte, zischte er mir was ins Ohr – von wegen, dass ich ihn nicht mehr bei der Polizei verpfeifen soll. Haben Sie versucht, ihn festzunehmen?«

»Ich weiß nur, dass meine Kollegen wegen der Immobilienbetrugsgeschichte mit ihm reden wollten, ihn aber nicht angetroffen haben. Sie waren bei dem Haus in Bergisch Gladbach, dessen Adresse Sie uns gegeben haben ...«

»Aber er hat nicht aufgemacht. Schon klar. Und Sie hatten keinen Durchsuchungsbeschluss.«

»So einfach ist das eben nicht, Herr Rott.«

»Jedenfalls bin ich sicher, dass er es war.«

»Und ich bin sicher«, sagte Wonne, »dass der Überfall etwas mit dem Mord an Klara Hackenberg zu tun hat.«

»Und genau das würde ich jetzt gerne mal erklärt bekommen«, sagte Kotten. »Was heißt erklärt? Bewiesen! Ich kann da nämlich keinen Zusammenhang feststellen.« Er nahm mich ins Visier. »Herr Rott, erzählen Sie mir bitte ganz genau, wie Sie den Überfall erlebt haben. Die Aussage von Frau Freier haben wir schon aufgenommen.«

Einer der Uniformierten an der Tür holte stumm Notizblock und Kuli hervor. Ich berichtete, was ich in Erinnerung hatte. Wie ich das Klopfen hörte, wie ich die Tür öffnete, wie sich der Schuss löste.

»Sie scheinen ja geradezu erwartet zu haben, dass irgendwas im Busch ist, wenn Sie mit geladener Waffe an die Tür gehen.«

»Ich hatte halt so ein Gefühl.«

»Seltsam genug, dass Sie dann trotzdem die Tür geöffnet haben.«

»Ich habe geglaubt, ich hätte die Situation im Griff. Aber manchmal täuscht man sich eben.«

»Gut, dass Sie das einsehen. Weiter bitte.«

Ich schilderte den Kampf bis zu dem Moment, in dem ich das Bewusstsein verlor. »Was danach war, weiß ich nicht.«

»Frau Freier sagt, die drei Personen seien daraufhin geflohen.«

»Konntest du Wagentyp oder Autokennzeichen erkennen?«, fragte ich Wonne.

»Nein. Sie sind ohne Licht gefahren.«

Mir fiel etwas ein. »Matze muss verletzt sein. Der Schuss aus meiner Pistole hat ihn getroffen, soweit ich das mitbekommen habe.«

Kotten nickte. »Gut. Jetzt haben wir Ihre Aussage. Trotzdem warte ich auf den Beweis, der uns zeigt, dass die ganze Sache mit dem Mord an Frau Hackenberg zu tun hat.«

»Beweis?«, rief Wonne. »Der Beweis liegt auf dem Tisch. Oder vielmehr – er lag dort.«

Kotten drehte sich zu den Überresten unserer Pillekuchen um, und auch die beiden Uniformierten warfen einen Blick. Der Protokollant hatte seinen Block wieder eingesteckt.

»Was soll das heißen?«, fragte der Hauptkommissar.

»Dort lag der Ordner«, sagte Wonne.

Kotten stand auf und ging zum Tisch. »Welcher Ordner?«

Ich begann eine Erklärung. »Aus dem Haus der Hackenbergs. Er gehörte Klara Hackenberg.«

»Und diese Unterlagen sind jetzt weg«, ergänzte Wonne. »Matze und seine Leute hatten es genau darauf abgesehen. Sie haben nichts anderes aus dieser Luxusbude mitgehen lassen.«

»Unter einem Beweis stelle ich mir etwas anderes vor, Frau Freier.«

»Glauben Sie, wir denken uns das aus?«, erwiderte Wonne entrüstet.

Kotten wandte sich mir zu. »Was waren das für Unterlagen, Herr Rott? Und wie sind Sie an die Sachen gekommen?«

Ich seufzte. Es gab keine andere Möglichkeit. Ich musste zugeben, dass wir in das Hackenberg'sche Haus eingedrungen waren.

Ich berichtete knapp, und Kotten hörte aufmerksam zu. »Ich möchte aber betonen, dass ich nirgendwo Gewalt angewandt habe. Wir haben gewusst, wo sich der Schlüssel befand, und haben den Ordner geholt. Weiter ist nichts geschehen.«

»Was stand in den Unterlagen?«

Auch das fasste ich zusammen. Die Briefe, die Klara Hackenberg darin gesammelt hatte. Die obskure Telefonnummer. Der

Ohrring. Das Foto. Informationen zu Matzes Immobiliensache.

»Können Sie sich an die Telefonnummer erinnern?«, fragte Kotten.

Ich schüttelte den Kopf. »Sie hat auch nichts damit zu tun. Ich habe dort angerufen. Alle Namen sind komplett unbekannt. Vielleicht war es gar keine Telefonnummer.«

Kotten biss sich auf die Lippen. »Verdammt noch mal«, sagte er. »Auch wenn Sie keinen Beweis haben – Sie haben recht. Da scheint es jemand auf die Dokumente der Hackenbergs abgesehen zu haben.«

»Gut, dass Sie das einsehen«, sagte Wonne. »Und das bedeutet doch, dass Reinhold Hackenberg nichts mit dem Mord an seiner Mutter zu tun haben kann.«

»Wieso das denn nicht?«, erwiderte der Kommissar. »Reinhold und dieser Büchel stecken doch unter einer Decke. Ich würde eher mal sagen, dass seine Bande nun, wo er im Knast sitzt, Beweismittel beseitigen will.«

Ich nickte vor mich hin. Kotten hatte recht. So konnte man das sehen.

»Und sie arbeiten mit rabiaten Mitteln. Es geht nicht nur um den Überfall hier bei Ihnen.«

Ich blickte auf. Was sollte das bedeuten? Hatte Matze mit seinen Jungs noch andere Dinger gedreht? Ich sah es Kotten an, dass er noch etwas auf Lager hatte.

»Und die schrecken auch nicht vor Brandstiftung zurück«, fuhr Kotten fort.

»Gibt es etwas, was wir nicht wissen?«, fragte ich.

»Anderthalb Stunden, bevor wir den Anruf von Frau Freier erhielten, wurden wir zu einem anderen Tatort gerufen.«

»Noch ein Mord? Eine zweite Leiche? Dann kann es Reinhold ja erst recht nicht …«

»Kein Mord«, unterbrach mich der Hauptkommissar. »Brandstiftung. Davon gehe ich jedenfalls aus. Das Hackenberg-Haus ist komplett zerstört. Ein Nachbar hat die Flammen bemerkt, als schon das ganze Dach in Flammen stand. Er hat die Feuerwehr gerufen. Sicher ist: Matzes Bande, die früher mit Reinhold Hackenberg zusammengearbeitet hat, versucht nun, Beweise oder Hinweise zu zerstören.«

»Aber Sie wissen nicht, ob das Feuer wirklich auf deren Konto geht.«

»Das ist nur eine Frage der Zeit.« Kotten stand auf. »Schließlich haben wir jemanden in Gewahrsam, den wir eingehend befragen können. Auf Wiedersehen. Danke, wir finden selbst raus.«

Mir war fast so, als würden die beiden Uniformierten einen Moment stramm stehen, als Kotten zwischen ihnen hinausmarschierte. Sie drehten sich synchron um, und ich befürchtete schon eine kleine Karambolage am Durchgang, durch den sie nicht beide gleichzeitig passten. Doch irgendwie gelang es ihnen, ganz elegant ihrem Chef zu folgen. Zwei Sekunden später fiel die Tür ins Schloss. Wagentüren knallten, Motoren gingen an. Dann fuhren sie los, und die Geräusche verloren sich in der Ferne.

Wonne nahm mich in den Arm. »Bin ich froh, dass dir nichts Schlimmeres passiert ist.«

»Als Matze mich da runtergedrückt hat, dachte ich, Gott weiß, was sie mit dir anstellen.«

Sie küsste mich. »Du hattest Angst um mich ...«

»Na, dazu hatte ich ja wohl allen Grund.«

Ich machte mich los. Meine Schulter schmerzte. »Entschuldige, aber ich muss was überprüfen.«

Meine Knie waren noch etwas wackelig, als ich zur Garderobe ging. Dort lag meine Beretta. Ich holte das Magazin heraus. Ein Schuss fehlte. Dann sah ich mich genauer um.

»Was ist denn los?«, fragte Wonne.

»Verdammte Scheiße«, entfuhr es mir.

Jetzt sah Wonne es auch. Die Kugel war mitten in den großen Garderobenspiegel eingeschlagen und hatte dort ein Loch hinterlassen, von dem sternförmig in langen Strahlen Risse ausgingen. Wahrscheinlich musste man nur dagegenpusten, und er brach auseinander.

»Bevor ich k.o. ging, habe ich ein Klirren gehört. War das der Spiegel? Er müsste doch ganz kaputt sein ...«

Wonne schüttelte den Kopf. »Nein, das war die Vase, die oben an der Treppe stand. Ich hab sie einem der Typen entgegengeworfen.«

Ich unterdrückte den Reflex, hinaufzulaufen und nachzusehen. Es war gar nicht nötig. Vor meinem geistigen Auge wurde die Vase sichtbar – ein asymmetrisch geformtes, bauchiges Teil, weiß mit schwarzen Schlieren, das aussah, als würde es jeden Moment umkippen. Ich versuchte, mir ein Preisschild dazu vorzustellen. Die Summe war vierstellig, dann wurde sie fünfstellig, dazu hörte ich innerlich das Geräusch einer Registrierkasse – und mir wurde wieder flau.

Ich näherte mich dem Spiegel, in dem ich Wonne und mich erkennen konnte, allerdings durch die Risse in lauter kleine Segmente zerhauen.

Langsam streckte ich die rechte Hand aus und befühlte vorsichtig das Einschussloch, in dem noch das Projektil steckte – die Kugel, die durch Matzes Arm oder durch was auch immer hindurch ihren Weg mitten in das Glas gefunden hatte. Der Spiegel war in einen goldfarbenen Rahmen eingefasst, und mir kam der Gedanke, dass es sich um ein antikes Stück handeln könnte. Fünfstellig? Sechsstellig!

Ehe ich weiter darüber nachdenken konnte, was dieses Teil wohl wert war und wie viel die Gesamtsumme mit der Vase ergab, fielen die Segmente plötzlich herunter und schepperten auf die Fliesen.

Das imaginäre Klingeln der Registrierkasse ergänzte das klirrende Geräusch wie ein Tusch.

Dann spürte ich Wonnes Hand auf meiner Schulter.

»Mach dir nichts draus. Dein Freund ist bestimmt gut versichert.«

Mühsam tappte ich zurück ins Wohnzimmer, ließ mich auf dem Sofa nieder und versuchte die schwarz-weißen Scherben, die auf dem Teppich lagen, zu ignorieren.

Ein Gefühl der Schwäche überfiel mich. Am liebsten wäre ich hier liegen geblieben und nie mehr aufgestanden.

Ich musste eingeschlafen sein. Diesmal hatte ich nichts geträumt. Kaum war ich bei Bewusstsein, wurde mir klar, dass sich etwas verändert hatte. Das Licht war nicht eingeschaltet. Nur die Lampe über dem Esstisch nebenan brannte, aber sie war heruntergedimmt.

»Wonne?«, fragte ich.

Keine Antwort.

Unruhe packte mich, und ich richtete mich auf. Ich war im Gästezimmer. Eine Decke rutschte von mir herab. Wonne hatte mich offenbar so gut gebettet, wie es ging. Ich spürte, dass ich keine Hose und keine Socken trug. Nur Unterhose und T-Shirt hatte sie angelassen.

Jetzt erinnerte ich mich. Ich war so müde gewesen, so schrecklich müde.

Als ich mich wieder bewegte, raschelte etwas auf der Decke. Ein Blatt Papier. In großer Schrift hatte Wonne eine Nachricht hinterlassen.

»Bin schnell zurück. W.«. Dahinter war ein Herz gemalt.

Vorsichtig stand ich auf und ging ins Bad. Ich schaffte es, zu duschen und mir die Zähne zu putzen. Ich zog mir meinen Schlafanzug an und legte mich wieder ins Bett. Die bleierne Müdigkeit ergriff mich erneut.

Als ich aufwachte, fand ich die andere Seite des Bettes zerwühlt. Wonnes Duft hing noch in dem Bettzeug, und von der Küche drang Klappern herauf.

Mein Handy auf dem Nachttisch zeigte, dass es kurz nach acht Uhr war.

Wonne betrat das Zimmer – frisch wie der junge Morgen, der hell durchs Fenster hereinschien.

»Na, haben der Herr ausgeschlafen?«

Ich brummte etwas.

»Das ist gut. Steh auf – es gibt Neuigkeiten.«

22

Als ich die Treppe hinunterging, wurden die Erlebnisse der Nacht wieder lebendig. Der Schmerz im Oberarm hatte sich zu einem stechenden Klumpen zusammengezogen. Doch dann sah ich den geradezu lukullisch gedeckten Esszimmertisch, und die Erinnerung an den Überfall nahm die Bedeutung eines unangenehmen Traumes an. Die Marmeladensorten übertrafen sich in verschiedenen Rottönen. Neben jedem Teller wartete bereits ein gelb leuchtendes Glas frisch gepressten Orangensafts.

Wonne sah mich mit glänzenden Augen an. Ich hatte das Gefühl, sie würde gleich mit irgendetwas herausplatzen.

»Was ist denn? Ah, stimmt. Du hast gesagt, es gibt Neuigkeiten.«

»Allerdings. Ich habe schon gearbeitet. Und etwas herausgekriegt.«

Ich setzte mich und griff zur Kaffeekanne.

»Ich bin gespannt. Und ganz Ohr«, sagte ich, nachdem ich an der Tasse genippt hatte.

»Ich habe noch mal diesen Herrn Hollrich angerufen.«

»Hollrich?«

»Die Telefonnummer aus Klara Hackenbergs Unterlagen.«

»Ich denke, der Ordner ist weg? Matzes Leute haben ihn doch mitgenommen.«

Sie legte einen Zeigefinger an die Schläfe, als wollte sie mir einen Vogel zeigen, und lächelte verschmitzt. »Ich weiß ja nicht, wie es dir geht. Aber ich habe ein Gehirn. Zum Denken.«

»He, Moment mal«, rief ich in gespielter Entrüstung.

»Und zum Merken«, fuhr Wonne fort. »Wenn du dich erinnerst: Kurz bevor die Typen gestern ins Haus stürmten, habe ich Klara Hackenbergs Unterlagen durchgesehen. Und die Telefonnummer war ja nicht so lang. Hückeswagener Vorwahl, und dann waren es nur noch vier Ziffern.«

»Nicht schlecht«, gab ich zu und angelte mir die Butterdose. »Aber dieser Hollrich wusste doch von nichts.«

»Er nicht, aber sein Vormieter. Eine gewisse Frau Georgi. Ich habe etwa eine Stunde damit verbracht, herauszufinden, wo sie heute wohnt. Gar nicht so weit weg – in Engelskirchen. Hier ist die Telefonnummer.«

Sie hatte von irgendwoher einen Zettel geholt und schob ihn mir hin.

Ich träufelte Wonnes Erdbeermarmelade auf eine Brotscheibe und biss zu. Auf meiner Zunge explodierte ein fruchtiges Gemisch aus süß und sauer. Ich schloss die Augen und sah plötzlich ein weites Erdbeerfeld inmitten grüner Hügel unter einem blauen Himmel vor mir.

»Es ist ja schön, dass du dich dem Genuss meiner Marmelade hingibst«, hörte ich Wonne sagen. »Aber das hier ist wichtiger. Die Frau ist nur noch bis elf zu erreichen. Danach muss sie nach Köln zur Arbeit.«

Ich riss die Augen auf. »Du hast mit ihr gesprochen?«

»Na sicher. Sie ist eine wichtige Zeugin. Von ihr hat Klara den Ohrring.«

»Der Ohrring, der in dem Ordner war? Ich denke, der ist von ihrer Nichte.«

»Ist er auch. Bist du noch so verschlafen, Remi? Also: Es ist jetzt fast fünfundzwanzig Jahre her, da ging Frau Georgi, die damals noch nicht verheiratet war und ganz anders hieß, was aber jetzt egal ist – also, da ging diese Frau Georgi im Wald spazieren. Und was fand sie? Einen Ohrring. Er gefiel ihr so gut, dass sie ihn mitnahm und trug. Ungefähr vor einem Jahr war sie auf einem Familientreffen in Altenberg, und da sprach sie eine Frau auf den Ohrring an. Du kannst dir vorstellen, wer das war.«

»Klara Hackenberg.«

»Genau. Und Klara Hackenberg wusste sofort, dass der Ohrring von Gabriele stammte. Immerhin handelt es sich um ein handgefertigtes Stück. Und Gabriele trägt die Ohrringe ja auch auf dem Foto, das Klara Hackenberg von ihr hatte.«

»Gefunden hat Frau Georgi aber nur einen einzigen«, wandte ich ein.

»So ist es. Dämmert dir da was?«

Oh ja. Mir dämmerte eine Menge. Meine Gedanken überschlugen sich geradezu.

»Gib mir die Nummer«, sagte ich.

»Sie liegt vor dir.«

»Warum hast du dich nicht weiter mit Frau Georgi unterhalten?«

»Du bist doch der Detektiv. Ich dachte, das überlasse ich dir.«

Sie sah mir zu, wie ich den Rest des Brotes nicht gerade slowfoodmäßig herunterschlang und ans Telefon stürzte. Kurz darauf hatte ich die Frau am Draht.

»Frau Georgi? Rott hier. Privatermittler. Sie haben bereits mit Frau Freier gesprochen. Darf ich Ihnen noch ein paar Fragen zu diesem Ohrring stellen?«

»Wenn ich Ihnen helfen kann ... Aber viel weiß ich auch nicht.«

»Sie haben Klara Hackenberg getroffen, und sie hat Sie auf den Ohrring angesprochen ...«

»Hackenberg. So hieß sie wohl. Ja, in Altenberg. Letztes Jahr im April. Ich war auf dem Geburtstag einer Cousine ...«

»Was hat sie zu Ihnen gesagt?«

»Das war ziemlich komisch. Ich war gerade vor dem Altenberger Hof auf dem Platz und habe ein bisschen mit den Kindern gespielt. Da kam diese Frau – viel zu warm angezogen, in einem dunklen Mantel. Als sie mich auf den Ohrring ansprach, habe ich erst überhaupt nicht verstanden, was sie wollte.«

»Wie ging es weiter?«

»Sie hat mich gefragt, wo ich ihn herhätte. Ich habe ihr gesagt, dass ich ihn vor Jahrzehnten im Wald gefunden habe. Und sie erzählte dann von ihrer Nichte, die irgendwo hingezogen sei und von der sie kein Lebenszeichen mehr erhalte. Und dass sie alle Erinnerungen an sie sammele. Erst kam mir das komisch vor, aber schließlich hat sie ein Foto von ihrer Nichte hervorgezogen, und darauf war tatsächlich dieses Schmuckstück zu sehen. Am Ende tat die Frau mir richtig leid. Sie wollte mir den Ohrring abkaufen, aber ich habe ihn ihr so gegeben.«

»Und Frau Hackenberg hat sich Ihre Telefonnummer aufgeschrieben?«

»Ja, genau.«

»Warum hat sie das getan?«

»Sie wollte unbedingt wissen, wo ich den Ohrring damals gefunden hatte. Ich konnte mich aber nicht erinnern. Ich habe versprochen, meinen Mann danach zu fragen, weil er das sicher noch wusste. Sie wollte sich noch mal melden. Eine Woche später bin ich aber umgezogen. Ich habe gar nicht mehr an sie gedacht. Wahrscheinlich hat sie immer die alte Nummer probiert, aber da war eine Zeit lang niemand zu erreichen.«

»Das heißt, Sie haben danach nicht mehr mit ihr gesprochen?«

»Sagen Sie, Herr Rott – worum geht es eigentlich in dieser Geschichte? Ihre Mitarbeiterin hat mir dazu nichts sagen wollen.«

»Frau Hackenberg wurde vor vier Tagen ermordet.«

»Ermordet? Wegen des Ohrrings?«

»Das wissen wir nicht. Aber wir wissen, dass sie auf der Suche nach ihrer verschwundenen Nichte war.«

»Ich verstehe.«

»Wie lange genau ist es her, dass Sie den Ohrring gefunden haben?«

»Lassen Sie mich überlegen. Ich hatte gerade meinen Mann kennengelernt. Wir waren seit etwa einem Jahr zusammen. Und wir sind oft durchs Bergische gewandert. Wir hatten damals noch nicht so viel Geld für Urlaub ... Kennengelernt haben wir uns Silvester 1974. Es muss also im Frühjahr 1976 gewesen sein. Auf keinen Fall früher.«

»Wunderbar. Das hilft mir weiter. Und jetzt wäre ich Ihnen dankbar, wenn Sie mir sagen könnten, wo das gewesen ist.«

»Ich weiß es nicht. Wir waren so viel unterwegs ...«

»Gibt es keine Möglichkeit, das herauszufinden? Es wäre sehr wichtig.«

»Wie gesagt – ich muss mit meinem Mann sprechen. Er hat damals immer die Routen ausgesucht. Vielleicht weiß er es noch.«

»Kann ich Sie wieder anrufen? Oder Sie treffen?«

»Ich muss nachher zur Arbeit. Aber mein Mann ist sicher da,

wenn Sie kommen. Er arbeitet zu Hause. Ich gebe Ihnen unsere Adresse.«

Sie diktierte, und ich schrieb eine Anschrift in Engelskirchen auf.

»Sie hat den Ohrring zu einem Zeitpunkt gefunden, als Gabriele schon nicht mehr in Deutschland war«, sagte ich.

Wonne schüttelte den Kopf. »Das heißt nicht unbedingt etwas. Gabriele kann ihn irgendwann davor verloren haben. Er kann Jahre im Wald gelegen haben, bis er gefunden wurde.«

»Das kommt mir komisch vor. Diese Ohrringe scheinen ihr doch wichtig gewesen zu sein. Sie verliert einen davon, geht nach Österreich und sagt ihrer Tante nichts davon, dass sie ihn verloren hat.«

»Remi, du weißt nicht, ob du überhaupt die gesamte Korrespondenz zwischen Klara Hackenberg und ihrer Nichte in dem Ordner gesehen hast. Und ob sie was gesagt hat, weißt du auch nicht.«

»Der Ordner wirkte wie ein Heiligtum. Da drin war alles, was Klara Hackenberg von ihrer Nichte hatte.«

»Trotzdem kann das Foto zum Beispiel 1973 entstanden sein, 1974 hat sie die Ohrringe verloren, und dann hat sie eben andere getragen. Sie hat sie schließlich selbst hergestellt.«

»Warum war es dann diesen Typen so wichtig, diese Dokumente mitzunehmen? Warum wurde das Hackenberg'sche Haus angezündet? Es muss doch darum gegangen sein, Spuren zu verwischen. Und wenn du mich fragst, sind das Spuren, die Gabriele Scherfs Schicksal erklären. Klara Hackenberg wollte wissen, was aus ihrer Nichte geworden ist. Und dabei hat sie etwas herausgefunden, was irgendwen nervös gemacht hat. Wahrscheinlich Gabrieles Mörder. Meine Theorie ist doch nicht so schlecht. Jemand hat sie umgebracht, die Leiche irgendwo im Bergischen versteckt und so getan, als sei sie mit ihm nach Österreich ausgewandert.«

»Leider kann man es nicht beweisen. Erstens weiß man nicht, wer der Mörder war, und zweitens hat man keine Leiche. Und abgesehen davon: Vergiss nicht, dass es bei der Beweisbeseitigung auch um was ganz anderes gegangen sein könnte. Ich sage nur

Immobilienbetrug. Ach, übrigens habe ich im Internet nach der Firma Markgraf gesucht. Die gibt's nicht.«

Ich runzelte die Stirn. »Machen wir mal mit dieser Spur weiter. Theorie: Der Mörder war Sandro Marino. Und beweisen könnte man das, indem man Zeugen findet, die aussagen, dass er nie mit Gabriele zusammen in Österreich war.«

»Zeugen, die bezeugen sollen, etwas nicht gesehen zu haben? Das wird schwierig. Abgesehen davon wissen wir nicht, wer Sandro Marino ist.«

»Noch nicht. Aber deine Mutter kannte ihn. Hat sie vielleicht ein Foto von ihm?«

Wonne sah mich ein paar Herzschläge lang an. »Ich weiß schon, warum du dir jetzt so viele Gedanken über Sandro Marino machst. Du willst mir helfen, meinen Vater zu finden.«

Sie holte eine Leinentasche, aus der eine Klarsichthülle mit Papieren herausragte.

»Ich war gestern noch in meiner Wohnung, während du geschlafen hast. Das hier sind die Dokumente meiner Mutter.« Wonne wollte alles auf den Tisch legen, aber noch war er mit den Frühstücksutensilien bedeckt.

»Lass uns raus in den Garten gehen«, schlug sie vor. Schon war sie auf dem Weg ins Wohnzimmer und schob die große Terrassentür zur Seite.

Wie bestellt standen zwei große weiße Liegen auf der Wiese. Ich holte die Auflagen aus dem Schuppen, und kurz darauf blickten wir auf den Naturzaun aus immergrünen Sträuchern.

»Alles, was wir von diesem Sandro haben, ist ein Brief«, sagte Wonne. »Ein einziger. Und da bin ich noch nicht mal sicher, ob er wirklich von ihm ist.«

»Was? Aber du hast doch gesagt ...«

»Sekunde, Remi. Du wirst schon sehen. Bitte sehr.«

Sie reichte mir ein Blatt herüber. Ich faltete es auseinander und sah wenige Zeilen in großer Schrift, verteilt auf eine DIN-A4-Seite: »Liebe Yvonne, es tut mir leid wegen gestern. Ich konnte dich nach dem Konzert nicht sehen, aber ich glaube auch, daß es keinen Zweck hat. Es ist, wie du gesagt hast.« Unterschrift: »SM«.

»Das sind ja nur Initialen«, sagte ich. »Das heißt doch nichts.«

»Ja. Aber der Brief steckte zusammen mit diesem Programm hier in einer Hülle.«

Ich nahm das zweite Dokument. Es war ein gedrucktes Heft. Das Programm zu einem Konzert im Altenberger Dom. Vorne stand in großen Lettern »Giuseppe Verdi«, darunter »Missa da Requiem« und schließlich ein Datum: »31. Oktober 1975«.

Ich schlug das Heft, das nur aus vier Seiten bestand auf, und fand die Liste der Mitwirkenden. An einem Namen unter den Solisten blieb ich hängen: »Sandro Marino, Tenor«.

Wonne starrte geradeaus in die Büsche. »Offensichtlich hatte meine Mutter ein Faible für Tenöre.«

»Und du hast ein Faible für die Verdi-Messe. Das ›Requiem‹. Wieso eigentlich?«

»Meine Mutter hat es immer gespielt. Es gibt da herrliche Solostellen. Viele berühmte Tenöre haben es gesungen. Sandro Marino, wie du siehst. Siegfried Mathisen übrigens auch.«

»Sonst hast du keine Unterlagen über Marino?«

»Nein, tut mir leid.«

»Welche Dokumente hast du denn über die Verbindung zwischen Mathisen und deiner Mutter?«, fragte ich.

»Ich glaube nicht, dass das etwas mit dieser Sache zu tun hat«, erklärte Wonne.

»Ich will es nur zeitlich einordnen, es kann doch sein ...«

»Remi, bitte. Das belastet mich. Können wir nicht die Mathisengeschichte ausklammern?«

»Wann bist du geboren?«

»1979.«

»Da waren Marino und deine Mutter aber schon wieder auseinander. Jedenfalls deutet der Brief das an.«

»Er deutet es an, ja. Aber sie hatten Zeit genug, sich wieder zu versöhnen.«

»Und wann hat deine Mutter Mathisen kennengelernt?«

»Remi, muss das sein?«

»Ich will mir nur ein Bild machen. Dann lass ich dich auch in Ruhe. Wir werden den Namen Mathisen nicht mehr erwähnen.«

»Versprochen?«

»Versprochen.«

»Also gut. Ich musste ein bisschen rechnen und die alten Terminkalender auswerten, um herauszufinden, was passiert sein konnte. 1978 ist meine Mutter nach Salzburg gefahren, um Fotos von Mathisen und anderen Künstlern zu machen. Sie muss schwanger zurückgekommen sein. Das ergibt sich jedenfalls aus ihren Unterlagen.«

Gut, dachte ich. Erst Marino, dann Mathisen. Mathisen war zu dieser Zeit sicher schon mit Hermine Weißenburg verheiratet gewesen, aber das hieß ja nichts.

Ein elektronisches Geräusch mischte sich in meine Gedanken. »Dein Handy«, sagte Wonne.

Ich stand von der Liege auf, und mit einem Mal spürte ich wieder die Schmerzen der gestrigen Schlägerei. Ein Ziehen in den Schultern.

Ich ging ins Haus. Als ich im Wohnzimmer war, hatte der Anrufer schon aufgelegt. Auf dem Display stand »Anruf von Jutta in Abwesenheit«.

Ich rief zurück. Jutta saß offenbar im Auto.

»Hallo, Remi?«, schrie sie gegen den rauschenden Lärm an. »Du bist ja doch da. Wart ihr beschäftigt?«

»Keine Anzüglichkeiten. Was gibt's?«

»Bist du in Mettmann?«

»Ja, wir müssen aber gleich weg.«

»Ich bin in zehn Minuten da. Dein Anruf von gestern Abend. Ich habe was herausgefunden.«

»Ich auch. Ich kenne jetzt einen Konzerttermin von Sandro Marino. Jetzt müssen wir nach alten Bekannten suchen und irgendwie herauskriegen, was aus ihm geworden ist ... Wäre toll, wenn du mir da helfen könntest.«

»Vielleicht ist das gar nicht nötig.«

»Wieso?«

Juttas Stimme nebelte sich mit Störgeräuschen ein.

»Ich bin gleich da«, verstand ich noch. Dann war die Leitung gekappt.

23

»Was ist denn nun?«, fragte Wonne bereits zum dritten Mal. »Wir sollten zu diesem Georgi fahren.«

»Juttas Infos sind sicher auch wichtig. Wir könnten Zeugen finden, die Marino kannten …«

Auch das hatte ich schon dreimal gesagt, aber Jutta kam immer noch nicht. Schließlich war ich es leid und rief sie wieder an.

»Ich biege gerade in die Einfahrt«, rief sie, und im selben Moment näherte sich auf der anderen Seite des Hauses ein Motorengeräusch.

Ich ging nach vorne und ließ sie herein. »Nett habt ihr's hier«, sagte sie, als sie auf die Terrasse trat. »Hallo, Wonne.«

Die beiden Frauen begrüßten sich mit Küsschen links und Küsschen rechts. Irgendwie hatte ich aber das Gefühl, dass das alles nur Show war. So nah sie sich mit ihren Wangen kamen, so deutlich war die Grenze. Nach der Begrüßung traten beide sofort einen Schritt zurück. Das Ganze erinnerte mich an zwei Magneten, bei denen man denselben Pol aneinanderzudrücken versucht, die sich aber immer wieder abstoßen.

»Was gibt's denn so Dringendes?«, fragte ich.

Plötzlich fühlte ich mich unbehaglich. Irgendwas stimmte nicht. Wir standen immer noch auf Mannis Rasen herum.

»Soll ich vielleicht noch eine Liege holen?«, fragte ich. »Im Schuppen müsste noch eine sein.«

»Oder willst du was trinken?«, bot Wonne an.

»Nein danke«, sagte Jutta, und ihre Stimme kam mir schneidend vor.

»Also, ich hole mir was«, erklärte Wonne und ging aufs Haus zu. Ich ließ mich auf einer der beiden Liegen nieder, legte mich aber nicht hin, sondern setzte mich nur. Jutta nahm auf der zweiten Platz.

»Was ist denn los? Bist du sauer?«

Sie schüttelte den Kopf. »Ich habe nur das Gefühl, dass du einen Riesenfehler machst.«

»Wie meinst du das?«

»Erklär mir erst noch mal genau den Stand der Dinge.«

»Also gut. Das Spannendste hast du noch gar nicht mitbekommen …«

Ich fasste alles möglichst knapp zusammen: unseren Verdacht, dass Gabriele Scherf nicht einfach nur verschwunden, sondern ermordet worden war. Den Überfall von gestern Abend, bei dem Matze und seine Leute es gezielt auf die Unterlagen über Gabriele abgesehen hatten. Die Brandstiftung in Wermelskirchen an dem Hackenberg-Haus.

Wonne kam mit zwei Gläsern Wasser zurück. Eins davon hielt sie mir hin, das andere behielt sie für sich. »Du wolltest ja nichts«, sagte sie zu Jutta und trank.

Ich blieb beim Thema. »Auch die Brandstiftung hatte nur den Sinn, eventuelle Beweismittel zu vernichten. So passt alles zusammen. Klara Hackenberg muss diesem Marino auf die Spur gekommen sein. Er hat Gabriele auf dem Gewissen. Deswegen musste sie sterben. Und Marino ist der Täter. Wir müssen ihn nur noch finden.«

»Klingt überzeugend«, sagte Jutta. »Und die Geschichte mit dem Überfall – das ist wirklich ein starkes Stück.« Zum ersten Mal seit sie hier war, zeigte sie Mitgefühl. Oder überhaupt ein bisschen Emotion. Aber eben nur ein bisschen. Es reichte noch nicht mal, um mich zu fragen, wie es mir ging. Ob ich okay war.

»Wir müssten Gabrieles Leiche finden«, ergänzte ich. »Damit hätten wir einen Beweis. Oder zumindest ein starkes Indiz.«

Jutta schüttelte den Kopf. »Marino hat sie angeblich 1975 versteckt. Die ist längst verwest. Was wollt ihr denn da noch finden?«

Ich sah Wonne an. Jutta hatte natürlich recht.

»Also müssen wir versuchen, Marino zu finden«, sagte ich. »Wir müssen Leute ausfindig machen, die ihn kannten. Irgendeiner wird schon wissen, wo er heute lebt. Und da der Mord an Klara Hackenberg in Altenberg passiert ist, ist er womöglich noch in der Gegend. Vielleicht hat ihn ja jemand gesehen und …«

»Stopp«, unterbrach Jutta meinen Redefluss. »Das kannst du dir alles sparen. Wie gesagt.«

Ich trank etwas Wasser. Mein Mund war ganz trocken geworden.

»Wieso? Hast du eine bessere Idee?«

»Ich habe dir schon am Telefon gesagt, dass das alles sinnlos ist. Du hattest mich doch gebeten, etwas mehr über Sandro Marino herauszufinden.«

»Heißt das, du weißt, was aus ihm geworden ist? Wo er sich aufhält?«

Jutta sah mich an. Komischerweise schien sie sich gar nicht zu freuen. Und plötzlich wusste ich auch, warum. Sie war immer noch eifersüchtig auf Wonne. Sie war sauer, dass ich mit Wonne durch die Gegend zog und den Fall löste statt mit ihr, wie in alten Zeiten.

»Jetzt sei nicht sauer«, sagte ich. »Hilf uns bitte. Hilf *mir* bitte. Und hilf vor allen Dingen diesem armen Schwein Reinhold Hackenberg. Er mag ein Versager und ein Krimineller sein, aber ist er wirklich ein Mörder? Und wenn wir seine Unschuld beweisen können …«

»Gar nichts könnt ihr. Ich bin der Ansicht, dass die Polizei recht hat. Dass es Hackenberg war. Seine Mutter hat irgendwas über ihn oder diesen Matze rausgekriegt … Aber das ist auch egal. Sandro Marino war es jedenfalls nicht. Deine Story ist phantastisch. Perfekt sozusagen. Sie *klingt* gut.«

»Genau, und …«

»Aber sie ist eben nur perfekt konstruiert.«

»Warum?«

Erst jetzt wurde mir bewusst, dass Jutta eine auffallend große Tasche dabeihatte, die vor der weißen Liege auf dem Gras stand. Sie griff danach und holte ein großformatiges Buch heraus.

»Ich habe noch mal mit den Leuten gesprochen, die damals mit der Organisation der Konzerte im Altenberger Dom befasst waren. Einer davon wohnt hier in der Nähe. Das ist auch der Grund, warum ich spontan beschlossen habe, vorbeizukommen. Aber jetzt sehe ich, dass das auf jeden Fall nötig gewesen wäre. Sonst hättet ihr mir vielleicht nicht geglaubt. Und eine Riesendummheit gemacht.«

»Was geglaubt?«, rief Wonne, die sich neben mich auf die Liege gesetzt hatte.

»Das hier.«

Ich las den Titel des Buches: »Musik und Musiker im Bergischen Land«. Jutta blätterte. Ich erkannte zwischen den Textblöcken Schwarz-Weiß-Fotos von Orchestern, außerdem Porträts von Künstlern.

»Kennt ihr den hier?«

Sie drehte das Buch um. Wonne und ich beugten uns darüber, sodass wir sehen konnten, was sie meinte.

Das Foto war recht alt, bestimmt über zwanzig Jahre, aber das überhebliche Grinsen und die Haarpracht, die damals freilich noch dunkel gewesen war, ließen keinen Zweifel.

»Mathisen«, sagte ich.

Ich sah Wonne an und versuchte ihr durch einen Blick zu verstehen zu geben, dass ich nichts dafür konnte, dass es wieder mal um ihn ging.

»Mathisen ist Sandro Marino«, sagte Jutta.

Ich war wie vom Donner gerührt. Wonne schwieg.

»Das gibt's doch nicht«, entfuhr es mir. Unter dem Foto informierte ein kurzer Text über den damals noch jungen Sänger. Ich überflog die Zeilen, konnte es aber trotzdem nicht fassen.

»Er hat in Italien studiert«, sagte Jutta. »Und dort hat er sich einen italienischen Künstlernamen gegeben, weil deutsche Namen in Italien nicht so gut ankommen.«

Sie nahm das Buch weg und schlug es mit lautem Knall zu.

»Er hat sich ganz am Beginn seiner Karriere so genannt. Ein paar Jahre später ist ihm klar geworden, dass er sich damit eher lächerlich machte. In Klassikkreisen sind Künstlernamen verpönt. Deswegen hat er davon wieder Abstand genommen und sich Siegfried Mathisen genannt.«

»S und M«, sagte ich. »Dieselben Initialen.« Ich dachte an den kurzen Brief an Wonnes Mutter.

»Genau.« Jutta packte das Buch weg. »Und damit ist die Sache ja wohl klar. Ihr glaubt doch sicher nicht, dass Siegfried einen Mord begangen hat? Und dann auch noch an dem Tag, an dem er auf meine Party kam? Er und Hermine sind beide an diesem Wochenende erst angereist.«

Ich dachte nach. Juttas unbarmherziger Blick, mit dem sie mich durchbohrte, erschwerte meine Gedankentätigkeit deutlich. Sicher, sie konnte nicht glauben, dass ihr langjähriger Bekannter ein Mörder war. Andererseits, wenn man die persönlichen Bedenken abzog und alles nüchtern betrachtete …

»Das heißt überhaupt nichts«, rief Wonne. »Wenn Mathisen und Sandro Marino ein und dieselbe Person sind, dann war es eben Mathisen.«

»Spinnst du?«, fuhr Jutta auf. »Das ist ein in seiner Branche renommierter Mann. Dem kannst du nicht einfach einen Mord in die Schuhe schieben.«

Wonne sprang auf. »Wir haben die Indizien. Sandro Marino war mit Gabriele zusammen.«

»Aber sie hat Klara Hackenberg von Salzburg aus einen Brief nach Wermelskirchen geschickt. Ihr habt nur eine Theorie, aber nicht den Schatten eines Beweises.«

»Der Brief wurde mit der Schreibmaschine geschrieben«, sagte ich. »Er könnte eine Fälschung sein. Sie hätte ihn wahrscheinlich sonst mit der Hand verfasst. Der Brief könnte von ihm stammen … Und die Sache mit der Handverletzung war eine Finte.«

»Alles konstruiert«, sagte Jutta scharf. »Alles Theorie. Wie du selbst sagst.«

»Darf ich das Buch bitte noch mal sehen?«

»Selbstverständlich«, sagte sie und warf Wonne einen Blick zu, in dem das Gift fast sichtbar war. Wonne hielt ihm wunderbar stand. Ohne hinzusehen, griff Jutta in die Tasche und reichte mir den Band.

»Hier steht's doch klar und deutlich«, sagte ich. »Mathisen alias Marino hat am 31. Oktober 1975 zum letzten Mal im Bergischen Land gesungen. Verdis ›Requiem‹. Und am selben Abend oder einen Tag später hat er …«, ich zögerte kurz, »… jemandem einen Brief geschrieben. Das wissen wir sicher.«

»Noch ein Brief? Was für ein Brief soll das denn gewesen sein?«

»Hier steht weiter, dass er direkt danach nach Salzburg ging, wo er an der Seite der Agentin Hermine Weißenburg eine große Karriere begann. Wie wir heute wissen, war diese Karriere dann irgendwann zu Ende, und er ist selbst ins Agenturgeschäft eingestiegen.«

»Erklär mir, was das für ein Brief sein soll«, beharrte Jutta.

Ich ging immer noch nicht darauf ein. »Mathisen hatte im Oktober 1975 mehrere Beziehungen zu jungen Frauen. Unter anderem zu Gabriele Scherf, die unbedingt nach Salzburg mitkommen wollte. Wenn Mathisen sie mitgenommen hätte, wäre aber die Beziehung zu seiner Agentin geplatzt, die wichtig für seine Laufbahn war. Er konnte es sich nicht leisten, mit einer jungen Geliebten in Salzburg aufzutauchen. Vielleicht hat sie ihn erpresst, was weiß ich ... Jedenfalls hat er sie umgebracht und die Leiche versteckt. Und Klara Hackenberg war drauf und dran, diesen Mord von damals aufzudecken.«

»Seid ihr von allen guten Geistern verlassen?«, ereiferte sich Jutta. »Das ist alles reine Spekulation.«

Ich blieb ruhig. »Jutta, jetzt versuch doch mal deine persönliche Bekanntschaft mit Mathisen beiseite zu lassen. Wenn dir das gelingt, wird dir klar, dass wir recht haben. Oder zumindest recht haben könnten. Dass man dem nachgehen muss.«

Sie sprang auf, offenbar hatte sie ein ähnlicher Bewegungsdrang überfallen wie Wonne. Der Effekt war, dass ich nun zu beiden Frauen aufsehen musste. Das gefiel mir nicht, also stand ich ebenfalls auf.

»Wie hätte das denn ablaufen sollen?«, fragte Jutta aufgebracht. »Woher hätte Siegfried die genauen Gewohnheiten von Klara Hackenberg kennen sollen? Wie ist er an Reinhold Hackenbergs Auto gekommen?« Sie lachte nervös. »Ja, nicht nur das: Er musste ja auch am frühen Samstagmorgen irgendwie nach Tente kommen – und das ohne eigenen Wagen, denn der hätte ja gesehen werden können. Und dann brauchte er auch noch das Messer aus dem Haus. Gut, das hätte er ja gleich mit dem Autoschlüssel nehmen können, da gebe ich dir recht ...«

Sie atmete schwer. Ich wagte nicht, etwas zu sagen. Auch Wonne schwieg. Schließlich kam Jutta wieder zur Besinnung und sah uns erstaunt an.

»Soll das heißen, ihr glaubt wirklich ... Remi, sag, dass das nicht wahr ist.«

»Klara Hackenberg kann sich auf einer ihrer Reisen nach Österreich mit ihm getroffen haben. Auch wenn sie noch nicht ahnte, dass er Gabrieles Mörder ist, wusste sie, dass er mit ihr zusammengelebt hatte. Dabei kann er von ihren Gewohnheiten, morgens den Dom zu besuchen, erfahren haben. Und alles andere ist ebenfalls möglich, Jutta. Man kann auf viele verschiedene Arten morgens von Köln nach Tente kommen. Zum Beispiel mit dem Bus.«

»Siegfried in einem Bus?« Sie lachte. »Da hätte ihn ja jeder gesehen.«

»Man kann sein Äußeres verändern. Vielleicht ist er auch schon am späten Abend vorher hingefahren und hat bis zum Morgen gewartet.«

Jutta wirkte plötzlich wie versteinert. »Remi – wenn du das weiterverfolgst, und es wird bekannt, dann gibt das einen Skandal. Ist dir das klar?«

»Darauf kann ich keine Rücksicht nehmen, Jutta. Es tut mir leid. Ich verspreche dir, ich halte mich nur an Fakten. Ich werde auch nicht gleich zur Polizei gehen, sondern erst mit Mathisen reden. In Ordnung?«

»Du bist auf der falschen Fährte. Gib es auf. Hackenberg ist der Mörder. Niemand sonst.«

»Nur reden, Jutta.«

Plötzlich standen wir uns auf dem Rasen wie zwei Revolverhelden gegenüber, die sich auf der breiten, staubigen Straße der Westernstadt zum Duell verabredet hatten.

»Und tu mir einen Gefallen«, fügte ich hinzu. »Halte dich raus. Sprich mit Mathisen nicht darüber. Ich werde das alles noch mal genau durchgehen.« Eigentlich hatte ich »mit Wonne durchgehen« sagen wollen, aber das hätte Jutta sicher noch mehr gereizt.

»Was grinst du so?«, fragte Jutta. »Weißt du was, Remi? Lass mich in Ruhe. Natürlich werde ich mit Siegfried nicht darüber reden. Ich mache mich doch nicht lächerlich.«

Offenbar hatte meine unwillkürliche Reaktion für den letzten Tropfen gesorgt, der das Fass zum Überlaufen brachte. Starren Blickes setzte sich Jutta in Bewegung und stapfte in Richtung Haus.

Kurz darauf knallte die Autotür, und der Motor ihres Wagens heulte auf.

Wonne kam zu mir. »Du bist ein Held«, sagte sie.

»Wie meinst du das?«

»Jemand, der so sehr seinen Ideen folgt und dafür sogar einen Krach in Kauf nimmt, kann nur ein Held sein, findest du nicht?«

Ich küsste sie. »Es tut mir leid, dass es jetzt doch wieder um Mathisen geht.«

»Schon okay.« Ich versuchte, ihren Blick zu lesen. Und ich fand darin etwas Ähnliches wie bei Jutta. Wonne wollte es Mathisen heimzahlen, Jutta wollte ihn schonen. Beide waren emotional in die Sache verstrickt.

Der Einzige, der den objektiven Überblick behielt, war ich – der Held.

Dachte ich jedenfalls.

»Immer langsam, wir sind hier nicht bei ›Miami Vice‹«, rief ich, als Wonne mit quietschenden Reifen vor der Einmündung zur Hauptstraße bremste.

»›Miami Vice‹? Ist das nicht eine Krimiserie aus dem Mittelalter?«

Ein Pulk Motorradfahrer zog aus Richtung Mettmann vorbei. Als sie in der Ferne verschwunden waren, gab Wonne so stark Gas, dass es heulte.

War unser Altersunterschied tatsächlich so groß? Ich schüttelte nur den Kopf und zog mein Handy heraus.

Wir rasten die Straße nach Mettmann zum Jubiläumsplatz hinunter, als sich bei Georgis endlich jemand meldete.

»Hallo, Herr Georgi, hier ist Rott.«

»Der Detektiv?«

»Ja, genau. Ich hatte mit Ihrer Frau telefoniert.«

»Sie hat mir gesagt, worum es geht. Sie wollen wissen, wo wir damals den Ohrring gefunden haben.«

Wonne hatte an einer Ampel gehalten und fuhr wieder an, die Lautstärke im Wagen erhöhte sich rapide, und ich musste gegen den Lärm anschreien. Wenigstens hatte sie das Faltdach geschlossen.

»Haben Sie sich denn erinnern können?«, fragte ich.

»... Mühe gemacht ... Fotos ... Kalender nachgesehen«, verstand ich.

»Wonne, fahr langsamer«, rief ich. »Herr Georgi, es tut mir leid, wir sind gerade im Auto unterwegs.«

»Ich glaube, ich kann es Ihnen ganz gut erklären«, sagte er. Wonne hatte das Tempo gedrosselt – keine Ahnung, ob meinetwegen oder wegen der Tatsache, dass wir in der Innenstadt unterwegs waren. Hauptsache, ich verstand Georgi wieder.

»Damals war ich auf der Suche nach einem Grab«, sagte Georgi.

Ich war nicht sicher, ob ich ihn richtig verstanden hatte. »Ein Grab?«

»Ja, wissen Sie, ich bin Geografie- und Geschichtslehrer, und ich habe mich damals schon sehr für das Bergische Land interessiert. Ich habe in meinen Unterlagen nachgesehen: Meine Frau und ich haben damals eine Wanderung zur Knochenmühle gemacht.«

Knochenmühle, Grab – das klang ja immer interessanter.

»Dort gibt es ein Grab im Wald. Das Grab einer jungen Frau.«

»Gabriele Scherf?«, entfuhr es mir.

Georgi wirkte verwundert. »Nein. Hildegard Maria Klingenburg. Sie kam kurz vor Ende des Krieges ums Leben, und wahrscheinlich konnte man sie wegen der allgemeinen Wirren und Zerstörungen nicht auf einem Friedhof beisetzen. Sie wurde nur zwanzig Jahre alt.«

Einen Moment lang dachte ich, die Geschichte, die mir Georgi da erzählte, hätte etwas mit meinem Mordfall zu tun. Ein paar Sekunden starrte ich vor mich hin. Wir befanden uns gerade hinter Mettmann auf der grünen Landstraße in Richtung Autobahn, die uns nach Köln bringen würde.

»Dieses Grab im Wald war damals unser Ziel«, fuhr Georgi fort. »Und in unmittelbarer Nähe, ein Stück in Richtung Talausgang, lag der Ohrring. Das heißt, er hing an einem tiefliegenden Ast eines Baumes. Als wenn ihn jemand anders schon mal gefunden und so drapiert hätte. Damit man ihn sieht, falls danach gesucht wird.«

»Ich verstehe.« Im Stillen bedankte ich mich beim Schicksal dafür, mir einen pingeligen Lehrer zum Zeugen beschert zu haben.

»Wir haben uns damals schon gewundert«, berichtete er weiter, »denn eigentlich gibt es in der Nähe des Grabes keinen richtigen Wanderweg. Die Stelle ist ziemlich abgelegen. Sie befindet sich im Tal der Kleinen Dhünn. Gegenüber der Straße, die durch das Tal führt, ist ein langer bewaldeter Hang. Da ist die Stelle.«

»Können Sie mir genau sagen, wo das ist? Ich würde mir das gern ansehen.«

»Von wo kommen Sie?«

»Warten Sie einen Moment, ich muss eine Karte aufschlagen. Südliches oder nördliches Bergisches Land?«

»Wie meinen Sie das?«

»Eher die Gegend von Overath, Wiehl, Waldbröl? Oder Wermelskirchen, Wipperfürth, Gummersbach?«

»Wissen Sie nicht, wo die kleine Dhünn fließt?«, fragte er – offenbar fassungslos über diese Bildungslücke.

»Doch, schon gut, entschuldigen Sie, nördlicher Teil.« Warum entschuldigte ich mich eigentlich bei ihm? Weil er Lehrer war? Die Schule prägte einen ganz schön. Auch mit Ende vierzig hatte man noch Ehrfurcht vor einem Pauker.

»Ich komme von Köln«, sagte ich, denn die Besichtigung des Fundortes würde nach dem Besuch bei Mathisen stattfinden.

»Ich erkläre Ihnen, wie Sie es auf der Karte finden. Das ist einfacher. Suchen Sie mal die Dhünntalsperre.«

»Sekunde.« Ich legte das Handy auf die Knie und beugte mich zum Rücksitz. Da lagen die Utensilien, die ich sicherheitshalber mitgenommen hatte. Nicht nur meine Pistole, sondern auch Kartenmaterial.

Ich fischte nach der Naturparkkarte »Bergisches Land Nordteil«, die mir schon große Dienste erwiesen hatte, und schlug sie auf.

Der berühmte Stausee war schnell gefunden. Er zog sich diagonal von Odenthal nordwestlich in Richtung Hückeswagen hinauf. Oberhalb der zerfaserten blauen Fläche lag Wermelskirchen. Darunter Kürten.

»Ich hab's«, rief ich ins Handy.

»Gut. Auf der östlichen Seite teilt sich die Talsperre in zwei kleine Finger. Wissen Sie auch, warum?«, fragte er in Lehrer-Manier.

»Äh, ich glaube, das hat was mit den Tälern zu tun …?

»Es liegt daran, dass zwei Bäche in die Dhünntalsperre fließen. Die Große Dhünn und die Kleine Dhünn. Die Kleine ist die nördlichere.«

Ich hatte immer gedacht, es gäbe nur eine einzige Dhünn, und das mit dem groß und klein hätte irgendwas mit der Quelle und der Mündung zu tun. Ich hütete mich aber, das jetzt zu sagen.

»Wenn Sie nun vom Stausee aus den Bach nach Norden verfolgen, dann kommen Sie erst an den kleinen Ort Dhünn, dann an die Stählsmühle und schließlich an die Knochenmühle am Ende der Straße. Ich weiß nicht, ob das auf Ihrer Karte eingezeichnet ist. Dhünn müssten Sie aber finden.«

Ich versuchte, die Knochenmühle zu entdecken. Erst gelang es mir nicht. Dann wurde mir klar, dass sie sich genau auf dem Knick der Karte befand. Die Ortsbezeichnung war auf der abgenutzten, faserigen Falte fast verschwunden.

»Ich hab sie«, rief ich triumphierend.

»Sehr gut!«, sagte er, als würde er mir eine Note geben. »Dort müssen Sie hin.«

Ich bedankte mich bei ihm, verabschiedete mich und legte auf. Es passte alles zusammen. Die Orte lagen alle dicht beieinander.

Gabriele Scherf hatte damals in dem Haus in Tente gelebt. Sie und Mathisen konnten durchaus in der Gegend bei der Knochenmühle spazieren gegangen sein. Es war nicht weit entfernt. Und daher kannte Mathisen das Tal vielleicht.

Noch etwas fiel mir auf.

In der kurzen Biografie in Juttas Buch hatte ich gelesen, dass Mathisen aus Remscheid stammte. Er war hier aufgewachsen. Wenn er in Altenberg ein Konzert gegeben hatte, dann hatte er vermutlich auch hier in der Gegend übernachtet.

Ich stellte mir den Ablauf vor: Die Aufführung ist vorbei. Die Musiker trinken vielleicht noch etwas zusammen. Gabriele kommt zu Mathisen, um ihm zu eröffnen, dass sie mit ihm nach Salzburg gehen wird. Sie hat alles vorbereitet und ihre Tante informiert. Sie ist mit öffentlichen Verkehrsmitteln herunter nach Altenberg gekommen. Sie hat vielleicht ohnehin kein Auto besessen. Sie stellt ihn vor vollendete Tatsachen. Mathisen kann ihre Anhänglichkeit nicht gebrauchen. Er hat eine neue Geliebte – die einflussreiche Agentin. Er will es ihr ausreden, will sie wieder nach Hause fahren. Sie sitzen im Auto. Spätestens hier macht sie ihm unmissverständlich klar, dass es kein Zurück gibt. Sie hat alle Brücken hinter sich abgebrochen.

Das setzt den jungen, aufstrebenden Startenor noch mehr unter Druck.

Er beschließt, sie aus dem Weg zu räumen.

Er bringt sie um.

Die Knochenmühle lag grob gesehen zwischen Altenberg und Remscheid. Natürlich war es aufwendig, nachts eine Leiche durch den Wald zu schleifen …

Ich dachte weiter nach: Er fährt also nach Remscheid, übernachtet dort, reist am nächsten Tag nach Salzburg, und niemand vermisst Gabriele. Sie hat allen gesagt, dass sie nach Salzburg geht. Vielleicht hat sie an diesem Abend wirklich alle Brücken hinter sich abgebrochen.

Plötzlich donnerte Musik los. Ich erschrak, erinnerte mich aber daran, dass Wonne diese apokalyptischen Klänge auch eingeschaltet hatte, als sie damals – war es wirklich erst ein paar Tage her? – zu Juttas Fest gefahren kam. Und auf dem Weg runter zu Schloss Burg.

»Das Verdi-Requiem?« schrie ich gegen die Musik an.

Wonne nickte. »Übrigens in einer Aufnahme, bei der Mathisen mitsingt. Die Produktion stammt von 1978.«

Jetzt verstand ich. Sie hielt ihn ja für ihren Vater. Deswegen hatte sie sich diese Version besorgt.

Wir schossen auf die Autobahn, und ich versuchte, mich zu entspannen. Nacheinander ging ich noch mal die Indizien durch. Am Ende war ich immer noch zufrieden mit meiner Theorie, auch wenn ein kleiner Einwand blieb. Ein Stachel, der bei den Überlegungen immer wieder schmerzte.

Wenn Mathisen damals in der Nacht wirklich Gabrieles Leiche versteckt hatte, dann musste es irgendetwas geben, das den Wald um die Knochenmühle besonders geeignet dafür machte. Und wenn dem so war, dann war die Leiche so gut versteckt, dass niemand sie fand.

Warum sollte uns das dann gelingen?

Das war aber noch nicht alles. Die nächste Frage war: Wie passte der Überfall von Matze und seinen Leuten in das Gesamtbild?

Alles der Reihe nach, dachte ich, schloss die Augen und versank in den apokalyptischen Klangfluten der Totenmesse.

24

»Such du einen Parkplatz, ich geh schon rein«, sagte ich, als Wonne vor dem Tor in der Backsteinmauer hielt.

»Was willst du denn machen? Ihn einfach mit den Tatsachen konfrontieren und darauf hoffen, dass er zugibt, vor Jahrzehnten einen Mord begangen zu haben?«

Ich hatte Wonne erzählt, was mir nach dem Telefonat durch den Kopf gegangen war.

»Vielleicht kann ich bluffen und behaupten, die Polizei sei gerade dabei, oben bei der Knochenmühle nach der Leiche zu suchen oder so was.«

»Wenn das mal klappt ...«

»Ich tue halt so, als würde ich nach Gabriele suchen. Mal sehen, was er für eine Version auf Lager hat, was aus ihr geworden ist.«

»Na, welche schon? Dieselbe, die auch in dem Brief an Klara Hackenberg steht. Dass sie sich getrennt haben. Und dass der Kontakt dann abgerissen ist. Dass er nicht weiß, was aus ihr geworden ist.«

Hinter uns ertönte ein tiefes Dröhnen. Ein Lkw näherte sich durch die enge Straße.

»Mach, was du willst«, sagte Wonne, »ich muss jedenfalls hier weg. Ich blockiere alles.«

Ich stieg aus, ging durch das Tor und die Treppe hinauf. Hinter der Glasscheibe saß das blonde Mädchen, das Simone hieß. Sie blickte auf, als ich klingelte, und streckte den Arm zu einem Türöffner aus, der sich neben dem Schreibtisch befand. Ich ging hinein.

»Ist Herr Mathisen da?«, fragte ich.

»Nein, tut mir leid. Er kommt auch sicher nicht mehr. Herr Mathisen und Frau Weißenburg sind schon auf dem Weg zum Flughafen.«

Mir fiel es siedend heiß ein – Hermine Weißenburg hatte mir

selbst gesagt, dass sie heute abreisen würden. Hatte sie erwähnt, wohin? Ich konnte mich nicht erinnern. Sicher ins Ausland.

»Es ist sehr wichtig, dass ich ihn noch treffe«, sagte ich. »Wann geht das Flugzeug? Kann ich ihn vielleicht noch erreichen?«

»Ich kann es Ihnen leider nicht sagen …«

»Wohin fliegen sie? Man könnte auf dem Flugplan nachschauen, wann der Flieger geht.«

»Ist es wirklich so dringend?«

»Es geht um eine gerichtliche Sache. Deswegen habe ich auch gestern mit Frau Weißenburg gesprochen.« Ich blickte in das Gesicht des Mädchens, das mir aufmerksam zuhörte, aber nichts unternahm, um mir zu helfen. Aus Erfahrung wusste ich, dass es in solchen Fällen nützlich war, etwas zu übertreiben.

»Ich arbeite für die Staatsanwaltschaft«, behauptete ich. »Herr Mathisen ist Zeuge in einem Mordfall. Wenn ich ihn nicht erreiche und die Information nicht erhalte, die ich brauche, wird das zu Problemen führen. Wahrscheinlich wird Herr Mathisen Schwierigkeiten bekommen. Große Schwierigkeiten. Und sofort wieder zurückreisen müssen. Das wird nicht in seine Termine passen …«

Das Mädchen wurde blass. »Ich gebe Ihnen Herrn Mathisens Handynummer. Vielleicht erwischen Sie ihn ja noch. Es kann sein, dass er noch im Hotel ist.«

Das war das Stichwort. Mathisens Handynummer brauchte ich gar nicht. Wonne hatte sie.

»In welchem Hotel ist er abgestiegen?«

Sie schrieb es mir auf. Es lag am Wiener Platz.

Ich bedankte mich und stürmte davon. Unten im Hof kam mir Wonne entgegen. Fast wären wir zusammengestoßen.

»Und?«, fragte sie atemlos.

»Er ist nicht hier. Seine Frau auch nicht. Sie reisen heute weiter. Komm, vielleicht sind sie noch im Hotel.« Ich überlegte, ob ich ihn anrufen sollte. Nein. Der Überraschungseffekt war wichtig.

Die Parklücke, die Wonne gefunden hatte, lag ziemlich weit entfernt. Wir rannten. Als wir das Auto endlich erreichten, hatte ich das Gefühl, ich hätte einen Marathon hinter mir.

»Du solltest mehr Sport treiben«, hörte ich Wonnes Stimme durch das Wummern, das meinen Körper erfüllte.

»Beeil dich«, rief ich. Es war der falsche Moment, um über Sport oder Fitness zu diskutieren.

Wir quetschten uns in den Wagen. Wonne fuhr los. Eine Ampel wollte gerade auf Rot springen – mindestens fünfzig Meter entfernt. Wonne trat aufs Gaspedal, dass es mich in den Sitz drückte. Ich wandte den Blick von der Straße und beobachtete die Tachonadel, die auf neunzig hinaufwanderte. Kaum waren wir über die Kreuzung, bremste Wonne wieder.

»Man weiß ja nie, ob es nicht Starenkästen gibt«, erklärte sie.

»Wenn dich einer erwischt, zahle ich.«

Sie gab wieder Gas und preschte weiter. Ich hatte den Eindruck, auf einem Schlachtross zu sitzen, das sich ins Gefecht stürzt.

Keine Ahnung, ob jemals jemand die Zeit gestoppt hat, die man von der Lüderichstraße bis zum Wiener Platz braucht. Mir kam es jedenfalls wie eine Ewigkeit vor. Irgendwo im Straßengewirr um den Kalker Bahnhof hielt vor uns plötzlich ein Transporter. Der Fahrer erschien auf der Rückseite, senkte beschwichtigend die Arme, öffnete die Klappe und begann seelenruhig, irgendwelche Kartons auszuladen.

Wonne trat das Gaspedal durch und lenkte ihren Winzling über den Gehweg, nur Millimeter von dem Transporter entfernt. Auf der anderen Seite schrammte sie gerade so an einem Fahrradständer vorbei.

»Maßarbeit«, murmelte ich und hielt mich fest, als sie um die nächste Abzweigung preschte, dass die Reifen quietschten.

Das Hotel war eine dieser Kettenunterkünfte, in denen vor allem Geschäftsleute abstiegen.

Hinter dem großen Glasfenster waren Gäste zu sehen – hauptsächlich Männer in Nadelstreifen, die Zeitung lasen oder sich über ihre Laptops beugten.

»Willst du wieder allein reingehen?«, fragte Wonne.

»Nein, wir machen das zusammen. Es wird sicher nicht ganz einfach, sich zu unterhalten. Vor allem wenn seine Frau dabei ist.«

»Willst du ihm verraten, dass du weißt, dass er Sandro Marino ist?«

»Nein, aber ich werde den Namen erwähnen. Und ich werde ihn durchaus wissen lassen, dass wir über Marinos Verbindung zu Klara Hackenberg und Gabriele Scherf Bescheid wissen.« Seine Frau wusste das schon. Ob sie es ihm gesagt hatte?

Wonne fand eine Parklücke direkt vor dem Hotel. Wir standen jetzt am Rand der schaufensterartigen Glasfläche.

»Dreh dich mal ganz langsam nach rechts. Aber nicht so auffällig.«

Ich blickte durch die Glasscheibe. In zweiter Reihe saß jetzt Hermine Weißenburg allein an einem Tisch, eine aufgeschlagene Zeitung in der Hand, vor sich eine Tasse Kaffee. Ohne den Blick von ihrer Lektüre zu nehmen, griff sie nach der Tasse und trank einen Schluck.

Sekunden später betraten wir die Lobby. Hinter der Rezeption sahen uns drei mit weißen Hemden und roten Westen gekleidete blonde junge Frauen auffordernd an. Sie sahen sich in ihrer Kluft so ähnlich wie Drillinge. Ich wandte mich an die mittlere.

»Zu Herrn Mathisen, bitte. Er ist Gast in Ihrem Hotel.«

»Einen Moment ...« Routiniert hatte sie sich dem Computer zugewandt und die Zimmernummer herausgesucht.

»Er müsste auf seinem Zimmer sein. Nummer 362. Ich melde Sie an.« Schon griff sie zum Telefon. »Wie ist Ihr Name bitte?«

»Ist nicht nötig«, sagte ich. »Wir gehen gleich hinauf. Er erwartet uns.«

Sie hatte immer noch den Hörer in der Hand. »Er meldet sich nicht. Möchten Sie mit seiner Frau sprechen? Sie hat bereits ausgecheckt und sitzt in der Bar.«

»Hat er auch schon ausgecheckt?«

»Nein.«

»Vielen Dank.«

Ich zog Wonne mit mir in Richtung der Aufzüge.

»Wenn Frau Weißenburg schon ausgecheckt hat, Mathisen aber noch auf seinem Zimmer ist ...«

»… haben sie getrennte Zimmer«, konstatierte Wonne. Mit einem leisen Glöckchenton meldete sich die Kabine. Die Türen schoben sich auf.

»… was wiederum ein aufschlussreiches Licht auf ihre Ehe wirft«, spann ich den Faden weiter.

Langsam glitt der Aufzug in den dritten Stock. Als wir den Gang betraten, ließ ein Bewegungsmelder Milchglaslampen angehen. Wie auf vielen Hotelfluren herrschte der typische Mief unlüftbarer, weil fensterloser Räume.

Auf der einen Seite des Flurs befanden sich die Türen zu den Zimmern, gegenüber hingen in gleichmäßigem Abstand Kunstdrucke an der weißen Wand. Schwarz-Weiß-Fotografien mit Kölner Motiven.

Auf dem ersten Bild starrte mich ein steinerner Pferdekopf an. Stammte er von dem Denkmal auf dem Heumarkt oder von einer der Figuren an der Hohenzollernbrücke?

Ein großer Kircheneingang. St. Pantaleon? Der Dom?

Dichtes Laub eines Baumes auf einem Platz in der Innenstadt. Dahinter bildete ein aufgeschreckter Taubenschwarm ein surreales Muster. Wallrafplatz. Oder Neumarkt.

Eine kantige Glasfläche, in der sich der Rhein spiegelte. Eins der neuen Kranhäuser?

»Hier ist es«, sagte Wonne.

Wir standen vor Mathisens Zimmer.

Ich hob die Hand, um zu klopfen, doch ich ließ sie wieder sinken, als ich den Spalt zwischen Zarge und Schloss sah.

Ich drückte dagegen, und die Tür schwang auf.

»Herr Mathisen?«, rief ich.

»Er ist doch schon weg«, sagte Wonne.

Wir mussten uns knapp verpasst haben. Er hatte möglicherweise einen anderen Aufzug nach unten genommen. Oder die Treppe. Und jetzt stand er an der Rezeption und checkte gerade aus. Das Taxi wartete vielleicht schon.

Ich machte einen Schritt in das Zimmer. Die schnellste Möglichkeit war, unten anzurufen, um ihn aufzuhalten.

»Oh Gott«, entfuhr es Wonne.

Mathisen lag zwischen dem Bett und dem kleinen Schreibtisch an der linken Wand, auf dem sich ein Flachbildfernseher, ein Telefon und eine Schreibunterlage drängten.

Er lag auf dem Bauch – die Arme mit den beiden Armbanduhren in Richtung Fenster ausgestreckt. Es wirkte, als wollte er die kleine Tischlampe ergreifen. Die längliche Birne ragte nackt aus der Fassung. Der grüne Glasschirm war zerbrochen, und auf dem breiten, schweren Messingfuß war eine dunkle Einfärbung zu erkennen.

»Nichts anfassen«, sagte ich.

»Schon klar.«

»Bleib am besten draußen.«

»Nichts lieber als das.«

Ich machte einen großen Schritt, um zu Mathisen zu kommen. Kein Zweifel: Er war tot. Auf seinem Hinterkopf glänzte es dunkel. Auch auf den hellgrauen Teppich war Blut geflossen. Wahrscheinlich war er hinterrücks erschlagen worden.

Auf dem ungemachten Bett lag ein geöffneter Koffer. Der Inhalt war akkurat gepackt. Es hatte ihn wohl kurz vor dem Aufbruch erwischt. Als hätte jemand verhindern wollen, dass er abreiste. Weil er danach nicht mehr zu fassen sein würde.

Draußen auf dem Flur näherten sich Schritte. Zwei Leute unterhielten sich. Ich drehte mich um und gab Wonne ein Zeichen. Sie zog die Tür an sich heran. Die Personen gingen vorbei.

Ich war mit Mathisen allein. Meine Gedanken überschlugen sich.

Meine ganze Theorie war zum Teufel. Mathisen hätte mein Mörder sein sollen. Warum war er jetzt das Opfer?

Gabriele Scherf. Klara Hackenberg. Zwei getrennte Geschichten, die sich an einem Punkt berührten. Wir waren den Wegen so weit gefolgt, wie wir konnten, aber irgendwo mussten wir falsch abgebogen sein …

Hatten die beiden Fälle doch nichts miteinander zu tun?

Immer noch Mathisen betrachtend, schüttelte ich den Kopf. Das konnte nicht sein. Das *durfte* einfach nicht sein. Es musste einen Zusammenhang geben.

Was würde die Polizei sagen?

Ich stellte mir Kommissar Kotten vor, wobei mir sofort klar wurde, dass er gar nicht zuständig war. Nicht er, sondern die Kölner Polizei würde die Ermittlungen übernehmen. Und ich wusste bereits jetzt, was bei meiner Befragung als Zeuge herauskommen würde. Die Polizei würde alles zur Kenntnis nehmen, aber Mathisens Tod völlig unabhängig vom Mordfall Hackenberg behandeln.

Natürlich, würde der zuständige Kommissar einräumen, war eine Verbindung der Personen nicht von der Hand zu weisen. Klara Hackenberg hatte Kontakt zu Mathisen gehabt, aber das war sehr lange her. Dabei war es um ihre Nichte gegangen, über deren Verbleib niemand etwas wusste.

In Mathisens Fall würde die Polizei erst mal in alle Richtungen ermitteln, wie es so schön hieß. Mathisen war Geschäftsmann gewesen. Solche Leute hatten Feinde.

Wenn ich Glück hatte, würden sie meine Theorie überprüfen, aber damit war immer noch nicht klar, wer Mathisen auf dem Gewissen hatte. Und Reinhold saß immer noch als Hauptverdächtiger im Knast.

»Was machen wir denn jetzt?«, fragte Wonne. Sie war wieder hereingekommen und sah blass aus.

Ich schrak aus meinen Gedanken. Wir mussten etwas unternehmen. Jeden Moment konnte ein Zimmermädchen oder sonst wer hereinkommen. Vielleicht auch Frau Weißenburg, die unten in der Bar saß und auf ihren Mann wartete. Sicher fragte sie sich längst, wo er blieb.

»Müssen wir nicht die Polizei holen?«

»Ja, natürlich.«

»Worauf wartest du dann?«, fragte Wonne.

Wir drehten uns beide um, als die Tür aufging.

»Siegfried?«

Frau Weißenburg stand im Türrahmen. »Sie? Was machen Sie hier? Wo ist …«

Sie senkte den Blick. »Siegfried!«, schrie sie und machte ein paar schnelle Schritte auf uns zu.

»Frau Weißenburg«, rief ich und packte sie an den Armen. Ich spürte, wie sie in sich zusammensank. Wonne schob den Koffer ein Stück nach hinten in Richtung Kopfseite, damit sie sich setzen konnte.

»Er ist tot, nicht wahr?«

»Wir haben ihn gerade gefunden«, sagte ich.

Sie starrte auf die Leiche. »Die Polizei ... Haben Sie sie verständigt?«

»Wir hatten es gerade vor. Frau Weißenburg, wir sollten uns hier nicht aufhalten. Wir müssen das Zimmer verlassen. Kommen Sie. Wir gehen hinunter. Meine Kollegin hilft Ihnen.«

Sie nahm noch immer nicht den Blick von ihrem toten Mann. Ihre Hand griff in die Innentasche ihres Blazers. Sie zog etwas hervor und steckte es in den Mund. Aluminium blitzte. Sie hatte einen Tablettenstreifen in der Hand, wollte ihn zurückstecken.

In dieser kurzen Zeit streifte mich eine Erinnerung.

»Darf ich mal in Ihre Tasche schauen?«, fragte ich.

Frau Weißenburg sah mich an. »Wie bitte?«

»Ich habe da gerade etwas gesehen, was mich auf eine Idee gebracht hat.«

In diesem Moment vollzog sie eine Wandlung. Plötzlich war sie nicht mehr die schockierte Ehefrau, die feststellt, dass ihr Mann ermordet wurde, sondern eine resolute ältere Dame, der man zu nahe getreten war.

»Was fällt Ihnen ein? Ich verstehe nicht ...«

»Sie haben mich gut verstanden, Frau Weißenburg.«

»Das kommt gar nicht in Frage, junger Mann. Wir müssen jetzt die Polizei benachrichtigen.«

»Lassen Sie mich nachsehen.«

»Tun Sie doch etwas«, wandte sie sich an Wonne.

»Zunächst mal tue *ich* etwas«, sagte ich und zog meine Pistole.

»Remi, was machst du?«, rief Wonne erschrocken.

»Keine Sorge, ich weiß genau, was ich tue.«

Ich hielt Hermine Weißenburg die Waffe vor die Nase und wiederholte: »Holen Sie raus, was Sie in der Tasche haben.«

Sie ließ sich durch die vorgehaltene Waffe nicht beeindrucken.

»Sie sind übergeschnappt«, sagte sie ruhig. »Ein Grund mehr, die Polizei zu verständigen.«

»Genau das werden wir tun«, versprach ich. »Aber erst wenn ich weiß, was in der Tasche ist.«

»Remi, jetzt hör schon auf«, jammerte Wonne.

»Ruhe«, rief ich, ohne Frau Weißenburg aus den Augen zu lassen. »Wenn Sie das, was in der Tasche ist, nicht rausholen wollen, dann übernimmt das meine Kollegin.«

Sie sah einen Moment zu Wonne hinüber, und ich nutzte die Chance. Ich griff in die Jacke.

»Und was soll das?«, rief sie.

Ich versuchte, in Frau Weißenburgs Gesicht zu lesen. Sie war nicht die trauernde Witwe, die davon überrascht wird, dass ihr Mann getötet wurde.

»Ach du Schande«, sagte Wonne, als ich einen Filmstreifen mit Tabletten in der Hand hielt. »Novalgin.«

»Sind Sie wahnsinnig? Ich …« Hermine Weißenburg versuchte aufzustehen, doch jetzt war es Wonne, die eingriff. Sie drückte sie an der Schulter zurück aufs Bett.

»Das habe ich schon mal gesehen. Und ich weiß auch, wo. Am alten Bahndamm in Wermelskirchen-Tente, wo Sie vorigen Samstag am frühen Morgen auf die Gelegenheit gewartet haben, Frau Hackenberg zu ermorden.«

Hermine Weißenburg deutete ein Lächeln an. »Wie kommen Sie auf so etwas? Das muss ein Zufall sein. Viele nehmen dieses Medikament.«

»Klara Hackenberg war kurz davor, einen lange zurückliegenden Mord aufzuklären. Den Mord an Gabriele Scherf. An der Frau, die die Geliebte Ihres Mannes war, als er gerade nach Salzburg gehen wollte, um mit Ihrer Hilfe seine Karriere zu starten.«

Sie spielte immer noch die Ahnungslose. »Noch ein Mord? Also bitte, Herr Rott. Wofür halten Sie meinen Mann und mich? Für ein mörderisches Ehepaar? Für eine Art Bonnie und Clyde? Machen Sie sich nicht lächerlich.«

»*Sie* machen sich lächerlich, Frau Weißenburg. Sie sitzen hier, trauern kein bisschen um Ihren Mann, der gerade umgebracht wurde und hier vor uns liegt, sondern spielen die Hartgesottene.«

Ihre Augen schossen Blitze ab. »Was erwarten Sie denn? Dass ich in Tränen ausbreche? Dass ich die Kontrolle verliere, während Sie mich hier mit einer Pistole bedrohen? Was glauben Sie, was in dieser absurden Situation angemessen ist?«

»Frau Weißenburg, gestehen Sie. Sie waren es.«

Sie antwortete nicht, feuerte einen weiteren Giftpfeil ab und hatte plötzlich ihr Handy in der Hand.

»Schießen Sie doch, wenn Sie mich hindern wollen. Mir ist das egal. Sie haben für Ihre wirre Räuberpistole nicht den geringsten Beweis. Und deshalb werde ich jetzt die Polizei alarmieren.«

Wonne reagierte blitzschnell. Sie entwand Hermine Weißenburg das Telefon.

Ich steckte die Waffe weg. Es gab keine andere Chance, als die Strategie zu ändern.

»Gut«, sagte ich. »Wir verlassen jetzt diesen Raum, bevor wir noch mehr Spuren vernichten, und rufen die Polizei an.«

»Werden Sie endlich vernünftig?«, sagte sie.

»Ich habe allerdings ein paar Fragen an Sie und möchte, dass Sie sie mir detailliert beantworten.«

»Warum sollte ich das tun? Ich spreche nur mit der Polizei, mit sonst niemandem.«

»Wer könnte Ihrer Meinung nach Ihren Mann ermordet haben?«, fragte ich unbeirrt.

Sie blickte mich prüfend an. »Sie lassen nicht locker, oder?«

»Sehe ich so aus?«

In ihr schien es zu arbeiten. Sie dachte angestrengt nach. »Vielleicht war es dieser Matze …«, murmelte sie schließlich.

»Matze? Matthias Büchel? Was soll der mit Ihrem Mann zu tun haben?«, fragte ich.

»Sie kennen ihn?«

»Er ist ein alter Kumpel von Reinhold Hackenberg, dem Verdächtigen. Sie haben eine gemeinsame kriminelle Vergangenheit. Ich denke, Klara Hackenberg hat etwas über die Machenschaften herausgefunden, die Matze belasten könnten, und deswegen hat ihr Sohn …«

»Genau der ist es«, rief Frau Weißenburg. »Dieser Büchel hat meinen Mann auf dem Gewissen! Siegfried hat mit ihm zusammengearbeitet. Er hat das hier angerichtet … Ich habe einen Beweis. Wir müssen die Polizei …«

»Einen Beweis? Zeigen Sie ihn mir. Wo ist er?«

»In meinem Auto. Ein Leihwagen, den auch mein Mann während unseres Aufenthaltes in Köln benutzt hat.«

»Steht das Auto in der Tiefgarage?«

»Ja. Also wie gesagt: Dieser Matze scheint für meinen Mann gearbeitet zu haben.«

»Aber er war in Portugal, als Klara Hackenberg ermordet wurde.«

»Davon weiß ich nichts. Er sollte für meinen Mann irgendwelche Dokumente besorgen. Ich weiß nicht, worum genau es ging …«

Plötzlich wurde mir etwas klar. Wonne offenbar auch. »Der Überfall«, sagte sie, und ich versuchte, sie mit einem raschen Blick zum Schweigen zu bringen.

»Was für ein Überfall?«, fragte Hermine Weißenburg.

Ich blockte ab. »Zeigen Sie mir, was in Ihrem Auto liegt.«

Wir erreichten den Aufzug. Es schien endlos lange zu dauern, bis die Kabine kam. Sie öffnete sich und war zum Glück leer.

Ich drückte die Taste »K«, und wir hatten wieder Glück: Wir fuhren ohne Halt an der Rezeption bis zum Untergeschoss durch.

Ein gelb gestrichener, neonbeleuchteter Gang führte zu den Parkplätzen. Hermine Weißenburg blieb vor einem silberfarbenen Ford stehen, kramte in ihrer Tasche und holte den Schlüssel hervor. Ein kurzes Aufleuchten der Blinklichter, und der Wagen war offen.

»Hier«, sagte sie und zeigte mir eine Klarsichthülle, in der ein Stapel weißer Blätter steckte. »Da steht es: Matthias Büchel – daneben eine Telefonnummer. Sie sehen, ich hatte recht. Wahrscheinlich hat mein Mann Klara Hackenberg tatsächlich ermordet. Weil sie darauf gekommen ist, was mit Gabriele Scherf geschah. Um dann die letzten Spuren zu verwischen, hat er Matthias Büchel engagiert. Und der hat ihn dann umgebracht. Vielleicht hatten sie Ärger wegen der Bezahlung. Mein Mann hat schon immer hart verhandelt, wissen Sie …«

Moment, Moment, dachte ich. Nicht so schnell. Was tischte sie mir hier auf? Gut, ihr Mann war der Böse. Das wusste ich schon. Und Matze steckte mit ihm unter einer Decke. Aber warum hätte Matze Mathisen umbringen sollen?

Sie grinste mich an, und in mir wuchs der Zorn. Diese Frau wusste noch mehr. Ganz sicher.

Ich zog die Pistole. »Steigen Sie ins Auto«, sagte ich.

Sie versteinerte. »Aber Herr Rott – warum …«

»Reden Sie nicht, sondern steigen Sie ein.« Sie wollte sich auf den Fahrersitz setzen. »Hinten«, sagte ich. »Wonne, nimm den Schlüssel. Du fährst.«

»Remi, ich versteh das nicht … Wir müssen doch jetzt …«

»Tu, was ich sage.«

Wonne nahm Hermine Weißenburg, die kopfschüttelnd auf dem Rücksitz Platz nahm, den Schlüssel ab.

»Bist du sicher, dass du das Richtige tust?«, fragte sie mich.

»Absolut.«

Ich setzte mich ebenfalls nach hinten, die Waffe permanent auf Hermine Weißenburg gerichtet.

»Fahr los.«

»Und wohin?«

»A 3, dann auf die A 1. Ins Bergische. Den Rest sage ich dir dann.«

Wonne schlug die Tür zu und ließ den Motor an. Hermine Weißenburg wirkte plötzlich um Jahre gealtert. Sie saß regungslos da und starrte vor sich hin.

Wir erreichten das Rolltor, vor dem eine Kette von der Decke hing. Wonne öffnete das Seitenfenster, zog, und gemächlich wanderte das Gitter nach oben.

Als der Wagen anruckte, kam plötzlich Leben in Hermine Weißenburg. Sie riss an der Tür.

»Ich will hier raus. Sofort. Ich will zur Polizei. Ich zeige Sie an.«

Ich packte sie. »Vergessen Sie es.«

»Sie machen einen schweren Fehler, Herr Rott. Das ist Freiheitsberaubung.«

Im Innenspiegel sah ich Wonnes Augen. Sie warf mir einen fragenden Blick zu. Es tat mir in der Seele weh, ihre Verwirrung zu sehen, aber ich konnte momentan keine großen Erklärungen abgeben.

»Ich will es jetzt endlich wissen«, sagte ich nur. »Wir fahren dahin, wo alles angefangen hat.«

25

Georgi hatte mir nur erklärt, wo auf der Wanderkarte die Knochenmühle zu finden war. Eine Fahrtbeschreibung hatte ich nicht. Die Karte war in Wonnes Auto. So kratzte ich meine ganze Erinnerung zusammen, um eine Route zu unserem Ziel zu finden.

»Wir müssen nach Wermelskirchen-Dhünn«, sagte ich zu Wonne. »Weißt du, wo das ist?«

»Wahrscheinlich etwas abseits der Wermelskirchener Innenstadt«, sagte sie. »Hier gibt's übrigens ein Navi.« Sie hatte offenbar irgendeinen Knopf gedrückt, denn plötzlich erhob sich ein kleiner Bildschirm aus der Armatur.

Ein Navi. Damit sparten wir eine Menge Zeit. Ich war nicht auf die Idee gekommen, dass der Mietwagen über so etwas verfügte.

»Dhünn ist in der Datenbank«, erklärte Wonne.

Sehr gut. Aber wie hieß die Straße, in der sich die Knochenmühle befand? Ich überlegte und kam zu dem Schluss, dass Georgi dazu nichts gesagt hatte. Besaß so eine Straße überhaupt einen Namen?

»Schau mal, ob du die Bezeichnung Knochenmühle findest«, sagte ich. »Oder Knochenmühlenweg oder so was.«

Während Wonne weiterfuhr, probierte sie Verschiedenes aus.

Wir ließen die Häuser der Stadt hinter uns und kamen ins Grüne. Ein Ortsschild näherte sich: »Hoffnung«. Na, wenn das kein gutes Zeichen war.

Plötzlich meldete sich Frau Weißenburg. »Sie haben nichts bewiesen, wenn Sie Gabriele Scherfs Leiche finden«, sagte sie, als hätte sie die ganze Zeit nur darüber nachgedacht. »Falls Ihnen das überhaupt gelingt. Und das haben Sie doch vor, oder nicht? Wenn es stimmt, was Sie glauben, ist sie vor mehr als zwei Jahrzehnten dort versteckt worden. Was denken Sie, was von ihr noch übrig ist?«

»Sie wissen ja ziemlich gut Bescheid«, sagte ich. »Wonne, hast du das gehört? Ich glaube, Frau Weißenburg könnte uns noch viel mehr erzählen, wenn sie wollte.«

»Wenn sie wollte«, echote Hermine Weißenburg. »Sie will aber nicht.«

»Ach, da fällt mir ein – dafür wollten Sie ja, dass wir die Polizei verständigen. Ich denke, jetzt ist es an der Zeit, Ihrem Wunsch nachzukommen.« Ich behielt die Waffe in der Hand, zog mein Handy hervor und wählte die eins eins null.

Eine Frauenstimme meldete sich. Ich meldete einen Leichenfund in einem Kölner Hotel. »Verständigen Sie bitte auch Hauptkommissar Kotten von der Polizei in Bergisch Gladbach«, fügte ich hinzu. »Und viele Grüße von einem befreundeten Privatdetektiv.«

»Wie ist Ihr Name?«, fragte die Beamtin auf der anderen Seite der Leitung. Ich legte auf.

»Na, zufrieden?«, fragte ich Hermine Weißenburg. »Jetzt geht alles seinen Gang. Die Polizei wird sicher Spuren von Ihnen in Mathisens Zimmer finden.«

Sie schüttelte den Kopf. »Kein Wunder, Herr Rott. Ich bin seine Frau. Es wäre seltsam, wenn sich keine Spuren von mir dort finden lassen würden.«

»Apropos Spuren«, sagte ich. »Wir haben eine leere Folie Ihres Medikaments ganz in der Nähe des Hauses von Klara Hackenberg gefunden. Genauer gesagt an dem stillgelegten Bahndamm. Ich erwähnte das bereits. Ein perfekter Ort, um ungesehen abzuwarten, bis Klara Hackenberg das Haus verließ, um wie jeden Morgen exakt zur selben Uhrzeit in den Altenberger Dom zu gehen. Ich frage mich nur, wie Sie das so genau gewusst haben … Ich nehme an, Sie sind mit dem Bus hingefahren und hatten dann noch Zeit. Sie brauchten also einen Ort, um sich so lange zu verstecken, bis Klara Hackenberg ging. Sie haben dort unten gewartet, sind zum Haus gegangen, haben Reinholds Auto geholt und sind ihr nachgefahren. War es nicht so?«

»Hören Sie auf.«

»Die Frage nach dem Motiv ist allerdings noch offen. Ihre Ehe schien nicht die beste gewesen zu sein, Frau Weißenburg. Warum war es so wichtig für Sie, Ihren Mann vor dem Gefängnis zu bewahren?«

»Jetzt halten Sie endlich den Mund!«, schrie sie. »Sie haben ja keine Ahnung!«

Wieder herrschte ein paar Minuten Stille im Wagen. Aber das Rad hatte sich ein Stück gedreht.

Wonne lenkte uns durch grüne Hügel, vorbei an Fachwerkhäusern und Kuhweiden.

»Die Knochenmühle ist nicht im Navi«, sagte sie. »Aber dieser kleine blaue Strich müsste die Kleine Dhünn sein. Ich finde den Weg schon.«

Wir erreichten Dhünn. Bogen links ab. Es ging ein Stück den Berg hinauf zum Ortskern. Rechts erschien der Gasthof »Zur Post«.

Tente, Dellbrück und jetzt dieses hier: Wie viele Gasthäuser, die die Post im Namen führten, mochte es im Bergischen Land geben?

Wonne lenkte den Wagen ein Stück bergab, eine schmale asphaltierte Straße entlang, an Glascontainern vorbei. Hier begann wohl das Dhünntal.

Ein Wanderparkplatz. Dann ein Schild, auf dem etwas von einem »Angelparadies« zu lesen war. Ein Sportplatz hinter Bäumen.

Eine Ausschilderung nach Stählsmühle.

Diesen Ortsnamen hatte Georgi erwähnt.

Die Häuser standen so verwinkelt eng, dass Wonne nur Schritt fahren konnte. Ein Mann neben einem Rasenmäher blickte neugierig zu uns herüber. In einem Hof unterbrachen Kinder ihr Ballspiel und sahen uns nach.

Dann war die Ortsgrenze erreicht, und ich erkannte die Landschaft, obwohl ich sie nie gesehen hatte. Genau so hatte Georgi sie beschrieben: Die Straße drängte sich auf der linken Seite an den Hang. Rechts dehnten sich grüne Weideflächen, dahinter ein bewaldeter Höhenzug.

»Dahinten kommt ein Anwesen«, sagte Wonne. »Das muss die Knochenmühle sein.«

Ich erkannte ein bräunliches Wohngebäude, daneben so etwas wie eine Scheune. Langsam bewegten wir uns darauf zu. Die Straße endete in einem Rondell direkt neben den Häusern. Niemand war zu sehen. Ein Hund bellte, blieb aber unsichtbar.

»Fahr ein Stück zurück«, sagte ich zu Wonne.

Die Tatsache, dass ich eine Frau mit einer Pistole bedrohte, konnte leicht zu Missverständnissen bei Bewohnern der Mühle führen. Mir hatte schon die Neugier der Anwohner in Stählsmühle gereicht.

Wonne lenkte den Wagen das schmale Sträßchen entlang zurück.

»Wo willst du denn jetzt hin?«, fragte sie.

»Fahr weiter. Noch ein Stück. Langsamer ... jetzt hier rechts anhalten.«

Neben der Straße öffnete sich eine kleine Einbuchtung – fast ein natürlicher Parkplatz, in den der Wagen genau passte.

Kaum hatte Wonne angehalten, stieg ich aus und ging zur Fahrertür.

»Du bleibst hier und passt auf unseren Gast auf«, sagte ich und drückte Wonne die Waffe in die Hand. »Ich schau mich hier mal um.«

»Aber ...« Sie blickte erschrocken die Beretta an.

»Du machst das schon. Ich bin gleich zurück.«

Gegenüber der Einbuchtung plätscherte Wasser. Hinter einem Gebüsch war ein Teich zu erkennen. Ein Pfad führte vorbei zur Weide.

Ich lief los und stand nach wenigen Metern in sumpfigem Gras. Meine Schuhe liefen voll Wasser. Ich fluchte und ging weiter. Jeder Schritt quatschte.

Der gegenüberliegende Hang war genauso lang wie das Tal – wahrscheinlich mehr als einen Kilometer. An seinem Fuß empfing mich ein Spalier aus Brennnesseln, dahinter floss schmal und flach die Kleine Dhünn. Immer wieder gab es längliche Inseln aus Kies im flachen Wasser.

Dahinter erhob sich der Hang. Sehr steil, sehr hoch und dicht bewaldet.

Es gab nur eins: Ich musste noch mal Georgi anrufen. Vielleicht konnte ich ihn überreden, hierherzukommen und mir die Stelle zu zeigen, wo er damals den Ohrring gefunden hatte. Dort musste Gabrieles Leiche versteckt worden sein. Aber wo genau? Ob er sie einfach im Wald verscharrt hatte?

Da fiel mir etwas ein: das Grab der Hildegard Maria Klingenburg!

Gab es ein besseres Versteck für eine Leiche als ein bereits vorhandenes Grab?

Ich rannte den Saum von Brennnesseln entlang, setzte mit zwei beherzten Sprüngen über das Wasser und ächzte auf der anderen Seite den Hang hinauf.

Ich hielt mich an den Baumstämmen fest, zog mich weit hinauf, wobei ich den Schmerz in meiner Schulter unterdrückte, und gelangte schließlich auf einen flacheren Absatz, der sich wie ein Wirtschaftsweg durch den Wald zog. Ein alter Holzweg.

Schweißnass blieb ich stehen. Das Blut rauschte in meinen Ohren, und mein Herz wummerte.

Mein Handy – wo war es?

Meine Hand war schmierig von Schweiß, als ich es hervorzog. Fast wäre es mir entglitten. Ich drückte Georgis Nummer in der Wiederwahlliste.

»Georgi.«

»Rott hier«, sagte ich keuchend. »Könnten Sie mir bitte noch mal helfen? Ich bin gerade hier an der Knochenmühle im Wald und suche das Grab, von dem Sie erzählt haben …«

»Wie stellen Sie sich das vor? Ich weiß ja nicht genau, wo Sie sind …«

»Ich bin etwa in der Mitte des Tales in den Wald gegangen. Neben einem Teich. Jetzt stehe ich auf einem Weg. Oder dem Rest eines Weges …«

»Ein alter Holzweg … da sind Sie richtig. Klingt paradox, ist aber so. Sie müssen sich in Richtung Knochenmühle halten. Etwas oberhalb des Weges ist das Grab. Es steht ein steinernes Kreuz darauf.«

Ich hatte mich schon in Bewegung gesetzt. Ein Haufen toter

Äste versperrte mir den Weg. Ich musste ihn umrunden. Das Handy weiter am Ohr, kletterte ich den Hang hinauf. Mehrmals rutschte ich aus und dreckte mir die Hose ein.

»Genauer kann ich es Ihnen auch nicht sagen«, hörte ich Georgis Stimme. »Tut mir leid.«

Ich blieb stehen, atmete tief durch.

Dann blickte ich weiter den Hang hinauf, ging ein paar Schritte, sah mich wieder um. Etwas oberhalb lag so etwas wie eine kleine Lichtung.

Ich kämpfte mich zu der freien Stelle durch. Mit etwas gutem Willen war dort ein Steinkreuz zu erkennen – genauso graubraun wie die Umgebung und daher gut getarnt.

Ich arbeitete mich weiter und stand nun vor dem Kreuz. Es trug eine Inschrift:

HILDEGARD MARIA KLINGENBURG
18. MÄRZ 1925 – 15. APRIL 1945

Anderen Schmuck als das Kreuz gab es nicht. Keine Einfassung, keine Blumen. Nur ein paar Natursteinplatten.

»Sagen Sie mal, wonach genau suchen Sie eigentlich, Herr Rott?«, fragte Georgi.

Ich erklärte es ihm.

»Ist ja unglaublich! Und Sie sind sicher, dass die Leiche in dem Grab versteckt wurde?«

»Nein. Mein einziges Indiz ist der Ohrring, den Sie gefunden haben. Er gehörte der Toten. Zumindest glaube ich, dass sie tot ist. Jedenfalls ist sie verschwunden.« Aber ob sie wirklich tot war? Wer sagte denn, dass sie nicht unbehelligt irgendwo in Südamerika, in Frankreich oder Polen lebte? Oder von mir aus in Österreich?

Alles Schwachsinn. Ich saß hier im Wald und suchte einen Ort, an dem eine Tote vor Jahrzehnten versteckt worden war – aber vielleicht war sie gar nicht tot. Und wenn – wie sollte man so ein Versteck finden?

Ich war völlig fertig.

Am liebsten hätte ich mich auf das Kreuz gesetzt, doch das kam mir pietätlos vor. Ich fand etwas abseits des Grabes einen Baumstumpf.

»Wenn man da oben eine Leiche verschwinden lassen will, gibt es eine viel bessere Möglichkeit«, sagte Georgi. »Man nutzt einen von den Schächten.«

»Schächte? Was für Schächte?« Mit einem Mal spürte ich neue Energie.

»Es gibt alte Schächte aus dem Tagebau. Dort wurde früher mal Erz abgebaut …«

»Wo ist das?«, unterbrach ich ihn. »Hier in der Nähe?«

»Stehen Sie gerade an dem Grab?«

»Ja.«

»Sie müssen wieder hinunter, Richtung Bach. Und dann ein Stück weiter …«

»In welche Richtung?«, rief ich, während ich bereits den Hang hinunterrutschte.

»Zum Taleingang. Nicht zur Knochenmühle, sondern entgegengesetzt.«

Wieder musste ich an dem Haufen alter Äste vorbei.

»Haben Sie die Stelle gefunden?«

»Nein, noch nicht.«

»Sie müssen ganz nach unten. Der Eingang des Schachtes liegt gleich am Bach.«

Endlich hatte ich mich an vereinzelten Baumstämmen entlang nach unten gehangelt und folgte dem Lauf der Kleinen Dhünn. Ich erkannte die Stelle wieder, wo ich das Wasser überquert hatte.

»Ich bin jetzt wieder auf Höhe des Teiches«, sagte ich. »Ist das schon zu weit?«

»Das weiß ich leider nicht genau. Es müsste aber dort irgendwo sein.«

Hektisch rannte ich weiter. Und plötzlich sah ich das Ziel vor mir.

Im Hang gähnte wie ein steinernes Maul eine Öffnung. Sie war halb mit lehmiger Erde gefüllt, aber darüber war schwarze Leere. Eine Höhle.

»Kann es sein, dass der Schacht früher noch zugänglich war? Vor dreißig Jahren?«

»Ich denke schon. Ich habe ...«

Georgis Stimme wurde von einem Knall überdeckt. Er hallte von den Hängen wider. Irgendwo flatterten Vögel auf.

Kurz darauf hörte ich das Geräusch eines Motors, der angelassen wird. Das typische Rattern eines Diesels.

Der Knall war ein Schuss gewesen.

Ein Schuss aus meiner Beretta.

Ich drückte Georgi weg und rannte mitten durch den Fluss.

Der silberfarbene Ford war verschwunden. Auf dem matschigen Untergrund zwischen den Reifenspuren lag eine zusammengekrümmte Gestalt: Wonne.

Ich war wie erstarrt, und gleichzeitig hatte ich das Gefühl, als krampfe sich etwas in meinem Inneren zusammen.

Ich beugte mich zu ihr hinunter. Ihr rechter Arm war rot von Blut. Die Augen weit offen. Aber sie lebte.

»Scheiße, tut das weh«, flüsterte sie.

Mechanisch griff ich nach meinem Handy und setzte den Notruf ab. Meine Stimme klang seltsam ruhig, als ich sagte: »Einen Krankenwagen zur Knochenmühle in Wermelskirchen-Dhünn. Schnell bitte. Eine Schussverletzung mit hohem Blutverlust.«

Wonne versuchte sich aufzusetzen. Ich hinderte sie daran.

»Du musst ... meinen Arm abbinden«, sagte sie stockend.

»Weißt du, wie das geht?«, fragte ich und kam mir ziemlich dämlich vor, weil sie mir erklären musste, wie ich sie zu retten hatte. Aber vielleicht war es sogar gut, wenn wir miteinander sprachen, dann würde sie bei Bewusstsein bleiben.

»Zieh deinen Gürtel raus.« Ich tat, was sie verlangte, und als ich den Gürtel um ihren Oberarm geschlungen hatte, sagte sie: »Die blöde Kuh hat mich reingelegt. Sie hat behauptet, mal hinter die Büsche zu müssen ... Und da hat sie einen Ast genommen und zugeschlagen ... Und da fiel die Pistole auf den Boden ... und dann hat sie geschossen ...«

Sie atmete schwer. Ich lauschte. War da schon ein Martinshorn in der Ferne zu hören? In mir wummerte die Panik. Wo war die Beretta? Die Weißenburg musste sie mitgenommen haben.

»Remi ... Sie war es. Und sie wollte mich tatsächlich abknallen. Sie hat gesagt: ›Meinst du, ich lasse mir von euch meine Zukunft kaputt machen?‹ ... Sie fliegt weg. Irgendwohin, in die Karibik oder so. Die kriegen wir nicht mehr ... Hoffentlich können wir wenigstens beweisen, dass sie es war ...«

»Dass sie auf dich geschossen hat, spricht ja eine deutliche Sprache.«

»Die kriegen wir nicht mehr«, flüsterte sie wieder, die Augen geschlossen. »Die fliegt weg ... und die kriegen ... wir ... nicht ... mehr ...«

»Aber schau, was ich hier habe«, sagte ich und griff in die Innentasche meiner Jacke.

Mit letzter Kraft schlug sie die Augen auf. Es dauerte lange, bis sie begriffen hatte, was ich in der Hand hielt.

Der Schmerz in meinem Inneren wütete mit immer größerer Gewalt.

Nicht schon wieder, dachte ich. Schon einmal war am Ende eines Falles ein Mädchen gestorben, das ich sehr gemocht hatte. Nicht schon wieder.

»Blödmann ...«, flüsterte Wonne. »Die Weißenburg hat genug Geld, um sich ein neues Ticket zu kaufen.«

»Das wird ihr aber nichts nützen«, sagte ich und versuchte krampfhaft, mir meine Panik nicht anmerken zu lassen. Ich griff noch mal in die Tasche und entnahm ihr etwas Dunkelrotes. Der Anblick schien Wonne neue Energie zu geben.

»Du hast ... ihr ... den Reisepass ...?«

»Und den Personalausweis auch gleich«, fügte ich hinzu und schwenkte das Plastikkärtchen. »Und die Kreditkarten. Aus ihrer Handtasche. Wo ich schon mal dabei war.«

Ein Martinshorn. Immer näher. Beängstigend laut. Schreiend. Sekunden später bremste neben mir der Notarztwagen.

Wonnes Augen waren wieder geschlossen.

Sie schwieg.

Und lächelte.

26

»Wir haben sie«, sagte Hauptkommissar Kotten, als er in das enge Vernehmungszimmer trat. Routiniert quetschte er sich an dem Tisch vorbei.

»Wo haben Sie sie gekriegt?«

»Sie stand plötzlich auf dem Köln-Bonner Flughafen, die Pistole in der Hand. Als die Wachleute auf sie zugingen, versuchte sie, sich eine Kugel in den Kopf zu schießen. Aber man hat sie in letzter Sekunde entwaffnen können. Die Kollegen bringen sie gerade her.«

Er schob mir einen Stapel Papiere hin. Ich brauchte gar nicht hinzusehen, um zu wissen, was es war. Mein Vernehmungsprotokoll. Seit drei Stunden befand ich mich in der Gladbacher Polizeidienststelle. Immer noch mit dreckigen Hosen und nassen Füßen.

Kotten setzte sich. Auf seiner Stirn glänzten Schweißperlen. »Und ich denke, jetzt kommt alles auf Sie an, Herr Rott.«

»Auf einmal?«

»Nun kommen Sie schon.« Er hob die Hände. »Ich gebe zu, ich habe Sie unterschätzt.«

»Aber Sie haben doch meine Aussage. Wenn Sie sie genau lesen, werden Sie sehen, dass alles zusammenpasst.«

Kotten nickte und betrachtete dabei nachdenklich die Tischplatte. »Sicher tut es das. Aber ein Windstoß, und alles bricht zusammen wie ein Kartenhaus. Wir brauchen das Geständnis von Frau Weißenburg. Sonst kommt der Staatsanwalt damit nie durch.«

»Vernehmen Sie sie. Sie wird zusammenbrechen.«

Er sah mich an. »Glauben Sie das wirklich?«

»Nein. Die ist mit allen Wassern gewaschen.«

»Nun ist es aber so, dass sie ein Geständnis ablegen will.«

»Tatsächlich?«

»Tatsächlich.«

Ich seufzte. Eine furchtbare Müdigkeit hatte mich erfasst. In mir wütete immer noch der Schmerz, die Angst um Wonne, aber anscheinend hatte sich mein Körper nun in Erschöpfung geflüchtet, um das alles zu ertragen. Seit der Notarzt ihren ohnmächtigen Körper weggeschafft hatte, war ich ohne Nachricht.

»Sie will mit Ihnen reden«, holte mich Kotten aus meinen Gedanken.

»Wer?«

»Die Bundeskanzlerin. Mensch, Rott – Hermine Weißenburg natürlich. Sie hat gesagt, wir kriegen ein Geständnis. Aber nur Ihnen gegenüber.«

Ich blickte auf. »Und was verschafft mir die Ehre?«

»Was weiß ich? Wahrscheinlich haben Sie sie irgendwie beeindruckt. Also, Rott: Wie ich schon sagte. Jetzt kommt es auf Sie an.«

Ich bat Kotten, wegen Wonnes Zustand nachzuhören. Dann betrat ich das Vernehmungszimmer.

Hermine Weißenburg hatte ein spöttisches Lächeln auf den Lippen und wirkte gefasst. Eine Welle von unbändigem Hass packte mich.

Man schlägt keine älteren Damen, sagte mir mein besseres Ich, aber diese hier hatte auf Wonne geschossen. Nachdem sie auf sie eingedroschen hatte.

Es kostete mich einige Sekunden tiefen Durchatmens, bis ich mich wieder im Griff hatte.

Ich setzte mich.

»Na, Herr Rott? Probleme?«

Mit einem Mal wurde mir klar, dass sie darauf aus war, mich zu reizen. Sie wollte, dass ich auf sie losging. Vielleicht als letzte Möglichkeit, mir zu schaden.

»Ich werde mich nicht zu dem hinreißen lassen, was Sie sich vorstellen«, sagte ich.

»Was stelle ich mir denn vor?«

»Wonne wird durchkommen. Sie wird gegen Sie aussagen. Meine Aussage hat die Polizei schon.«

»Wonne?« Sie schüttelte belustigt den Kopf. »Die Frau heißt

Wonne? Haben Sie was mit ihr? Sie haben was mit Wonne – mein Gott, ist das komisch.« Sie kicherte vor sich hin.

»Wenn Sie fertig gelacht haben, können Sie mir ja erzählen, warum Sie das getan haben.«

»Und wenn ich das nicht tue?«

»*Sie* wollen eine Aussage machen, Frau Weißenburg. *Ich* hätte nichts dagegen, nach Hause zu gehen.«

Sie wurde ernst. Sie schien endlich begriffen zu haben.

»Es ist vorbei, nicht wahr?«

»Seit wann wissen Sie, dass Ihr Mann Gabriele Scherf getötet hat?«

Sie senkte den Blick. Sie wirkte, als würde sie sich sammeln.

»Also gut«, sagte sie. »Ich erzähle es Ihnen. Letztes Jahr war Klara Hackenberg bei uns und hat mit Siegfried gesprochen. Ich habe mir erst nichts dabei gedacht, aber ihn hat dieser Besuch schrecklich aufgeregt, und schließlich habe ich es nach und nach aus ihm herausbekommen. Damals glaubte ich, dass unsere Ehe in Ordnung sei, und habe ihn in Schutz genommen. Er hat mir beteuert, dass Gabriele ihn reingelegt hatte. Sie kam einfach nach dem Konzert zu ihm und eröffnete, dass sie mit ihm nach Salzburg gehen wollte. Sofort, verstehen Sie? Als er ihr zu verstehen gab, dass das nicht ginge, hat sie gesagt, dass sie schwanger sei. Er hat trotzdem versucht, die Sache gütlich zu regeln, mit ihr zu sprechen. Er hat ihr vorgeschlagen, sie finanziell zu unterstützen. Er wollte die Trennung. Er konnte sie in Salzburg nicht gebrauchen.«

»Ist mir klar. Weil er schon mit Ihnen zusammen war. Und Sie ihm seine Karriere bahnen sollten.«

»Und weil dieses einfache Mädchen nicht in die Salzburger Gesellschaft gepasst hätte. Da geht es um Hochkultur. Wie sieht denn das aus, wenn ein gefeierter Künstler mit so einem einfachen Ding … Nein, vollkommen ausgeschlossen.«

»Und da ermordet man das einfache Ding eben, auch wenn sie einen liebt?«

»Pah, Liebe … Die war doch nur auf ihren Vorteil aus.«

Ich unterdrückte den Zorn, der in mir aufstieg. Einen Moment lang dachte ich, er würde überkochen, doch dann sagte ich mir, dass man mit Hermine Weißenburg nur noch Mitleid haben konnte.

»Frau Hackenberg ließ also nicht locker.«

»Mir war klar, dass sie unsere Zukunft komplett zerstören konnte, wenn sie herausfinden sollte, was passiert war.«

»Hat sie Ihrem Mann von ihrer Gewohnheit erzählt, morgens zum Dom zu gehen und dabei den Weg an der Dhünn entlang zu nehmen? Oder wie haben Sie davon erfahren?«

»Nicht nur das. Sie müssen sich das so vorstellen: Da ist auf der einen Seite der ehemals bekannte Tenor, auf der anderen Seite diese vertrocknete Alte, die sich darüber freut, sich einmal mit jemandem über ihre Probleme unterhalten zu können. Sie hat meinem Mann alles Mögliche erzählt. Details über das Haus. Von den Schwierigkeiten mit ihrem Sohn. Die Verbindung ihres Sohnes zu diesem Büchel. All die Kämpfe, die sie mit dem missratenen Sprössling zu bestehen hatte. Es brach nur so aus ihr heraus. Sie kam gar nicht auf die Idee, dass Siegfried etwas mit dem Verschwinden von Gabriele zu tun haben könnte. Im Gegenteil – sie hat Siegfried bewundert. Sie hat es genossen, mit dem berühmten Künstler zu plaudern, der so herrlich Kirchenmusik singen konnte. Sie haben sich sehr nett unterhalten …«

»Aber dann war sie ja gar keine Gefahr.«

»Oh doch. Ich kenne diese Sorte Frauen. Am Ende ihres Lebens entwickeln sie eine Kraft, die einem Angst machen kann. Es war nur eine Frage der Zeit. Das wurde mir sofort klar, nachdem sie wieder weg war. Man musste diese Frau nur einmal ansehen, dann wusste man gleich, woran man war. So etwas Verknöchertes …«

»Haben Sie Ihren Plan mit Ihrem Mann abgesprochen?«

»Natürlich. Wir haben es sogar so gedreht, dass er einen Tag später aus Salzburg kam als ich, damit er ein Alibi hat. Er ist erst am Samstagmittag mit der Maschine gelandet, ich kam schon einen Tag früher.«

»Und Sie sind mit dem Bus frühmorgens von Köln nach Wermelskirchen-Tente gefahren, haben sich auf dem alten Bahndamm versteckt. Sie wussten, wo sich der Schlüssel zum Haus befand, sodass Sie den Autoschlüssel und das Messer holen konnten ...«

»Reinhold Hackenberg schlief noch. Ich hörte ihn in seinem Zimmer schnarchen. Ich wusste, wann Klara Hackenberg hinunter nach Altenberg fahren würde. Ich holte das Messer und den Schlüssel und fuhr ihr in seinem Wagen nach.«

»Und dann haben Sie sie getötet.«

Sie nickte leicht. Ihr Blick zeigte kein Bedauern.

»Anschließend hatten Sie die Nerven, den Wagen zurück zum Haus in Tente zu fahren und dort wieder abzustellen?«

»Er ist nicht dorthin geflogen.«

Wir schwiegen eine Weile.

»Was haben Sie eigentlich damit gemeint, als Sie von Ihren Plänen für die Zukunft sprachen?«, fragte ich.

Sie zuckte mit den Schultern. »Wir sind alt, Herr Rott. Wir wollten Schluss machen mit der Agentur. Wir wollten reisen. Nicht immer nur beruflich. Auch einmal aus Freude. Wir wollten ...«

Sie brach ab. Tränen schimmerten in ihren Augen.

»Die Karibik?«, fragte ich und dachte an Wonne, die mir davon berichtet hatte. Jäh brandete der Schmerz wieder auf.

»Ja, die Karibik«, sagte sie. »Zum Beispiel.«

»Aber Sie hätten doch mit Ihrem Mann gehen können ... Ich meine, warum haben Sie ihn getötet?«

»Er war es nicht wert.«

»Wie meinen Sie das?«

»Ich meine, dass er in mir plötzlich nur noch Ekel auslöste. Können Sie das nicht verstehen? Mich widerte das an. Er machte ewig mit jungen Frauen herum. Das fing schon kurz nach unserer Hochzeit an. Er hat mehrere uneheliche Kinder. Mittlerweile kommen junge Mädchen zu ihm und glauben, dass er ihr Vater ist. Zuletzt kam diese junge Frau, Ihre Freundin, Wonne ...«

Sie wusste es also. Und hatte mir bei unserem Gespräch perfekt etwas vorgespielt.

»Ist denn etwas daran?«

»Das weiß ich nicht, und ich will es auch gar nicht wissen. Aber ich weiß, dass mein Mann mich über Jahre mit allen möglichen

Frauen betrogen hat. Ich fühlte mich plötzlich so … benutzt. Ich hatte seinetwegen einen Mord begangen. Als ich heute Morgen im Hotel saß, wurde mir das klar. Als hätte jemand einen Vorhang zur Seite gezogen. Von nun an würden wir beide an diesem Mord schuldig sein. Er würde unsere Ehe noch mehr belasten. Ich würde auf eine ganz neue Art von meinem Mann abhängig sein. Dieses Gefühl lähmte mich.«

Jetzt bildete ich es mir nicht mehr ein, jetzt liefen die Tränen tatsächlich. Etwas in ihr war aufgebrochen. Sie weinte hemmungslos.

»Ich hatte mich so auf diese Zeit der Freiheit gefreut. Der Besuch Ihrer Freundin hat das Fass zum Überlaufen gebracht. Ich stellte ihn zur Rede – fragte ihn, wie viele Sprösslinge da draußen noch herumliefen, für die er die Vaterschaft übernehmen würde. Und er verspottete mich. Ich stellte ihn zur Rede, fragte, was mit den anderen Frauen gewesen sei, und da sagte er zu mir, während er seelenruhig seinen Koffer packte: ›Die anderen sind eben besser als du. Du hast es nicht geschafft, aus mir einen Star zu machen. Aber die anderen schaffen es wenigstens, meinen Schwanz nach oben zu kriegen.‹ Können Sie sich das vorstellen? Diese gossenhafte Ausdrucksweise. Die hat er immer wieder mal an den Tag gelegt, wenn er betrunken war … aber im nüchternen Zustand hatte er noch nie so mit mir gesprochen. Und mit einem Mal überlagerte sich das alles – das Bild von dieser Gabriele und der Hass auf ihn, der keinen Deut besser war als diese primitive Person. Ich hatte endlich begriffen, dass auch er aus dem Sumpf der Gesellschaft stammte, und mir wurde klar, wie wenig Zeit mir nur noch bleibt … und in diesem Moment habe ich mich von ihm befreit. Ob Sie es glauben oder nicht – ich kann mich nicht erinnern, wie es passiert ist. Eben hatte er sich noch über das Bett gebeugt, um seinen Koffer zu schließen – und im nächsten Moment lag er tot auf dem Boden. Und ich spürte eine unglaubliche Befreiung … Ich dachte, dass mich nie im Leben jemand verdächtigen würde. Ich bin seelenruhig nach unten gegangen und habe so getan, als würde ich in der Bar auf ihn warten.«

Die Tür öffnete sich. Ein Uniformierter kam herein und legte ein Blatt Papier auf den Tisch. »Von Hauptkommissar Kotten«, sagte er und ging wieder.

Ich überflog das Schreiben.

»Man hat in dem Schacht an der Knochenmühle die Überreste einer Leiche gefunden«, sagte ich.

»Gabriele Scherf?« Hermine Weißenburg hatte ein Papiertaschentuch aus ihrer Tasche geholt und tupfte sich das Gesicht ab.

»Hier steht, es wurde ein charakteristischer Ohrring entdeckt. Ich nehme an, dass sie es ist.«

Sie schwieg.

»Hätten Sie Ihren Mann nicht getötet, wären Sie jetzt in der Karibik und könnten noch viele Jahre genießen«, sagte ich.

Ohne Vorwarnung hob sie ihr weißes Haar hoch. Darunter war sie vollkommen kahl.

»So viele Jahre auch nicht.«

»Krebs?«, fragte ich.

»Daher das Schmerzmittel. Ich habe noch ein halbes Jahr zu leben, vielleicht neun Monate. Diese Zeit wollte ich nicht mit einem Mann verbringen, der mich zur Mörderin werden ließ, verstehen Sie?«

Ich verstand.

Ein Polizeiwagen brachte mich nach Köln, wo immer noch Wonnes Wagen vor dem Hotel stand. Unterwegs telefonierte ich mit dem Krankenhaus. Nichts Neues. Der Arzt konnte mir nicht sagen, ob sie durchkommen würde. Er erklärte mir irgendetwas über hohen Blutverlust, aber ich hörte nicht richtig zu. In meinen Ohren rauschte es.

»Kann ich zu ihr?«

Die Stimme des Arztes war dunkel und rau. »Das ist sinnlos, Herr Rott. Ich verspreche Ihnen, wir benachrichtigen Sie, wenn sich irgendetwas verändert.«

Den Schlüssel von Wonnes Wagen hatte ich. Nun stand ich vor der roten Stupsnase, und irgendetwas in mir wollte zerreißen.

Ich zwang mich, einzusteigen. Als ich bei Mannis Haus ankam, war es bereits dunkel.

Eine Gestalt löste sich von der Mauer, als ich auf die Tür zuging. Jutta.

»Hallo, Remi.«

»Hallo. Hast du die ganze Zeit hier gewartet?«

»Ich wollte dich nicht anrufen. Ich weiß, was passiert ist. Es tut mir wahnsinnig leid.«

Das ist schon das zweite Mal in den letzten Tagen, wollte ich sagen, aber ich durfte nicht kleinlich sein. Ich war froh, dass ich nicht so viel erklären musste. Jutta hatte ihre Kanäle, ihre Informanten. Niemals hatte ich mich mehr darüber gefreut als jetzt.

Sie umarmte mich. Wir gingen hinein.

»Wie geht es Wonne?«, fragte sie.

»Als ich losgefahren bin, wusste man noch nicht viel. Sie hat eine Menge Blut verloren ...«

Wir schwiegen. Jutta fragte mich, ob sie etwas kochen solle, ich lehnte ab. Ich war wie versteinert. Es gelang mir gerade noch, mich aufs Bett zu legen und die Decke anzustarren. Als es dunkel wurde, starrte ich immer noch – nur eben ins düstere Nichts.

Die Nacht verging. Ich hatte das Gefühl, keine Sekunde geschlafen zu haben, als ich die Augen aufschlug und der graue Morgen im Zimmer stand.

Dann wurde mir plötzlich bewusst, dass es das Telefon gewesen war, das mich geweckt hatte. Ich versuchte aufzustehen, kämpfte gegen den ziehenden Schmerz an. Als ich endlich auf den Beinen war, kam Jutta herein.

»Das Krankenhaus war dran«, sagte sie. »Sie sagen, du kannst zu ihr. Und sie ist über den Berg.«

So schnell wie an diesem Morgen hatte ich mich noch nie angezogen. Wir fuhren los.

In die gleißende Morgensonne hinein.

Dichtung, Wahrheit und Inspiration

Als mir vor einigen Monaten die alten, in den Siebzigern höchst erfolgreichen Romane von Eric Malpass »Morgens um sieben ist die Welt noch in Ordnung« und »Wenn süß das Mondlicht auf den Hügeln schläft« wieder in die Hände fielen, dachte ich an die Filmproduktionen dieser Geschichten und besorgte mir in einem kleinen Anflug von Nostalgie und Jugenderinnerungen die entsprechenden DVDs.

Und wie staunte ich, als sich herausstellte, dass die Filme, die den Alltag um die Familie des fiktiven englischen Schriftstellers Jocelyn Pentecost und seiner Familie zum Thema haben, im Bergischen Land gedreht wurden – obwohl sie auf der britischen Insel spielen. Der Regisseur Wolfgang Liebeneiner gab sich wenig Mühe, den Drehort zu verbergen: In »Wenn süß das Mondlicht auf den Hügeln schläft« holen die Pentecosts in einer Szene Verwandte an einem angeblich englischen Vorortbahnhof ab. Die Station heißt – das Schild ist im Film deutlich zu erkennen – »Tente«. Sie liegt kurz vor Wermelskirchen – dort, wo man heute nur noch den überwucherten alten Bahndamm findet. An einer anderen Stelle ist ein Auto mit Wuppertaler Kennzeichen zu sehen. Als ich das entdeckte, hatte ich mir Tente als Handlungsort für diesen neuen Rott-Krimi schon ausgesucht. Ich nahm die Begebenheit als Zeichen und befand, dass dieser Bezug des Bergischen zur Filmgeschichte unmöglich unbeachtet bleiben durfte.

Vieles in diesem Buch hätte ich mir kaum selbst ausdenken können. Ich verdanke es Hinweisen von Menschen, denen ich hier ausdrücklich danken möchte: So brachte mich Elke Fuge – ein Rott-Fan der ersten Stunde – auf die Knochenmühle an der Kleinen Dhünn, deren Umgebung inklusive des Grabes von Hildegard Maria Klingenburg und dem alten Schacht wir gemeinsam mit Hans Ulrich Schückhaus erkundeten und die ich natürlich ganz nach der Wirklichkeit geschildert habe.

Ohne die Journalistin Ira Schneider hätte ich Rott niemals mit einer guten Köchin konfrontieren können. Ira Schneider, im Gegensatz zu mir (und Rott) in kulinarischen Dingen atemberaubend bewandert und selbst Anhängerin der Slow-Food-Bewegung, hat mir dankenswerterweise allerlei über Bergische Küche, über Burger Brezeln, Panhas und Pillekuchen beigebracht. Sie und ihre Mitautorin Margret Wehning haben mir sogar die Fahne ihres Buches »Bergische Kräher, Dröppelmina und Kronenbaum – Feste und Bräuche im Bergischen Land« (Wartberg Verlag) schon vor der Veröffentlichung zur Information überlassen. Vieles erfuhr ich auch auf www.slowfood.de.

Carolin Sturm verdanke ich es, einmal eine Rallye durchs Bergische erlebt zu haben. Sie ereignete sich bereits 2003, hatte allerdings eine andere Route als im Roman und verlief wahrscheinlich deshalb ohne Leichenfund. Sie war allerdings trotzdem so aufregend, dass ich mir schon damals vornahm, so etwas eines Tages in einen Rott-Krimi einzubauen.

Die Idee, dass unser Detektiv endlich mal eine Freundin bekommen soll, stammt von einer ganzen Reihe von Lesern – beziehungsweise vorwiegend Leserinnen. Ich war damit nicht nur einverstanden, sondern der Vorschlag entzündete meine Phantasie – na ja, zumindest ein bisschen.

Danken möchte ich natürlich auch meinen bewährten Helfern im Emons Verlag – allen voran Stefanie Rahnfeld und Christel Steinmetz, die immer offen für meine Ideen sind.

Und meiner Frau Claudia für den ersten entscheidenden Korrekturdurchgang.

O.B.

Oliver Buslau
DIE TOTE VOM JOHANNISBERG
Broschur, 200 Seiten
ISBN 978-3-89705-169-9

»Buslau schreibt unterhaltsam und spannend; sein Roman wirkt – nicht zuletzt durch die aktuellen Themen- und Sachbezüge und die Authentizität in der Darstellung der Region – realistisch und gut recherchiert.«
Lexikon der Kriminalliteratur

»Das Buch beinhaltet alles, was ein guter Krimi zu bieten haben sollte.« Coolibri

Oliver Buslau
FLAMMENTOD
Broschur, 272 Seiten
ISBN 978-3-89705-214-7

»Im rasanten Tempo erzählt, und mit einem guten Schuss Humor führt der Autor den Leser durch das Bergische Land.«
Bergischer Volksbote

»Gutes Krimihandwerk mit einer Prise nicht zu gewollter Psychologie und ausreichend anschaulichen Charakteren.«
Wuppertaler Rundschau

Oliver Buslau
ROTT SIEHT ROT
Broschur, 240 Seiten
ISBN 978-3-89705-258-1

»Oliver Buslau führt in seinem dritten Krimi stilsicher und mit einer guten Portion Humor durch das Bergische Land.« Bergischer Volksbote

»Buslaus bisher reifster Krimi.« Remscheider General-Anzeiger

Oliver Buslau
BERGISCH SAMBA
Broschur, 256 Seiten
ISBN 978-3-89705-326-7

»Spannend, solide und sauber geschrieben. Zu empfehlen.«
Westdeutsche Zeitung

»Ein reines Lesevergnügen.« Bergisches Handelsblatt

www.emons-verlag.de

Oliver Buslau
SCHÄNGELS SCHATTEN
Broschur, Seiten
ISBN 978-3-89705-284-0

»Hier schreibt einer, der sein Handwerk versteht, der sorgfältig recherchiert hat. Spannend von der ersten bis zur letzten Seite.« Rhein-Zeitung

»Ein wirklich spannender Krimi. Sollte in keinem Reisegepäck für einen unterhaltsamen Sommerurlaub fehlen.«
Stadt-Anzeiger Koblenz

Oliver Buslau
DAS GIFT DER ENGEL
Broschur, 336 Seiten
ISBN 978-3-89705-480-6

»Spannend und gut geschrieben. Zu empfehlen vor allem auch für Liebhaber von klassischer Musik.«
Kirchenzeitung für das Erzbistum Köln

»Nicht ohne den ihm eigenen Humor entwickelt Buslau eine raffiniert erzählte Geschichte mit Rückblenden, viel interessantem Wissen zur klassischen Musik und brillant entworfenen dramatis personae. Vielleicht sein bisher bester Roman.« Musenblätter.de

www.emons-verlag.de